U0857003

丁振宇　赵志远　著

细说历史上那些谋士

天津出版传媒集团
天津人民出版社

图书在版编目（CIP）数据

锦囊妙计安天下：细说历史上那些谋士 / 丁振宇，赵志远著. --天津：天津人民出版社，2019.11

ISBN 978-7-201-15248-6

Ⅰ. ①锦… Ⅱ. ①丁…②赵… Ⅲ. ①历史故事—作品集—中国—当代 Ⅳ. ①I247.81

中国版本图书馆CIP数据核字（2019）第204354号

锦囊妙计安天下：细说历史上那些谋士

JINNANG MIAOJI AN TIANXIA: XISHUO LISHI SHANG NAXIE MOUSHI

出　　版　天津人民出版社
出 版 人　刘　庆
地　　址　天津市和平区西康路35号康岳大厦
邮政编码　300051
邮购电话　（022）23332469
网　　址　http://www.tjrmcbs.com
电子邮箱　reader@tjrmcbs.com

责任编辑　陈　烨
特约编辑　杨　子
内文设计　邱兴赛
封面设计　任燕飞工作室

制版印刷　天津行知印刷有限公司
经　　销　新华书店
开　　本　710×1000毫米　1/16
印　　张　24.25
字　　数　300千字
版次印次　2019年11月第1版　2019年11月第1次印刷
定　　价　68.00元

前言

QIANYAN

纵观历史上的帝王将相，其成功的背后都有一位或几位谋士为其出谋划策，从而谋定天下。

中华谋士始祖之姜尚，生于乱世，时逢商纣无道，黎民百姓生活在水生火热之中。此时的姜尚流落于朝歌，耳闻目睹商纣王的荒淫无道，更加深了他对苛政的痛恨，希望天降明主，拯救黎民百姓于水火。终于有一天，明主慕名而来，请姜尚出山，一展其才能。姜尚助周室灭商纣，决胜于千里之外，智谋超群，建立了千秋伟业。

战国时期的军事天才孙膑是孙武的后代，从学鬼谷子，刻苦钻研，深得鬼谷子的真传。但是他的才学被其师兄庞涓所妒，受其陷害，孙膑被挖去膝盖骨，成为残废，后经人搭救才逃出虎口。后来孙膑成了齐国的谋士，助齐大败魏国，为齐国的发展壮大出谋划策，充分发挥了他的军事才能。

张仪是战国时期著名的纵横家，他采取“连横”的外交策略，达到了兼并土地的目的。张仪作为杰出的纵横家出现在战国的政治舞台上，对列国兼并及战争形势的变化产生了较大的影响。

秦国谋士范雎，其“强干弱枝”的平内策略，以及长平之战所施反间之计，着实令人叹服。他巧舌如簧，其外交之才相当出众，他的“远交近攻”和“强干弱枝”的策略为秦国的发展壮大做出了巨大贡献。

张良为汉初谋士，为汉朝的建立立下了汗马功劳。在著名的鸿门宴上，他施展自己的智谋使刘邦转危为安，后又在关键时刻为刘邦出谋划策，助刘邦勇夺天下。天下一统后，他又急流勇退，得以避免兔死狗烹的下场。张良确有大家风度，可谓智慧的化身。

与张良同时代的陈平，同样也是刘邦的重要谋士。他足智多谋，屡以奇计辅佐刘邦定天下：施反间计、解荥阳围、智擒韩信、智释樊哙，平定异姓王侯叛乱诸役。吕后死后，他与周勃平定诸吕，匡扶汉室，迎立刘恒为帝。

纵观三国众多谋士，最富灵感的当数曹魏的郭嘉。所谓知己知彼、百战不殆，需要的就是预知能力。郭嘉初仕袁绍，奈何不得重用，遂经荀彧投入曹操麾下。此时，正值曹操唯才是举方针的起步阶段，直到“唯风”渐渐散去，众谋士中郭嘉独占鳌头。郭嘉随军11年，远在沙场之外却能立下汗马功劳。

诸葛亮，集中国传统文化中忠臣与智慧的化身。他穷其一生，为匡扶蜀汉政权呕心沥血、鞠躬尽瘁，在世时被封为武乡侯，死后追谥为忠武侯。后来的东晋政权推崇诸葛亮的军事才能，特追封他为武兴王。后世感佩其人格和智慧，千百年来一直将他视为人臣之典范、万世之楷模。

经历了“八王之乱”的西晋王朝，在农民大起义和内迁贵族割据争雄的连天烽火中寿终正寝。在此前后，中国北方开始陷入十六国纷争的泥淖，而在南方立足未稳的东晋政权也处于风雨飘摇的险境。这个时候，一代名臣王猛横空出世。他出身寒门，谋略超群，与苻坚君臣相得，辅佐苻坚扫平群雄，一统中原，被称作“功盖诸葛第一人”。

刘秉忠，大元帝国的总设计师，蒙元初期的高级幕僚和开国功臣。在蒙元初期政坛，为政治体制、典章制度的奠定发挥了重大作用。在跟随元世祖两次征伐大理和伐宋时，力劝元世祖勿滥杀无辜，所以每克一城都没有妄戮一人，所至人民全活者不可胜数。

刘基，明初政治家，他辅佐朱元璋建立帝业，并尽力维持国家的安定，因而驰名天下，被后人比作诸葛武侯。朱元璋多次称赞刘基为：“吾之子房也。”

范文程，清朝开国谋士，一生历清四世而佐其三主，为清朝开创江山立下了不朽之功。他对清王朝的功绩可与汉之张良、明之刘基相提并论。

本书精心梳理了中国历史上最著名的12位谋士，生动再现了他们在历史舞台上的精彩瞬间，希望通过他们在宦海沉浮、荣辱得失间的种种表现，对您的人生有所启迪和帮助。

目录

MULU

（四）

志向远大心胸狭——范雎

（五）

运筹帷幄决千里——张良

（六）

屡出奇计定汉邦——陈平

（七）

算无遗策遭天妒——郭嘉

（八）

未出庐三分天下——诸葛亮

（九）

丰功卓绩盖诸葛——王猛

（十）

元朝无二聪书记——刘秉忠

（十一）

献奇策一统江山——刘基

（十二）

事四朝元辅高风——范文程

（一）

中国兵学第一人

——姜尚

1　子牙出世

姜子牙（约公元前1156年—约公元前1017年），亦作姜尚，商末周初人。因其先祖辅佐大禹平水土有功被封于吕，故以吕为氏，也称吕尚。

关于姜太公青壮年时期的生活情况，史料记载很少，仅能从只言片语中知道个大概：

姜太公为“东夷之士”（《吕氏春秋》卷十四《首时》），自幼聪颖好学，习礼喜阵，熟读兵法。稍长，精研数术之学，深究天地变化之道，通晓人事成败之要。又因其为共工和蚩尤之后裔，故崇尚祖先共工和蚩尤之武略、武功及用兵之道，并深察黄帝胜蚩尤的战法、阵法。姜太公通过学习、研究、演练用兵之谋略、布阵和战法，总结前人的经验教训、胜败得失，认识了战争的规律和取胜的谋略，这就为他以后的军事谋略理论和战争指挥实践奠定了坚实的基础。

姜太公通过研究天、地、人的学问，仰观天文，俯察地理，中究人事，将自然之理与人文诸事作为一个整体加以考量和深察。在社会人事中，他深知：天下者是天下人的天下，非一家一姓所独有；国家者是国中人的国家，非一人一家所独占。因此，他对纣王以天下为己有和以国家为私财而挥霍民财、荒淫无道、胡作非为之行，深恶痛绝、恨之入骨，从而使他不仅避世隐居，而且筹划倾覆之。与此同时，他在避纣隐居之地深入研究历代兴衰之因，治国安民之道，用兵制胜之略，胜敌战阵之法。为此，他拜师访友，多方求知，择善而从，选优而取，以求建立伟业，实现“屠国”之志。因有利于国，有益于民，故能孜孜以求，自强不息，虽连蹇不遇，但动心忍性，等待时机。他所处的时代，是一个暴君、民贼当政的黑暗、残暴时代，在这个王朝末日之时，君不像君，臣不像臣，使出身寒贱而满腹宏论的英雄豪杰无进身之机和用武之地。

在西汉韩婴的《韩诗外传》里记有孔子十大弟子之一的冉求（字子有）对鲁哀公说的一句话：“太公望少为人胥，老而见去。”意思是说，姜太公年轻时曾给人家做过上门女婿，后来又发生了婚变。姜太公因家贫而难娶妻，只好成为马氏赘婿，加之当时姜太公在政治上不得志，这自然为妇家和外人所轻视。不过，姜太公至少有一子、一女是有史料记载的。儿子吕伋为齐国亚祖、丁姓始祖；女儿邑姜为周武王正妃，生了武成王姬诵和晋国的开国君主唐叔姬虞。

关于姜太公的早年活动，民间传说很多，流传甚广的主要有“渭川坐钓”“屠牛朝歌”“卖食孟津”等。这些传说无非是说他命运不济，不会种田、不会经商、不会谋食，做事不成，事事倒霉。偏偏又娶了一位刁悍不讲理的老婆，他倒插门女婿的身份极受到轻视，不久便被逐之门外。被逐之后，姜太公一人在外流浪，处处遇坎坷。

关于姜太公的家庭出身，主要有两种说法：一种说法是姜太公出身望族；一种说法是姜太公出身贫寒，早年曾当过屠夫，以宰牛杀猪、贩卖茶水糊口。人们大都选择后者，认为他出身贫寒，大概是因为人们普遍认为，成大事的人必定要经历一番磨难。

2　学艺归来

据说是姜太公学艺后，回到故里姜塬（今河南省卫辉市西北一带），拜见了父老乡亲。但眼前所见，让他心酸不已，自己的旧宅已成为一片废墟，连生身父母的尸骨也不知安葬在哪里，触景生情，姜太公不觉潸然泪下。到哪里去安身落脚呢？他想来想去，想到了在家时的朋友宋异人，于是决定先投奔他家，暂时找个栖身之所。

宋家庄离姜塬只有二里来地，很快他便来到了宋异人家。这时的宋异人已是70多岁的人了，家境尚可，人称宋员外。他见姜太公两鬓斑白，几乎认不出来了，姜太公一番自我介绍，宋异人高兴异常。当夜宋异人摆酒设宴为姜太公接风，两位久别知己敞开心扉，侃侃而谈，一直谈了几天几夜。

且说姜太公在此住了月余，想到依靠朋友周济，心里很不是滋味，他想找个落脚的地方安个家，自食其力。宋异人看出了他的心事，高兴地说："离这里不远有个马家庄，庄上马员外有个闺女，年已六十八岁，还是黄花闺女，与你结亲成家岂不两全其美？"姜太公想了想，觉得这门亲事不错，便欣然应允，很快姜太公就和马氏结为夫妻。后来，马氏提出："咱们经常吃住在别人家里，也不是个法儿，还是找个挣钱的门路吧。"姜太公见夫人说得在理，十分赞同，便出门去朝歌做生意。可是他到朝歌开店卖肉没多久，由于"地头蛇"的敲诈，生意便做不成了。回到家后，马氏又劝他到孟津去开店卖饭，又因一些地痞、贪官吃饭不给钱，结果亏了本，又一次转回家来。马氏又气又急，但终不能待在家里坐吃山空，就从娘家借了几斗麦子，夫妻二人搭黄昏、起五更地推磨，终于磨了一些面，马氏就让姜太公到朝歌城里去卖。

第二天，天刚亮，姜太公就担着面向朝歌城走去，走出不多远，只见天空盘旋着一群乌鸦，"呱呱"叫个不停。姜太公心想："乌鸦叫，祸来到，难道今天还要败兴吗？"他来到朝歌东关一棵大树下，将担子放下，摆摊卖面，面放了半天也无人问津，姜太公唉声叹气，心中十分着急。正在这时候，走来一个光头秃脑的人，说道："卖面的，给我称点儿面。"姜太公揉了揉惺忪的睡眼，乐滋滋地说道："发利市的来了，你要买多少面？"那个买面的说："我老伴在粘鞋帮，没糨子用了，她叫我来称一文钱的面。"姜太公听了，心里凉了半截，但还是喜形于色。买多买少，总算是碰见买主了，也算是生意开了张。于是，姜太公拿起秤就去称面，谁知这个买面的不讲理，硬说姜太公缺斤短两没给够数，拿起秤杆，"咔嚓"一下撅成了两截，还要拉着姜太公去打官司。正在这时，忽然传来了人喧马嘶声，原来是黄飞虎带着御林军的马队巡街来了，只听有人在大声地喊："卖面的老头，快些闪开，马队过来了。"说时迟，那时快，一匹枣红色马飞奔而来，一蹄子跳入扁担上的绳套里，拖着面袋就跑，面撒了一地。姜太公一看，心疼得不得了，连忙蹲下身子捧面。刚捧了几小堆，又"呼呼"刮起东南风，像扫地一样，把地上所有的面吹得一干二净。姜太公气得捶胸顿足，仰面长叹："老天啊！你为什么偏与我作对？"

人要倒霉了，喝口水都硌牙。就在他仰面长叹之际，天空中正好飞来一只老鸹，拉了他一嘴的屎。姜太公又气又急，弯下腰捡个瓦片就掷老鸹，不料瓦片下藏着一只大蝎子，狠狠地蜇了他的手指头。他气急了，奋力将瓦片朝老鸹投过去，不偏不正，瓦片正好投在树上的马蜂窝上，一群马蜂一下子朝他飞过来。他边退边打，又一头撞在墙上的木头橛子上，头上被扎了个大窟窿，鲜血直流，顿时昏了过去。

过了好大一会儿，姜太公被一阵斥骂声惊醒了。原来是御林军沿街抓民夫修王宫，他又被抓去做苦力。干了几个月，他趁看守不注意，悄悄溜出来逃跑了。

回家的路上，他思前想后，如今穷困到了这个地步，还不如死了好。他一边唉声叹气，一边慢腾腾地向前走，突然一条小河挡住了去路。当他正要往河里跳时，一个老头儿拦腰抱住了他。这老头儿不是别人，正是好友宋异人。宋异人拉他坐下并开导他说："不必这样，青年贫困，中年坎坷，年逾古稀必成大器。"姜太公摇头说："这都是废话，我报国无门，不能施展才能，现在又贫困到这般地步，还能成啥大器？"宋异人又说："不要泄劲，说不定你将会遇到贵人哩！"

从此以后，姜太公就按宋异人所说，每天到朝歌大街上相面算卦。果然，有一天比干发现了他，把他带到朝里当了大官。

当然，以上是民间的传说，符合民众的心理预期。

3 初为小吏

姜太公虽然“有其才不遇其时”，不为暴君所用，又为老妇所逐，但是他怀有“治天下有余智”的雄才大略，故能遇坎坷、处逆境，而心不乱、志不衰。当时他已逾古稀之年，在此后的三十多年中一直奋发进取，探求治国安邦之道、用兵制胜之略，以求进身入仕、康国济民，为民兴利除害、诛暴救民。

姜太公在西进朝歌（今河南省淇县）的路上，由于路途遥远，步履维艰，生计困难，行走多日，到达棘津。棘津是黄河渡口，商朝军事重镇。姜太公决定在此暂居，观察风云，领略时势，审视商朝的政治动向和纣王的暴虐情况，以求等待时机倾覆商朝、消灭纣王，建立功业。

姜太公在棘津观势待机之时，由于投门无路、生活无着、居无定所，只好在街头卖饭。但因经营无方，照顾贫弱，多予少取，故难以维持，只好停业。于是姜太公只能卖身为佣，卖力为生，而成为“棘津迎客之舍人也”（《说苑》卷八《尊贤》），受人轻视、凌辱，仍无进身之机。棘津待机不成，他便沿黄河西行到了孟津。

孟津地近商朝国都朝歌，人众物华、消息灵通。为了养生糊口，同时结交俊杰、了解时势，姜太公便开了一个小饭店。开张之初，食客颇多，稍有盈利。因食客多是平民小贩，只求廉价吃饱，不求精细吃好，加之姜太公怜济贫民、重义轻利，最终饭店赔本关闭，他的“卖食孟津”便以失败而告终。

姜太公从东吕乡的海滨隐居到棘津，再到孟津；从被逐到卖饭，继而卖佣，再到开店等，一路艰辛坎坷，遭人白眼和凌辱，使他亲身体会到人间的世态炎凉、人情淡薄，亲眼看见了民众的生活疾苦、政治苦难，深刻认识到殷商王朝的政治腐朽、官吏贪暴。这一切进一步增强了他解民倒悬的使命感、爱民心和报国志。因此，他便决定离开孟津而去朝歌，为灭商讨纣做好准备。

到朝歌之初，他的生活依然穷困，靠设摊维生。朝歌是商朝国都，人物云集、商旅会聚、官邸林立、市面繁华、交通方便、消息灵通。然而，映入姜太公眼帘的却是两种截然不同的景象：一面是以纣王为首的王公贵族的荒淫无道、挥金如土，达官显贵的高冠博带、花天酒地；一面是平民百姓的饥寒冻馁、饿殍遍野，广大奴隶牛马不如，任人宰割。耳闻目睹此情此景，姜太公毅然决定撤掉摊贩生意，而以屠牛为业，小试身手，以求实现“屠国”之志。所以《楚辞·天问》云：“师望在肆昌何识？鼓刀扬声后何喜？”王逸注云：“吕望鼓刀在列肆，文王亲往问之，吕望对曰：‘下屠屠牛，上屠屠国。’文王喜，载与俱归也。”（《绎史》卷十九引《楚辞注》）

关于姜太公屠牛卖肉而遇文王，从此二人暗中往来，计议灭商伐纣一事，《尉缭子·武议》篇说：“太公望年七十，屠牛朝歌，卖食孟津，过七年余而主不听，人人谓之狂夫也。及遇文王，则提三万之众，一战而天下定，非武议安得此合也？故曰：良马有策，远道可致；贤士有合，大道可明。”

这是说，姜太公到70岁时仍在朝歌以宰牛为业，在孟津以卖食维生，这样荒废了7年多的光阴，亦没有得到商纣王的任用，人人都说他是一个狂人。当他遇到了周文王而得到重用后，便统帅3万人的军队在牧野一战消灭了商纣王，平定了天下。如果没有文王、武王的用兵之道与姜太公的高深谋略相结合，是不会成功的。这是文王、武王重用贤能之人，才使姜太公有施展才能的机会。所以说：良马需要鞭策，才能到达远方的目的地；贤能之人要得到贤明君主的重用，才能实现清明的政治主张和方略。武王伐纣成功，就是明君与贤士结合的结果。姜太公以屠牛为业来实现其“屠国”之志，他虽然屠牛而“肉上生臭不售”，但是“屠国”而“治天下有余智”。

另外，姜太公为了实现其“屠国”之志，又以占卜算卦、预测吉凶为业，他以此传道说教、观察政情、窥测朝政、了解民意、掌握民情、宣传民众，以求进身入仕、伺机出山、解民倒悬。由于他精研《易》理，深通《易》术，故每占必应、有疑必解，指点迷津，极为灵验。因此，一时名震朝歌，求占预卜者甚众。这为姜太公实现其宏图伟业提供了主观条件。

商纣王即位后，刚愎自用、听信奸佞、残害忠臣、贪恋酒色、宠爱妲己、荒淫无道、无恶不作、大兴土木、厚赋重刑、天怒人怨、诸侯叛离。

暴虐君王、独夫民贼、残酷无道，罪大恶极之行，观之触目惊心，令人胆战心寒。姜太公此时身居朝歌，颇有声名，深有众望。王子比干来访，姜太公陈言治国安邦之道和正君化民之策，深得比干赞同，比干向纣王举荐姜太公，但因二人政见大相径庭，语多不合。纣王鉴于比干反复推荐，便任命姜太公为下层小吏。这便是姜太公“尝事纣”一说之据。

姜太公在殷为小吏后，“纣愈淫乱不止。微子数谏不听，乃与大师、少师谋，遂去。比干曰：‘为人臣者，不得不以死争。’乃强谏纣。纣怒曰：‘吾闻圣人心有七窍。’剖比干，观其心。”（《史记·殷本纪》）姜太公经过博闻、面观、亲历，深知“纣无道”而遂“去之”。

姜太公弃殷避纣之时已七十余岁。为了免遭纣王加害，他只好佯狂装痴，以求待时乘势，择明主而建伟业。

时机终于到来了，在姜太公避祸为民期间，发生了殷纣王囚周文王于羑里的政治事件。事情的起因是：纣王“以西伯昌、九侯、鄂侯为三公。九侯有好女，入之纣。九侯女不喜淫，纣怒，杀之，而醢九侯。

鄂侯争之强，辨之疾，并脯鄂侯。西伯昌闻之，窃叹。崇侯虎知之，以告纣，纣囚西伯羑里。”（《史记·殷本纪》）文王被囚后，为解救文王之危，散宜生、南宫适、闳夭三人素知姜太公足智多谋，故拜访姜太公讨求救文王之策。他们议定：“求美女奇物善马以献纣，纣乃赦西伯。”（《史记·殷本纪》）“西伯得以出，反国。言吕尚所以事周虽异，然要之为文、武卿。”（《史记·齐太公世家》）文王得救之后，开始了灭商的活动。从此散宜生、南宫适、闳夭三人拜姜太公为师，学习祭天地、宗庙之礼，以及治国用兵之策略。姜太公亦在为灭商兴周而积极活动。所以《孙子兵法·用间篇》说：“用之兴也，吕牙在殷。故惟明君贤将，能以上智为间者，必成大功。”姜太公在商朝搜集情报，了解形势，为灭商兴周做准备。

由于姜太公对商纣王及商朝的各种情况了如指掌，所以能以计救文王而获成功。因为纣王爱美女、奇物，故以此献纣而使文王得救。这亦是“用间”制敌、胜敌的范例。周文王不仅因此得救返国，而且取得了商纣王的信任，任用文王去讨伐崇国，授予征伐之权。姜太公以计谋救文王，从而使文王认识到姜太公的足智多谋，故把灭商兴周的大任寄托于姜太公。姜太公亦“闻西伯贤”而有投奔明主之意，将大展宏图之志寄托于文王。因此，周文王便以姜太公“为文、武师”，并暗中迁太公全家归周。从此，姜太公开始了一系列的灭商兴周活动，创造了一代伟业。

4 渭河垂钓

姜太公西迁归周，并没有正式成为周文王的朝中谋臣。为了掩人耳目、了解实情、广结豪杰、等待时机、适时应策，他一边教文王施行仁政、实行德治、报恩百姓，得民心而得天下的道理；一边观察商朝的政情、民心。此时的纣王更加荒淫无道，他残暴至极、惨杀忠良、重用奸佞、众叛亲离、气数已尽，灭商的时机终于到了。姜太公分析综合了各种条件，确定了伐纣灭商的战略、策略。

离开朝歌后，为了不露形迹、暴露意图，姜太公到渭水之阳隐居，“隐才于屠钓之间”，以等待文王来访，共谋灭商大计。

据说姜太公隐居在渭水河边，也就是当时的西岐，终日独自在渭河垂钓。渭水之畔风景秀丽，令人心旷神怡，只见峰峭谷深，云蒸霞蔚，河畔杨柳婆娑，林荫如盖，野花争奇斗艳，一湖碧水，波光粼粼。的确是反思人生的好地方。

但更让人称奇的是，姜太公的鱼钩是直的，上面不挂鱼饵，最特别的是鱼钩不放入水中，只是离水三尺。姜太公一边钓鱼一边念念有词：“不想活的鱼儿呀，你们愿意的话，就自己上钩吧！”路过的人们见了，都嘲笑这人不会钓鱼。可是姜太公并不理会，只笑道自己不但要钓一条大鱼，还要钓一个王侯。姜太公钓鱼的奇特方法传到了文王那里，文王知道后，派一名士兵去传姜太公来。姜太公并不理睬这个士兵，只顾自己钓鱼，并自言自语道：“钓啊，钓啊，鱼儿不上钩，虾儿来胡闹！”文王听了士兵的禀报后，改派一名官员去请姜太公来。可是姜太公依然不搭理，边钓边说：“钓啊，钓啊，大鱼不上钩，小鱼别胡闹！”文王这才意识到，这个钓者必是位贤才，要亲自去请他才对。于是文王斋戒三日，沐浴更衣，带着厚礼，前往磻溪去聘请姜太公。这一请可费了力了，一去就是八次。当姜太公答应出山辅佐时，传说文王还亲自为他驾车八百步，这才有了日后姜太公为周朝开创的八百年基业。这就是有名的文王访贤的故事。

周文王求贤若渴，姜太公择主心切，之所以如此，实为政局所迫。纣王暴虐，讨伐此独夫民贼刻不容缓，所以他们一见面便志同道合，共图灭商兴周、行仁禁暴、吊民伐罪大业。

后来，姜太公向周文王提出了一系列的军事谋略、治国方略、化民政策，为灭商兴周做全面准备。同时，经过姜太公的论说，亦解除了文王、武王的“犯上作乱”而“用兵不休”之忧。因为纣王暴甚，讨伐独夫、诛杀民贼、救民水火、吊民伐罪，以杀止杀，不为叛逆，而为顺天应人。文王、武王认识了这个道理之后，姜太公便积极地辅佐文王、武王灭商伐纣、兴周伐商。从此，姜太公登上了政治舞台，并成为这一历史时期政治舞台上的主角和导演。从“孟津观兵”“会盟诸侯”到“牧野大战”“灭商成功”，从“齐国始祖”“因俗简礼”到“开源节流”“理财富国”，其后被世人称为“兵家鼻祖”“千古武圣”，创立了轰轰烈烈、流芳千古、泽及万世的不朽功业。

5 积蓄实力

据《周志》等载，周文王得到姜太公后，真是如鱼得水、如虎添翼。姜太公被周文王请回岐邑后，即被拜为统领三军的太师，开始协助周文王“阴谋修德，以倾商政”，为灭商悄悄地做着准备工作。

西周的兴起，曾经引起殷商王朝的警惕，结果导致季历被杀害，文王被囚禁，商纣王加强了对西周的控制。接受这个教训，姜太公建议文王伪装成恭顺商纣而无所作为的样子，在“事殷”的掩盖下偷偷进行兴周灭商的准备。他说：“鸷鸟将击，卑飞敛翼。猛兽将搏，弭耳俯伏。圣人将动，必有愚色。”（《六韬·文韬·发启》）文王在这个思想指导下，采取了一系列措施，“求美女、奇物、善马以献纣”“献洛西之地，以请纣去炮烙之刑”（《史记·殷本纪》）。他率领西部诸侯朝觐商纣王，又“为玉门，筑灵台，列侍女，撞钟击鼓”（《资治通鉴外纪》卷二），制造出沉湎于酒色的假象。商纣王果然被西周的表面姿态所蒙蔽，说：“西伯改过易行，吾无忧矣！”商因而放松了对周的控制与防范，把文王姬昌放了回去，还“赐弓矢斧钺，使得征伐，为西伯。”（《史记·殷本纪》）并把主力军队由西线调往东线。这样，就为西周赢得了时间，并且利用对西线诸侯“得专征伐”的特权，趁机壮大自己的政治、军事、经济力量。结果，“西伯滋大，纣由是稍失权重。”（《史记·殷本纪》）

为了积蓄实力，姜太公在周提倡修德爱民，发展生产，增强自身实力。姜太公认为，“国之大务，爱民而已”“王国富民，霸国富士；仅存之国，富大夫；亡道之国，富仓府”“利天下者，天下启之，害天下者，天下闭之。天下者非一人之天下，乃天下之天下也”。爱民富民、与民同利，才能取得天下。在姜太公的大力辅佐下，周文王大力发展农业生产，敬老慈少、与民同乐、教化百姓、移风易俗，从而使得西周的国力大为增强，为歼灭商的盟国打下了坚实的基础。“西伯阴行善，诸侯皆来决平，耕者皆让畔，民俗皆让长”，便是西周国强民富、威望空前的绝好证明。这为灭纣打下了坚实的经济与物质基础。

姜太公利用商纣王朝的弱点和矛盾，分化瓦解商纣统治阶层，削弱敌人的实力。商纣王并非庸才，但是他“智足以拒谏，言足以饰非，矜人臣以能，高天下以声”，骄奢淫逸，对百姓暴虐残忍，对诸侯巧取豪夺。针对这种情况，姜太公建议文、武二王对商纣实行“文伐”，将军事斗争同政治斗争、外交斗争联系起来，并且提出“文伐”的十二种具体措施。其要点是：迷惑、腐蚀、利诱敌国君主，“因其所喜，以顺其志”“尊之以名”“塞之以道”“养其乱臣以迷之，进美女淫声以惑之，遗良犬马以劳之，时与大势以诱之”，助长他的腐败和暴虐行为，诱使他对形势作出错误判断和决策；离间敌国君臣和诸侯彼此之间的关系，“收其内，间其外”，收买敌国近臣，“赂以重宝，因与之谋”，使其“身内情外”或“一人两心”，“亲其所爱，以分其威”，使其“才臣外相，敌国内侵”，扩大和加剧敌人统治集团内部的矛盾；“阴赂左右，得情甚深”，打进敌统治集团内部，窃取其核心机密情报；“收其左右忠爱，阴示以得，令之轻业而蓄积空虚”，破坏敌国生产，削弱敌国经济实力。姜太公说，运用这些策略，就可以收到军事斗争所不能达到的目的，加速军事斗争的胜利，“十二皆备，乃成武事”（《六韬·武韬·文伐》）。这些策略先后付诸实践，果然收到了显著的效果，助长了商纣王的腐败，扩大了商纣统治集团内部的矛盾，促使殷商属国进一步产生离心倾向。

并且，姜太公还帮助周文王积极争取同盟国，扩大岐周的影响。由于受周人谦让品行的感动，虞、芮等一些小国都纷纷归顺周朝。在文王断“虞、芮之讼”的当年，就有四十多个诸侯国叛商而归周，咸尊西伯为王，并深有感慨地说：“西伯盖受命之君。”这样一来，就使得西周的国力和威望大大增强了。

至此，商纣王朝的政治、军事、经济实力受到削弱，使商纣陷于内外交困、众叛亲离的境地。这样，就从根本上改变了商强周弱的形势，为兴周灭商的决战准备了必要条件。

殷商后期，对其统治威胁最大的敌人，是东方的夷族和西方的周族。东夷时顺时叛，步步进逼殷商统治中心，是其现实威胁。西周实力弱小，但力图壮大，是其潜在威胁。而对这种两面夹攻的局势，殷商原来的设想是避免同时和两国作战，采取各个击破，即首先击破一方的战略，先集中力量平定东夷，再对西周实行遏制政策。但是，他们被西周恭顺的假象所迷惑，长期放松了对西周的控制与防范。西周采用姜太公的谋略，利用商纣赋予的“得专征伐”的特权，趁机发动对商纣西方属国的军事进攻，首先征服西北的犬戎、密须和阮、共（今陕西省西部和甘肃省泾河流域），消除了后顾之忧。紧接着，周人东渡黄河，征服黎（今山西省长治市西南）、邗（今河南省沁阳市西北），消灭商纣的心腹属国崇（今河南省嵩县），为进军商都朝歌扫清了障碍。

随着周国势力的日益扩大，周文王在沣水西岸修建了丰京（今陕西省长安县西北）。周的统治中心随即转到沣河西岸，这里是近山平原，接近水道，筑城可自守御乱，更有利政治发展和军事进攻，周人灭商的主观条件至此业已成熟。

文王在世时，由于听从姜太公之谋划，并在其大力襄助下，修德施恩，征服戎狄，争取同盟，灭商益周，大作丰邑，形成了“天下三分，其二归周”的局面。这就为武王继承父业，攻灭大商奠定了坚实的基础。此时，周国政治、经济和军事力量等都大大超过了商王朝。

6　兴兵伐纣

姜太公不仅辅佐文王完成了灭商的准备工作，而且亲自参加了武王灭商的战斗，并担当着三军统帅的要职，为灭商建周立下了汗马功劳。文王死后，武王继位。以“太公望为师怒，薄称为师尚父”“帅修文王绪业”。姜太公所做的第一件大事就是进行试探性军事行动以观天下人心向背，从而为灭商决策寻找事实依据。

在周武王继位的第二年，岐周举行了声势浩大的“孟津观兵”活动，武王“东观兵，至于盟津”。其后立即对司马、司徒、司空和各级将领发布了战前总动员令，他慷慨激昂地讲道：“我秉承先父之遗业，续举灭商之大旗，你们各位一定要大力支持，努力作战，我一定会依功行赏的。”在武王的动员令结束后，姜太公作为三军总指挥，向各级将领宣布了严格的军事纪律：“总尔众庶，与尔舟楫，后至者斩。”此时，“诸侯不期而会盟津者八百诸侯”，皆曰：“封可伐矣。”但武王和姜太公认为商纣王虽然已众叛亲离，但内部尚无土崩瓦解之兆，于是毅然还师归兵。通过这次观兵，使得武王、姜太公更进一步认识到商纣王已是众矢之的，天下的民心向背已转向了岐周的一方，形势对岐周已更为有利，因此更加坚定了武王灭商的信心。这是姜太公以“师尚父”身份协助周武王组织的一次军事演习，目的是测验诸侯对伐纣战争的态度，检查军队的作战准备情况。姜太公“左仗黄钺，右把白旄”，代表武王发号施令，宣布军事纪律。参加孟津之会的八百诸侯同仇敌忾，表示愿意参加讨纣战争，接受武王指挥。这次演习，不仅显示西周在政治上、军事上取得优势地位，而且使未经统一训练的诸侯联军进行了一次协调性行动演练，为后来的决战创造了必要的条件。

“孟津观兵”过去两年之后，西周时刻注视商纣王朝的动向，寻找决战的时机。此时，商纣统治集团内部发生了激烈的冲突和分裂。

帝辛四十四年，姜太公辅佐武王伐黎，并将其灭掉。黎国在今山西省上党壶关，位于商都朝歌之西，是一个近王畿的方国。当黎国被灭掉的消息传到朝歌，全朝上下、文武百官无不为之震惊。大臣祖尹进谏商纣王：“天帝是不是要结束我们殷商？无论从军事上看，还是从占卜上看，都对我们殷商没有什么好的兆头，希望大王洗心革面，体恤民情，近贤纳谏，以附众望，整振国威。”可商纣王哪听得进，认为这是扰乱朝纲，把他打进死囚牢中。箕子知道纣王对谁的话都听不进去了，为了保存自己，佯装疯癫，装扮成奴隶模样，但还是被纣王囚进牢中。从此，满朝大臣谁也不敢进谏，而纣王身边的奸佞之臣却更加肆无忌惮。在这种情况下，殷太师疵、少师强偷偷地抱着祭器、乐器投奔周国去了。商王朝陷入“贤者出走”“百姓不敢怨诽”的政治劣势。同时，军事上也处于劣势和被动地位，军队的主力陷于东线自顾不暇，自然西方军事力量薄弱，首都朝歌十分空虚。

此时，姜太公请示武王可以伐纣了。《史记·周本纪》说：“武王将伐纣，卜龟兆不吉，风雨暴至。群公尽惧，唯太公彊之劝武王，武王于是遂行。”《文韬》记述伐纣战役说：“周武王伐纣，师至汜水牛头山，风甚雷疾，鼓旗毁折，王之骖乘惶震而死。姜太公曰：‘用兵者顺天之道未必吉，逆之未必凶。若失人事，则三军败亡。且天道鬼神，视之不见，听之不闻，智将不怯，而愚将拘之。若乃好贤而用能，举事而得时。则不看时日而事利，不假卜筮而事吉，不祷祀而福从。’遂命驱之前进。”由此，可以看出一个卓越的军事统帅重人事、轻天命、坚定果断的精神。大军已集，战机已熟，哪能被卜兆和天象所动摇？从这里不难看出姜太公的坚毅果断和武王从善如流的气度。于是武王“遂率戎车三百乘，虎贲三千人，甲士四万五千人”，东征伐纣。伐纣大军来到汜水，在这个渡口过黄河，数万名士卒泛舟河上，真可谓浩浩荡荡。武王与姜太公站在高岸上指挥着千军万马，气概何等豪壮。尽管出兵时恰逢凶日，路上又遇天灾人祸，大军过怀城，遇到城坍。进军路上，又碰上山崩。然而，正义之师是任何困难险阻都无法阻挡得了的。

伐纣大军过黄河后，继续北上。当到达邗丘（今河南省沁阳市、修武县一带）时，据《吕氏春秋》说：“天雨，日夜不止，武王疾行不辍，果以甲子至殷郊。”当时大雨三天不止，盾牌折毁为三，武王又产生不祥之虑。便问姜太公：“意者，纣未可伐乎？”意思是说：“是不是不应该伐纣的预兆啊？”姜太公斩钉截铁地说：“盾牌为三者，军当分为三也。天雨三日不休，欲洒吾兵也。”听后，武王心中豁然开朗。全军上下，同仇敌忾，誓与商纣血战到底。

大军继续前进，当来到今获嘉县境内，来聚诸侯已八百有余，大家公推周武王为盟主，姜太公为大元帅。各诸侯按自己的身份，用手指蘸着血抹在嘴上，然后指天盟誓，共同高呼：“同心协力，万众一心，吊民伐罪，讨伐殷纣，如不尽心尽力，天诛地灭。”众军士簇拥着手抱令旗宝剑的姜太公，威风凛凛，登上校阅台。一排排步伐整齐的士兵，一列列成阵的战车通过校阅台后，姜太公把令旗一挥，千军万马像离弦的箭一样开向牧野。终于在癸亥日“朝食于戚，暮宿于百泉”。在今辉县市埋锅做饭，稍事休息，大军便向前线开去。西周联军到达牧野已是子夜时分，周武王下令宿营，士卒欢乐歌舞，以待天亮。《汉书·律历志》说：“至庚申，二月朔日也。四日癸亥，至牧野，夜陈，甲子昧爽而合矣。”总之，周师虽然经过长途行军，却提前一日抵达商郊，而且连夜布阵。《尚书大传》也说：“武王伐纣，至于商郊停止，宿夜。士卒皆欢乐，歌舞以待旦。”这时候的朝歌，还是灯红酒绿，一派欢乐景象。直到周师至牧野，军报传来，才惊散了纣王君臣的欢宴。而商朝军队远在东夷，来不及调回，纣王慌忙纠集大批奴隶和俘虏披挂迎战。纣王带领乌合之众匆忙来到牧邑黄土岗上，天色已近黄昏，临时筑起高台，远望周师。但见牧野营火处，篝火熊熊。《尚书·牧誓》曰："时甲子昧爽，王朝至于商郊牧野，乃誓。王左杖黄钺，右秉白旄以麾，曰：'逖矣，西土之人。'"意思是说，帝辛五十二年正月甲子日的黎明时刻，武王率领军队到了商的首都朝歌郊外一处叫牧野的地方，就在那里举行了誓师大会。武王左手拿着黄色青铜大斧，右手拿着作指挥用的白色旗子，说："辛苦了，你们这些从西方远道而来的从征的将士们。"在这次临战前的誓师大会上，为了鼓舞士气，武王再一次揭露了纣王的罪行。《诗经·大雅·大明》里写道："牧野洋洋，檀车煌煌，驷騵彭彭。维师尚父，时维鹰扬。凉彼武王，肆伐大商，会朝清明。"《周本纪》上也有相似的叙述："以大卒驰帝纣师。纣师虽众，皆去战心……纣师皆倒兵以战，以开武王。武王驰之，纣兵皆崩畔纣。"纣王的军队都没有决战的愿望，纷纷倒戈，引周军打入朝歌，势如破竹。纣王的七十万大军一下子溃退下来，直到朝歌外城的近郊。周师联军与商军展开了一场恶战，直杀得天昏地暗、鬼哭狼嚎、沦河（卫辉市与淇县的分界河）水赤。纣王见大势已去，逃上鹿台自焚而亡，延续六百年的殷商王朝宣告结束。

7　治国兴邦

在这场伐纣战争中，姜太公以其卓越的政治方略和天才的军事指挥才能，以少胜多，以弱胜强，为兴周灭商立下了不朽的功勋。甲子次日，姜太公令人打扫了通往社坛的道路，社坛在今日卫辉市西北18千米处的大寨山，也叫坛山。武王整修了社坛，祭祀殷社，至今这里还流传着“武王祭天”的故事，故被世人视为风水宝地。周武王把象征国家政权的九鼎由朝歌运往镐京。然后由大批大臣簇拥着武王在社坛上举行了隆重的典礼。武王宣布说：“周国灭掉了商朝，天帝命令我来治理天下！”公卿捧献清水，卫康叔陈布彩席，师尚父牵牲畜。《史记》载：“散鹿台之钱，发巨桥之粟，以赈贫民。封比干墓，释箕子囚。迁九鼎，修周政与天下更始，师尚父谋居多。”

姜太公以其超人的大智慧辅佐周武王讨伐商纣王，完成了灭商兴周大业。并且，在周灭商的整个过程中，“太公之谋计居多”“师尚父谋居多”（《史记·齐太公世家》）。意思是说，姜太公是第一功臣。所以，周初实行分封制时，姜太公被首封于营丘，国号曰“齐”。

姜太公受封之后，他即率姜族部众“东就国”。一路上，他晓行夜宿，动作很是迟缓，相向而行的路人就劝谏姜太公道：“吾闻时难得而易失。客寝甚安，殆非就国者也。”姜太公听到劝言之后，即刻醒悟，于是连夜赶路，到第二天黎明时分便到了营丘。此时，武王虽然攻灭了商纣的中央军，占领了王都之地，但是边远地区仍然处于混乱无序的状态。所以，营丘附近的莱夷便乘机来攻打营丘，与姜太公争国。姜太公的到达，成功地粉碎了莱夷的进攻，确保营丘的顺利占领。

姜太公在营丘稳住脚跟之后，即修明政治，治理齐国。在治国的指导上，他确定了因地制宜的策略。积极发展齐国的经济，使得齐国迅速强大起来。

《史记·货殖列传》说："太公望封于营丘，地潟卤，人民寡，于是太公劝其女工，极技巧，通鱼盐，则人物归之，繦至而辐辏。"

《汉书·地理志》说："太公以齐地负海，潟卤，少五谷而人民寡，乃劝以女工之业，通鱼盐之利，而人物辐辏。"

《盐铁论·轻重第十四》说："昔太公封于营丘，辟草莱而居焉。地薄人少，于是通利末之道，极女工之巧。是以邻国交于齐，财畜货殖，世为强国。"

从以上这些话中可以看出，由于西岐与营丘相距太远，风俗习惯和宗教信仰有很大的差异，这些差异不仅会激化统治阶级与被统治阶级之间的矛盾，而且还会加深民族隔阂。姜太公没有死搬吕氏文化直接运用到齐国去，而是实行了"因其俗，简其礼"的文化政策。他用怀柔的方式来求得民族心理的融合，缓和了民族矛盾和社会矛盾，稳定了社会秩序，从而加速了社会生产的向前发展，有利于经济的发展。"太公至国，修政，因其俗，简其礼"的治国方针，实际上是出于对东夷人风俗习惯、礼仪制度的尊重，不去强制推行周礼，是对东夷人的爱护。所谓的"因其俗"，就是因袭顺从东夷人的传统习惯、生活方式、礼仪制度而实行的教化手段。所谓的"简其礼"，就是根据东夷人的文化传统观念、社会生产力发展水平，简化政治制度，因地制宜发展地方经济，奠定了齐国政治、文化传统中的务实精神和开放意识的基石。他根据齐国的客观条件和地理环境，从实际出发，因俗简礼，优先发展工商业，实行全方位的文化、经济开放政策。正因为姜太公尊重百姓，爱护百姓，其结果是"人民多归齐"。

齐国地处海滨，"地潟卤，人民寡"，单一地发展农业生产是没有出路的。姜太公便因地制宜，扬长避短，利用齐国的资源条件，让农民辟壤种谷，让妇女织布缫丝，让盐民发展海盐生产，让临海的渔民发展渔业生产，利用一切可以利用的资源优势，充分调动劳动人民的积极性，广开致富之道。在很短的时间内，齐国的潟地就变成了米粮川，丝织业、盐业和渔业搞得十分红火，致使齐国一跃成为一个人民生活安定、仓盈库满的东方大国。

姜太公在齐国还推行了一条“举贤上功”的用人路线，把有德有才的人推荐提拔起来，让其充分发挥聪明才智，使国富民强。《汉书·地理志》述曰：“初太公治齐，修道术，尊贤智，赏有功。”除了物质奖励外，还把有功人员选拔到适当的领导位置上。这种“尊贤赏功”的治国路线，具有开放性特征，致使齐在短时间内聚集起相当数量的人才，“财畜货殖”。

由于姜太公能够“因其俗”，积极发展手工业和商业，使齐国成为西周王朝十分倚重的、人口众多的头等强国。到姜太公的十二代孙齐桓公时，齐国便首创霸业，“九合诸侯，一匡天下”。此后，一直保持强盛之势。先后吞并了莱、谭、项、遂、江、郡等三十多个华夷诸侯国，形成为东方民族融合的中心。这些都与姜太公打下的坚实基础分不开的。

至周成王时，周公辅政，此时，淮夷反叛了西周王朝，于是周公“乃使召康公命太公曰：‘东至海，西至河，南至穆陵，北至无棣，五侯九伯，实得征之’”。受命之后，姜太公便在东西三千里、南北两千里的广袤地区内南征北战，平东扫西，实施了强有力的统治，“齐由此得征伐，为大国，都营丘”。

齐国在创立后很短时间内迅速富强起来，这与姜太公自身才能出众是分不开的，正如《说苑·杂言》中所形容的那样：“太公田不足以偿种，渔不足以偿网，治天下有余智。”其次，是与姜太公正确的用人方针分不开的。姜太公和周公旦在一起讨论“何以治国”这个问题时，姜太公认为要将国治好，最重要的是：“尊贤尚功”。只有尊重有才能的人，崇尚有功劳的人，这些人才能奋发有为，才能调动其治理国家的积极性，如此国才能大治。正是因为姜太公本身治国才智有余，加之采取了因地制宜，尊贤尚功的正确政策，所以，齐国才能在很短的时间内突飞猛进起来，如此辉煌的成果亦可反衬出姜太公的才智超群。

（二）

正合奇胜残身人

——孙膑

1 名将之后

孙膑（生卒年不详），其本名孙伯灵（山东孙氏族谱可查），出生于阿、鄄之间（今山东省菏泽市鄄城县北），是孙武的后代。

春秋时期（公元前770年—公元前476年）周天子的共主地位已名存实亡。周室既衰，各诸侯国互相吞并。数百年间，列国资源耗尽。连年战争，加上旱涝雹洪虫瘟等灾害，百姓生灵涂炭、饿殍遍野，田园荒芜、家无男丁，更不要说过安稳日子。

公元前532年夏，齐国发生“四姓之乱”。田氏联合鲍氏，趁执政的旧贵族栾氏、高氏喝醉酒的时候，突然包围了他们。经过几番激战，栾氏、高氏战败，其主要人物栾施、高强两人逃往鲁国。这样，田氏的势力一步步壮大。进入战国时期，田氏逐渐灭掉姜齐，建立了田姓的齐国。

孙武出生在爷爷的封地乐安（今山东省惠民县）。公元前515年，齐国高家联合栾、鲍、田三家反晏婴，孙武父孙凭（齐卿大夫）参与其中，因害怕失败后被株连，便带着一家人逃到了吴国，孙武和妻子也一同来到吴国，隐居在吴国都城姑苏（今江苏省苏州市）附近的一个山村中。孙武一边种地，一边潜心研究兵法，等待时机。

公元前515年，吴国的公子光谋杀了吴王僚，自立为王，即吴王阖闾。阖闾是个具有改革思想和雄才大略的君主。在取得王位后，他和伍子胥对国内军政实行了一番改革。他积极奖励农商、修明法制，练兵习武、增修城池，国力渐渐强大起来。于是，雄心勃勃的吴王阖闾为了扩大自己的势力范围，决定派兵征伐南方大国楚国，以建立霸业。正是在这个时候，孙武经伍子胥推荐，以兵法十三篇见吴王。他惊世骇俗的言论、新颖独特的见解，引起了一心图霸的吴王的共鸣。

孙武被任命为大将之后，运用自己深邃的政治见解和卓越的军事才能，积极协助吴王发展政治、经济和军事力量，为吴国的兼并战争立下了显赫战功。

公元前512年，孙武作为大将军和军师率领吴军伐楚，攻克楚国舒城（今安徽省舒城县），灭钟吾国（今江苏省宿迁市），并用水攻灭徐（今安徽省宿县北符离集）。吴王阖闾想长驱入郢（今湖北省江陵县），孙武劝阻，并提出疲楚克楚的计策。

公元前510年，楚国联合越国讨伐吴国，被孙武统兵打败。同年，攻越“伐破槜里”。

公元前508年，孙武用“伐交”谋略，策动桐国（今安徽省舒城县西南之桐城，当时为楚国附属国）背叛楚国，又使舒鸠氏（今安徽省舒城县，公元前548年楚灭其国为楚邑）诱楚师东进，用诡诈战术大败楚师于豫章（今安徽省寿县江淮间），又率师克巢（今安徽省巢县），俘楚守巢大夫公子繁。自此战役后，楚国豫章山（今大别山）以东诸邑及附庸、属国全为吴所有。

公元前506年，吴军在孙武的直接谋划和指挥下，联合蔡（今河南省上蔡县）、唐（今湖北省唐镇）两国，“以三万破楚二十万”，与楚战于柏举（今湖北省麻城市东），千里奇袭，“五战五胜而攻战楚都郢”（今湖北省江陵县，当时为楚国都城）。此即《史记》所谓“西破强楚，入郢”。这次战役是东周以来规模最大的一次战争，也是历史上一次“以少胜多”的著名战役。

公元前504年，孙武统兵再次打败楚国舟师，攻克番（今地不详），又败楚陆师于繁阳（今河南省新蔡县北）。楚国害怕亡国而被迫迁都。

公元前494年，越王勾践伐吴。双方首战于夫椒（今江苏省吴县西八十里太湖中），再战于“五湖”。孙武统兵以“诈兵”大败越军。吴军追至浙江边，再以“奇谋”大败越师。越王勾践带五千甲士逃至会稽山上（今浙江省绍兴县境内），最后向吴军屈辱求和。

在这次战役后，孙武见吴王日益专横，生活糜烂，沉溺于酒色，不纳臣谏，遂退出历史舞台，隐遁山林。吴王阖闾之子吴王夫差念孙武对吴霸业的功勋而赏赐孙武之子“明食采于富春”（《新唐书宰相世系表》载），享受皇亲国戚的地位。可是，好景不长，好日子没过几年，越王勾践统兵伐吴，于公元前473年灭吴，吴王夫差自刎于姑苏山上。

孙武去世后，被儿孙们葬于太湖东岸（今江苏省吴县东门外）。因为社会的动荡不安，孙家颠沛流离，几经迁徙，所谓的“名门大族”也徒有虚名，到孙膑出生时，他们家再也不是什么大贵族，只能僻居边境一带。孙膑自小饱受战乱之苦，他深深地感到残酷的战争同国家的安危、人民的生活、个人的命运息息相关，也加深了他对战争问题的认识。公元前362年，秦又攻魏。魏国在几年里多次被西邻秦国的军队东侵，已失去大片土地和许多重邑。魏惠王竭尽国内军力，与秦军交战于少梁（今陕西省韩城县南）。如果失去少梁，魏必退至于黄河以东以防宿敌。因此，魏国将军公孙痤统兵死守。而秦军恃必胜信心，且几年里几战魏军皆胜，因此，不惜军力猛攻魏邑少梁。一方死守，不退黄河；一方猛攻，必克不回。因此，这一年在少梁这方土地上，百姓逃奔，十村九空，田园荒芜，尸横盈城。最终，秦军攻下少梁，俘虏了魏军将领公孙痤。

2 拜师学艺

相传在今河南省鹤壁市淇县西部，有个名叫鬼谷的地方。鬼谷山势险峻，怪石林立，古树蔽日，挂瀑天泻。春天，这里鸟语花香，清泉叮咚；秋天，这里果实累枝，猿飞鹿鸣。山深林密处，洞中居虎豹，树上栖飞禽，土穴卧游蛇，洞底藏鱼虾。

在这方天地里，长年居住着一位老人。他鹤发童颜，面如傅粉，清癯绝俗，目光如炬。有人说他是晋平公时人，有人推算他已一百多岁了。可他仍自己耕种粮菜，采集野果，冬闲时，还常下山四方游历。他从不告诉他人自己叫什么，因此，知道鬼谷山中有一位隐世高人的人，都称他为鬼谷子。鬼谷子上通天文，下晓地理，横知诸国，纵明阴阳，是当时远近闻名的出世高人。

鬼谷子无意出仕，在此处伐木造屋，专心致志地讲学授徒，为社会培养有用之才。苏秦、张仪、孙膑、庞涓等历史上赫赫有名之人均出自其门下。

一个夏天的午后时分，陡峭的山路上走来了两位30岁左右的男人。他们的肩头上各挑有一担水桶，径直向着山腰的泉眼走去。走在前面中等身材、白面微瘦的即是孙膑，而走在他后面，面庞微黑、长着一脸络腮胡子、体形又高又胖的人则叫庞涓。孙膑不时地回头催促庞涓道：“庞涓，走快点儿呀。”庞涓则回答道：“来了来了。你这个孙膑，腿比我短，走路却比我快。”孙膑笑了笑说：“你比我腿长，却赶不上我，这是为什么呀？”庞涓叹了口气说：“唉，我们到此求学已经整整三年了。我想下山去求取功名。”孙膑说：“好事不在忙。师父的好多学问，咱们还没有学到手呢。再说了，学如烟海，永无止境。哪能学得完呢！”庞涓洋洋自得地把头一昂：“我学的克敌制胜、攻城略地之兵法，已够我当个将军元帅，指挥几十万人马了。”

二人走到清泉边上，装满了两担泉水就开始返回。由于是上坡，加之身负重担，走不多时两人就汗湿长衫，气喘吁吁了。孙膑说：“我们歇一会儿吧。”庞涓听后放下水桶扁担，一屁股坐在一棵大松树下说：“肚子饿了，我们去摘野果子吃。”孙膑也放下担子说：“你休息吧，我会上树，我去摘。”

鬼谷里到处都是野生的果树，这时大都已经成熟。孙膑麻利地爬上树去摘了起来。他用长衫的大襟当口袋，一会儿就摘满了红桃和红杏。孙膑兴奋地回到庞涓面前，“哗”地在石板上一倒，桃子、杏儿就滴溜溜地四处翻滚。庞涓馋涎欲滴地拣起最大最红的一个桃子就要往嘴里送。“慢着！”孙膑阻止他道。“怎么，你还舍不得让我吃？”庞涓问道。“不是舍不得，最大的应该拿回去敬献给师父。”孙膑说道。庞涓把嘴一撇，不以为然地说：“这也不是什么贵重的东西，不用这样吧。”孙膑说：“用得着！师父师父，一日为师，终身为父。做弟子的不管做什么，心中都要有师父。”“那……”庞涓很无奈，只好把手里的大桃放下。

孙膑选出5个大桃，5个大杏之后，二人就张嘴大吃了起来，吃得肚不饥了就又担水上路。孙膑走在前面，很快就把庞涓甩在了后面，他不时回头说：“庞涓，走快点儿呀！”庞涓体胖，平时只知死啃书本，缺少锻炼，所以力不从心地说：“哎呀，担子实在太沉了。我把水倒去一些吧。”“别！别！”孙膑放下担子说，“你休息，我来接你。”说完就返回去担起了庞涓的担子，让他空手走了一段路，然后再把担子交给他。庞涓感动地说：“老同学，谢谢你帮我！”孙膑用这种办法，先后返回三次替庞涓担了很长一段上坡路。

3 八拜之交

他们来到了谷顶的平台。眼看离住处已近，庞涓忽然说："孙膑，你真好！俗话说，在家靠父母，出外靠朋友。我看，我们结成异性兄弟抱成团，你看好不好？""好呀！"孙膑满口答应。二人就在附近折树枝为香，采水果作供果，遥对上苍对天拜了八拜，一起发出了铮铮誓言："苍天在上，我孙膑、庞涓二人自愿结成异姓兄弟。孙膑年长一岁为兄，庞涓年幼一岁为弟。我们今后有福同享，有难同当，互相帮助，携手共进，如有违背，雷打火烧，不得好死。"

"你们俩在干什么呀？"一声洪亮的声音传来。二人回头一看，是手持龙头拐杖的白发苍苍的鬼谷子师父来了。孙膑连忙躬身施礼，如实相告："敬禀师尊，弟子孙膑与庞涓下坡担水回来，歇息时在此结拜为异姓兄弟。"鬼谷子用右手把胸前的白须一理，笑着说："好呀，俗话说单丝不成线，独木不成林嘛。"

"师父，您请吃果子。"庞涓把大桃、大杏献上。鬼谷子坐在大石凳上吃了一口大桃，感到又甜又脆，不住称赞："好桃！好桃！"

庞涓见师父兴致很高，就连声夸奖孙膑的品德如何高尚，平日对自己的学业和生活是如何如何的照顾，说得孙膑很不好意思起来。鬼谷子说："庞涓，你们二人是同学，又是兄弟。今后，你要多向孙膑学着点儿。"庞涓连连点头："弟子谨遵师命。"

此后，二人的关系胜似兄弟，互助合作。过了一段时间，鬼谷子的老朋友墨子带着门徒禽滑釐上鬼谷来了。老朋友久别重逢，把酒纵论天下大事，谈得十分投机。禽滑釐透露出了魏惠王正在四处张榜求贤，意欲富国强兵的消息。庞涓得知后，当晚叩开了师父的房门，提出了下山的请求：“弟子承蒙您老人家的教诲，学习兵书战策已经三年多了。听说魏惠王正在招贤纳士，这是个机遇。我想回到乡梓之邦，一展所学。”鬼谷子白眉一皱，深吟了起来。庞涓又进一步恳求道：“师父，您老人家就高抬贵手，放我走吧。”鬼谷子点了点头说：“行呀。我这里向来是来者不拒，去者不留的。”庞涓眉开眼笑地说：“多谢师父！弟子此去一有荣华富贵，一定会反哺报答。”鬼谷子淡淡一笑：“我是个闲云野鹤般的人，早就看破了红尘。以你所学，下山以后，容易取得高官厚禄。到那时，我不图你报答什么，只要将你的义兄孙膑提携提携，为师我就很满足了。”庞涓满口答应：“一定一定！我和孙兄是对天盟过誓，有福同享、有难同当的呀。”

次日天晴，正好上路。孙膑陪着庞涓告别了师父，然后背着庞涓的行李送他下山。二人下了一坡又一坡，绕了一湾又一湾，真是难舍难分。庞涓非常感动地说：“孙兄，请留步吧。为弟此去站稳了脚跟，就一定捎信来请你。我们兄弟二人同心协力，建功立业，岂不痛快？”孙膑对此深信不疑地说：“好的！祝你万事如意，鹏程万里。愚兄我就静候贤弟你的喜讯了！”

二人有说不尽的千言万语。眼看红日当中，只好紧紧地拥抱，洒泪告别。庞涓走了好远好远，回头一望，只见孙膑还站在一个高坡上向他遥遥招手目送。

孙膑回到山上。鬼谷子见他脸有泪痕就问道：“你这是为送庞涓而流的惜别泪吧？”孙膑如实相告：“我与他既是同学又是兄弟，实在不忍分别。”鬼谷子说：“你说说，以庞涓之才，能为大将吗？”孙膑回答：“庞涓人很聪明能干，又蒙师父三年多的亲切教诲，我看他定能出将入相，名扬四海。”鬼谷子先点头表示同意，然后又摇头说：“我看他未必事事如意。”孙膑急问：“这是为什么？”鬼谷子笑而不答，取出壁上宝剑练了起来。

一日下午，天阴风凉。鬼谷子在一株亭亭如伞盖的大青松下讲学完毕后说："我房中老鼠猖狂，吵得我整夜睡不好觉。众弟子可轮流值班，为我驱鼠。""是！"大家齐答。

从当天夜里起，众弟子就轮流在鬼谷子房中值夜。开始，大家还十分认真，时间一长，有的人就马虎起来：有迟到早走的，有干脆睡大觉的。只有孙膑非常忠于职守，不但按时驱鼠，还自制铁笼捕鼠几十只。所以，每当孙膑轮班，老鼠们都害怕得不敢出洞了。因此，鬼谷子便能睡好觉，第二天讲学时精神也特别好。

又是一夜。孙膑在师父睡房中照例安好捕鼠铁笼，手持木棒，睁大眼睛认真值夜。半夜时分，鬼谷子睡醒了，在蚊帐中探出头来说："孙膑，你过来一下。"孙膑赶紧走近床前，在微弱的灯光下，只见师父在床上闭目打坐。孙膑当即躬身行礼："师父，莫非弟子打扰你了？"鬼谷子说："不是，不是。每逢你值夜，我都睡得很好。现在夜半无人，为师我要送你一样东西，给！"孙膑接过一捆竹简，还未看清是什么内容时，鬼谷子说话了："此乃《孙子兵法·十三篇》。是你祖父孙武所著。我与他生前相交很深。他临终时将此书赠送与我。我用十多年时间亲为注疏，行兵秘诀尽在其中。我没有传过别人。今见你为人忠厚，勤于学业，故传于你。"孙膑说："弟子从小死了父母，也听说祖父有此兵书。师父既然获得，为什么不传授于庞涓，而独传于我一人呢？"鬼谷子说："此书是无价之宝。当年你祖父用它大败楚军，使吴国称霸中原。得此书者，善于利用就能为天下兴利，不善于利用就要为天下之害。庞涓与你是不能相提并论的。"

孙膑接过兵书，拜谢了师父，回到陋室后独自悄悄地挑灯夜读，越读越有兴致，天已大亮了也不知道。三天之内，他如饥似渴地读完了全书与全部注疏。夜里，他主动要求提前值夜驱鼠，趁夜深无人时，把原书归还师父。鬼谷子向他提问，他对答如流。不但一字不差地全部背诵出来，而且还有个人的发挥创造。鬼谷子兴奋得一拍床沿说："好！好！你如此用心攻读，你祖父又复生了！"

4 孙庞重逢

庞涓是魏国人。他回到魏国都城大梁，经人引荐见到了魏惠王。魏惠王一心要国富民强，正在招贤纳士。他见庞涓生得高大壮实，谈吐不凡，又听说是鬼谷子的门徒，名师出高徒，就更加信任他。见了几次，庞涓滔滔不绝地纵论天下大事，说得魏惠王心悦诚服，遂破格拜庞涓为元帅兼军师。庞涓儿子庞英，侄子庞葱、庞茅全被封为将军。人们称之为“魏家将”。

一朝权在手，便把令来行。庞涓雄心勃勃地制定了一个扩军练兵计划，并报请魏惠王批准实施。不久，就练出了一支实力很强的部队。然后，他就挂帅出征了，魏家将打头入侵卫国和宋国，攻城略地，大获全胜。继而又击退了齐国的进攻。一时间，庞涓名扬诸侯。他不免自鸣得意。此时，他完全忘记了还在鬼谷苦读的义兄孙膑。

孙膑在鬼谷继续埋头攻读。由于地方偏野，人迹难到，所以消息十分闭塞。有一天，墨子又二次云游到了鬼谷，见到了孙膑。孙膑很恭敬地与这个师叔谈起了用兵之道的战略战术，无不叫墨子心下称奇。他说：“你的学业已成，何不下山去学以致用，求取功名，报效社会。”孙膑说：“我的同学庞涓出仕于魏，临别时说定，他站稳了脚跟，就会引荐于我。”墨子说：“庞涓已成了魏国的元帅兼军师了。他怎么还不引荐你呢？”孙膑好心地说：“大概他忙于事务，还暂时顾不上吧。”墨子说：“我正要到魏国去云游，见了庞涓，看他怎么说吧。”

墨子不久就到了魏国，见到了庞涓，并谈起了孙膑在鬼谷等他引荐之事。庞涓言语支吾，毫无诚意。墨子很是生气，就直接向魏惠王作了推荐。魏惠王听说鬼谷子还有一个高徒在待人引荐，就起了兴致。他问墨子："孙膑与庞涓二人的才学谁高谁低？"墨子说："他们虽是同学，但是师父领进门，修行在个人。孙膑是孙武的孙子，得到了其祖父的秘传。我看其才能还在庞涓之上。"

墨子走后，魏惠王便召见庞涓说："寡人听说你有一个同学叫孙膑，很有才学，你何不为寡人写信招来？"庞涓听后，心中很不高兴。他讨厌墨子多管闲事，但魏惠王既然提出来了，不回答也不行。于是就装作一副非常爱国的样子，说："孙膑是有一定的才华，但他是齐国人。如果招来魏国做官，他一定忘不了他的父母之邦。臣是魏国人，一心忠于魏国，因此才没有推荐。"魏惠王说："你多虑了。俗话说，'士为知己者死'。寡人若得孙膑，必然重用之，礼遇之。他也会感恩图报，专心为魏国出力的。"

庞涓为人心胸狭隘，口是心非。他在鬼谷学习时，装出一副老实相迷惑了孙膑。现在一朝富贵了，就怕孙膑来后对他不利，因而不想引荐。现在听了魏惠王的话，不敢不从。他两个眼珠一转，心想："等孙膑来了，我再伺机行事吧。"

孙膑接到了庞涓的来信和魏惠王使臣的邀请，心中非常高兴。他想，庞涓果然没有忘记弟兄之情，便很快辞别了鬼谷子师父去了大梁。他先见庞涓，谢其引荐之情。庞涓大言不惭地说："谁叫我们是同学又是兄弟呢！你来了就太好了！我高兴得睡着了也会笑醒的。"

次日，魏惠王接见了孙膑。二人谈起军国大事非常投机，大有相见恨晚之意。魏惠王喜形于色，对在座的庞涓说："寡人欲封孙膑为副军师，让你二人同掌兵权，你看如何？"庞涓心里很不高兴，但表面上却装出一副笑脸说："当然可以。不过，臣与孙膑是结义兄弟，他为兄，我为弟，哪能让兄长屈居副职呢。依臣之见，不如暂时拜为客卿，等他立下大功，我就让位于他吧！"魏惠王觉得此言有理，于是授予孙膑为客卿，以客礼相待，并专门赐给了府第。

几日后，魏惠王要考察孙膑的才能，便传令调集国都军队于教场，叫孙、庞二人各执令旗演习阵法。庞涓布的阵，孙膑一见便知其阵法及对策。孙膑布了一阵，庞涓看后，瞪着一双眼睛茫然不识了。于是，他便悄悄求助于孙膑。孙膑说："此为颠倒八门阵。"庞涓问："有变化没有？"孙膑如实回答："有，遭到攻击，就变为一字长蛇阵了。"庞涓就将此话变成自己的话奏明魏惠王。魏惠王听后以为孙、庞二人才能不相上下，心中大喜，对二人各有赏赐。

演阵完毕，庞涓回到府中，心里像打翻了醋坛子一样，酸溜溜的。他想：孙膑才学超过了我。一山难存二虎。如果不除掉他，我的地位就难以保全。于是，他一边与孙膑热情往来；一边却指使人在魏惠王面前挑拨说："孙膑是齐国人，虽然身在魏国，却总是忘不了他的家乡。若掌了兵权，恐怕魏国就危险了。"魏惠王对此不予理会。

又过了几日，庞涓带上厚重的礼物到孙府问安。酒宴席上，庞涓道："兄长已在魏国出仕，何不将齐国亲属招来共享富贵？"孙膑听罢，不禁思乡，便含泪说道："贤弟，你我虽是同学，还不知道我是个孤儿。我4岁丧父，9岁丧母，全靠叔父养大。叔父死后，堂兄孙平、孙卓带我外出逃荒，又在洛阳失散，至今音信全无。我已是个无家可归、无亲可探的人了。"庞涓暗地里用唾沫弄湿了眼睛，装着流泪说："兄长的不幸就是为弟的不幸。然而，兄长总还想念父母的墓地吧？"孙膑说："饮水思源，为人怎能不思念父母呢？不过我既为魏臣，还无寸功于大王，此事就不要提起吧。"

过了三月，一个自称丁乙的齐国商人到孙府求见孙膑，说他受乡邻之托，到鬼谷寻孙膑不见；又听说孙膑已出仕魏国，便专门到大梁投递家书。说完就于怀中取出一封帛书。孙膑接过一看，认出是堂兄孙平、孙卓亲笔。信中说他们自从在洛阳失散之后，四处寻找皆无着落，心中非常不安。现在他们早已回到故里辛勤耕作，外加经商有方，现已丰衣足食。后来打听到小兄弟在鬼谷求学，才请好友丁乙借经商之便，求其捎信。望小兄弟见信后速归乡里，弟兄团聚，同扫祖先坟墓，以尽人子之孝道。孙膑看后，惊喜交集，庆幸二位堂兄有了消息，自己他日也有叶落归根之处了。丁乙问孙膑何时归乡？孙膑说自己已做魏臣，此事待后再说。于是盛情招待丁乙，又托他带回信。信中先叙兄弟之情，次说自己仕魏尚无寸功，待他日功成名就之后就回故乡。

丁乙收藏了回信和孙膑赠送的一锭黄金后，出了城门就绕道去庞府告密。原来丁乙不叫丁乙，是庞涓的手下徐甲假冒的。庞涓那天套出了孙膑的家史，就叫徐甲伪造了孙平、孙卓的家书，并成功地套到了孙膑的回信。庞涓看后，如获至宝，又叫徐甲模仿孙膑笔迹，将其回信加以改动，说他身在魏国，心怀齐土，伺机在战场弃魏报齐。

5　装疯避祸

伪造的回信很快就出现在魏惠王眼前，他看后信以为真，大惊。庞涓又进一步挑拨说："孙膑的祖父孙武为吴王大将，后来仍归于齐。父母之邦，谁能忘记。孙膑心已恋齐，大王如重用他，当他有了兵权，那就太危险了。况且，孙膑之才，不亚于臣。若被齐国重用，必与我国争霸中原。大王不如杀掉他，以除国家后患。"魏惠王思虑后说："孙膑应招而来，罪证不足，我若杀他，恐怕要遭人议论的。"庞涓当即见风转舵说："大王言之有理。臣有一计，可进一步考验于他。"魏惠王问："何计？"庞涓说："我这就去劝说孙膑，如肯留魏，大王就予以封赏；如果不留，就证明他确有投齐之罪。大王可将他交到军师府，由臣处置好了。"

庞涓出了王宫就去了孙膑处，询问他是不是家乡来了人，孙膑如实回答。庞涓伪善地向他道贺，并鼓励他告假归齐探亲，自己定在魏惠王处为其帮腔，促成其事。孙膑被庞涓的花言巧语迷惑，动了思亲扫墓之心，再加眼前没什么大事可做，遂决定请假探亲。

是夜，庞涓又去了王宫，在魏惠王处挑拨说："孙膑心已归齐，坚不可留，也等不到战场上倒戈了。而且，他对大王迟迟不封他高官存有怨恨之心。如若他有表章请假，那就是他的叛逆罪证了。"

次日早朝，孙膑果然上表请假回齐国探亲扫墓。魏惠王见表大发脾气，并以通敌罪将孙膑逮捕，交军师府问罪。

孙膑做梦也想不到，自己由座上客转眼变成了阶下囚。魏惠王不听他的申辩。军士们将他绳捆索绑地押往军师府，庞涓见了，假装吃惊，并说要到魏惠王那儿为义兄辩冤。孙膑说："那就全靠贤弟你搭救为兄了。"

庞涓当即进宫见魏惠王说道："孙膑虽有通敌叛国之嫌，然而罪不至死，以臣愚见，不如处以刖刑和鲸面，使其终生残废。这样就能除去魏国的后患，又不至让大王落下杀贤之名，岂不两全其美。"魏惠王准奏后，庞涓又回府对孙膑卖好说："大王本要杀你，是我一再保奏，才将死刑改为刖刑。这是魏国的王法，并非我不努力呀！"说完就做出了一副哭相。孙膑虽觉冤枉，但还是感激庞涓的救命之恩。庞涓便命行刑，自己言说不忍相看而回避了。

执刑人将孙膑的两个膝盖骨去掉，孙膑疼痛难忍，一时昏了过去。继之，执刑人又在他脸上用针刺了"私通外国"四字，并以墨涂染。不久，庞涓就出来了，他如丧考妣地大声痛哭，并亲自为孙膑敷药治伤，送饭送水多方照顾。

两个月后，孙膑的伤口痊愈，然而已不能直立行走，成了个残疾人。他终日受庞涓好饭好菜供养，甚觉庞涓是个仁义之人。庞涓就请他传授鬼谷子先生注疏的《孙子兵法》。孙膑满口答应，靠回忆逐字逐句地书写起来。

庞涓安排了一个叫诚儿的人服侍孙膑。他名为服侍，实为监视。诚儿每天都要把孙膑的言行向主人作详细汇报。这诚儿是一个善良的人。时间一久，他就听庞涓的心腹之人徐甲说出了主人的阴谋：等孙膑把《孙子兵法》写完，就要断他饮食，活活将他饿死。诚儿内心非常同情孙膑之遭遇，就告诉了他。孙膑听后，恍然大悟：原来庞涓是一个人面兽心、笑里藏刀的小人。他想："庞涓这等无义，我岂可传他兵书。"后又想："在人矮檐下，岂敢不低头。如果不写，撕破了脸皮，我的命也难保。到底该怎么办呢？"孙膑一夜未睡，陷入了痛苦的思索中。

次日早饭时，诚儿照例又送来了丰盛的酒菜。孙膑把眼一瞪、牙一咬，大叫一声，把酒壶菜碗通通砸碎于地，用手指着诚儿吼道：“你为何要用毒药来毒害我？”接着就将书写了一小半的《孙子兵法》竹简投入火炉中烧掉了。

孙膑大哭大笑的反常行为，被诚儿报告给了庞涓。庞涓连忙前来客房查看。只见孙膑披头散发，两眼发直地拉着其手大叫：“鬼谷子师父，你快来救救我。”庞涓慌忙挣脱说：“我是庞涓，不是师父。”孙膑说：“不不不，你就是师父，不要骗我。我有十万天兵天将，个个能征惯战。魏惠王想冤杀我，真是痴心妄想，哈哈哈！”说完就倒地打滚，胡言乱语。

庞涓怕孙膑是装疯，就命诚儿把他拖进猪圈。孙膑见满地猪粪，臭气难闻，便倒身而卧不肯回房，言此为洞天福地，比哪儿都好。庞涓又派一绝色美人打扮得花枝招展地给孙膑送酒菜，并悄悄地对他说：“我是军师府中的舞女，我同情先生的遭遇，决心救你出去，终身服侍于你。先生快吃，然后我背你逃命去吧。”孙膑怒目圆睁地吐了美女一口唾沫，说：“你非舞女，你是妖精；你那不是酒菜，是毒药。我不吃，我这儿有的是山珍海味。”说完抓起猪粪大口大口地吃了起来。美女与诚儿回去禀告庞涓，庞涓这才认定孙膑是真的疯了，从此放心地不再管孙膑，任其胡乱喊叫，爬进爬出。孙膑有时睡在街上，有时躺在马棚、猪圈里，消磨生命。

过了一月疯子生活的孙膑，瘦得脱了形，睡着不动时真像个死尸一般。即便这样，庞涓仍然命令徐甲：无论孙膑在什么地方，当天必须向他报告。

转眼到了秋季。一日下午，孙膑又在街头躺卧，说着疯话，招来一群小孩子的围观。突然，传来一阵纷急马蹄声，行人纷纷退向两旁。有人说这是墨子之徒齐国使臣禽滑釐来了。

晚上，孙膑爬到禽滑釐下榻的宾馆前大喊大叫，大哭大笑。门卫明白他是疯子，赶也赶不走，但这惊动了宾馆里的禽滑釐。他出门认出了孙膑。此时禽滑釐已出仕齐国，做了大夫，此行是受了老师墨子的嘱托和齐威王的密诏来大梁搭救孙膑的。孙膑他环视左右无人时，悄悄地对禽滑釐说：“我是孙膑，受了庞涓陷害。我并没有疯！”

两天后，禽滑釐离魏归齐。他的马车坐垫木箱内装的即为孙膑。而假孙膑是禽滑釐的仆人王义假扮的，这时还在街头疯叫疯笑，继续引得一群孩子围观。因此，庞涓送别禽滑釐时并不怀疑。又两天后，徐甲回报庞涓：大街上一口深井旁留有孙膑的破衣烂鞋，孙膑已经投井淹死了。

6　田忌赛马

禽滑釐用冒名顶替与金蝉脱壳计救出了孙膑，并日夜兼程地回到了齐国都城临淄。孙膑洗了澡，换了衣，饱食多日之后，又恢复了他英武的面容。由于早有墨子的推荐，再加他本人装疯脱身之计，齐威王对孙膑早就另眼相看了，要封他为高官。孙膑辞谢说：“臣一来无功不受禄，二来庞涓若知道我回了齐国，必定又起是非。莫若叫臣暂时隐姓埋名，待大王有机会用臣之时，我再立功报效吧！”

大将军田忌素知孙膑之才，就说：“请孙先生暂住我家，我好日夜求教。”田忌为人礼贤下士、谦虚谨慎，不管国事、家事，他都求教于孙膑。二人如鱼得水，大有相见恨晚之意。一日，田忌回府，眉头紧皱，有些不高兴。他请来孙膑，告知其不快乐的原因——原来齐国都城流行赛马的游戏。齐威王想用赛马促进国人练武强国。他本人也亲自参加，每次都下很大的赌注，吸引文武百官纷纷参加。齐威王的御厩里养有一批高头快马，田忌参赛连连失败，今日又输了百金。孙膑听后安慰说：“将军不要犯愁。《孙子兵法》说，知己知彼，百战不殆。赛马、打仗，其理相同。下次再赛，将军带我去看看，了解了情况，我再与将军出谋划策。”

又一次赛马会在教场中举行。田忌乘车带孙膑来到赛场。赛场里声音嘈杂，旗帜飘扬。比赛开始了。孙膑了解到，参赛者将马分为三等。上等马对上等马，中等马对中等马，下等马对下等马，三比二胜。三种马跑的速度相差不大，因此互有输赢。但是，威王宫中的马全是好马快马，所以每赛必胜。这次比赛，田忌仍依照常规进行，最后又失败了。

田忌回到府中，孙膑就对他说："我已想出了赛马的新方法。下次，我定能让您反败为胜。"田忌说："先生如能保我获胜，我就去请求大王以千金为赌注。"孙膑胸有成竹地说："你只管去挑战好了，输了我负全责！"

田忌很快就去找齐威王挑战。齐威王说："你乃败军之将，怎敢言战？"田忌说："臣此次下定决心，一定要赢，并以千金作奖。"齐威王说："好，寡人明日定要赢你千金！"

赛马会又一次在教场举行。大家听说这次赌注比哪次都高，整个临淄城万人空巷，人们都去围观助兴。

临开赛前，田忌对孙膑说："兄长的妙计快献上吧！这次再输了，我可就惨了！"孙膑说："齐国的好马都集中于王宫。将军是不易与之力敌的。今日当以计取之。"接着，孙膑就与田忌耳语了起来，听得田忌连连点头微笑。

三声鼓响。上等马的比赛开始。威王的马依然冲在最前面，把田忌的马拉开了好长的距离。结果，田忌输了。

第二场是中等马比赛。田忌的马一反常态，一马当先地冲在了前面，观众齐声高叫："快！加油！加油！"结果，田忌赢了。

第三场下等马的比赛开始了。田忌的马又一次赢了。结果是三比二，田忌赢了一千金。全场观众欢声雷动，报以震耳欲聋的掌声。齐威王感到奇怪，问田忌："田卿，以往赛马，你是常败将军。今天太阳从西边出来了吗？莫非你的马都吃了神丹仙药，成了神马了？"田忌说："臣的马仍是凡马，太阳也没有从西边出来。这都是孙膑先生的妙计呀！"齐威王听后，眼睛一亮："赛马，又不是打仗，还有何妙计？"田忌说："此中奥秘，还是请孙膑先生来说吧！"

齐威王叫来孙膑并询问其中缘由。孙膑说："臣知大王爱好赛马，意欲训练出好马，用于他日的战争。赛马场就是战场。不但要斗勇还要斗智。军队中有上中下三军；马也有上中下三等。臣请田将军以下等马对大王的上等马，以上等马对大王的中等马，以中等马对大王的下等马。如此，力量的对比就起了变化：输一场却赢得了两场。这在兵法上就叫：'知己知彼，避实就虚，出其不意，攻其不备！'"“妙哉！妙哉！”齐威王树起了大拇指，连连称赞孙膑：“窥一斑可知全豹。从此寡人可以看出先生身残志不残，足智多谋，高人一等！”

7　围魏救赵

公元前354年秋，庞涓自以为孙膑已死，再无敌手。为了展示其才能，替魏国开疆拓土，他说服了魏惠王，率领10万精兵，北上入侵齐国的盟国赵国。魏家将作先锋，长驱直入。赵国首都邯郸被围。赵王派人求救于齐国。

齐威王决定拜孙膑为帅，出兵救赵。孙膑辞谢说："不行不行，臣是个残废人，拜我为帅显得齐国别无人才，惹敌人讥笑。再说，庞涓知我未死，一定会更为小心，这对我国也是不利的。臣请拜田忌将军为帅吧！"齐威王点头应允，就拜田忌为帅、孙膑为军师，当即出兵。

出兵当日，田忌下令齐军直奔邯郸。孙膑说："不行！不行！"田忌颇感意外，问道："我们不是去救援赵国吗？救兵如救火，去晚了，邯郸恐怕就完了。"孙膑说："赵军非庞涓的对手。不等我军赶到，邯郸城早就破了，那就成了雨后送伞了。"田忌说："军师，依你如何为计？"孙膑说："我们避实就虚、声东击西，大军直捣魏国首都大梁。庞涓知道后，定然撤军回救。我们从半路截击，以逸待劳，定获胜利！"田忌闻此连连点头说："妙计！妙计！就依军师高见。"

庞涓果然一鼓作气夺取了邯郸，正要追击残余赵军，一举扫平赵国全境时，突然接到魏惠王紧急谕旨，令其火速回军，以解大梁之围。庞涓不敢怠慢，立刻下令，以急行军速度火速回师。

齐军进入魏国后没有遇到大抵抗，在长驱直入兵临大梁城下之后，围而不打地撤到桂陵。孙膑清楚，桂陵乃魏军回师必经之地，提前选择了有利地形，埋伏下精兵强将，等待鱼儿上钩。庞涓率兵回援，一天行军100余里，走了近10天，将士已十分疲劳，到了离桂陵20里地时，突然战鼓咚咚，一军杀出，领兵人乃齐国牙将袁达。庞涓见齐军人不多，就命侄儿庞葱领兵接战。两人杀了20多个回合，袁达诈败而走。庞涓挥军追赶，快到桂陵时，迎面一支齐军已摆开阵势。庞涓登高一望，正是孙膑刚到魏国时于教场内摆的颠倒八门阵。庞涓心中纳闷：那田忌为何也知道此阵？莫非他已求教过鬼谷子？正在此时，一阵鼓响，齐军中闪出一员主将，全身披挂，手执长戟，帅旗上绣着一个田字。田忌在先锋田婴的护卫下高呼："庞涓小儿，速来送死！"庞涓怒瞪双眼："凭你的本事，也敢与我庞大元帅对阵？"田忌冷笑一声说："庞涓，你别逞能，你认识我这阵法吗？"庞涓说："此乃颠倒八门阵！"田忌说："你敢来攻阵吗？"庞涓犹豫了一下：要说敢打，又无把握；要说不敢，岂不丢脸。于是，就硬着头皮说："打！"田忌心中暗喜，说："好！我们走着瞧！"

田忌引田婴回马入阵。庞涓对一旁的庞葱、庞茅、庞英说："你三人各领一军待命出击。我打头阵。你们观阵势一变，就三队并进，使其首尾不能相顾。""是！"三名庞家将奉命领兵走后，庞涓就带领500精兵上前打阵。他刚入阵中，只见八方旗色纷纷转换，东冲西杀一番仍找不到出路。正在此时，一阵金鼓齐鸣。齐军推出一辆戎车，车上高坐着一位浓眉大眼、威武英俊、手持令旗的主将，背后的认旗上绣着一个大大的"孙"字。庞涓大惊，以为遇见鬼。孙膑高声叫道："庞涓，你这人面兽心的势利小人。我不是鬼，是你害不死的义兄孙膑。老天有眼，冤家路窄。你今天敢攻打我的颠倒八门阵，我立刻叫你变成鬼！"庞涓闻言心惊胆战，连忙下令退军！孙膑把令旗一挥，几队齐军一同冲杀过来，杀得魏军丢盔弃甲，横尸遍地。庞涓自以为距死期不远，还好三名庞家将赶来解围。双方一场恶战，庞茅被田婴一枪刺死。庞英、庞葱拼死一战，损兵大半才救出庞涓逃出阵去。

侥幸脱逃之后，庞涓吓得心惊胆战，急忙率领残兵败将像条丧家犬一样，夹起尾巴逃回大梁，紧闭城门死守不出。

8　计杀庞涓

孙膑见庞涓损兵折将夺路而逃，此次救赵的任务已经完成，与田忌商议后就下令班师回朝了。

庞涓此次虽然打了个大败仗，但有攻破邯郸的大功，魏惠王未加追究，仍让庞涓掌管兵权。庞涓心中不服，决心要找机会报桂陵之仇。他派人带重金去齐国行反间计，诽谤田忌有反心，要夺齐王王位。齐威王中计，猜忌田忌。田忌明哲保身，托病不出，并交出了兵权，以释齐威王疑心。孙膑也跟着辞去了军师职位，在家苦读诗书。

庞涓闻知齐王中计，兴高采烈道："哈哈，今天我庞涓可以横行天下无敌手了！"于是，他又说服了魏惠王，率兵入侵韩国。

公元前343年，魏惠王封太子申为监军，庞涓为大将，起倾国之兵攻入韩国，图谋一举而亡韩。

韩哀侯见魏兵势如破竹、长驱直入，就忧心如焚地派人到齐国求救。是时齐威王已死，其子齐宣王继位。他得到韩国的求救信后，马上让田忌、孙膑官复原职，并召集文武大臣商讨救韩之事。

相国邹忌说："韩魏两国互相争斗，这是他们的事。我国可以坐山观虎斗，不予理睬。"田忌摇了摇头说："不可，魏国强，韩国弱。魏国灭了韩国，就如虎添翼，回头来必然要报桂陵大败之仇。那时，我们就孤立无援了。"群臣中，有支持邹忌意见的，有支持田忌意见的。双方各执一端，吵得不可开交。齐宣王见孙膑一直咬紧嘴唇，不动声色，便说道："军师，你为何不说话呀？难道他们都不对吗？"孙膑点了点头，说："是的，是的。"齐宣王迷惑道："难道你还有第三种意见吗？"孙膑又点了点头，说："是的，是的。我们不救韩国是舍弃韩国而强盛了魏国；此刻救韩，是替韩作仗，韩国坐享其成，而我国承担重大损失。所以，臣以为两种意见都不可取。"

齐宣王急了，忙问："大敌当前，军师快说你的第三种意见吧！"孙膑胸有成竹地回答："臣以为应当后发制人，先应允韩王同意出兵，让其安心抗魏。等韩魏双方二虎相争，互伤元气之时，我们然后相机出兵，用力少，而得利多！"

"妙计！妙计！"齐宣王喜笑颜开地大声称赞起来。于是，他便马上接见韩国使臣道："请转告你们国君努力抗魏，不可泄气。我国将派大军与贵国全力破魏！"

韩国使臣一走，孙膑就派人进入韩国观察战局，不时回报。等到韩军节节抵抗，五战五败，退到都城时，孙膑认为时机已到，便请求齐宣王传旨出兵。宣王当即任命田忌为大将，田婴为副将，孙膑为军师，率兵10万出师救韩。

田忌一切准备停当，就要下令直奔韩国。孙膑连忙阻止道："不可！不可！上次救赵，我军未入赵而救了赵。这次救韩仍可不入韩而救韩！"田忌如梦方醒道："军师之意，我们这次再来个围魏救韩？"孙膑笑而不答。于是，10万齐军又沿着上次救赵的大路，像支离弦的利箭一样，直向魏国的心脏——都城大梁射去。

庞涓率兵入侵韩国之后，虽遭韩军顽强抵挡，受到了不小的损失。但终归五战五捷，已兵围韩国都城，眼看大功就要告成。庞涓心中已在盘算着入城受降时的胜利场面，很是洋洋得意。忽然，又听说齐军侵入魏国，而且孙膑、田忌复出，不禁大吃了一惊。他本想置后方于不顾，全力攻城，但经不住魏惠王连续三次派专人催归的旨意，只好传令弃韩归魏。

孙膑闻报庞涓回军，就对田忌说："魏军一向强悍好战，轻视齐军。我们可以利用他们的心理，装作怯战，使其更加骄横。然后再出其不意，反戈一击，魏军必败。”田忌进一步请教于孙膑。孙膑在田忌耳边如此这般地说了一通，说得田忌高兴了起来，下令照计而行。

得胜回国的庞涓，挟余威欲与孙膑决一死战。几天后，魏军回到了国内。齐军已经避战退了回去。庞涓得意地笑了起来：“哈哈！孙瘸子，这次可不比上次了。你这是心虚害怕了吧！”儿子庞英说：“父帅不可轻敌呀！”“嗯！”庞涓点了点头说道，“这回我可不会贸然前进了。”他当即命庞英带人去齐军遗弃的营地查看士兵们做饭的灶头，从中推算出足够10万人用。庞涓心想：“10万人并非小数目，我得格外小心才是。”他便下令：“小心，勿中埋伏。”

第二天宿营时，庞涓又命庞英带人去数齐军二次宿营的灶，推算出仅能供5万人用。庞涓不禁大喜过望：“哈哈，齐军果然胆小怕战，一天之内竟然有5万人开小差！追！一定要追上去。”魏军又追了齐军一天。庞英当夜数了齐军第三天宿营的灶，可供3万人用。庞涓高兴得用手一拍额头说：“哈哈，齐军10万之众已逃亡大半。孙瘸子呀孙瘸子，你的死期将至了。”太子申见庞涓有点得意忘形，就提醒说：“孙膑诡计多端，庞将军还是不可大意呀！”庞涓得意地说：“孙瘸子再诡计多端，士兵胆小不给他卖命，他又有什么办法。太子既然胆小，咱们就兵分两队。我领前军火速追赶，务擒孙膑，以报桂陵之仇。”太子申想了想，说：“这样也好。若你前军有失，我后军还可大力支援！”

孙膑屈指推算魏军的行军速度，断定今日日落之前魏军必至马陵道地界。那马陵道地形险峻，山高林密，中间只有一人一骑能够通过，正是打伏击的好地方。孙膑下令：“全军停止前进，休息饱餐，埋伏两厢，以逸待劳。”

庞涓立功心切，率领前军5万多人马日行百里急行军，来到马陵道时夕阳已西下。正是10月底，天上没有月亮和星星。两旁松树参天，黑得伸手不见五指，后人看不见前人。先锋庞英回报：“前有林木挡道，难以行军！”庞涓说：“这是齐军怕我追上，是其胆小的表现。搬掉它！继续追！”“是！”庞英回去令士兵点起火把，搬运断木，消除路障。庞英见近处有一大松树被剥掉一截树皮，露出了木头，隐隐还有字迹，赶忙报告庞涓。庞涓命一小兵持火把照看，只见上面有七个醒目的大字——庞涓死于此树下！庞涓一见，恍然大悟，脱口惊呼：“坏了，坏了，我又中了孙瘸子的诡计了！退兵！退兵！”话音未落，两边山头上战鼓齐鸣，万箭齐发似暴雨一般，魏军纷纷中箭，你踩我碰，争相逃命。庞涓身中数箭，血流不止，疼痛难当，自知绝路已至，对天长叹道：“天啊，我恨不得当初杀了那个瘸子，今天倒叫他功成名就了！”说完，又身中数箭，他拔出宝剑自杀身亡。庞英的身体也被射得如同刺猬一样，倒毙在其父身旁。齐军乘胜追击，杀得魏军全军覆没，不是死伤就是投降，无一人逃得出包围圈。

这时，太子申的后军已知道前军遭了埋伏，急忙传令安营扎寨，停止前进。哪知为时已晚，田婴大军已杀到。太子申连忙指挥抵抗。紧接着田忌的得胜之师又来合围。魏军更为惊慌，溃不成军。太子申被田婴活捉，庞葱也同时缴械投降。魏军10多万人遭到了灭顶之灾。

齐军凯旋。齐国威名大震，称霸东方。齐宣王提拔田忌为相国。孙膑不受封赏，他用了一段时间写成《孙膑兵法》一书献给国家，然后，就功成身退地隐居到无名的深山老林中，与白云清泉做朋友去了。

（三）

纵横天下助霸业

——张 仪

1　入秦拜相

张仪是魏国人。当初曾和苏秦一起师事鬼谷子先生，学习游说之术，苏秦自认为才学比不上张仪。张仪和苏秦完成学业之后，就去游说诸侯。

张仪根据苏秦的“合纵”策略提出了“连横”策略，对六国一一瓦解，逐个击破，最终化解了六国的合纵之谋与军事行动。

后来，苏秦说服赵肃侯，而得以去游说各国诸侯实行合纵的联盟，但他担心秦国趁机攻打各诸侯国，盟约还没结缔之前就遭到破坏。苏秦考虑再三，找不到一个能派往秦国为他效劳的合适人选，于是他派人悄悄劝说张仪来投奔他。

于是张仪前往赵国，呈上名帖，请求会见苏秦。但是，苏秦却对张仪不理不睬，招待张仪的时候也只是用给仆人和侍女所吃的饭食，并且还当众羞辱张仪，说张仪那么有才能，竟穷愁潦倒到这种地步，是不值得收留的，说完就把张仪打发走了。张仪这次来见苏秦，本以为是旧交，可以求得好处，谁知反而受到羞辱，一气之下，想到各国诸侯中只有秦国才能威胁赵国，于是便前往秦国。

苏秦在张仪离去后，暗中派人资助张仪到达秦国，并且帮助他见到秦惠文君。秦惠文君十年（公元前328年），秦惠文君封张仪为客卿，与他共商攻打各国诸侯的大计。这时，帮助张仪的人才说是苏秦故意激怒他，为的是张仪今后有更好的发展。

张仪一惊说："这些权谋本来都是我研习过的，而我却没有察觉到，我没有苏先生高明啊！况且我刚刚被任用，又怎么能图谋攻打赵国呢？请替我感谢苏先生，苏先生当权的时代，我张仪不敢奢谈攻赵。"

经商鞅变法，秦国的国势蒸蒸日上，秦惠文君野心勃勃，积极推行兼并政策，意欲统一中国。张仪向秦惠文君推销连横之策，实行远交近攻战略，最终将六国各个击破。具体策略是先攻魏国，争夺对黄河中游的控制权；然后西并巴蜀，北收上郡，南取汉中，创造一大片巩固的根据地；接着东进，并吞六国而一统天下。这个计划与秦惠文君的想法不谋而合，他立即表示赞成。同年，又任张仪为相。在张仪的鼓吹下，秦惠文君继魏、齐之后，于公元前325年正式称王，即秦惠文王。在秦国历史上，张仪是第一个相，秦惠文王是第一个王。

其后，秦国便按张仪的计划，与魏国展开了激烈争夺。魏国在战国初期率先实行改革，魏文侯重用李悝，实行法治，先后任用段干木、关起、西门豹、乐羊等贤士，迅速富强起来。魏惠王迁都大梁，重视兴修水利，发展经济，国势日隆。公元前344年，魏惠王在逢泽会盟，有12个诸侯国来到，魏惠王成了霸主。张仪实行远交近攻策略，秦、魏疆界相连，取得一次胜利就可以从魏夺取一部分土地，所以秦魏连年争战。

2 攻魏相魏

早在公元前333年，在秦任大良造的公孙衍便逼迫魏国将阴晋（今陕西省华阴市）献给秦国，秦改名为宁秦，从此建立了秦国东进的桥头堡。公元前330年，公孙衍率部众在雕阴（今陕西省甘泉县南）将魏军击败，俘魏将龙贾，夺取了魏的河西地。公元前329年，秦军又掠夺了魏国河东的汾阴、皮氏及河南的焦、曲沃（今山西省闻喜东）。张仪入秦为相后，便将公孙衍排挤走。公孙衍没有办法，只得回魏国为将。

张仪对魏国实行恩威并施、军事与外交并举的方针。他一方面希望不断地从魏国掠地，另一方面，又希望魏国带头向秦国屈服。公元前328年，张仪与公子华率军攻取了魏的蒲阳（今山西省隰县）后，又假意还蒲阳于魏。魏惠王不知是计，反而将上郡15县（包括少梁，即今陕西省韩城市）献给秦国。秦轻而易举便得到了朝思暮想的战略要地上郡。公元前327年，秦国把地理位置不大重要的焦和曲沃还给了魏国，魏惠王非常感激。谁料公元前324年，张仪再次率军攻魏，取陕城，并在上郡筑塞守卫。

至此，秦据有河西、上郡，并占据了河东、河南部分土地。秦军在黄河西岸有了牢固的后方，进可以攻，退可以守，取得了空前的胜利。此后，为了对付东方各国合纵攻秦，张仪曾代表秦国与齐、楚大臣在啮桑相会。公元前322年，魏国向秦屈服，任张仪为相，赶走了著名的政治家惠施。张仪要魏国公开背弃合纵，单独与秦连横，魏惠王不从。于是，秦国又出兵占领了交还魏国不久的河东曲沃以及平周（今山西省介休市西）两城。公元前319年，齐、楚、燕、赵、韩五国联合援魏，打败秦军，魏惠王在五国支持下，将张仪驱逐回秦，改任公孙衍为相。公孙衍主张合纵攻秦，于公元前318年，联合楚、赵、韩、燕，集中五国的兵力击秦，推楚怀王为纵长。由于各国彼此心怀鬼胎，不能同心协力，五国之兵至函谷关败还。五国合纵虽然失败，然而却给秦国以强大的压力。公元前317年，在公孙衍的怂恿下，义渠趁机进攻，在李帛大败秦军，秦东扩之欲受挫。在此之后，秦又把进攻的矛头指向了西南方的巴、蜀。

3 兼并巴蜀

公元前316年，处于秦西南方的两个小诸侯国巴国和蜀国相互不和，蜀王讨伐与巴国关系密切的苴侯，苴侯逃到巴国求救，结果，巴蜀两国均分别向秦国告急。怎样利用这一时机以扩大秦国的利益，以便有利于秦统一全国的事业，秦惠文王迟疑不定，秦国的朝臣也意见不一。一派以将军司马错为首，主张趁巴蜀两国内乱，夺取巴蜀，这样既可以扩大秦国的疆域，又能够增加国家的财富，并进而威胁楚国；另一派以张仪为首，张仪本来是赞成“西并巴蜀”的，但此时他却认为，应该继续远交近攻，主攻韩而后挟天子以令诸侯。权衡利弊，秦惠文王最终决定采纳司马错的意见，出兵夺取巴蜀。

秦惠文王派张仪、司马错、都尉墨等人带领大军通过金牛道进攻巴蜀。关于金牛道有个传说。金牛道本称石牛道，是入蜀的重要通道。临出兵前，大家都担心道路艰险，所谓“蜀道之难，难于上青天”。狡猾的秦惠文王便想出一条妙计：秦国要将五头能粪金的石牛送给蜀国，让他修整道路，准备迎接。贪婪的蜀王不知是计，便派了很多民夫修整道路，专候金牛到蜀。不料，粪金的石牛未接到，却杀来了秦国的千军万马。蜀王匆忙整备军队，亲自率兵在葭萌关（今四川省广元市昭化区昭化镇）同秦军激战。结果，蜀兵全军覆没，蜀王也在战斗中被杀死。秦军乘胜进攻苴国和巴国，均取得了胜利，巴王被生擒。秦彻底征服了巴蜀，把它并入自己的版图。

秦兼并巴蜀后，建置郡县，以张若为蜀郡守，并从关中移民万家入蜀，张仪、张若、司马错还在当时的成都筑“大城”“少城”两城，巴蜀的政治、经济发展很快，增强了秦国的经济实力。后来，张若还曾多次率蜀郡之兵支援过司马错、白起等对楚国的进攻，为秦统一中国做出了巨大贡献。需要加以说明的是，张仪一开始虽不赞成夺取巴蜀的建议，但在实际受命兼并巴蜀的过程中，他的作用还是应予重视的，他为秦国又立了一大功。

4 计取汉中

西并巴蜀之后，秦军又向三晋展开进攻。公元前314年，秦大军再次进攻魏国，重新占领了焦和曲沃。接着，秦又攻韩于岸门，韩国难挡，向秦国求和，遣韩太子入质于秦。公元前313年，秦军在蔺（今山西省离石县西）打败了赵军，将赵将赵庄生擒，赵也向秦国屈服。至此，三晋均投入了秦的怀抱，而楚、齐两个大国这时却结成了联盟，与秦及三晋对抗。

强大的齐楚联盟有效地遏制了秦向东的攻势。张仪自告奋勇去离间齐、楚间的关系，他计划从楚国下手，趁机攻下楚的汉中郡，将巴蜀与秦的国土连成一片。张仪对楚国是怀有私怨的，他从未忘记自己受辱于楚相那件事。早在他登上秦国相位之初，他就曾给鞭打过他的楚相发过一纸檄文，公开表示："当时我参加你的宴会，并没有偷过你的玉璧，你却无故鞭打我。如今，你好生守护楚国的土地，我一定夺取楚国的城池，加以报复。"现在，机会终于来了，张仪开始着手实施自己的复仇计划。

公元前313年，秦惠文王假意免除了张仪的相位，让张仪入楚去见楚怀王。张仪到楚国后想方设法讨好楚怀王，并用重金收买了楚怀王的左右亲信。取得楚怀王的信任后，张仪便欺骗他说，秦国愿将过去强占去的商、於（今河南省淅川县西南）之地六百里归还给楚国，条件是楚与齐绝交而与秦亲善。楚怀王利欲熏心，一点儿也未看出张仪的诡计，他得意扬扬地以为商、於之地六百里已经到手了。所有的朝臣都向楚怀王祝贺，只有谋臣陈轸极力反对这件事。陈轸对楚怀王说，秦之所以重视楚，是因为齐楚联盟的缘故，如果与齐断交，楚就会孤立，不但得罪了齐国，秦国也不会重视楚国了。陈轸并不相信张仪所言。如果照张仪的主意办，势必得罪齐、秦，两国都会发兵来攻打楚国。

楚怀王利令智昏，根本听不进陈轸的正确意见，他完全相信了张仪的骗局，派了一名将军赴秦去接受张仪许诺交给楚国的土地。哪晓得张仪归秦之后，装作酒醉坠于车下，称病三月不出，楚国使者吃了闭门羹。楚怀王认为这是秦国嫌楚国与齐国断交的态度尚未坚决，于是便派了使臣到齐国去辱骂。齐王听了大怒，他折断盟符，宣布与楚绝交，与秦联合。等到齐、楚彻底断交，齐、秦交好已成定局，张仪才出来理事。他对楚国派来的使者说，他准备将他自己的封地拿出六里来交给楚国，而闭口不谈当初答应的商、於之地六百里之事。楚使见事情不成，便回国向楚怀王报告。六里与六百里有天壤之别，楚怀王这才如梦方醒，自觉上了张仪的当。

楚怀王大怒，下令与秦断交，立刻出兵攻打秦国。这时陈轸又出来劝阻，认为此时出兵必遭败绩。楚怀王固执已见，继续进兵。结果秦楚两军在丹阳（在今陕西、河南两省间的丹江以北）进行会战，楚军惨败，8万多甲士被杀，大将屈匄、副将逢侯丑等70余人被俘，汉中郡（今陕西省汉中市）被秦军占领。汉中郡失守后，楚怀王勃然大怒，调动全国兵力深入到秦的蓝田（今陕西省蓝田县一带）与秦军主力决战。同时，又再度与齐、宋结盟，誓报一箭之仇。在蓝田，楚军再次被秦军击败，秦的盟国韩、魏还发兵进攻楚的后方，最后楚军不得不仓促退回，楚军完全失败。

蓝田战后的次年（公元前311年），秦国又想联合楚国对付韩国，便派使者去见楚怀王，声称愿将汉中郡的一半还给楚国，以期重修旧好。楚怀王正在气头上，他恨张仪欺骗了他，一定欲置之死地而后快，表示宁愿不要秦归还汉中地，只要得到张仪即可。张仪知道此事后，自告奋勇向秦惠文王要求使楚。秦惠文王担心张仪至楚后会遇到危险，张仪却说自己与楚怀王宠臣靳尚私交很深，靳尚又与楚怀王宠姬郑袖关系亲密，而楚怀王对郑袖言听计从，这些人都会为他出力，加之有秦国做后盾，他觉得没有什么可怕的。张仪终于说服了秦惠文王，轻车简从昂然来到了楚国。

一到楚国，张仪就被监禁，楚怀王准备将他杀掉，以泄心中之愤。靳尚却对楚怀王说，如果杀掉张仪，必然得罪秦惠文王，秦、楚怎么能建立联盟关系呢？楚若失去秦的支持，别的诸侯国都会轻视楚国。他建议放掉张仪，楚怀王犹豫不决。靳尚又去对楚怀王的宠姬郑袖说，秦惠文王甚信张仪，一定要将张仪赎回去，听说秦惠文王要用上庸6县和10名美女来换取张仪。如果秦女来到楚国，以其倾国倾城的容貌，一定受宠于楚怀王，那么楚怀王就会遗弃郑袖。如果放了张仪，秦惠文王也就不会送美女给楚怀王了。郑袖闻之觉得很有道理，就向楚怀王进言，放了张仪。

楚怀王设酒宴招待，张仪在宴会上大谈秦、楚友好，宴后便立即出发，逃回秦国。此时，出使齐国刚回来的三闾大夫屈原向楚怀王建议杀掉张仪，以绝后患。楚怀王也有些后悔，便派人追杀张仪，然而老谋深算的张仪早已逃出了楚国。楚国既没有得到土地，又放掉了已到手的张仪，真是赔了夫人又折兵。张仪凭借自己的勇气为秦国保全了汉中郡。从此，楚的汉中郡就被秦国完全兼并，汉中将秦国本土与新征服不久的巴蜀连成了一片，因此秦国的羽翼更丰满了，实力也更强大了。夺取汉中，使张仪的连横事业达到了极致，秦惠文王为了表彰张仪，赐给他5个封邑，并封张仪为武信君。在对待楚国的问题上，张仪既报了私仇，又得了厚禄，实在是一举两得。

5　叶落归根

公元前311年，一直信任张仪的秦惠文王死了，其子秦武王继位。一朝天子一朝臣，秦武王对张仪无甚好感，身边的大臣纷纷说张仪的坏话，其他各国也非常讨厌张仪的为人。齐国扬言必置张仪于死地而后快，张仪的地位岌岌可危，他在秦国已日薄西山了。张仪见势头不妙，主动要求离秦去魏，秦武王顺水推舟，答应了张仪的要求。张仪在魏国任相一年后（公元前309年）死去，死时60多岁。这个一生为秦国效力的谋士，最后却只能死于自己屡次加害的故国，真是一个莫大的讽刺。

对于张仪的一生，史家历来褒贬不一，其不顾信义、睚眦必报的人格为人所不齿，但其审时度势、运筹帷幄的战略眼光，以及卓绝的才智和过人的勇气还是值得称道的，他对秦最后统一中国所建树的功绩，也应该加以肯定。他在秦、楚关系上，巧妙地利用了昏庸的楚怀王，翻手为云、覆手为雨，将楚怀王玩弄于股掌之间，强秦弱楚的作用是非常大的。

战国中期，七雄间的兼并斗争日趋激烈，所谓“争地以战，杀人盈野；争城以战，杀人盈城”。此时，称霸于战国初期的魏国已是江河日下，但势均力敌的秦、楚、齐三国均跃跃欲试，企图一统天下，依山靠海的齐国因为苏秦反间的成功，加之齐闵王的昏庸，惨败于乐毅率领的五国联军手下，虽然后来田单大摆火牛阵击退了燕军，但实力却大损，无力与强秦抗争，最终丧失了统一中国的机会。

强大的楚国，“地方五千里，带甲百万，车千乘，骑万匹”“天下之强国也”，何以屡次败于齐、秦，而使统一全国的机遇落到了秦国头上，这应该归功于张仪连横的成功。楚国的衰落，始于楚悼王时期，名将吴起被杀，国中贵族内乱，元气受损，但其根本转折点却因为楚怀王上了张仪的当，丹阳、蓝田相继惨败，又丢掉了汉中，最终失去了争雄的力量。张仪自己固然是为了报复，人品不佳，然而在客观上，他的活动增强了秦国的实力，削弱了楚国的力量，他是一位强秦弱楚的纵横家，他的历史作用在于为秦最终统一中国排除了楚国这一大障碍，其意义也是不能低估的。

（四）

志向远大心胸狭

——范 雎

1　使齐遭陷

范雎早年家贫，虽欲周行天下，游说诸侯，一展满腹经纶。但苦于家徒四壁，囊空如洗，难以成行，无奈空怀壮志，在家蹉跎岁月。其后，他本想辅佐魏王，为魏国的富国强兵贡献力量，无奈无人引见，又无钱打通关节，只好作罢。但他又不甘心虚度时光，思虑再三，最后投到魏国中大夫须贾门下，等待时机，再谋出路。

没过多久，魏王派遣须贾出使齐国，范雎以随从舍人的身份一同前往。当年，齐闵王无道，燕国大将乐毅纠合四国一同伐齐，魏国亦在其中，配合燕国发兵伐齐。乐毅指挥联军所向披靡，以摧枯拉朽之势横扫齐国，连拔齐国70余城并很快占领齐国都城临淄，只有莒与即墨两城未能攻下。后来，齐将田单用火牛阵大破五国联军，齐国得以复兴。齐襄王即位后，励精图治，国势日强，魏王生怕齐国报复，便命须贾至齐修好。

须贾来到齐国以后，齐王对其很不礼貌，当面斥责魏国反复无常，并言先王之死，与魏有关，令人切齿痛心。面对齐王的指责，须贾一时情急，无言以对。范雎见状，从容代为辩驳，严正地指出："齐闵王骄暴无厌，败楚、击晋、灭宋之后，甚至企图取周天子而代之，不自量力，招来五国同仇，岂独魏国。今大王英武盖世，应思重振齐桓公、齐威王之余烈，若斤斤计较齐闵王时的恩恩怨怨，但知责人而不知自省，恐怕又要重蹈齐闵王的覆辙了。"齐襄王素闻范雎素有谈天说地之能，安邦定国之志，今日听了他这一番不卑不亢、入情入理的雄辩，内心更为敬重。是夜，派人说于范雎，欲留他在齐，并以客卿相待。范雎听后，义正词严地推辞说：“我与使者一同出使齐国，而不与他们一同回国，是为无信无义的表现，让我以后怎么为人。”说客把话传给齐襄王，齐襄王更加敬重范雎，特赐予他黄金10斤和牛、酒诸物。范雎初使，肩负通使重任，岂敢擅自受用私馈之物，一再坚辞不纳。须贾身为正使，遭遇冷落，而随从却受此优待，心中很不快。范雎据实相告后，须贾令他封还黄金而留下牛、酒。范雎没有二话，遵命从事。但他怎么也没有想到，自己出使齐国不为利禄所诱，高风亮节，一身正气，却将遭到小人的冷枪暗箭，以致险些丧命。

回到魏国后，须贾向相国魏齐告发范雎私受贿赂，向齐国出卖魏国情报，有辱使命。魏齐很生气，不问青红皂白，命人将范雎抓来予以严刑拷打。范雎无故受刑，自然不服，最后被打得皮开肉绽，浑身是伤，惨不忍睹。

范雎胸怀大志，一心想有所作为，如今雄才未展一二，岂能如此白白冤死。想到这里，他便佯装气绝，待机脱身。听说范雎已经气绝，魏齐亲自探视，见其血流满面、体无完肤，直挺挺躺在地上不动，便命仆人用苇席裹尸，扔到茅厕之中。此外，还让家中宾客在其尸身上撒尿，不容他做干净之鬼，用以警戒他人。

暮色降临，范雎从苇席中张目偷看，见有一名仆人在旁看守，他便悄悄地对看守说：“我伤重至此，心中虽然清醒，尚有知觉，但不可能再生。您如能让我死于家中，以便殡殓，那么我定让家属重谢于您。”仆人见他可怜，又贪他利，便向魏齐谎报说：“范雎已经气绝身亡。”魏齐正在大宴宾客，酒酣耳热之时无暇顾及这些，便命仆人将范雎尸体弃于郊野。

等仆人一走，范雎强忍剧烈伤痛连夜返回家中，让家人将苇席置于野外，以掩人耳目。范雎找到好友郑安平，请其帮助他藏匿起来，化名为张禄，同时吩咐家人明日发丧。果不出范雎所料，第二天魏齐酒醒后即疑心范雎未死，让人到野外巡视，见仅存苇席，又派人到其家中侦察，恰逢举家发丧戴孝，方信范雎尸身为野狗衔去，从此不再怀疑。

2　夜访秦使

半年后，即周赧王四十四年（公元前271年），秦昭王派出使臣王稽出访魏国。秦国自商鞅变法后有个传统政策：“荐贤者与之同赏；举不肖者与之同罪连坐。”意思是，凡进献了有才能的人（不管此人为何方人士，亦不论其出身贵贱），只要此人为秦立了大功，做出了贡献，受到秦王的奖赏，则原先的引荐者亦会受到同样的奖赏；同样，被引荐者若无能，甚至不肖，做出了有害于秦国之事，犯下了大罪，则引荐者就要连坐，受到同样的处罚。自这一政策颁布实施以后，秦国的有识之士全部随时留意访求人才。一时间，六国的许多贤士都纷纷西向，涌入秦国。秦国亦因其贤者如云、人才济济，在富国强兵的大道上阔步前进，由一个被轻视的西戎小国逐渐跻身于强国之林。先为春秋五霸之一，再为战国七雄之首，并最终一统天下，建立空前强大的大秦帝国。

且说郑安平听说秦使臣来魏，认为时机已到，便假充仆人，在公馆里服侍王稽。他应对敏捷，颇得王稽欢心。不久，两人关系便融洽起来，遂无话不谈。一次，王稽悄悄问郑安平：“贵国是否有怀才不遇尚未出仕的贤人，是否愿与我一同归秦？”郑安平正是为此而来，见秦使者问话，抑制住心中暗喜，应对说：“今臣家中有一位张禄先生，智谋过人，只是有仇人在国中，难有出头之日，否则早已脱颖仕魏，怎会等到今天呢？”王稽连忙表示，白日不便接见，可于夜间前来。

郑安平让范雎也假扮仆人模样，夜深之后偷偷来到公馆，拜见王稽。王稽和他促膝畅谈天下大势，范雎侃侃而谈，妙语连珠，指点江山。未待范雎把话谈完，王稽已深信范雎是一个难得的人才，便与他相约，待自己把公事办完，请范雎在魏国边境的三亭冈处等候，随后将他带回秦国。

王稽办完公事后辞别魏王，驱车回国。当行至三亭冈时，范雎和郑安平从林中疾趋而出。王稽大喜，与之寒暄数语，遂以车载之，西行而去。

3 下车避祸

行至秦国湖关时，远远望见对面尘头起处，一列车骑蜂拥而来。范睢有心计，见状连问：“来者何人？”王稽认得前驱，若有所思地回答说：“这是秦国当朝丞相穰侯魏冉，看样子是东行巡察县情。”穰侯魏冉是宣太后之弟，秦昭王之舅，把持朝政，权倾朝野。秦昭王虽然不满，但心畏太后，也不得不听之任之。穰侯魏冉与华阳君、泾阳君、高陵君并称“秦国四贵”，而穰侯魏冉久居相位，又有太后做后台，为“四贵”之首，权势显赫，炙手可热。他每年都要带着大队车马代秦王周行全国，巡察官吏，省视城池，校阅车马，抚恤百姓，扬威作福。范睢虽身为平民，但多年来对各国形势始终很关心，像穰侯魏冉这样权倾一时的大人物，他当然早有所闻，深知其人品，遂对王稽说：“素闻穰侯专权弄国，妒贤嫉能，厌恶招纳诸侯宾客。我如与他会面，恐受其辱。不如暂且藏于车厢之中，免生意外。”王稽依其所言。

不多时，穰侯车马即到，王稽赶忙下车迎拜，穰侯也下车相见，寒暄慰勉一番后，穰侯问道：“关东情况怎样，诸侯之中有什么事吗？”王稽鞠躬回答：“没有。”穰侯看看车中，又察看了一下随行人员，接着说：“你这次出使魏国，没有带来诸侯的宾客吧？这些人依靠说词扰乱国家，为的是寻求一己的富贵，全是一些夸夸其谈无益于国之人。”王稽赶忙附和说：“丞相所言极是。”穰侯未见什么疑点，就领着众人东去了。

一场虚惊过后，王稽正要扬鞭策马，范雎从车厢里出来说："穰侯这个人虽有智谋，但办事迟疑，刚才目视车中，已经起疑。当时虽未搜索，不久必悔，悔必复来，来必搜查。因此，我不如下车避一下为好。"王稽方才被范雎的妙算所折服，听他对穰侯简短而切中要害的分析，也认为穰侯极有可能杀个回马枪。因此他让范雎和郑安平下车，从小路步行赶路。

不久，王稽忽听背后马铃声响，果有20余骑从东如飞而来，声称奉丞相之命前来查看。这帮人遍搜车中，见并无关东之人，方才转身离去。王稽心下庆幸，叹曰："张先生真智士，吾不及也！"于是催车前进，不久遇着了范雎、郑安平二人，邀其登车，一同向秦都咸阳进发。

4　巧妙自荐

至咸阳后，范雎没有马上得到进见秦昭王的机会，尽管王稽疏通了许多关节，做了很多努力，仍毫无进展。眼看大好时光一日日逝去，范雎虽不甘心，但也没有办法，每日居于下等客舍，用读书和访察民情来打发时间。

这时，秦昭王已在位36年，国势强盛。秦军在大将白起统帅下横扫千军，所向无敌。强秦南伐楚国，力拔楚国重地鄢、郢（国都），楚国从此一蹶不振，不再成为秦的强敌；接着向东，联合韩、赵、魏、燕四国军队大败齐军，又消除了一个足以与秦抗衡的东方大国——齐国；与此同时，秦军还屡次打败韩、赵、魏三晋之师，使魏、韩二国俯首听命。秦廷上下亦人才济济，“四贵”掌权，剪除异己。秦昭王深居内宫，被权臣贵戚所包围。当此风云变幻的战国时期，在政治舞台上驰骋的谋士说客如过江之鲫，难保鱼龙混杂、良莠不分。一时间，秦国上层统治集团对来自诸侯各国的宾客辩士印象极不好，以为不学无术、夸夸其谈者居多。因而尽管范雎想方设法、绞尽脑汁，还是难以跻身秦廷，一展平生所学。

情急之下，范雎托人向秦昭王自报家门，言称：“现有魏国人张禄先生，智谋过人、天下奇才。他要拜见大王，声称秦国危如累卵，失张禄则危，得张禄则安。其中缘故，非面陈大王不可。”当然，这只不过是夸大其词，以期引起秦昭王的重视。然而秦昭王并非孤陋寡闻之君，类似之事已非一次。昭王认为，天下策士辩客常常如此，所以并不理睬。就这样，范雎又碰了一鼻子灰。回到家里，每日粗茶淡饭，在焦虑烦躁中不知不觉又挨过了一年时光。

乐极生悲，否极泰来，事情往往如此。周赧王四十五年（公元前270年），丞相穰侯魏冉打算率兵跨越韩、魏去攻打齐国，占取刚、寿二地，以扩大封地定陶的范围。范雎认为可以借此良机打动秦昭王，从而跻身秦廷。

魏冉和华阳君是宣太后之弟，秦昭王年幼未冠时，宣太后临朝处理政事，委任魏冉为丞相，封穰侯，封其次弟为华阳君。后秦昭王年长，乃封自己同母弟为泾阳君和高陵君，意欲分宣太后之权。如此，宗亲贵戚专权独断，其私家财富甚至超过了王室，使秦昭王如芒刺在身，有苦难言。这次魏冉欲攻齐国占领刚、寿二地，亦由于它们紧邻魏冉的封地陶，若扩充占为己有，其结果势必进一步增强魏冉的实力，助长枝繁干弱、尾大不掉的缺陷。鉴于这些错综复杂的情况和一年来对秦昭王内心世界的了解、分析和判断，范雎果敢地再次上书秦昭王，阐明大义，直刺时弊而又紧紧抓住秦昭王的心病。

范雎在信中说道："我素闻贤主执政，对于有功于国者给予赏赐，有能力的人委以重任；功大者禄厚，才高者爵尊。故无能者不敢滥职，有能者亦不得遗弃。昏庸的君王却并非如此，赏其所爱罚其所恶，赏罚无据，全凭一时冲动。我听说善于使自己殷富者大多取之于国，善于使国家殷富者大多取之于诸侯。天下有了英明的君王，那么诸侯便不能专权专利，这是为何呢？因为明君善于分割诸侯的权柄。良医可以预知病人之死生，明主可以预知国事的成败。有利则实行之，有害则舍弃之，疑则少尝之。自古以来，舜、禹这样的圣君明主全都是这样做的。有些话，在这封信里我是不便深说的，但说浅了又不足以引起大王的注意。我希望大王能牺牲一点儿空余时间容我直言，如果我所讲的对于治国兴邦大业无效，我愿接受最严厉的惩罚。请勿因为轻视了我，而轻视了举荐我的人。"

范雎的这篇说词，最难能可贵之处在于具有深刻的政治思想，直指用人制度。在用人上，他力主选贤任能，奖励军功、事功，反对任人唯亲。这在血缘关系纽带又粗又长的早期封建社会里，无疑是具有闪光的思想。其次，范雎指责了权臣专权误国的现象，指出了枝繁干弱的危害，建议加强中央集权，巩固君王的统治地位。秦昭王是个有雄心、有作为的帝王，然而王室中显亲贵戚盘根错节，对他厉行富国强兵之计多有掣肘，这也是他多年来无法诉说的一块心病。范雎信中之言正好击中了秦昭王的心病。再者，范雎在信中所传达的含蓄的隐秘之语，使秦昭王思绪起伏，吊起了他的胃口；紧接着又信誓旦旦地保证自己有治国的奇谋良策，能解秦昭王困境。如此一来，秦昭王就不得不召见他。由此可见，范雎不仅满腹经纶，而且还工于心计。

秦昭王见信果然心动，非常高兴，传人立赏王稽荐贤之功，并速派人将范雎接来王宫一见。

5 初得王心

杰出人物未逢机遇之时，可以忍受难熬的寂寞；而机会一旦出现，就会充分地加以利用，因为他懂得机不可失，时不再来，范雎正是这样的人。

范雎进入秦宫之前早已胸有成竹，他把与秦昭王相见的每个细节都考虑得十分周详。只见他下车之后，径直向禁地闯去。秦昭王在众人的簇拥下从对面走来，他也不趋不避，旁若无人。宦官见状，大声怒斥道："秦王在此，还不闪开！"

范雎不慌不忙，反唇相讥道："秦国哪里有王，只有太后和穰侯！"

这话无疑是刺激秦昭王的。由于语中有较强的针对性，切中时弊，击中了秦昭王的要害，果然收到了出奇制胜的效果。秦昭王听罢，不仅不怒，反而把他引入密室，待之以上宾之礼，只身与之倾谈。

凡是足智多谋之人均能把虚与实、张与弛安排得恰到好处。范雎紧紧地抓住对方的心理，越是探胜寻奇，就越是迂回曲折、拐弯抹角。秦昭王施以重礼，恭恭敬敬地问道："先生以何教寡人？"范雎却一再"唯唯诺诺"，避而不答，如此三次。范雎此举，一是让秦昭王记住这次谈话的重要性；二是为了提高自己的身价。

范雎见秦昭王求教心切，态度恳切，便不再故弄玄虚，婉转地说道："臣非敢如此，昔者吕尚垂钓于渭水之滨，待到遇见周文王，一言而拜为尚父，终用吕尚之谋，灭商而有天下。而商朝的大臣箕子、比干，身为贵戚，也极尽其忠，屡次进谏殷纣王，但纣王不听其言，把他们或贬为奴隶，或处以极刑，最终众叛亲离，落得国破家亡的下场。两种态度，两种结局，没有其他原因，主要是信任与不信任的区别。假如周文王疏吕尚而不与深言，那么周便无天子之德，而文王、武王便不可能成其王业。如今臣为羁旅之人，离乡背井，居于异国他乡陌生之地，而所要说的话皆国家兴亡大计，或关系到大王骨肉之亲疏。言之不深、不尽，就无救于秦；言之太深、太尽，则箕子、比干之祸有可能降临到我的头上。所以，大王三问而不敢答者，不知大王信与不信之故耳。”

范雎这番说辞的开场白，是经过再三考虑的。范雎将秦昭王比作周文王、周武王，极大地满足了他的虚荣心，使谈话得以顺利进行，增强了两人之间的感情。范雎自比吕尚，虽暂处蓬蒿之间，然有经天纬地之才，可以辅佐明主而成就轰轰烈烈的王业，关键是君王信与不信、用与不用。若有贤才而不用，甚至诛杀，那就等于把自己降为如商纣那样的暴君了，杀贤误国历来为明君大忌。这番话不但给秦昭王提了个醒，也为自己的人身争取了安全系数。

继而，范雎依旧围绕“信与不信”这个话题侃侃而谈：“大王信臣之言，死不足以为患，亡不足以为臣忧，漆身为癞、披发为狂不足以为耻。臣只恐天下人见臣尽忠身死，从此杜口不语，裹足不前，莫肯心向秦国。”

这番慷慨悲壮之词更进了一层，不但披肝沥胆，以情感染了对方，而且将自己置之度外，好像一切都是从秦的根本利益出发，晓之以大义利害，使对方愈加信赖自己。

经过充分地铺垫，范雎最后才接触到实质问题，指明了秦国的政治弊端：“大王上惧太后之严，下惑奸臣之谄，深居简出，不离阿保之手，终身迷惑，难以明断善恶。长此以往，大者宗庙倾覆，小者自身孤危。此臣之所恐耳。臣死而秦治，是死胜于生也。”

实际上，治秦当务之急并非上述之弊。范雎之所以要大论此事，意在用“强干弱枝”来迎合秦昭王。与此同时，也借以打击自己将来立足秦廷的政敌，确立自己在秦廷的地位。只要地位确定了，其他一切便可自然而然得到解决。谋略家们的良苦用心，往往表现在一言一行之中。他们为了达成自我的政治意图，绞尽脑汁，费尽心机。

因为范雎的一番说辞正中秦昭王的下怀，秦昭王将范雎看作知音，对他施以大礼，并推心置腹地说道：“秦国僻远，寡人愚下，上天恩赐先生于秦。自此以后，事无大小，上及太后，下及大臣，愿先生悉教寡人，切勿见疑。”

就这样，范雎得到了秦昭王的充分信任，具备了从政的根本前提，向错综复杂的政治舞台迈出了坚实的一步。

6 远交近攻

范雎对秦昭王分析了秦国的形势："大王之国，四塞以为固，北有甘泉、谷口，南带泾渭，右陇蜀，左关、阪，秦地之险，天下莫及，利则出攻，不利则入守，此王者之地也。雄兵百万，战车千乘，其甲兵之利，天下亦莫能敌。以秦卒之能，车骑之众，用以治诸侯，如同良犬搏兔。然而兼并之谋不就，霸王之业不成，莫非是秦之大臣计有所失？"

范雎是深谙谈话艺术之人，他知晓居高位者一般都喜听恭维之词的心理，所以首先从秦之优势分析入手，果然一下子抓住了秦昭王的心。秦昭王闻此言，便侧身问道："请言失计何在？"

范雎考虑到自己初涉秦廷，根基不牢，不敢言内，便先谈外事，投石问路，以考察秦昭王之态度。他说："臣闻穰侯将越韩、魏而攻齐，其计谬矣。齐离秦国甚远，中间隔着韩、魏两国。秦出兵较少，则不能够打败齐；如出兵甚众，则有后顾之忧，会受到韩、魏、赵，甚至楚国的侵扰，这对秦是十分危险的。伐齐而不胜，为秦之大辱；即使伐齐取胜，那时秦齐两败俱伤，韩、魏、赵等国便可从中渔利，得到好处，于秦何益。与其劳师远征，有百害而无一利，莫若远交而近攻。远交以离人之欢，近攻以广我之地，自近而远，如蚕食叶，天下可得矣。"

秦昭王又问："远交近攻之道何如？"

范雎答道："远交莫如齐、楚，近攻莫如韩、魏。既得韩、魏，齐、楚岂能存乎？"

秦昭王鼓掌称善，心下大喜，当即拜范雎为客卿，号为张卿。用其计东伐韩、魏，传令白起停止攻打齐。

范雎在这段谈话中明确提出了“远交近攻”这一具有战略意义的思想。此计贡献巨大，为秦逐个兼并六国并最终统一天下奠定了理论基础，而且对后世影响也相当深远，在中国政治、外交思想史上写下了灿烂的一笔。魏冉自秦昭王二十一年（公元前294年）任相以来，应该说对秦国大业是卓有建树的，然而在国家总体战略决策上也犯有严重的失误，给秦国带来了一定的损失。例如，在对待“三晋”问题上，魏冉采取了先强后弱的战略方针，小看魏、韩两个邻国的肘腋之患，将之置眼皮底下于不顾，却劳民伤财地跨越魏、韩去远征赵国。当时赵国又处于鼎盛时期，赵军在名将赵奢统帅下，以逸待劳，重创秦师，使秦国付出了惨重的代价。再如，对待齐国，接连数次讨伐，虽然双方互有胜负，却并未取得战略性的胜利，秦国在人力、财力上都有较大消耗。魏、韩坐山观虎斗，火中取栗，其结果是得不偿失。

范雎循着“远交近攻”这一方针，进一步阐述了秦统一天下的具体构想：

首先，就近重创韩、魏，解除心腹之患，壮大秦国实力。

其次，韩、魏解决以后，北边谋赵，南边谋楚，扶弱国，抑强敌，争夺中原地带，抑制各国的发展。

再次，韩、魏、赵、楚依附秦国之后，携五国之众，进而威逼最远且最强劲的对手——齐国，让其不敢与秦对抗。

最后，在上述基础上再一个个消灭韩、魏、赵诸国，最终达到统一天下之目的。

秦国“远交近攻”的原则确立后，范雎及时地替秦昭王谋划“收韩”之策。韩在当时实力最弱，所以范雎选它为突破口。

他首先向秦昭王解析了“收韩”的战略意义：“秦、韩二国互相交错，秦之有韩，如木之有蠹，人之心腹有病。天下无变则已，天下有变，其为秦患者莫大于韩，王不如收韩。”

秦昭王说："吾固欲收韩，韩不听，其奈何？"

范雎早已成竹在胸，他回答说："韩国如何不听命归附于大王呢？若大王派兵首先攻打并占领韩国政治、经济、军事、交通中心荥阳，便可使巩、成皋之道不通，北断太行之道，上党之韩军不得而下，一举可将韩国拦腰斩为三截。如是，韩军必亡，如何不听命归附于大王呢？"秦昭王点头称是，同意范雎的方案。

随后，秦军按照范雎的策略，对韩国实行了一连串致命的打击：

秦昭王四十二年（公元前265年），秦军攻占韩国少曲（今河南省济源市东北）、高平（今济源市南）。

秦昭王四十三年（公元前264年），秦大将白起夺取陉城（今山西省曲沃县东北）。

秦昭王四十四年（公元前263年），白起攻掠韩太行山以南的南阳，次年又取野王（今河南省沁阳市）。

至此，韩国被一斩为二，使整个上党地区完全孤立起来。秦军攻势凌厉，韩国摇摇欲坠。与之相反，秦国却从对魏、韩的战争中得到了人力、物力的补充，实力大增，令诸侯各国侧目，并为之战栗。自此，秦加快了东进的步伐，扩大了对赵、楚两国的战争规模。

7　强干弱枝

范雎在秦数年，锋芒初露，成绩斐然，日益受到秦昭王的宠信。到了周赧王四十九年（公元前261年），范雎开始在内政方面实施变革，推行“强干弱枝”的策略，加强中央集权。

一日，范雎对秦昭王说：“臣蒙大王信任，言听计从，臣虽粉身碎骨，无以为报。现在，臣有安秦之计，尚未敢尽献于大王也。”

秦昭王急问道：“寡人以国托于先生，先生有安秦之计，此时不赐教，还待何时？”

范雎道：“臣昔时居齐时，闻齐但有孟尝君，不闻有齐王，闻秦但有太后、穰侯、华阳君、高陵君、泾阳君，不闻有秦王。夫擅国之谓王，生杀予夺，不可委以他人。今太后恃国母之尊，擅行不顾者四十余年。穰侯独相秦国，华阳君辅佐之，泾阳君、高陵君皆自立门户，自成一体，生杀自由，无所畏惧。他们几人私家财产，十倍于国家。大王您虽名为国君，实则徒有其空名而已，这岂不危险吗？昔崔杼专权齐国，最后杀掉齐庄公；李兑独揽赵国大权，终弑主父。如今穰侯内仗太后之势，外窃大王之威，用兵则诸侯震恐，解甲则列国感恩。何况在大王您的左右广置耳目，大王您的一举一动、一言一行，他们都一清二楚，了如指掌。臣观大王长期孤立于朝堂，臣恐千秋万岁之后，掌握秦国大权者，非大王之子孙也！”

司马迁曾说：“天下皆西向稽首者，穰侯之功也。”平心而论，魏冉在秦国的历史上有着不可抹杀的历史功绩，范睢将其一笔抹倒未免失之公允，由此反映了他排除异己的私心。但对于宗亲贵戚的专权和势力的膨胀，秦昭王早就忌恨在心，范睢一番义正词严的宏论正中其怀，一拍即合。秦昭王在兴奋的同时亦感到忐忑不安，甚而毛骨悚然，遂再三拜谢："先生所教，乃肺腑之言，寡人恨闻之不早。"

过不多时，秦昭王便罢免了穰侯魏冉，拜范睢为相，封之于应（在今河南省鲁山县之东），号为应侯。次年，宣太后死，便将穰侯、泾阳君皆遣赴封邑。穰侯迁居时竟动用了上千辆车乘，所载之奇珍异宝，皆秦国库所未有。

在战国时期，中央集权制度的确立与日益巩固，是历史发展的大趋势，是当时的重大社会变革。其意义在于，削弱了以往分封制度所造成的地方上的分裂倾向，促进封建割据走向封建大一统。秦国之所以能完成统一中国大业，与这一整套成熟的政治制度有关，而范睢对于秦国中央集权制度的完善则有着不容忽视的作用。战国末期，秦国客卿李斯曾向秦王政上《谏逐客书》，历数宾客对秦国历史发展起到的重大作用，使秦得"富饶之资"和"强大之名"。其中也恰如其分地评价了范睢的杰出贡献："昭王得范睢，强公室，杜私门，蚕食诸侯，使秦成帝业。"

事实表明，范睢同保守的贵族相比，更加具有进取精神、敏锐思想和开阔眼界。随后的秦国政治、军事、外交活动，比之前更加生机盎然。

8 饭恩必偿

魏王听到秦昭王新用张禄为丞相，欲伐魏国，急召群臣相议。

信陵君无忌说道："秦兵已经有数年未侵犯魏国边境了，今无故兴师，是明欺我不能与之相抗衡也。若是，我们就深沟高垒，严阵以待。"

相国魏齐道："不然，秦强魏弱，战必失败。臣闻秦国丞相张禄原为魏国人，难道他就不念一点儿故土之情吗？倘使人带上金钱财宝，先通张禄丞相，再谒拜秦昭王，许以纳人质、贡财帛，然后请和，说不定可保魏国万全。"

此时魏昭王已薨，子安釐王初即位，未经战伐，亦畏惧征战，乃用魏齐之策，使中大夫须贾出使秦国。

须贾奉命，满载金银财宝向咸阳进发。范雎闻之，喜道："须贾至此，正是我报仇的大好机会。"遂换去相服，装作寒酸落魄之状，潜出府门，来到须贾下榻的馆驿请求谒见须贾。

须贾一见范雎，大惊道："范先生固无恙乎？我以为先生被魏相打死，为什么亡命在此？"

范雎回答说："昔日我被打得昏死过去，尸体被弃之荒郊，次日方才苏醒。适遇一商人过此，闻见呻吟声，才把我救了过来。我不敢回家，几经周折，坎坷来到秦国，不想在此竟见到大夫您。"

须贾道："范先生欲游说于秦吗？"

范雎道："昔日得罪了魏国，亡命来此，侥幸不死，哪敢言称国事？"

须贾道："范先生在秦，何以为生？"

范雎道："为仆佣以度日。"

须贾不觉动了怜悯之心，留之同坐。时值隆冬，范雎衣破且薄，有战栗状。

须贾叹道："范先生落魄竟至于此。"于是命人取一绨袍与范雎穿，同时赐酒食于范雎。

范雎道："大夫之衣，我不配穿。"

须贾道："都是旧相识，何必过谦。"

范雎乃穿上绨袍，连声道谢。同时问道："大夫来此何事？"

须贾道："今秦相张君方掌权，我欲通之，恨无熟人引见。你在秦日久，有无与张君相识之熟人。如有，可否将我引见给张君？"

范雎道："我的主人与丞相关系甚密，我曾同主人一起到相府。丞相好谈论，经常问我主人一些问题，我的主人有时回答不上来，我就帮助他予以回答。丞相认为我善辩，常赐酒食给我。时间一长，我和丞相的关系也亲近起来。您若想见丞相，我能够给您引见，与您一同前往。"

须贾一听，大喜，对范雎说道："既然如此，就劳你到丞相那里预约一个时间。"

范雎道："丞相平日很忙，正好今日有空，我们何不马上就去！"

须贾道："我等乘大车驾驷马而来，现在车轴已断，一马足亦损，不能立即成行，怎么办？"

范雎道："别担心，我的主人有车，可以借之一用，请大夫稍等片刻，我将车速速赶来。"

不等须贾再言，范雎即告辞回府，趋驰大车驷马赶至馆驿，向须贾邀请道："车马已备，请君上车，我为君驾车开路。"

须贾二话不说，欣然登车，范雎驾车向相府奔去。沿途街市之人望见丞相御车而来，都恭立两旁，或迅速回避。须贾以为敬己，殊不知是敬范雎也。

至府，范雎对须贾道："大夫在车上稍待一会儿，让我先进去为您通报一声。若丞相许可，便可谒见。"说罢，便直接进府门去了。

须贾在相府门外等了很久，只闻府中鸣鼓之声，门上传话："丞相升堂！"属吏舍人奔走不绝，但不见范雎消息。

须贾问守门者道："我的故人范叔（范雎字叔）方才进相府通报，已有很长时间，还未出来，您能帮我把他叫出来吗？"

守门人问道："先生所说的范叔，何时进府？"

须贾言为方才驾车之人。

守门人道："驾车者乃我国丞相张君，他私到驿中访友，所以微服而出。怎么又冒出个范叔呢？"

须贾闻言，如梦中忽闻霹雳，惊惧至极。他满头冷汗叹道："我为范雎所骗，死期到矣！"

常言道："丑媳妇总得见公婆。"须贾心想："事已至此，只有负荆请罪，也许能求得范雎的宽恕，捡回一命。"于是须贾脱袍解带，免冠赤脚，跪于相府门外，托人入报，只说："魏国罪人须贾在外领死！"良久，门内传丞相召入。须贾愈加惶悚，俯首膝行，从耳门进直至阶前，不住叩头，口称："死罪！死罪！"

范雎威风凛凛坐于堂上，问道："须贾，你知罪么？"

须贾伏在地上应道："知罪，知罪。"

范雎道："你知道你有几条罪？"

须贾回答："贾之罪擢发难数！"

范雎道："你之罪有三：我先人之墓在魏，因此我不愿在齐为官。而你在魏齐面前颠倒黑白、胡言乱语，说我向齐国提供魏国的情报，为齐国的间谍，致使魏齐大怒，此为你的第一条罪状；当魏齐发怒，对我施用酷刑，以至皮开肉绽、齿折肋断，你在那里竟然无动于衷，毫不谏止，此为你的第二条罪状；及至我昏死过去，被弃置厕中，你竟敢带领宾客在我身上撒尿，此为你的第三条罪状。今日至此，我本该让你断头沥血，以雪前恨。我之所以没这么做，主要看在你尚有故人之情，上午还赠我一件绨袍，故才饶你一命。你清楚吗？”须贾叩头称谢不已。范雎挥袖让其速去，须贾赶忙匍匐而出。从此秦国朝野才明白，丞相张禄乃魏人范雎也。

次日，范雎拜见秦昭王。言称：“魏国恐惧，遣使须贾乞和，无须大动干戈，此皆大王威福所致。”秦昭王十分高兴。

范雎又奏曰：“臣有欺君之罪，恳请大王怜恕，方才敢言。”

秦昭王道：“卿有何欺，但说不妨，寡人不怪罪。”

范雎奏道：“臣实非张禄，乃魏人范雎也。臣自少孤贫，厕身魏国中大夫须贾门下为舍人。有一次与须贾一起出使齐国，齐王私下馈赠臣金，臣坚决拒绝。不想须贾将此事说与相国魏齐，说臣为齐国间谍，把魏国情报送给齐国。魏齐不问青红皂白，便将臣捶击至死。幸而臣命大，已而复苏，遂改名张禄，逃奔秦国，蒙大王厚爱，拔之相位。今须贾奉命出使秦国，臣真名已露。臣请依旧恢复原名，伏望大王怜恕！”

秦昭王道：“寡人不知卿受冤如此，今须贾既到，便可斩首，为你报仇。”

范雎奏道：“须贾为公事而来，自古两国交兵，不斩来使，况对方是来求和的。臣岂敢以私怨而伤公议！何况忍心杀臣者魏齐，不全关须贾之事。”

秦昭王道：“卿先公后私，可谓大忠矣。魏齐之仇，寡人应该为卿报之，来使由卿发落。”

范雎谢恩而退。秦昭王准了魏国之和。

9 睚眦必报

数日后，须贾来向范雎辞谢，范雎道："故人至此，不可不盛宴款待。"一边让门下挽留须贾，一边吩咐摆设酒席。须贾暗暗谢天道："惭愧！惭愧！难得丞相宽宏大量，不计前仇，如此相待，忒过礼了。"范雎退堂，须贾一人独坐门房中，有军牢守着，不敢走动。

自辰至午，须贾渐感腹中饥饿，心想："我前日在馆驿中用酒食相待范叔，今番对方答席，故人之情，何必过于隆重。"

少顷，堂上摆设已完，只见府中发出一单，遍邀各国使臣及本府有名宾客，却未见有自己。须贾心想："此大概是请来陪我的了，但不知何国何人，待会座次也要斟酌，勿要坐错了位置。"

须贾正在踌躇间，只见各国使臣及宾客纷纷到来，径直登上堂阶。管席者传板报道："客齐！"范雎出堂相见，叙礼已毕，送盏定位，两庑下鼓乐交作，竟不邀请须贾。须贾那时又饥又渴，又苦又愁，又羞又恼，脑中烦懑，不可言状。酒过三巡，范雎开言："还有一个老相识在此，适才倒忘了。"

众客齐起身道："丞相既有老相知，我等理应伺候。"

范雎道："虽是故人，岂敢与诸公同席。"

范雎命设一小坐于堂下，唤魏使者须贾到，使两荚徒（脸上刺字的犯人）夹之以坐。席上不设酒食，反摆上炒熟的料豆，两荚徒用手捧而喂之，如喂马一般。众客甚感蹊跷，问道："丞相何故如此？"范雎于是说了原委。众客道：“如此，亦难怪丞相发怒。”

须贾虽然受辱却不敢违抗，不得不强忍着将料豆吃完，聊以充饥。食毕，还要叩谢。

范雎怒目责之道：“须贾，你给我听好，秦昭王虽然许和，然而魏齐之仇，不可不报。留你一条蚁命，回去告诉魏王，速斩魏齐人头送来，将我家眷送入秦国，两国通好。若不如此，我亲自引兵来屠大梁，到那时悔之晚矣。”一席话吓得须贾灵魂出窍，诺诺连声而出。

须贾既得秦昭王允诺，连夜奔回大梁，将范雎所嘱告诉魏王。送家眷是小事，要斩相国之头送于秦国，有碍体面，难于启齿。魏王听后，犹豫不决。魏齐闻此消息，赶紧弃了相印，连夜逃往赵国，投平原君赵胜去了。

魏王随后好好修饰车马，将黄金百两、彩帛千匹，连同范雎家眷，一起送至咸阳。又告之魏齐闻风而逃，如今在平原君府中，不干魏国之事。

范雎将此事奏闻秦昭王。秦昭王道：“赵与秦一向结好，渑池会上结为兄弟，又将王孙异人为质于赵，以巩固两国之间的友好关系。上次秦兵伐韩，围韩之阏与，赵竟派出李牧救韩，大败秦兵，寡人尚未问罪。今又擅纳丞相之仇人，丞相之仇即寡人之仇，寡人决意伐赵，一则报阏与之恨，二则索取魏齐。”于是亲率大军20万，命王翦为大将，讨伐赵国，连拔三城。

赵王闻秦兵深入，非常惊惧，时蔺相如病重告老，虞卿代为相国。他派大将廉颇率师御敌，相持不下。

虞卿对惠文太后说：“事情很急，臣请将长安君送到齐国做人质，求齐国出兵救赵。”惠文太后许之。于是将惠文太后之少子长安君质于齐，齐亦命田单为大将，发兵10万，前来救赵。

听说齐发兵救赵，秦将王翦对秦昭王说：“赵国有很多能征善战的将军，又有平原君之贤，不易打败也。况齐救兵就要来了，不如班师回国，他日再伐。”

秦昭王道："不得魏齐，寡人何以面见应侯乎？"秦昭王乃遣使对平原君说："秦国此次伐赵，非他，只为索取魏齐耳。若能献出魏齐，立即退兵。"

平原君对使者说："魏齐根本不在我家，请转告秦昭王，勿相信道听途说。"

使者来往三次，平原君始终不肯承认。秦昭王没办法，心中闷闷不悦。欲想进兵，又恐齐、赵合兵，胜负难料；欲待班师，魏齐又不可得，没有面子。踌躇不决中，秦昭王急中生智想出一个计策来。他修书谢赵王，略曰："寡人与君，兄弟也。寡人误听道路之言，魏齐在平原君府，是以兴兵索之。非此，岂敢轻涉赵境所取三城，谨还归于赵。寡人愿复前好，往来无间。"

赵王亦遣使答书，谢其退兵还城之意。田单听到秦师已退，亦率师归齐。

秦昭王回到函谷关，复遣人带书给平原君赵胜。平原君拆书一看，略曰："寡人闻君之高风亮节，愿与君为布衣之交。君若信得过寡人，寡人愿与君痛饮十日，一醉方休。"平原君带着信来见赵王。赵王亦不知如何是好，乃召群臣计议。相国虞卿说道："秦虎狼之国也，昔孟尝君入秦，几乎不返。并且秦王疑魏齐在赵，平原君此去必凶多吉少，故不可往。"

廉颇道："昔蔺相如怀和氏璧独自入秦，尚能完璧归赵，秦不欺赵。若不往，反起其疑。"

赵王道："寡人亦以为秦王盛情，不可违也。"遂命赵胜同秦使西入咸阳。

秦昭王一见赵胜，大喜，日日设宴款待。数日之后，秦昭王饮至酒酣，举杯向赵胜道："寡人有一事想请君帮忙，君若答应，就请满饮此杯。"

平原君道："大王命胜，岂敢不从！"于是举杯一饮而尽。

秦昭王接着说："昔周文王得吕尚以为太公，齐桓公得管仲以为仲父。今范君亦寡人之太公、仲父也！范君之仇人魏齐，如今在君家，君可使人归取其头，以了范君之恨，则寡人欢喜备至，定以财宝厚赐于君。”

平原君道：“臣听说：‘富贵之后仍为挚友，是由于他们为患难之交。’魏齐乃臣之友，即使真在臣所，臣亦不忍出卖他，况不在乎！”

秦昭王脸色一变道：“君若不交出魏齐，寡人不放君出关！”

平原君道：“出关与否听凭大王。大王以饮相召，而以威扣劫，岂不畏贻笑于天下乎！”

秦昭王知平原君不肯负魏齐，遂与之一同至咸阳，留住馆舍。同时使人遗赵王书，略曰：“王之弟平原君在秦，范君之仇魏齐在平原君之家，魏齐头旦至，平原君夕返。不然，寡人再举兵临赵，亲讨魏齐，又不许平原君出关，请王衡量轻重，速速回答。”

赵王收信后，大恐，谓群臣道：“寡人岂能用他国之亡臣，换寡人之镇公子（镇国之公子）。”乃发兵围平原君家，索取魏齐。

平原君宾客多与魏齐有交，闻此，乘夜让魏齐逃出，往投相国虞卿家。虞卿对魏齐道：“赵王畏秦，甚于豺虎，是不可以言语动之。不如仍走大梁，投信陵君处。信陵君招贤纳士，天下亡命者皆归之。又与平原君交厚，必然庇护。当然，君是亡命之人，不可独行，吾当与君同行。”说完即解相印，修书以谢赵王，与魏齐一同到郊外，慰之道：“信陵君慷慨丈夫，我往投之，必当即相迎，绝不会令我们久待的。”

虞卿徒步来到信陵君府前，让人通报信陵君。信陵君见是赵国丞相，非常惊异，速请其进府，准备为其接风洗尘。信陵君问其来魏之意，虞卿情急，只得将魏齐得罪于秦的来龙去脉，及自家捐弃相印相随投奔之意，略告之。信陵君听罢，因心中惧怕秦国，面有难色，不想让魏齐进府，又念虞卿千里相投，难以直拒，事在两难，犹豫不决。

虞卿见信陵君为难，不敢接纳魏齐，遂大怒而去。

信陵君问门下舍人道：“虞卿之为人如何？”

舍人侯生在旁，大笑道：“公子岂能不知乎虞卿以三寸不烂之舌取赵国相印，封万户侯。魏齐穷困而投虞卿，虞卿不爱爵禄之重，解绶相随，天下如此之人有几何？公子难道还看不出他贤与不贤吗？”信陵君听罢非常惭愧，急忙挽发加冠，使人驾车向郊外急追。

再说魏齐翘首而望，等了好一会儿，不见消息，心想：“虞卿言信陵君乃慷慨丈夫，一闻必立刻相迎，今久而不至，事不成矣！”不多时，只见虞卿含泪而至，说道：“信陵君非丈夫也，害怕秦国报复而有意却我。我当与君间道入楚。”

魏齐道：“我因为一时不注意，得罪于范叔，一累平原君，再累于先生。先生与我不辞辛苦，跋山涉水，来到大梁，没想到被拒之门外。如今又要去不可知之楚国寻求保护，苟延残喘，与其如此，不如一死了之！”说罢即引佩剑自刎。虞卿连忙上前夺之，不料喉管已断。虞卿正在悲伤，信陵君车骑随到。虞卿望见，遂趋避他所，不与相见。信陵君见魏齐尸首，抚尸大哭道：“无忌（信陵君字无忌）之过也！”

这边赵王未捕得魏齐，又走了相国虞卿，明白两人相随而去，非韩即魏。遂遣飞骑四出追捕。使者至魏郊，方知魏齐自刎，随即奏知魏王，欲将其头换取平原君归赵。信陵君刚刚命殡殓魏齐尸首，心中不忍。赵使者说：“平原君与君，是一样的。平原君对魏齐之情意，与君相差无几。魏齐若在，臣不敢如此说，今惜已死，无知之骨，而使平原君长为秦虏，君难道忍心吗？”信陵君不得已，无可奈何地把魏齐的头装在匣中交给了赵使，而葬其尸于郊外。

虞卿告别魏齐尸体，感慨人世险恶，遂看破红尘，决意宦游。终隐于白云山中，著书立说，讥刺时事，书曰《虞氏春秋》。有人写诗赞之曰：“不是穷愁肯著书，千秋高尚记虞兮。可怜有用文章手，相印轻抛徇魏齐！”

赵王将魏齐首级星夜送至咸阳，秦昭王将其赐给范雎，范雎非常感激。回到府中，范雎命将魏齐之头漆成溺器（夜壶），说道：“昔日你令舍人朝我身上撒尿，今日我令你九泉之下，常含我尿！”秦昭王兑现诺言，礼送平原君还赵。一场风波，就这样平定了。

10　结盟齐楚

范雎报仇雪恨之后，想起自己的恩人王稽和郑安平。他晋见秦昭王，奏曰："臣本魏一亡命之人，若不是王稽忠于大王而纳臣于秦，非大王英明圣贤，臣安能富贵如此。然王稽至今仅为谒者，当年救臣于水火中之郑安平亦未重用，恳求大王恩赐，加此二臣，以成全臣报德之心，臣死无所恨！"

秦昭王道："丞相不言，寡人差点儿忘了。"即用王稽为河东太守，郑安平为偏将军。自此后，秦昭王完全听从范雎的谋划：先攻韩、魏，再遣使与齐、楚约好。

有一天，范雎对秦昭王说："吾闻齐国王后贤而有智，吾有一计，可派人前往试之，如彼能解，则不可犯齐。"秦昭王允诺，范雎乃命使者以连环玉献于齐国王后，道："若有能解此环的齐人，寡人愿拜下风。"齐国王后马上令人取铁锤在手，即时击断其环，对秦国使者说："回报秦王，说老妇已解此环！"使者回报，范雎说："齐国王后果女中豪杰，不可犯之也！"遂与齐结盟，各无侵害，齐国得以平安。

再说楚国太子熊完在秦为质，秦国留他16年不遣。适逢秦使者出使楚国，作务完成后，楚使者朱英与秦使者一块回咸阳。朱英带来消息，说楚王现在身染重病，恐难痊愈。太傅黄歇对太子熊完说："楚王病重而太子远在秦国，万一楚王驾崩，太子不在榻前，诸公子必有图谋代立者，楚国社稷恐非太子所有。臣恳求为太子拜谒秦国丞相范雎，请其允诺归楚。”太子同意。

黄歇于是到相府，对范雎说：“相君知楚王之病乎？”

范雎道：“楚使者曾言过。”

黄歇道：“楚太子久居秦国，与秦国将相关系甚密。如果楚王驾崩而太子继位，其对秦必然毕恭毕敬，成为秦的友好邻邦。相国如能此时让太子归楚，将来承继大位，太子一定对相国感激不尽。若留太子不放，让其他公子得到楚国王位，则太子在秦，不过咸阳一普通布衣耳。况且楚人鉴于太子不返，他时必不再派太子质于秦。与其使太子成一布衣，而绝楚国之好，不如让太子归楚，不知相国意下如何？”

范雎首肯道：“君言极是。”即以黄歇之言告于秦昭王。秦昭王道：“可令太子傅黄歇先归探病，病果重，然后来迎太子。”

黄歇听到不能与太子一同归楚，私下与太子计议道：“秦昭王留太子不放，又想故伎重演，如楚怀王之事，乘楚之急以求割地也。楚国假如来迎太子，即中秦国之计；若不迎，则太子终为秦虏矣。”

太子跪请道：“依太傅之计，我们该如何处置？”

黄歇道：“以臣愚见，不如微服出逃。今楚使者将归，此机不可失也。臣请独留秦国，一切后果由我承担！”

太子说道：“此事若成，楚国当与太傅共有之。”

黄歇遂暗中见朱英，把逃跑计划告诉朱英，朱英完全赞同，太子熊完乃微服为御车之人，与楚使者朱英一同混出了函谷关，秦守关者竟然没有识破。

黄歇一人守在旅舍中，秦昭王让他归楚视楚王之病。黄歇对来者说：“太子正在患病，无人看护，待病稍愈，臣即归楚问疾。”

半月后，黄歇估计太子一行已出了函谷关，乃求见秦昭王，叩头谢罪道：“臣黄歇深恐楚王一旦驾崩，太子不得继位，无以事秦，已擅自让太子归楚，今已出函谷关。臣有欺君之罪，请大王处置，臣死而无怨。”

秦昭王大怒道：“楚人诡计多端，竟敢如此！”立命手下拿下，要杀黄歇。

丞相范雎劝言道："杀了黄歇，不能使楚太子回来，反会断绝与楚国的友好关系。不如嘉其忠诚，放其归楚。楚王一死，太子必继承王位，黄歇必然为相。楚国君臣感谢秦德，也必然与秦一心，听命于秦。"

秦昭王感到有理，乃厚赐黄歇，让其归楚。黄歇回国三月，楚顷襄王即薨，太子熊完继位，是为楚考烈王。任命太傅黄歇为相国，将他封在江东，号为春申君。

11 取施反间

且说秦昭王与齐、楚两国交好，完成“远交”之部署，接下来，即实行“近攻”战略。韩国因毗邻强秦，国力衰弱，不幸成为这一战略的第一个牺牲品。

周赧王五十三年（公元前262年），秦昭王命大将王龁带领大军伐韩，拔野王城（今河南省沁阳市），上党与韩国都城之间的道路被阻绝。上党守臣冯亭见大势已去，急中生智竟想出一条“转祸”之计。他对部属说道：“秦据野王，则上党韩难保矣！与其降秦，不如降赵。秦怒赵得上党，必移兵于赵。赵受秦兵，一定与韩结盟。韩、赵同患，共御强秦，或可获胜。”于是派使者持书并上党地图献于赵孝成王。

赵王打开书信，略曰：“秦攻韩急，上党将入秦手。其吏民不愿附秦，而愿附赵。臣不敢违吏民之愿，谨将所辖17城拜献于大王，望大王收之。”赵王阅后大喜，欣然接收了上党地图。

平阳君赵豹谏道：“臣闻无故受利，谓之祸殃，恳求大王三思而行，勿要轻易接受。”

赵王道：“上党之人畏秦而向赵，是以来归，怎么能说无故？”

赵豹对道：“秦蚕食韩地，力拔野王，绝上党之道，不使相通。秦自视上党为掌中之物，轻易可取。一旦为赵所有，秦干戈经营数年，岂容他人坐收渔利。此臣所谓‘无故之利’也。且冯亭所以不纳地于秦，而入于赵者，妄想嫁祸于赵，以解韩之困也。大王难道看不出来吗？”

赵王不以为然，再宣来平原君赵胜决之。赵胜说道："发百万之众而攻人国，逾年历岁未得一城。如今不费一兵一卒，得17城，如此大利，千载难逢，此时不得，更待何时？"

赵王道："君此言，正合寡人之意。"

于是使平原君率兵5万，往上党受地。封冯亭以3万户，号华陵君，仍为上党之守。冯亭关门泣涕，不想同平原君见面。平原君固请之，冯亭道："吾有三不义，不可以见使者。为主守地未死即降，一不义也；未得主命擅自决定，将地献给赵国；二不义也；卖主之地而得富贵，三不义也。"平原君叹道："冯亭真忠臣也！"遂在其门外等候三日，不想走开。冯亭被平原君的行为感动，乃出来见之，犹垂泪不止。冯亭提出愿交割地面，自己不愿再为上党之守，请另外选良守。

平原君抚慰道："君之心事，胜已知之，君不为守，无人能孚上党吏民之望。"

冯亭乃领守，同从前一样，但不受封。平原君将要辞别，冯亭说道："上党所以归赵，力不能抗秦也。望公子奏闻赵王，大发士卒，急遣名将，方为上策。"平原君回报赵王，赵王大摆筵席，一为平原君接风洗尘，二为赵未费兵卒而得人之地庆贺。他怎么也想不到，大祸即将降临。

秦昭王得知冯亭投奔赵国，命王龁速进兵上党，一定要拿下上党。冯亭坚守两月，赵援兵犹未至，终于不支，遂率残部奔赵，上党遂失。此时赵王拜廉颇为上将，率兵20万来援上党。行至长平关（今山西省高平市），遇见冯亭，方知上党已失，秦兵已尾追而来。廉颇乃命在山下安营扎寨，东西各数十个，如列星之状。又分兵一万，使冯亭守光狼城（在高平市南25里）。又分兵两万，使都尉盖负、盖同分别统帅，守东西二鄣城，又使裨将赵茄刺探秦兵。

赵茄领军5000，出长平关20里，正好碰上秦将司马梗，赵茄心慌手慢，被司马梗一刀斩于马下。司马梗挥军东向，掩杀赵兵。廉颇闻讯，知秦兵士气正旺，锐不可当，乃传令各营："仔细把守，勿与秦战！"

同时命军士掘地深数丈以注水，深沟高垒，坚守不出。王龁挑战几次，赵兵一直不出。秦、赵两军相持四月有余，王龁无可奈何，只得派人回报秦昭王。

秦昭王问计于范雎，范雎劝道："廉颇老谋深算，知秦军士气眼下正旺，不敢与之争锋，故回避之。他深知秦军跨国远征，深入异乡，不得地利，又失人和，粮饷、武器、兵源补充均十分困难，故最利速战速决，最忌旷日持久。只有深沟高垒，待秦师力穷气竭，方可徐图之。我看只有除掉廉颇方能破赵！"

秦昭王道："卿有何计，可以去廉颇？"

范雎屏退左右，对秦昭王说："要去廉颇，须用反间计，如此恁般，非费千金不可。"

秦昭王非常高兴，即从国库中提取千金交付范雎。范雎乃派其心腹门客，从间道入邯郸，用千金贿赂赵王左右，让其四处散布流言，曰："赵将唯马服君（赵奢）最善统兵打仗，闻其子赵括勇过其父，若使赵括为将，定能打败秦军。廉颇年老胆怯，屡战屡败，失亡赵卒三四万，现在为秦兵所逼，不久将要投降秦国。"

赵王闻赵茄等被秦兵斩杀，连失三城，使人往长平督促廉颇出战。廉颇坚决主张深沟高垒，不肯出战，赵王已疑心廉颇胆怯。范雎的这番操作，使赵王深信了那些反间的流言，遂召赵括问道："卿能为我分忧，击败秦军乎？"

赵括对道："秦若使武安君为将，尚费臣筹画，如王龁乳臭未干，不足道矣。"

赵王道："为什么？"

赵括道："武安君白起统帅秦军数载，先败韩、魏于伊阙，斩首24万。再攻魏，掠取大小61城。又南攻楚，拔鄢、郢，定巫黔。又复攻魏，走芒卯，斩首13万。又攻韩，拔5城，斩首5万。又斩赵将贾偃，沉其兵士2万人于河。战必胜，攻必克，其威名远播，军士望风而栗。臣若与之对垒，胜负居半，故尚费筹画。如王龁刚刚为秦将，乘廉颇胆怯，故敢于深入。若是臣，如秋叶之遇狂风，吾当迅扫秦兵也！”

赵王大悦，当即拜赵括为上将，赐黄金彩帛，使持节往代廉颇，同时再拨25万兵卒给赵括，命其率军前往长平。

赵括阅兵完毕，携财物一起回家。其母说道：“你父亲临终时留下遗命，告诫你切勿为将，你难道忘了？还不快去向赵王辞之。”

赵括说道：“我倒想辞，无奈朝中没有人能比得上我！”

赵母见说服不了儿子，于是上书谏曰：“我儿赵括徒能读其父之书，而不知随机应变，绝非将才，请求大王不要重用他。”

赵王召见其母，问其根由。其母对道：“括父奢为将，所得赏赐，尽赐与军吏。受命之日，即宿于军中，从不问及家事，同士卒同甘苦。每事必博采大家意见，不敢独断专行。今赵括为将，所赐金帛悉归私家，为将岂能如此。其父临终曾告诫我曰：‘括若为将，必败赵兵！’我谨记其言，愿大王别选良将，切不可用括！”

赵王道：“寡人意决，请别再说了。”

赵括母道：“大王既不听我言，倘将来兵败，请免我一家连坐之罪。”

赵王应允赵母的要求。赵括遂引大军出邯郸，往长平进发。

范雎所派门客在邯郸仔细打听，得知赵王已拜赵括为大将，择日起程，遂连夜奔回咸阳报信。秦昭王与范雎计议道：“秦赵僵持长平，只有武安君才能完成战事！”于是秦昭王委任白起为上将，王翦为副将，传令军中秘密其事，严令：“有敢泄漏武安君为将者，立斩不饶！”

12 长平之战

再说赵括率军来至长平，廉颇验过符节，即将军权交予赵括，自引亲兵百余人回邯郸去了。赵括接掌帅印，将廉颇的所有约束尽行更改，军垒合并成大营。与此同时，赵括又以自己所带将士换去旧将，严令秦兵若来，务要奋勇争先，若得胜便可追逐，务使秦军一骑不返！

白起来到军中，听说赵括更改廉颇之令，便先派3000秦兵出营挑战。赵括命万人迎战，秦军大败而回。白起登高远望赵军，对王龁说："我知道如何胜赵军了！"

赵括胜了一回合，不禁手舞足蹈、得意忘形，使人至秦营下战书。白起使王龁批："来日决战！"于是命退军10里，把大营扎在王龁旧屯之处。赵括见秦兵退后，笑道："秦兵畏我矣！"乃命杀牛置酒，犒赏军中将士，同时传令："来日决战，定要生擒王龁，贻笑于诸侯。"

为了最大限度迷惑敌人，滋长赵括的轻敌思想，白起向诸将发令："命将军王贲、王陵率万人列阵，与赵括交替交战，只许输，不许赢，只要引得赵兵来攻秦营，便算一功；命大将司马错、司马梗二人，各引兵1.5万，抄近路绕到赵军之后，绝其粮道；命大将胡伤引兵2万，屯于附近，只等赵军开营追击秦军，便立即杀出，务将赵军截为两段；命大将蒙骜、王翦各带领轻骑5000，随时准备接应；白起与王龁坚守老营。"一切安排就绪，白起脸上露出一丝常人难以觉察的微笑，这正是：安排地网天罗计，待捉龙争虎斗人。

再说赵括吩咐军中四鼓造饭，五鼓收拾行装，天亮列阵前进。不出5里，就与秦兵对阵。赵括派先锋傅豹出马，秦将王贲接战。大战约30回合，王贲故意败走，傅豹不知是诈，纵马追之。赵括再命王容率军帮助，又遇秦将王陵。王陵略战数回合，即败走。赵括见赵军屡胜，乃亲率大军来追，企图一举击败秦军。冯亭谏阻道："秦人多诈，其败不可信也。请元帅勿急于驱驰！"赵括不听，急追10余里，直至秦军大营。

王贲、王陵绕营而走，秦营不开。赵括传令，一齐攻打，一定要摧毁秦营。连打数日，无奈秦营坚固，秦军亦顽强坚守，赵军死伤累累，秦营却丝毫无损。

赵括使人催取后军，移营齐头并攻。正当此时，只见赵将苏射飞骑来报："后营被秦将胡伤引兵杀出截断，不得前来！"

赵括大怒道："胡伤如此无礼，吾当亲往讨之！"

赵括派人再探听秦军行动，禀告道："秦军西路人马源源不断，东路无人。"赵括遂命令大军向东路进发。

不出二三里，大将蒙骜率军从斜刺里杀出，大叫："赵括小儿，你中了我武安君之计，还不下马受降！"赵括很生气，挺戟欲战蒙骜，偏将王容说道："无须劳驾元帅，让我前往建功！"王容便接住蒙骜厮杀。正在不可开交之际，王翦大军又至，与蒙骜合兵一处，共杀赵兵，赵兵死伤甚众。

赵括见一时难以攻克英勇的秦军，乃鸣金收军，就近择水草处安营。冯亭又谏道："我军目前虽然失利，但尚未丧失战斗力。如果与秦军力战，或许还能冲出重围，回到大营。若在此扎营，腹背受敌，后果不堪设想，请元帅三思！"赵括不听，命士兵筑起高垒，坚壁自守，一面派人火速向赵王求援，一面催调后队粮饷。谁知运粮之路又被司马梗引兵截断。白起大军遮其前，胡伤、蒙骜等大军截其后，武安君每日传令招降赵括。赵括此时方知白起真在军中，吓得心胆俱裂。

再说秦昭王得到武安君胜利的消息，知赵军数十万人马被围在长平，乃亲自来到河内（今河南省沁阳市一带），命令当地凡年满15岁的男丁皆须从军，以补充秦军之不足。同时传令各路人马，配合主力行动，沿途拦截赵军粮草，阻挡赵军的增援部队。

赵军被秦军围困了46日，军中早已没有给养，士兵自相残杀以食，赵括屡禁不止。赵括见援军迟迟不至，再这样下去，无须秦军动手，自己就已经消耗殆尽了。与其坐以待毙，何不拼死突围，或许还能杀出一条血路。赵括乃把军队分为四队：傅豹一队向东，苏射一队向西，冯亭一队向南，王容一队向北。命令四队一齐鸣鼓，夺路杀出。如一路打通，赵括便招引其他三路随后跟走。哪知武安君白起早有防范，吩咐四面八方预埋弓箭手，凡见从赵营中冲出者，不管兵将，俱射。故四队兵马冲出三四次，俱被秦军如蝗之箭射回。无计可施，赵括只得停止突围。这样又熬过了一个月，一月之内，赵军士卒残杀相食者不计其数。赵括气极，乃精选身强力壮者5000人，皆穿重型铠甲，乘坐骏马。赵括握戟一马当先，傅豹、王容紧随其后，企图孤注一掷，冒死突围。王翦、蒙骜二将见状，一齐迎上，迎着赵括便厮杀起来。大战30余回合，赵括渐渐力怯，忙虚晃一戟，掉转马头，向赵营奔去。一个不提防马失前蹄，自己亦从马背上摔了下来，秦兵见状，一齐射箭，赵括霎时身如刺猬，一代“纸上名将”就如此凋谢在太行山下。

赵军群龙无首，傅豹、王容亦相继战死，顿时局面大乱。苏射引冯亭共走，冯亭道：“我数谏赵括而不从，今至于此，天意亡我，又何逃乎？”乃自刎而死。唯苏射乘混乱之时，硬是杀开一条血路，向北逃到胡地去了。

白起观赵军再无抵抗之力，于是竖起招降旗，赵军见旗，皆弃兵解甲，跪拜三呼“万岁”。白起招降了赵兵，乃使人割下赵括之首，往赵营招抚。是时赵营中士卒尚有20余万，见主帅被杀，皆无心恋战，亦愿投降。一时间，甲胄器械堆积如山，营中辎重悉为秦有。白起与王龁计议道：“前不久我军拔野王，上党在我掌握中，此地军民不愿降秦，而愿归赵。今赵卒先后投降者，共有将近40余万，倘一旦哗变，我等如何防之？”白起乃下令将降卒分为10营，使10将分别看管，配以秦军20

万。同时向赵降卒赐以牛、酒，声言："明日武安君将挑选赵军，只要上等精锐能战者，给以器械，带回秦国，随征听用。其老弱不堪或力怯者，俱遣回赵国。"赵军大喜。是夜，武安君密传一令于10将："起更时分，秦军一律用白布裹首。凡首无白布者，即系赵卒，当尽杀之。"

秦兵奉令，一齐发作，降卒不曾准备，又无器械，无奈只有束手受戮。其逃出营门者，又有蒙骜、王翦等引军巡逻，见了就砍。40万赵军，一夜俱尽。血流淙淙有声，杨谷（当地的一条河）之水皆变为丹色，至今号为丹水。武安君命收取赵卒头颅，集中到秦营之前，谓之头颅山。长平之战，连同王龁先时投降士卒，前后斩赵卒约45万人，仅留下年少者240人未杀，放归邯郸，使宣扬秦国之威。

却说赵王初时接得赵括喜讯，心中大喜，再后闻赵军困于长平，正要商量派兵救援，急报赵括已战死，40万赵军全部降秦，被白起一夜坑杀，只放240人还赵。赵王震恐，群臣无不悚惧。一时间，邯郸城里子哭其父，父哭其子，兄哭其弟，弟哭其兄，妻哭其夫，沿街满市，号哭声不绝。只有赵括之母不哭，自言："自括为将时，我已知道他必败无疑，难以生还了。"赵王因括母有言在先，并未连坐加诛，反赐粮食、绸缎以安抚她。又派人到老将廉颇家致歉感谢，表示当初不该换将。

13 因妒生杀

举国震惊之时，边吏又报："秦昭王攻下上党，17城尽皆降秦。今武安君亲率大军前来，声言欲拿下邯郸。"赵王急召集群臣，问道："谁能为寡人退秦兵？"群臣面面相觑，无人敢说话。

平原君回家，遍问门客，门客也无人能应。恰好苏代此时在平原君门下为舍人，听说此事，乃对平原君说道："代若至咸阳，必能止秦兵不攻赵。"平原君问其办法，苏代乃将自己的详细计划告诉他，平原君认为可行，便将苏代的计划告知赵王，赵王也赞同，于是厚赐金币于苏代，作为其在秦国的活动经费。

苏代晓行夜宿，很快就到咸阳。往见范雎，范雎揖之上坐，问道："先生为何而来？"

"为君而来。"苏代回道。

范雎一怔。暗忖：我有何难？对方何出此言。既然对方不远千里而来，定有其根由，我不妨问他个究竟，乃问道："苏先生有何见教？"

"武安君已杀马服子乎？"苏代问道。

"是的。"范雎道。

"今日欲围邯郸乎？"苏代又问。

"是的。"范雎回答。

"武安君用兵如神，身为秦将，克70余城，斩首近百万，虽伊尹、吕望之功，亦不过如是。今又乘大胜之余威，举兵围攻邯郸，邯郸必破，赵必亡矣！赵亡，则秦成帝业；秦成帝业，则武安君为头等功臣，如伊尹之于汤，吕望之于周。君虽然权势很高，也只有居其下矣。”苏代详细分析道。

范雎一听，觉得对方说得甚是在理，乃倾身向前问道：“以先生之意，我该如何是好？”

苏代从容、沉着地回答道：“君不如允许韩、赵割地以求和于秦。韩、赵割地，则为君之功劳，又解除武安君之兵权，如此一来，君在秦国之地位就无人能比，稳如泰山了。”

范雎听后大喜，盛宴款待苏代。次日，即对秦昭王说道：“我军征战已久，日益疲敝，应予休整。现在不如使人通告韩、赵，命其割地以求和。”秦昭王于是依范雎之计行事。

范雎于是大出金帛，以赠苏代之行，使往说韩、赵。韩、赵二王惧秦，巴不得割地求和，故都愿听从苏代之计。韩允诺割垣雍一城（在今河南省原阳县境内），赵许割六城，并各遣使求和于秦。秦昭王初嫌韩只一城太少，韩使者说：“上党17县，全为韩国的土地，现在都归秦有。”秦昭王乃笑而受之，同时下令召武安君班师。

白起几战皆胜，欲乘胜克邯郸，忽闻班师之诏，知道出自范雎之谋，乃大怒。从此白起与范雎结怨。

白起自班师回国，心中怨愤难解，遂常对众人说：“赵自长平大败，邯郸城中一夜十惊，若乘胜往攻，不过一月可攻取矣。可惜应侯（范雎）不知时势，主张班师，失此大好机会！”秦昭王闻之，大悔道：“白起既知邯郸可拔，何不早奏？”乃重新任命白起为将，欲使其伐赵。白起适逢有病，不能承命，秦昭王乃改命大将王陵率10万秦军伐赵，围攻邯郸城。

赵王吸取前面的教训，使廉颇为将，抵御秦军。廉颇防守甚严，又以家财招募敢死队，常常趁夜下城偷袭秦营，秦兵几次被挫败。

这时白起病已痊愈，秦昭王欲使他往代王陵。白起奏道：“邯郸此时难以攻下，前次赵军长平大败之后，百姓震恐不宁，如乘胜往攻，彼守则不固，攻则无力，用不了多久，即可拿下邯郸。今经两年余，准备充足，又兼老将廉颇，老谋深算，非赵括可比。再者，诸侯见秦刚刚许赵割地求和，今又复攻之，会以为秦无信，必将‘合纵’而来救赵，我看秦取胜的希望不大。”

秦昭王不听，强令其行，白起固不听。秦昭王复使范雎往请，武安君因恨范雎前阻其功，遂装病不见。

秦昭王问范雎：“武安君真的病了吗？”

范雎道：“是否病了不知道，然而他一定不愿为将

秦昭王怒道：“白起以为秦国别无良将，非他莫属。昔长平之胜，初用兵者王龁也，王龁难道比不上他吗？”

于是秦昭王又增兵10万，命王龁往代王陵。王龁率军围困邯郸，五个月不能攻克。白起闻之，对来访者说：“我早就预言邯郸不易攻下，秦昭王不听我言，现在怎么样呢！”来访者中有与范雎关系亲密的，将其言泄漏出来。范雎再将其言告知秦昭王，必欲使白起为大将。秦昭王赞同。不料白起伪称病重，坚决拒绝。秦昭王大怒，遂下令削去武安君爵位，贬为士伍，迁去阴密（今宁夏回族自治区固原市），即刻出咸阳城，不许暂停。

白起接到王命，叹道：“范蠡有言：‘狡兔死，走狗烹。’我为秦克诸侯70余城，故当烹矣！”于是出咸阳城西门，至于杜邮，暂歇以待行李。范雎又对秦昭王说道：“白起此行，心中怏怏不服，心存怨恨。其托病非真，恐到他国为将成为秦的祸患。”秦昭王一惊，乃赐利剑一把，令白起自裁。

使者到了杜邮，传秦昭王之命。武安君持剑在手，叹道：“我何罪于天而得此下场！”良久，又叹道：“我固当死！长平之役，赵卒40余万来降，我挟诈一夜尽杀之，彼何罪之有？我是罪该万死啊！”言罢，乃自刎而死。一代名将，如此结束了生命，饮血黄沙，成为统治阶级尔虞我诈的牺牲品。白起的死，使秦国失去了一位卓越的将领，这对正在进行伟大的统一事业的秦国而言，实在是莫大的损失。范雎智算长平，用反间计，使赵军易将，为秦军获胜奠定了基础，可谓知己知彼，智虑深远。其后却又听信苏代之言，妒杀白起，暗算良将，成了秦国历史上的罪人，也成了他一生的污点。

14　范蔡交锋

周赧王五十八年（公元前257年），白起既死，范雎推荐亲信郑安平为将攻赵，为赵平原君所败，郑安平率2万士卒降赵。按照秦国法律，范雎当株连降敌大罪，受三族连坐之治。秦昭王念其功大，赦免法外，不但不加罪，反而加赐食物，以抚慰其心。可是第三年（公元前255年），范雎的另一亲信王稽，身为河东守却与诸侯私通，事发被斩。范雎接连涉嫌，秦昭王虽未深究，然而临朝慨叹："武安君白起诛死，郑安平背叛，王稽私通敌国，外多强敌而内无良将，寡人甚感忧也。"范雎听得出弦外之言，心里明白已经失宠，地位岌岌可危，且惭且惧，只好思谋退身之计。然而他又不愿撒手富贵权势，因而只是借病退避，时常不上朝，聊以延捱时日。

这时秦国来了个燕人蔡泽。此人相貌特别，身无分文，然而才华出众，在战乱不休的战国时代学会了一套纵横家的辩术，企图得到诸侯的重用，以便出人头地，享受荣华富贵。然而游遍了天下各国，大大小小的诸侯都拜遍了，却没有一个国君任用他。在赵国，他被撵了出来；在魏国，他连饭锅都被人抢去了。蔡泽呼天不应，叫地不灵，正处于穷愁潦倒之际，忽然听说秦相应侯范雎以前重用的两个人都出事了。蔡泽暗想，这可是自己时来运转、出人头地的良机。他赶紧收拾行装，日夜兼程向秦国进发。

他来到秦都咸阳，在拜见秦昭王之前先让人们替他大造舆论，宣称："燕国来的蔡泽是当今最能言善辩的谋士，他若见了秦王，秦王肯定会重用他而辞掉范雎。"此言很快传到了范雎耳中，范雎听了甚怒，心想："三皇五帝时代的事，诸子百家的学说，我已经记得滚瓜烂熟，众多的雄辩家也都被我驳个落花流水，小小的蔡泽岂能难住我，休想夺了我的相位。此子不自量力，口出狂言，我倒要看他有何能耐。"计定，范雎便派人把蔡泽叫来，企图跟他当面较量一番。

范雎召见蔡泽时本就心怀怒火，而蔡泽来后光作揖、不下拜，那副傲慢的样子更使他按捺不住心中的怒火，于是开口便质问对方："你扬言要取代我的相位，真有此事吗？"蔡泽不动声色地回答："有这事。"范雎说："那你就谈谈有什么根据。"蔡泽见对方出言不逊，也毫不客气地讥诮道："您看问题怎么如此迟钝，春耕、夏锄、秋收、冬藏，四个季节完成了使命，便都自然离去。人这一生，身体康健，手足灵活，头脑清醒，耳不聋，眼不花，岂非人所愿乎？"范雎摸不清对方要说什么，只好顺口回答："是的。"蔡泽又说："秉性仁义，遵道行德，理想得到实现，天下人受其恩惠而心里高兴，都爱戴他，这难道不是干我们这一行的所希望的吗？"范雎又回答："是的。"蔡泽说："在尊贵的地位上，治理万物，各循其理，井然有序，各得其所。在寿命上，能享尽天年而不横死，天下永继其道，恪守他的事业，传之无穷。既有道德的美名，又有治国的实绩，恩泽广布，世世称赞，永不中断，天长地久，岂非上天对有道之人降下的福瑞和圣人所说的吉祥善事吗？"范雎沉思了一会儿，回答："是的。"

然后蔡泽把话题一转，说："至于像秦国的公孙鞅、楚国的吴起、越国的文种，他们的结局亦为人们所愿意的吗？"范雎洞察蔡泽是想用这三个人物的遭遇影射他，使他的辩论陷入困境，便故意不按蔡泽设的圈套回答，他说："那有什么不可以呢？公孙鞅效力秦孝公，竭尽忠诚，公而忘私，镇压奸邪，赏罚分明，披肝沥胆，不怕危险。他夺取了魏公子的军队，安定了秦国的江山，施大德于百姓，终于打败了周围的强敌，拓展了秦国的国土。吴起辅佐楚悼王，严禁以私害公、以谗蔽忠，听建议不取苟合者，决策时不取面谀者，行动不怕艰险，行义不避危险，为了使楚国称霸，任何灾难都不怕。文种辅佐越王勾践，国君即使陷入险境，仍竭尽忠诚而不懈怠；国君即使濒临灭亡，仍竭尽其才而不离开。在成功面前不炫耀，在富贵面前不骄纵，像这三个人，实在是把义和忠都体现到极点了。所以，君子为大义而死，视死如归，宁可光荣地死去，也不苟活。读书从政的人本来就有杀身以成名的志气，只要义在其中，死无所恨，哪还有什么不可以的呢？”

蔡泽见范雎不中计，便继续向他进攻说：“国君圣哲，大臣贤明，这是天下的福气；国君明智，大臣刚直，这是国家的福气；父亲仁慈，子女孝顺，丈夫诚实，妻子忠贞，此为家庭的福气。比干竭尽忠诚而不能挽救殷商的灭亡，伍子胥智勇过人而不能保住吴国的国运，申生恪守孝道，而晋国内乱犹生。这几个人都是忠臣孝子，而国家仍免不了混乱衰亡，这是什么道理呢？这就是因为没有英明的国君和贤良的父亲听从臣子的建议，所以天下人以其君行为辱，非常怜悯他们的臣子。公孙鞅、吴起、文种作为臣子是对的，而他们的国君是错的，因此天下人讥其虽效力而无利于国，难道是羡慕他们不被国君体察而无辜死去吗？若大家都在被害以后博得忠孝的名声，那么微子也就谈不上仁人了，孔子也就够不上圣人了，管仲亦非伟大了。人们要建功立业，难道不想彻底实现吗？既保住了自己，又留下了美名，这是最好的；有了令人效法的美名，却身遭不幸，这是次一等的；名声被人们诟骂，但却保全了生命，这是最下等的。”

范雎见蔡泽说得入情入理，自然为之所服，室内出现了友好、融洽的气氛。

15 让位蔡泽

蔡泽略微停了一会儿，又接着说：“公孙鞅、吴起、文种，他们作为人臣，竭尽忠诚，建功立业，那自然是您所钦敬的了，而闳夭效命周文王，周公辅佐成王，难道不也是尽忠到家了吗？用君臣关系来评论，公孙鞅、吴起、文种和闳夭、周公来比，孰人更令人仰慕呢？”范睢回答：“公孙鞅、吴起、文种不及他们。”蔡泽说：“那么，您的国君在仁爱忠良、宽待老臣，对贤智与有道之人亲密无间，与功臣永不背信弃义此等方面，跟秦孝公、楚悼王、越王勾践比较，谁更好一些呢？”范睢回答：“我不知道怎么说才好。”蔡泽说：“如今秦国的国君在亲近忠臣方面不比秦孝公、楚悼王、越王勾践，而先生您在献智谋、除危难、修国政、平祸乱、开荒种地、富国强兵以及提高国家和君主的地位，使国君名扬海内、功显万里，世世代代永留芳名等方面，能不能比得上公孙鞅、吴起和文种呢？”范睢回答：“比不上。”

蔡泽说：“现在国君在亲近忠臣、不忘老臣方面不比秦孝公、楚悼王和越王勾践，而先生您在为秦国建功立业以及取得国君亲近和信任方面也不比公孙鞅、吴起和文种，可是您却处于极尊贵的地位，享有很高的俸禄，个人的财富也超过了这三个人，至今仍不急流勇退，恐怕您遇到的灾难比他们三个人还要厉害，我暗中为您担忧啊！俗话说：‘太阳移到天中央就要往西坠，月亮到十五满盈时就要转亏。’事物发展到极点便趋于衰落，这是天地的规律。进退损益，都得根据形势的发展相应地进行变化，这是圣人遵守的原则。所以说：‘国家治理有方则出仕，治理无方便退隐。’子曰：‘龙飞天际，利于辅佐在上位的大人。’又说：‘如果是不合道义的富贵，于我如浮云。’现在您以往的仇怨已经了结，有恩于您的已经报答，欲望都达到了，却不及时他图，我私下认为这是不可取的。翠鸟、鸿鹄、犀牛、大象，就其处境来说不是轻易就会死的，而他们之所以死了，就是因为容易受到诱饵的迷惑；凭着苏秦、智伯的智慧，非不能避开屈辱和死亡的威胁，而他们之所以遭杀身之祸，就是因为利欲熏心，贪婪而不能节制。所以，圣人制定礼仪，节制欲望，取民之财有一定限度，用民之力不违背时节，并且适可而止。圣人的欲望不过分，行事不骄纵，有背于事理，这样统治地位也就代代相传，从不中断。从前齐桓公九次会盟诸侯，匡正天下，至会于蔡丘之时，有点儿志骄气满，于是九个国家都背离了他。吴王夫差的军队可以说天下无敌，他凭此优势，蔑视诸侯，侵凌齐、晋，因此被杀身灭国，夏育（周时卫国的勇士，能力举千钧）和太史（战国时齐人，其女为齐襄王后）叱咤一生，震骇三军，却为无名庸夫所杀，这都因为他们处于高位时不能奉行道义，不能屈威谦下，生活不节俭造成的悲剧啊！”

“公孙鞅替秦孝公制定法令，杜绝了产生奸邪的祸根，有功者必赏以爵位，有罪者必加以惩罚。统一度量衡，调节货币使用，废阡陌，开井田，使百姓统一习俗，休养生息，鼓励务农，开发土地。一家有两个以上成年男子，必须分室而居。除了耕田积谷，便是练习作战。因此，只要兵戈一动，就能扩大领土；兵戈休止，国家便能富强。在公孙鞅的治理下，秦国天下无敌，称雄诸侯。但他在大功告成后，竟遭到车裂的酷刑。”

“白起率领数万军队与楚作战，一战而取鄢、郢，火烧了夷陵。二战又吞并了南边的蜀郡和汉中，同时又越过了韩、魏，攻打强大的赵国，大败马服子赵括，使赵国40万军队统统坑杀于长平之役。战场上杀声如雷，血流成河。接着秦军又包围了邯郸，使赵国受到灭国的威胁。白起为秦国建立帝业发挥了奠基的作用。楚国和赵国本来都是天下的强国，是秦的死对头，自此，楚国和赵国都被秦国所慑服，再也不敢与秦争锋了，这个有利形势都是白起建立的。他征服了70多座城市，立下功勋之后，秦王却赐给他宝剑，逼着他在杜邮自杀了。”

“吴起为楚悼王制定法令，削弱大臣的权势，罢黜无能无用的官员，废冗员，杜私门，统一楚国的习俗，禁止游手好闲之辈，精选既能耕地又能作战的士兵。南征扬、越，北并陈、蔡，破坏了连横，拆散了合纵，使纵横之士缄其口。禁止结党营私，安定楚国的政事，声震天下，威慑诸侯。大功告成之后吴起竟遭到肢解的刑罚。”

“文种替越王勾践出谋划策，消除了会稽被吴军包围的危险，在亡国中求生存，在屈辱中图再生，吸收流民，充实城邑，开荒种谷，率领四方的百姓，集中朝野的人力，辅弼勾践，报仇雪耻，终于打败了吴国，使越称霸。在文种的功劳彰明天下之后，勾践却抛弃了他，杀掉了他。”

“以上四人都是因为功成而不离去，才遭受这样的惨祸。这就是所说的能伸而不能屈，能进而不能退的惨痛下场。范蠡深知这个道理，功成之后，超脱宦海，经商致富，博得个陶朱公的美称，逍遥自在，颐养天年。”

“您没有看到掷骰子的吗？有的人想押大注，取得全胜，有的人想小注分押，分胜者的果实，这都是您明了的事。现在您做秦国的相国，为国君出谋划策，连屋都不出，连座席都不用离开，就能治服诸侯。占有三川之地来扩充宜阳，攻下羊肠险要之地，堵住太行来往的通道，斩断范氏、中行氏的归路，使六国无法合纵。修千里栈道，直通蜀郡和汉中，使天下人都害怕秦国。秦国的目的完全实现了，您的功劳也达到了登峰造极的地步，这正是秦国分胜者果实的时候了，若是您还不及时退下来，那么等待您的只有公孙鞅、白起、吴起、文种的下场了。我闻‘用水来对照，能看见自己的面容；用人来对照，能知道自己的吉凶。’《书经》上说：‘在成功的下面，不能处得太久。’若临前四子之祸，君又当何处？”

“您为什么不现在就交还相印，让位给贤者，退出宦海，到山川之地过隐居生活，这样必然会博得伯夷清廉的美名，长做应侯，世代相传，受人尊崇。同时还会赢得许由、延陵季子谦让的赞誉，获得传说中仙人王乔、赤松子的长寿。这同遭受灾祸相比，哪个更合适您？您若是自己不想离开，犹豫不决，必将遭到上述四个人的祸患啊！《易经》上说：‘飞龙居于高处，必将有后悔的事发生。’这说的就是能上不能下、能伸不能屈、能去不能回的危害，您可要三思啊！”

听了蔡泽这一番长篇大论，范雎如梦初醒，连声称赞说：“你说得太好了！我听说，‘光追求实现欲望，而不知道满足，就会失掉欲望；有东西的时候，不知道满足，就会失掉这些东西’。先生的教诲，我唯命是听。”于是便引蔡泽入座，按上宾的礼节接待。

几日后，上朝时，范雎对秦昭王说：“有一个从燕国来的客人叫蔡泽，此人能言善辩，通晓三王之事、五霸之业及世俗的变化，秦国的国政足可以托付给他。我阅人无数，谁也赶不上蔡泽，我更不如他，所以大胆地把他推荐给大王。”

秦昭王召见蔡泽，和他谈论国事，非常中意，便拜他为客卿。范雎也顺水推舟，请求交还相印。秦昭王不同意，坚持让他继续任职，范雎声称自己已经病重，实在无法听命，秦昭王只好免去了他的相位。由于蔡泽的谋划深得秦昭王的赏识，于是就让蔡泽接任相国。范雎辞掉相位之后，即回到封地应，不多时即死在那里了。

后来，秦始皇的丞相李斯在《谏逐客书》中也曾高度评价范雎对秦国的功业。的确，范雎相秦10余年，对内实行一系列“强干弱枝”加强中央集权的改革措施；对外积极倡导“远交近攻”的外交谋略，上承商鞅，下接李斯，对秦国历史的发展起到了承上启下的巨大作用，为秦统一天下奠定了坚实的基础。尽管他在政治品格上存在着瑕疵，但瑕不掩瑜，他仍不失为秦国历史上的名相，我国古代罕见的政治家。

（五）

运筹帷幄决千里

——张 良

1 桥头受书

张良（约公元前250年—公元前186年），字子房，生于战国末期韩国城父（今安徽省亳县东南），贵族之后，祖父张开地曾相韩昭侯、韩宣惠王、韩襄王；父张平继之又相韩僖王、韩桓惠王。

秦王政（始皇）十七年（公元前230年），秦灭韩。是时，张平已死，张良年少未仕，其家仍有童仆300百余人，不失为高门大族。旧天堂的毁灭，使他像通常的贵族遗少一样，胸中燃烧着复仇的烈火。他试图行刺秦始皇，为韩国报仇。然而，为泄一己私愤而横冲直撞，只落得事败身危之结局，却丝毫无改天下大势，这是历史的必然。但是，无论天道、人事，必然中又伴随着许许多多的偶然。张良于走投无路之时，在下邳巧遇黄石公，使之学业大进，为日后辅佐帝王打下基础。我们不妨录下这段富有传奇色彩的故事：

一日，张良闲步下邳桥头，见一老人失履桥下，回头呼叫张良："孺子，下取履（鞋）。"张良强忍心中不满，替他取了上来。随后，老人又跷起脚来，命张良给他穿上。对于这种带有侮辱意味的突发状况，不同涵养的人会做出不同反应。起初，张良也曾受潜在的贵族意识驱使，凭着年轻人的血气之勇，欲挥拳殴击老者。但是，终因他已久历人间沧桑，饱经漂泊生活的种种磨难，胸怀广远之志。他居然屈下身来，为老人穿上鞋。老人长笑而去，走出里许之地，又返回桥上，赞曰："孺子可教矣。"老人约他五日后的凌晨再在桥头相会。五天后，老者故意提前来到桥上，既而不高兴地责备张良：“与老人约，为何误期？五日后再来！”五天后，张良索性于午夜前就去等候。张良至诚和隐忍的精神感动了老者，慨然赠他一件无价之宝——《太公兵法》。这位老者就是传说中的奇人：隐身洞穴的高士黄石公，也称“圯上老人”。从此，张良日夜研习兵书，为造就栋梁之材迈出了重要的一步。在这个过程中，机遇固然重要，天资也是不可轻视的，而“至诚”“刻苦”则是必备因素。

10年读书和任侠，使张良接触到社会的方方面面，也成为他汲取智慧的源泉，而其所看到的变幻难测的世态人情，又帮助他深深领悟了《太公兵法》的精妙。在这颠沛流离的10年中，旧的贵族偏见有时还限制着他的视野。但是，作为一流的明智人物，一旦脱胎换骨，从旧的营垒中冲杀出来，就能对世界看得特别清楚，其思想也锤炼得更为犀利。

公元前210年，一代杰出帝王秦始皇暴病而亡，二世胡亥窃位登基。从此，秦王朝的政局急转直下，各种社会矛盾错综复杂地交织在一起。仅历一年，即秦二世元年（公元前209年）7月，陈胜、吴广在大泽乡揭竿起义。在革命风暴的裹挟下，形形色色的人物纷纷出现，张良也凭借着这一广阔的社会舞台，得以大展奇才。

秦二世二年（公元前208年）正月，景驹在留县自立为楚王，张良率众前往投靠。哪知，途中偶遇沛公刘邦统率千人也欲投靠景驹。两人一见倾心，遂称张良为厩将。走到半路就传来消息，景驹被项梁杀了。刘邦很机智，改称是来攻打景驹而投奔了项梁。

这次不期而遇，就是张良成就一生功业的转折点！在中国古代，虽然有所谓“君择臣，臣亦择君”的名言，但是，由于人们活动范围的狭小和眼光的短浅，选择是受到很大限制的。在相当程度上，一个人的成败取决于际遇，或者说是“命运”（如果不把“命运”说作神秘主义的注解，便不应直斥为纯粹的唯心论，它可作为“际遇”的代名词）。正由于这种特殊的机遇，使他有幸投靠了超凡的政治家刘邦，而不是刚愎自用的项羽，或者是徒有虚名的其他人物。从此，君臣相得，如鱼得水：一个是豁达大度、从谏如流，另一个则是智谋过人、屡献良谋。

2　佐主西进

秦二世二年（公元前208年）6月，项梁拥立原楚怀王的孙子熊心为楚怀王。张良心存故国，忙对项梁提议说："君既已立楚王为后人，而韩王诸公子中以横阳君成最贤，可立为王，借以多树党羽。"项梁依议寻得韩成，立其为韩王并任命张良为司徒。不久张良和刘邦短暂分开，受命同韩王率兵千余人西略韩地（战国时的韩国地盘），在颍川（今河南省中部）一带流动作战，时而攻取数城，时而又被秦兵夺回，迟迟未能开创大局面。

秦二世二年末，楚怀王命项羽、刘邦分兵西伐秦。刘邦取道颍川、南阳，准备从武关攻入关中。

秦二世三年（公元前207年）4月，刘邦行至颍川，同张良合兵一处，接连攻取10余城。刘邦命韩王成留守此地，另与张良率师南下。

同年6月，刘邦大破秦南阳军，逼使南阳太守退守宛城。此时，刘邦灭秦心切，企图绕道而过，直扑武关。张良仔细一想，刘邦当时实力弱小，不可进取京城临大敌。再说，眼前的南阳郡治宛城，本是秦朝统治的一个重要据点，也是沛公军脚下的一根钉子，欲拔除它，轻易可取；越而攻之，则贻害匪浅，正犯了兵家的大忌。正确的用兵之道，只能是稳扎稳打，一方面与各地盟军合作，一方面在西进中逐步发展壮大自己的力量。据此，张良向刘邦献策说："沛公虽欲急入关，秦兵尚众，距（据）险。今不下宛，宛从后击，强秦在前，此危道也。"刘邦一点即通，立刻偃旗息鼓而还，于破晓前赶至宛城，重重包围。沛公又采纳陈恢建议，以攻心为上，下令招抚南阳太守，赦免宛城吏民。在大军压境的局面下，南阳太守有了活路，当然甘愿献城投降。刘邦如约封他一个“殷侯”的爵衔，只是空头称号，无须封地付银，十分上算。因这一着棋得力，满盘随之皆活，全郡数十城群起效尤，迎风而降。南阳本是大郡，人口众多，财富丰饶。刘邦在此招兵买马，储草备粮，兵力很快发展到2万余人。

与此同时，北路正进行巨鹿大战，章邯所率秦军主力投降项羽。秦朝的军事支柱倾倒之后，兵力越发枯竭，四方救援不灵。这就形成南北照应之势，为刘邦的顺利进军扫除了障碍。兼之，刘邦所过严禁掳掠，秦民皆喜，自然是得道多助，师行迅速。同年8月，刘邦攻破通往关中的重要门户武关，开进秦朝腹地。

秦朝南北两线的军事失利，迫使统治阶级内部矛盾激化，狗撕猫咬，日重一日。秦相赵高自知罪责难逃，就杀死了二世胡亥，擅立子婴为秦王。赵高又遣使与刘邦通谋，妄想里勾外连，分王关中。刘邦既已胜利在望，岂肯信此诈谋，再分给秦朝权臣一杯羹。他仍旧遵照张良的部署，乘胜西进。

同年9月，刘邦麾军趋至峣关。峣关是通往秦都咸阳的咽喉要塞，也是拱卫咸阳的最后一道关隘，秦派遣重兵扼守此地。刘邦赶到关前，便要驱动2万士卒强行仰攻。张良却连连摇头说：“秦兵尚强，不可轻举妄动。”刘邦着急地询问应敌之策，张良想了一个逢强智取的方案：“臣闻其将屠者子（守将是屠夫的儿子），贾竖易动以利（商贾小人唯利是图，可用财宝打动）。愿沛公且留壁中（暂且在壁垒中按兵不动），使人先行，为5万人具食（增修5万人的炉灶和用具），益为张旗帜诸山上（在各山上多树军旗，虚张声势），为疑兵。令郦食其持重宝（收买）秦将。”刘邦闻计非常高兴，立即调拨将士分头部署，并派能言善辩的谋臣郦食其、陆贾前往秦营，行施贿赂，伺机劝降。秦将见敌兵遍布山野，一时不明虚实，先已畏惧起来，加之又贪恋金钱财帛，情愿倒戈，许与刘邦合兵掩袭咸阳。

刘邦得知秦将中计，以其政治家的果决，当即投袂而起，欲与秦兵联合西进。张良却以谋略家的深沉，又向前进谏说："此独其将欲叛耳，犹恐士卒不从。不从必危，不如因其懈怠而击之。"刘邦欣然采纳，引兵绕过峣关，穿越蒉山，大破秦军于蓝田。因出其不意，遂能首战告捷，一直推进到灞上（今陕西省西安市东），威逼秦都咸阳。

汉元年（公元前206年）10月，秦王子婴战守无方，不得不乘着秦车、白马，携带皇帝印玺符书，开城出降。偌大秦王朝，一旦走上下坡路，竟崩溃得如此迅速，这不能不为执政者引作前车之鉴。

刘邦在不足一年的时间里竟然长驱直入，轻取关中，推翻暴秦。这固然因为秦朝的腐朽和项羽等盟军转战河北诸地，牵制了秦军主力，打击了各郡县的地方武装，使刘邦在西进途中未遇强敌。但是，若无文臣武将的强攻智取，特别是张良的正确战略战术的指导，要想顺利地过关斩将，取得如此神速的胜利是根本不可能的。

3　劝谏安民

推翻暴秦，刘邦逐鹿中原初步告捷。尽管如此，胜利也极易冲昏庸夫俗子的头脑，连刘邦这样杰出的政治家也难免为之倾倒。他初入秦宫，就目迷五色、贪恋宫室、财宝和美女，有心追享富贵尊荣。对此，部下许多人很担心，武臣樊哙犯颜强谏，直斥他“要做富家翁”。可惜，这种简单的劝谏让刘邦无动于衷。

张良深知，对很多人来说，渡过安乐关甚至比渡过生死关更难。生、死的含义是绝对的，而安乐意味着死亡，这却是不清楚的。容易被人忽略的。因此，要使刘邦放弃犬马声色，必须设法使之“心动”。所以，他巧妙地劝道：“往日秦为无道，沛公才得以至此。倘欲为天下除残去暴，理应布衣素食。现今始入秦地，就要坐享安乐，岂不是‘助纣为虐’。俗话说：‘忠言逆耳利于行，良药苦口利于病。’愿沛公听从樊哙等人的话。”张良表面看心平气和，但话中对古今成败的揭示以及“无道秦”“助纣为虐”等苛刻字眼，却适度刺痛了刘邦差点儿沉醉的心。这比气愤地斥辱要更加深刻，更易为人所接受。这种紧打慢唱的手法，正是谋臣进谏的艺术。

然而，也切不可夸大辩士们的口舌之劳。须知，此时此刻，文武同道、相辅相成才是谏诤成功的关键，而刘邦的明智也是不可忽视的内在因素。他封存秦朝宫宝、府库、财物，还军灞上，以待项羽等各路起义军。

其间，刘邦采取了一系列具有深远政治影响的政策。他召集诸县父老豪杰，与之约法三章："杀人者死，伤人及盗抵罪。"并扬言："余悉除去秦法。诸吏人皆案堵如故。凡吾所以来，为父老除害，非有所侵暴，无恐。"另外，又派人与秦吏一起巡行县、乡、邑，晓谕此意。结果，"秦人大喜，争持牛羊酒食献饷军士。沛公又让不受，曰：'仓粟多，非乏，不欲费人。'人又益喜，唯恐沛公不为秦王。"这些安民措施，为刘邦获取了民心，对他日后经营关中，并以此做根据地与项羽争雄天下打下了良好的政治基础。

4　劝伯助刘

秦亡之后，天下权力如何在几股反秦势力之中分配，围绕这一问题，引起了新的争夺。其实，最有实力者当首推项羽，其次是刘邦。所以，正确处理同项羽的关系，就成为刘邦的当务之急。

当初，刘、项的“共主”楚怀王曾经定下约定：“先入关中者，王之。”刘邦虽然抢先入关灭秦，但他在摧毁秦王朝的军事力量方面，根本不可与项羽的战功相比。早在两路分兵时，怀王及其左右将校偏袒刘邦，故意使刘邦为其易，取道南路；而使项羽为其难，取道北路，遇秦主力。巨鹿大战缠住了项羽，影响了其前进的步伐，但却大大减轻了刘邦的军事压力。因此，刘邦想要称王关中、号令群雄，在政治上独居霸主地位，决不可能为不可一世的项羽所接受。更为主要的是双方实力的对比悬殊。巨鹿之战后，项羽收降了秦朝的军队〔后来项羽恐秦朝降卒军心不稳，入关后发生变故，于是把秦朝降卒20万人统统坑杀在新安（在今河南省渑池城南）〕，吸收了沿途的兵民，一时军威大振，兵力迅速发展到40余万（号称百万），而刘邦直至灭秦之后，所有兵力仅有10万（号称20万）。论将才，项羽本人力可拔山，威风凛凛，其麾下又聚集着许多一流人才：骁勇善战者有英布、龙且、钟离昧等；智虑超群者有范增、陈平诸人，实在是猛将如云，谋士如鲫。刘邦虽然机警有余，可惜其勇武不足，他的手下周勃、灌婴、樊哙之辈，当时的声威也不及英布、龙且、钟离昧等人。刘邦最大的长处是知人善任和恢宏大度，这尽管是最重要的政治素质，但并不能靠它无条件地扭转乾坤，而只能慢慢地积蓄力量，逐渐改变力量对比。

在强弱不敌的形势下，刘邦一度误用下策。有人向他建议："关西之富，胜过天下十倍，而且地形险要。现在章邯投降项羽，项羽封之为雍王，令他称王于关中。章邯一来，沛公恐不得占有此地。现应抓紧时机，派兵驻守函谷关，不要放诸侯军进来。然后征集关中士卒壮大自己力量，以与项羽抗衡。"刘邦从其计，背着张良，擅自派兵扼守函谷关要塞。如此一来，就使楚汉原已存在的矛盾迅速表面化。

项羽率兵来到函谷关时，见关门紧闭。又见关上刘邦守军，不由得大为生气，遂命英布督军强攻。12月，项羽军击破函谷关，进驻新丰、鸿门（两地均在今陕西省临潼东北）。紧接着秣马厉兵，欲与刘邦决一死战。

项羽的谋士范增对其说："昔日刘邦是个贪财好色之徒。这次入关以后，他却不贪财宝，不近女色，可见他志见不小。务必速取之，切勿坐失良机。"

谁知项羽剑拔弩张要消灭刘邦之事，惊动了项羽的叔父、张良的好朋友项伯。项伯欲报答张良的救命之恩，坐卧不安，便决定给张良通风报信。

项伯连夜骑马偷入汉营。他找到了张良，把项羽的计划和范增的主张一五一十地告诉了他，并劝张良赶快逃离刘邦，不要待在此处等死。

张良头脑冷静，足智多谋。他听了项伯的话，不动声色，平心静气地说："我奉韩王之命，送沛公入关，现在沛公有急，我偷走不合义理，理应告知。"项伯听了张良一番入情入理的话，更钦佩其为人，遂答应张良的要求。于是张良马上来到刘邦那里，把项伯的话告诉了他。刘邦听后大吃一惊。

张良问刘邦："您估计，您的士卒可以抵挡得住项羽的大军吗？"

刘邦沉默了一会，说："实在不能。但是有何计？"

张良说："为今之计，只有靠项伯挽回。请您去告诉项伯，说您不敢背叛项羽。”

刘邦不愧是一代人杰，既善于随机应变，又能屈能伸。他问张良：“你跟项伯有交情吗？”张良告知旧事。

刘邦又问：“你跟项伯孰长？”

张良说：“项伯比我大。”

刘邦说：“那就把他请来，我以兄长待之。”

于是张良出来，去请项伯，劝他无论如何去见一见刘邦。项伯本来无此议程，只想把张良带走，但难却情面，只好随张良一起去见刘邦。

刘邦见项伯到来，就像见到老相识一样，设宴款待。他先尊项伯为兄长，与他结为婚姻之好，然后委婉陈辞说：“我入关以后，清查了户口，封存了府库，一点儿不敢私取，只等项将军的到来。我之所以派兵守函谷关，主要是为了不让盗贼乱兵出入，以防不测。我拿下咸阳以后，日日夜夜盼望项将军到来，以便移交，哪能谋反呢？还得请您把这些情况如实告诉项羽。”刘邦的一番巧舌争辩，项伯竟信以为真，满口答应刘邦的要求，并对刘邦说：“明日一早，您务必亲自去向项羽说明，表示歉意。”刘邦只好同意了。

项伯回营将刘邦之言尽禀项羽，并说：“如果不是刘邦先攻入关中，您怎么能这么快就入关呢？人家现在立了大功，您不但不赏，反而要进攻人家，这是多么不义呀！您应该乘机好好招待他才对。”项羽本来就是一个四肢发达、头脑简单之人，项伯的一番说辞，他听了觉得甚对。为进一步验证，他决定待明日刘邦来营之后当面责问，再做决定。

5 鸿门侍宴

次日清晨，刘邦带领张良、樊哙和百余骑兵来到鸿门。见面之后，刘邦开门见山，单刀直入向项羽赔罪说：“我和将军戮力攻秦，您横扫黄河以北，我转战黄河以南。未料我竟然能首先攻入关中，推翻暴虐的秦朝，在这里跟您重逢。我们兄弟相会，这本来是一件大好喜事。不料如今竟有小人从中挑拨离间，使我们之间产生了误会。”刘邦这话说得有理有节，依据先前怀王所定，刘邦进关也是名正言顺，并无非份之处，相反项羽倒有违约之嫌。这“小人”二字，自然转骂到项羽头上。项羽却并不具备一般政治家强词夺理的气质，又无随机应变的才干，一旦窘迫，竟露出底蕴，脱口说道：“这是沛公的左司马曹无伤对我讲的，说你欲王关中，令子婴为相。不然，我怎能如此？”

项羽热情邀请刘邦赴宴。席间，范增多次向项羽使眼色，并屡次举起佩带的玉向项羽示意，要他下决心杀掉刘邦。可是项羽竟毫无反应，依旧饮酒。张良对席间局面了然于胸，暗思对策。

范增见项羽无意杀掉刘邦，又不愿失去大好时机，就离开宴席，叫来大将项庄，授意他去舞剑助兴，伺机击杀刘邦。于是，项庄按范增的吩咐在宴席上舞起剑来。然而这个用意又被项伯看穿了，他也拔剑起舞，并用身体时时掩护刘邦，使项庄无法下手。

张良见形势紧迫，便急忙辞席去找樊哙，对樊哙说：“项庄舞剑，意在沛公。”命他速去救驾。樊哙一听事情如此紧急，便一手握剑，一手拿着盾牌，撞倒军门卫士，闯进帐内。但见他怒发冲冠，圆睁双眼，瞪着项羽。项羽见状大惊，慌忙问道：“这是什么人？”

张良说：“此为沛公的参乘樊哙。”

项羽不住口地称赞说：“壮士！快赏酒！”

樊哙接过酒，站着一饮而尽。

项羽见樊哙如此豪爽，欣然说道：“赏他一只猪腿！”

樊哙把盾牌放在地上，然后放上猪腿，用宝剑边切边吞。不一刻工夫，一只猪腿便到了樊哙的肚里。项羽愣住了，又问樊哙：“壮士，还能喝酒吗？”

樊哙镇定自若，大声回答：“我死都不怕，何谓喝酒？”

项羽大惊道：“这话是什么意思？”

樊哙接着说道：“昔日，楚怀王和诸侯有约在先：谁先攻入咸阳，谁就称王。现在沛公首先打败秦兵攻入咸阳，毫发不取，封闭所有的宫室，驻军灞上，等着大王前来主持。沛公这样劳苦功高，你不但不封赏，反而听信谗言，要杀害有功之人，这不是重蹈秦朝灭亡的覆辙吗？我认为这是不对的。”

听了樊哙一番理直气壮的回答，项羽瞠目结舌，自觉理亏，无从应对，只是连声向樊哙让座。樊哙这才坐在张良身边。

刘邦见气氛有所缓和，知道此地不可久留，正好可借机脱身。便向项羽说道：“大王，我去茅厕方便一下。”

项羽已有几分醉意，也不多想，便摆了摆手。刘邦即离开宴席。张良、樊哙跟着出来。樊哙对刘邦轻声说：“马已备好，请沛公快点儿离开此地。”

刘邦说：“不辞而别，如此合适吗？”

张良说：“大行不顾细节，大礼不辞小让。如今人方为刀俎，我为鱼肉，随时有被宰的危险，怎么还顾得上告辞。”

刘邦又说：“我这一走，你怎么向项羽交代？”

张良说：“您只管与樊哙脱身，我自有良策。”

于是，刘邦由樊哙等人护驾，轻骑简从，抄小道向灞上狂奔而去，留下张良与项羽等人虚与委蛇。

张良推算刘邦一行已到了军营，乃从容返回大帐。项羽问道：“沛公去哪儿了？”

张良从怀中取出白璧一双、玉斗一对呈上，道：“沛公已醉，怕失礼仪，不能辞行。他让我把白璧一双恭献大王，玉斗一对敬献亚父。他见您和您手下的人有意作对，所以一个人走了。如今已经回到军中。”

项羽接过白璧，边赏玩边说道：“嗨！沛公也是，为何不辞而别？”

张良道：“大王与沛公情同手足，只是大王部下有人与沛公有矛盾，想将沛公杀害，嫁祸大王。大王初定天下，正应宽厚待人，仁义天下，不应疑忌沛公。沛公若死，天下必讥笑大王，大王何必坐受恶名，譬如卞庄刺虎，一计两伤，沛公不好明言，只好脱身避祸，静待大王自悟。大王圣明，一旦醒悟自然理解，就不会怪罪沛公不辞而别了。”

项羽本来多疑。听了张良言语，反疑范增，双眸凝视范增多时。范增因计未成心中本已十分懊恼，再见项羽凝视自己，不禁怒气冲天，突然起身抓起张良敬献的那双玉斗摔在地上，拔出宝剑，一剑击得粉碎，随后气愤地走出大帐。在帐外，他仰天长叹：“唉！竖子无知，不足与谋，日后取得江山者必是刘邦，我们就等着做他的俘虏吧！”

刘邦一回到灞上，马上命人将曹无伤押来。刘邦脸色铁青，大声说道：“曹无伤，你知罪吗？”

曹无伤见事情已经败露，非常恐惧，“扑通”一声跪倒在地，连连求饶：“沛公饶命，沛公饶命！”

刘邦道：“你怎敢出卖于我，我待你不薄，没想到你竟然吃里扒外陷害于我，你还有何话可说？”

曹无伤泣涕连声，打自己脸求饶道：“我不是人，我不是人，我对不起沛公，对不起众位弟兄。”

刘邦说道：“你这个吃里扒外的东西，编造谎言，险些置我于死地，若不杀你，天理难容。来人，将曹无伤推出帐外，枭首示众！”

曹无伤立刻被处死了。

几天以后，项羽带领人马向西进发，屠了咸阳城，杀了子婴，放火烧毁了秦朝的宫室，包括奢华壮丽的阿房宫在内，大火三月不灭。并把秦宫的财物、美女劫掠一空，富丽堂皇的咸阳城一下子变得满目苍痍，成为一片废墟。关中百姓目睹项羽的所作所为，愈加仇视项羽，拥护刘邦。

这时，韩生向项羽建议说：“关中地区乃天府之国，左有淆山函谷之天险，右有陇蜀山脉之屏障，上有千里草原可以放牧，下有肥沃土地可以取粟。海内无事，可经黄河、渭水将关东物资源源输入；天下有变，可乘舟而下，兵击四方。如果在此建都，霸业可成。”

但项羽见咸阳宫室被大火烧得破败不堪，又思念家乡，不同意在关中建都。他说：“富贵不还乡，如衣锦夜行，谁能知道呢？”弄得韩生哭笑不得。后来韩生对人说：“人们都说楚人是沐猴而冠，果真如此。”意思是说项羽徒具人形而没有人的思想。有人将韩生的话报告给了项羽，项羽暴跳如雷，立刻命人把韩生烹死了。

项羽又派人去见楚怀王，要求更改以前的盟约。但是楚怀王不同意。项羽非常生气，下令把他迁往江南，建都郴县（今湖南省郴县）。表面上仍尊称他为“义帝”，实际上却削除了他的权力。为了报复楚怀王，项羽还把怀王的土地分封给了诸侯。

公元前206年2月，项羽自立为西楚霸王，定都彭城（今江苏省徐州市）。项羽和范增意欲限制刘邦的发展，借口巴蜀也是汉中之地，封刘邦为汉王，统领遥远的巴蜀地区，建都南郑（今陕西省汉中市）。为了牵制刘邦，阻碍他东进的道路，又把关中一分为三：把秦朝降将章邯封为雍王，统领咸阳以西，建都废丘（今陕西省兴平市东南）；封司马欣为塞王，统帅咸阳以东，黄河以西，建都栎阳（今陕西省临潼东北）；封董翳为翟王，统领上郡（今陕西省北部地区），建都高奴（今陕西省延安市）。另封关东14诸侯。

6 明烧栈道

刘邦见项羽违背盟约，愤愤不平，要出兵攻打项羽。萧何认为时机尚早，乃谏阻道："巴蜀之地虽然险恶，但总比白白送死好。"

刘邦不以为然，反问道："怎么会死？"

萧何分析说："现在敌众我寡，项羽士气正旺，在此情况下作战，必败无疑，岂不自取灭亡？与其如此，大王为什么不暂屈于一人之下，而取信于万人之上，像昔日商汤、周武王那样。臣请大王暂居巴蜀之地，养精蓄锐，招贤纳士，待时机成熟，再还师平定三秦，与项羽一争高下。"

武将周勃、灌婴、樊哙也纷纷前来劝解，张良也支持萧何的意见，刘邦这才罢休，不再提进攻项羽之事。

为了表彰张良，汉王刘邦特赐给他黄金百镒（20两或24两为一镒），珍珠二斗。张良一心为刘邦着想，把赏赐全部转赠给了项伯。刘邦闻之，又给张良许多财宝，让他送去给项伯，让项伯在项羽面前为刘邦请求汉中之地。项伯见利忘义，立即前去为刘邦说情，项羽果然答应。这样，汉王就将秦岭以南三郡连成一片，据为己有，定都南郑（今陕西省南郑东北）。

巴蜀、汉中土质肥沃，物产丰富，士民众多。然而，由于地理隔阻，交通闭塞，进出十分艰难，欲从此东进，有诸多不便。所以，历史上的有为之主在实力雄厚时一般不喜此地。项羽封刘邦为汉王，正是想借此遏制他向东扩展。可是，巴蜀、汉中也有地理的优势——易守难攻。如果军力不足以争霸天下，退居此地自保，渐渐积聚力量，倒是一方宝地。汉王刘邦当时正需保存实力，所以刘邦、萧何、张良等人才决意西就封国。

同年4月，诸侯各回封地，刘邦分及3万人马，而投奔者无数。张良一心惦念着韩王成，不能跟随刘邦到南郑，但又很是牵挂。于是他决定先送刘邦，然后再去阳翟。他们经过杜县（今陕西省西安市东南），南入蚀中（今西安市南，即子午谷），张良一直送至褒谷（在今陕西省褒城县）。

褒谷又叫褒斜道，处崇山峻岭之中，山高谷深，山势陡峭，绵延数百里，中间有褒水流过，历来是自陕入川的南北通道和兵家必争之地。因悬崖绝壁，无路可行，人们就在半山腰的石壁上凌空搭建栈道，真可谓一夫当关、万夫莫开。刘邦见山高路险，劝张良不要再送，张良只好同意了。临分手时，张良指着山腰的栈道对刘邦说："您走后应烧之，这样既可以防备诸侯攻打巴蜀，又向项羽表了忠心，使其麻痹。"这就是传为美谈的"明烧栈道"妙计。刘邦依照张良的嘱咐，果然放火烧掉了栈道。

张良回到韩国后才知道，因为自己辅佐刘邦引起了项羽的忌恨，所以项羽不让韩王成到封国去，而是把他带到彭城。到达彭城后，项羽又把韩王成降为穰侯，没过多久就把他给杀死了。

这时，由于项羽分封不公，加剧了诸侯之间的矛盾。田荣首先在齐国起兵反抗项羽。陈余没有被封为王，也对项羽不满，便跟田荣联合起来对付项羽。这一年8月，汉王刘邦采纳了韩信的建议，趁机"暗度陈仓"，出兵关中，打败了雍王章邯，塞王欣、翟王翳也先后投降了刘邦。刘邦还出兵武关。项羽闻讯后甚恐，一方面出兵阳夏（今河南省太康县），一方面封郑昌为韩王，以便对付刘邦。

张良生怕项羽去攻打刘邦，就给项羽写信说："汉王名不副实，所以他想得到关中。只要按当初的约定得到了关中，他绝不敢再往东扩张。”张良还把田荣与陈余联合起来企图反抗的事告诉了项羽，转移了项羽对刘邦的注意力，使项羽放松了对刘邦的警惕，集中兵力去攻打田荣。

公元前205年，张良回到汉中，被刘邦封为成信侯。是时，刘邦已经恢复关中，建都栎阳（今陕西省临潼北）；田荣已经战败被杀，田荣的儿子田广立为齐王，继续对抗项羽。

项羽知道汉王刘邦已经向东推进，然而因无法脱身，便想先击败田广，平定齐地，再去打击刘邦。这就给刘邦带来了可乘之机。

同年4月，刘邦统帅56万大军经过洛阳到达外黄（今河南省兰考县东南）。原来跟田荣联合一起反对项羽的彭越，此时也率领3万人归属刘邦，刘邦封他为魏相国，转战梁地，自己亲率大军径直攻取彭城。

项羽听说以后，急忙率领3万精兵回师彭城。在军师范增的精心谋划下，项羽凭借3万精兵大败刘邦的数十万大军。汉军死伤20余万人，刘邦只率领数十名骑兵逃到下邑（今安徽省砀山县）。

这一仗不仅使刘邦的主力受到意料之外的重大损失，而且连先前投降刘邦的诸侯王也纷纷倒戈，又投靠了项羽。刘邦无法，便说：“关东地区我不要了。谁能为我立功破楚，我就送给他。”张良说：“九江王英布，是楚国的猛将，他和项羽隔阂很深；彭越也跟齐国联合，在梁地跟楚军作战。此二人都可以利用。在汉王的将领中，只有韩信可以委以重任，独当一面。若赐此三子以关东，定败楚无疑。”刘邦听了，转忧为喜。一面派人去游说九江王英布，一面又去联合彭越。后来，刘邦终于借助这三个人的力量打败了项羽。

7 下邑奇谋

公元前205年5月，刘邦移军荥阳，召集余部，萧何也从关中送来了补充的兵员和物资，汉军军威复振，把项羽拦阻在荥阳以东。刘邦还下令在荥阳和敖仓之间修建甬道，以便安全取用敖仓的粮食。

为了削弱项羽，刘邦派韩信渡过黄河，攻打安邑（今山西省夏县）。9月韩信生俘了魏王豹，接着又向燕、代进军，从侧翼声援刘邦，孤立项羽。公元前204年10月，韩信在井陉之战中击败赵军，俘虏了赵王歇。不久，九江王英布归汉，刘邦命令他驻守成皋。

这时，项羽也加紧进攻刘邦，把荥阳重重围住，并断绝了汉军的粮道。刘邦忧虑不安，便把谋士郦食其找来商议对策。郦食其认为，昔日商汤伐桀，武王伐纣，都曾把亡国国君的后代分封为王。秦始皇对六国诸侯斩尽杀绝，使他们的后代无立锥之地，所以才招致失败。他建议刘邦重新分封六国的后裔，认为只要这样做，就可以获得百姓、诸侯的拥戴，最终称霸天下。刘邦听了连声说好，下令立即赶制印信，让郦食其去执行这个使命。

适逢张良来朝，刘邦正在吃饭，见张良来到便向他谈起此事，并征求他的意见。

张良听后非常惊讶，问刘邦：“这是谁给您出的馊主意？如果这样做，您的事业就完了！”

刘邦连忙追问：“为何？”

张良走上前去，拿起筷子，比比画画，进行了详细的分析。他说道：“以前商汤伐夏并封夏桀的子孙为王，周武王伐商并封殷纣的子孙为王，那是因为能够牢牢把他们控制住。现在您能置项羽于死地吗？周武王伐纣以后，曾经表彰贤良，为圣人修建坟墓，发放矩桥的粮食和鹿台的钱财，以接济穷苦的百姓。如今汉军连粮草都无法保证，哪有条件那样做呢？再说，周武王灭商以后，为了表示不复征战，让人民安居乐业，便马放南山，收起兵器。如今您却面临着项羽的重重包围，胜败未卜。况且您的部下离乡背井，征战天下，只不过是想得到尺土之封，如果把土地都分封给六国的后代，这些人没有了指望，就会丢开您，各归其主，返回故里。这样，谁还会跟您去打天下呢？再说，现在最强大的还是楚国。即使封六国之后为王，由于他们势单力薄，也会先后投奔项羽，谁还会归顺于您呢？”

张良的分析实在精辟。首先，他认识到古今时移势异，反对照搬古圣先贤的旧章法。

第二，他看到汤、武分封夏、商后人是在政局安定之后，已能左右天下形势；现今是楚汉方争，胜负未决。

第三，昔日武王散钱、发粟，是用敌国积储治疗自身疮痍；现今汉王自己军事无着，何暇救济他人。

第四，昔日刀枪入库，马放南山，牛息桃林，是由于时势已转入和平年代；现今正处狼烟四起、烽火连绵之际，决不可偃武修文。

至关重要的一点是，张良把封土赐爵用作奖赏军功，以激励天下士民追随汉王征战，作为维系将士之心的一条重要锁链。此外，张良意识到六国贵族腐化堕落，分封六国只能分散抗击项羽的力量，最终将会被楚军逐个击破。即使有强者复出，亦必拥兵独立，怎么能臣属于刘邦。张良此论，较之他当初请立韩王，无疑是思想上的飞跃，而且在中国古代政治思想发展史上占有重要的一页。

刘邦听了恍然大悟，急忙放下碗筷，把含在嘴里的东西吐在几上，连声骂道：“这小子差点儿坏了老子的大事！”说罢，急忙命令把印信销毁。

起初陈胜、吴广起兵时，六国贵族也都想推翻秦朝，反秦的目标是一致的。陈胜分封六国的后代，暂时还能够起到联络党羽、孤立秦朝的作用。况且当时天下的土地并不归陈胜所有，所以陈胜把秦朝的土地分封给六国的后代，既有美名又有实惠。但是，刘邦却不一样。楚汉相争，楚强汉弱，胜负未卜，六国诸侯并非全都反对项羽，如果刘邦把自己攻占的土地分封给六国的后代，就等于削弱了自己、帮助了敌人。一样是分封六国之后，形势不同，效果也完全不同。秦朝灭亡之后，项羽分封诸侯，结果是众叛亲离、纷争迭起，这就是一个沉痛的教训。张良虽然是韩国贵族，但他从全国的角度考虑，对当时的形势有着清楚地了解和客观地分析，表现了他的远见卓识和雄才大略。

8　智救太公

楚、汉在荥阳、成皋一带相持日久，项羽因一时难取荥阳，便依范增之计，把在彭城大捷中俘获的刘邦之父、吕雉，及其一双儿女带到荥阳城下，对城楼喊道：“刘邦小儿听着，你再不投降，寡人就烹了你父，煮了你妻！”说罢，只见几名楚军将士马上架起油锅，生火架柴，又有两名士卒将太公、吕雉推到阵前。

刘邦闻讯与众臣登上城楼，举目一看，禁不住潸然泪下。张良一见，急忙劝慰道：“大王勿伤悲。这乃是范增之计，太公不会被烹。”

刘邦急问其故，张良说道：“项羽出于无奈，只是想以此来胁迫我军投降。此计若不成，他们果真要烹太公，楚军中有项伯，届时定会出面阻拦。再者，对于项羽这样的人，若主公胆怯，就正中其怀，他会得寸进尺。我们只能以狠对狠，不能让他抓住我们的把柄。如此或许能救太公于虎口。”说罢，张良对刘邦耳语一番。刘邦乃强打精神，对项羽大声喊道：“项羽小儿听着，我与你同侍义帝，结盟约为兄弟，我父即你父，你要烹你父，请看在兄弟的情分上，分我一杯羹！”说罢，扬长而去。

项羽听罢，气急败坏地说道：“呸！你这个薄情寡义的无耻小人。来人！给我将太公、吕雉抛下油锅！”

四名士卒架起太公、吕雉，就要向油锅中抛。果真如张良所料，在此危急之时，但见项伯挺身而出，大声喊道：“且慢！”然后来到项羽跟前施礼道："大王，这使不得！"

"嗯？"项羽不喜道，"为何使不得？"

项伯："大王，楚汉相争，与他们没有关系，今烹刘邦父、妻，楚汉会积怨更深，天下人也会唾骂大王，说咱们不仁不义、不忠不孝。而且，臣闻刘邦从不顾亲眷家属，刚才大王也听见了，他还要分杯羹汤。对这样的人，即便杀了其父、妻，也无补无事，空留骂名而已。臣以为与其如此，不如暂且不杀他们，日后尚能挟持刘邦。"

项羽听后，觉得很有道理。本来烹刘邦父、妻自己就不大赞同，因为即便此计成功，刘邦归降了自己，让诸侯知道堂堂西楚霸王不凭武力，而是靠烹人家父、妻而获胜，这于自己脸上也不大光彩。乃下令："将刘邦父、妻押回营中，待日后处置！"

9 楚河汉界

再说此时韩信却是连连得胜，先后平定了赵、燕、代诸地。之后，他又尽取三齐土地。这时刘邦正驻军广武。韩信派人送信给刘邦，他在信中说："齐国狡猾多诈，反复无常，又紧靠楚国，请封我为齐假王（代理），以便镇服齐国。"

刘邦一听韩信所请，不禁勃然大怒，当着使者的面破口大骂道："我久困于此，日夜指望你前来助我，你却要自立为王！"

当时，张良正坐在刘邦身边。他清醒地看到韩信的向背对楚汉战争的胜负有举足轻重的作用。如果韩信归顺刘邦，刘邦就会胜利；如果他投靠项羽，项羽就能消灭刘邦。要战胜项羽，就必须利用韩信。况且，韩信远在齐地自立为王，刘邦鞭长莫及，不可能阻止。作为一个政治谋略家，必须在瞬息万变的情况下因时制宜，迅速应变。张良听到刘邦骂出前面的话，连忙在案下轻轻踢了他一脚，然后附耳说道："汉正失利，能阻止韩信称王吗？莫如趁机立他为王，使其自守。否则，恐生不测。"机变的刘邦顿悟方才失言，于是改口骂道："大丈夫既定诸侯，就要做个真正的王，何必要做假王！"刘邦一向喜欢骂人，有此一骂本不足为奇；况且前后两语接得天衣无缝，竟然蒙混过去了。

同年2月，刘邦遣张良持印出使齐，封韩信为齐王。一个顺水人情居然拉拢了韩信，为日后十面合围击败项羽做了组织准备。

对于此权宜之计，东汉荀悦论得好："取非其有以予于人，行虚惠而获实福。”意思是说，刘邦用本不属于自己的土地赏赐给韩信，行施于己毫无损伤的恩惠与他人，而得到实在的好处。

这时，持久战之后，楚汉战争的形势已经发生变化，实力对比越来越有利于刘邦而不利于项羽，所以项羽也在拉拢韩信。他派武涉去离间韩信与刘邦的关系，劝韩信三分天下、独霸一方，但韩信没有同意。接着，谋士蒯通见武涉没能说服韩信，也劝说韩信鼎足而立，韩信又婉言拒绝。这说明，张良的远见卓识确实高人一筹。在当时的形势下，若不能稳住韩信，汉军的优势就很难保持，楚汉之争的后果便很难设想了。

因为韩信在黄河中下游稳住了阵脚，从东北方威胁项羽，彭越等人又不断从南方骚扰并削弱楚军，使项羽四面受敌。加上项羽孤立寡援，军粮缺乏，出于无奈，只得跟刘邦议和。双方约定以鸿沟为界，中分天下，鸿沟以西归汉，鸿沟以东属楚。

9月，为表示诚意与和解，项羽把以前俘虏的刘太公和吕雉等人放回后，便撤军东归。

刘邦自反秦以来，转战数年，出生入死，鞍马劳顿，屡次幸免于难。现在楚汉已经议和，他也打算向西撤兵。但张良却认为，这正是消灭项羽、夺取天下的良机，如果中途休战，就会半途而废。他指出：现在刘邦占据了大半江山，各路诸侯皆已归附。如果不乘胜追击而纵敌，就会养虎遗患。刘邦接受了他的意见，改变主张，撕毁和约，掉转马头，继续向东进攻。

公元前202年10月，刘邦追击项羽至固陵（今河南省太康县南）。在此之前，刘邦已经和韩信、彭越约定，要在固陵会师，共同围攻项羽。可是韩信、彭越尚未如期到达。楚军趁汉军孤军深入，又把汉军杀得大败。刘邦只得坚壁自守，十分着急。

他问计于张良，张良分析说：“现在楚兵将破，韩信、彭越却没有划定封地，他们自然不会前来助战；如果您能跟他们共分天下，他们就会立刻赶到。韩信虽说被封为齐王，但不是大王的本意，所以他至今将信将疑；彭越本来平定了梁地，应该受封，由于魏王豹当时还在，您只封他为相国。如今魏王豹已经死了，彭越也想封王，然而您又不曾封他。请您把陈（今河南省淮阳县）以东直至东海封给韩信；把睢阳（今河南省商丘市南）以北至谷城（今山东省东阿县南）封给彭越。韩信为楚人，他早就想得到家乡的土地。假如大王能把这些地方许给他们，让他们如愿以偿，他们必然会全力助战，这样楚国就不难打败了。”刘邦接受了张良的建议，韩信、彭越果然很快就前来会师。

12月，汉军在韩信的指挥下把项羽围在垓下（今安徽省灵璧县南）。项羽为了突破包围，在垓下发起了一次突围战。项羽亲率精兵向汉军猛冲。韩信假装败退，拉长战线，然后用骑兵从两翼截击楚军，分段围歼，打败了项羽的突围战。夜间，汉军四面大唱楚歌，迷惑项羽。项羽惊恐不解地说：“莫非汉军把楚国都占领了吗？为何汉军中有这么多人唱楚歌？”其实这是韩信采用张良的攻心战，用思乡曲来瓦解楚军军心。“四面楚歌”果然奏效，楚军士兵无心再战，连项羽也心烦意乱，不停地喝闷酒。最终，楚军全军覆没，项羽虽带少数人马冲出重围，然因无颜见江东父老，在乌江边自刎身亡。一场持续四年的楚汉战争最终以刘邦的胜利而告终。随后，刘邦改封齐王韩信为楚王，定都下邳；封彭越为梁王，定都定陶。公元前202年，刘邦即皇帝位，建立了汉朝。

次年5月，刘邦在洛阳南宫设宴招待群臣。席间，刘邦对大臣们说：“我之所以夺取天下，项羽之所以失去天下，是什么原因呢？”王陵等人说：“陛下派人去攻城略地，胜了就把这些地方赐给他，与天下同利。项羽却不然，他杀害功臣，嫉贤妒能，使部下离心离德，这就是项羽失败的原因。”刘邦不以为然地说：“你们只知其一，不知其二。要说运筹帷幄之中，决胜千里之外，我不如子房；镇国抚家，安抚百姓，筹办粮饷，供应充裕，我不如萧何；统帅百万之军，战必胜，攻必取，我不如韩信。此三子都是人中豪杰，对他们，我都能量才使用，这才是我能取得天下的真正原因。而项羽连一个范增都容不下，因此他才败在我的手下。”

10 劝都关中

汉朝初创，建都问题至关重要。起初，汉高祖刘邦想长期定都洛阳，群臣也多持此见。

公元前202年5月，齐人娄敬到陇西戍边，途经洛阳。他叩见高祖，力劝建都关中。刘邦不能决断，便向群臣问计。当时刘邦的大臣大部分是山东六国之人，他们都主张建都洛阳。理由是：洛阳东有成皋，西有崤山、渑池，背靠黄河，面向伊、洛，周围山河拱卫，地形险要。娄敬则从政治、经济、军事、历史诸方面分析了建都关中的优势。他分析道："其一，关中占形胜。四面阻险，进可以攻，退可以守。其二，关中有地利。土地膏腴，河流、渠道纵横交错，利于农业生产。其三，关中无后顾之忧。西、西南、西北三方没有形成统一的、强大的政治势力。其四，关中得人和。在秦末诸侯中，刘邦最先进关，三章之法初施于此，早已赢得秦民之心。加上长年君临巴、蜀、汉中，已在关西一带形成势力，根深蒂固。其五，关中经周、秦数百年经营，始终是全国的政治中心和经济重心，及至楚汉之争，战场较长时间局限在荥阳一带，曾波及洛阳，但关中地区影响较小，损失不大。"

依靠上述优势，再恃武关、函谷关等天险，即扼住了东西交通的咽喉；以此定都，诚如娄敬所说："夫与人斗，不扼其亢，拊其背，未能战胜对方也。今陛下人关而都，居于秦朝之故地，便可扼天下之咽喉从而牢牢地控制之。"

群臣之中，唯张良支持娄敬的建议。张良首先反驳了建都洛阳的主张，他说道："洛阳虽有成皋、崤山、渑池、黄河、洛水之险，但洛阳地域狭小，面积不大，而且土地瘠薄，容易四面受敌，不是用武之地。而关中左有崤山、函谷关，右有陇山、岷山，中间地域宽阔，沃野千里。再兼南有巴蜀之饶，北有畜牧之利，西、北、南三面有险可守，东面又便于控制诸侯。在天下平安无事时，可以从黄河和渭水运输全国的物资，供应京师。如果诸侯反叛，天下大乱，则可顺流而下，兵击四方，粮饷和物资也可源源不断地运达。实在是'金城千里，天府之国'。"

张良的建都思想体现了一个谋略家的宽阔胸怀和高瞻远瞩，他不考虑个人感情和私利，而是站在全局的高度，为国家的长治久安着想。在古代，这是极其可贵的。

刘邦听了张良的一番分析，认为很对，遂："即日起驾，西都关中。"

11　奏封雍齿

公元前201年，刘邦论功行赏。因为张良主要是谋臣，没有战功，刘邦让他从齐国选3万户作为封邑。张良连忙辞谢说：“当初我在下邳起事时，在留城与陛下相遇，此为天意成全我，把我交给陛下。以后陛下信任我，我的计策有时还很管用，所以把留地封给我，我就心满意足了，怎么敢要3万户？”刘邦再三劝封，张良坚辞不受，最后，刘邦只好接受了他的请求，封他为留侯。

当时，刘邦分封了20余名大臣，其他人日夜争名夺利，使刘邦左右为难，无法再封。张良则适得其反，不但不争功，而且封了他还不要，这体现了他的高风亮节和超然物外。

一天，刘邦在洛阳南宫里从复道望见将领们三三两两地坐在沙地上交头接耳、窃窃私议，就问张良他们在议论什么。张良故作惊讶地说：“难道陛下还不知道吗？他们在谋反呢！”

刘邦大吃一惊，问道：“天下方定，他们为什么又要反叛呢？”

张良回答说：“陛下出身平民，这些人跟随陛下夺取天下，就是为了封官晋爵。今天陛下贵为天子，被封赏的人都是您的老朋友，仇人获罪。现在即使拿出整个天下也不够他们每人分一份。他们既担心得不到封赏，又害怕因为有什么过失被您杀掉，所以他们就纠合在一起预谋反叛。”

刘邦非常担忧地问：“以卿之见，该怎么办？”

张良问："您平生最恨而又为大家所知道的人是谁呢？"

刘邦回答："雍齿以前和我有仇，曾经背叛过我，使我很难堪。我本想杀他，念他功劳不小，所以又不忍心这样做。"

张良说道："那您就赶快先封雍齿，大家见雍齿这样的人都被封了，也就都安心了。"

于是，刘邦大宴群臣，酒酣之际将雍齿封为什邡侯。果不出张良所料，宴毕，群臣议论说："像雍齿这样的人都能被封为侯，我们不用愁了！"

一场政治危机被张良小施计谋就轻而易举地平定了，而且结局皆大欢喜。

北宋史学家司马光评论这件事说："张良这样做使刘邦避免了一场因用人唯亲、徇私行赏而导致的政治危机，使群臣消除了'猜忌之心'。"

北宋政治家王安石也写诗说："汉业存亡俯仰中，留侯于此每从容。固陵始议韩彭地，复道方图雍齿封。"诗中肯定了张良在打败项羽、巩固汉朝的过程中所起的作用。

12 明哲保身

汉朝建立后，由于统治阶级内部争权夺利的斗争日益尖锐和激化，貌似妇人的张良又体弱多病，入关后身体越来越不好，所以他干脆“等功名于物外，置荣利于不顾”。他杜门谢客，深居简出，采取明哲保身、功成身退的超然态度，成天在家颐养身体，修仙学道。他追随刘邦多年，明了其为人：只可与之共患难，而不可与之共荣华。他经常对人说：“我家世代相韩，韩国被灭掉后，我不惜花费万金家财，为韩国报仇。刺杀秦始皇一事使天下震动。现在我以三寸不烂之舌辅佐皇帝，被封为万户侯，作为一个普通人，这已经是登峰造极了，我张良心满意足。我情愿摈弃人间之事，跟着仙人赤松子去游历天下。”

张良假托神道，实在用心良苦。对此，北宋史学家司马光评论说：“夫人生之有死，犹如天有昼夜一样，是自然而然，不可抗拒的。自古及今，尚无一人能够超然这一规律而独存于世的。以子房之明辨达理，当然知道神仙之虚妄不实，然其明知如此却要从赤松子游历天下，足见其聪明机智。人臣最难处理之事即为对功名态度。汉高祖所称道的三杰之中，淮阴侯韩信被诛，丞相萧何入狱，他们难道不是因为功高而不知停步吗？因此子房托于神仙，遗弃人间，超脱世外，把功名看作身外之物，置荣华富贵于不顾。所谓‘明哲保身’者，正是张子房焉！”

公元前197年，皇室内部发生了戚夫人争宠夺嫡的事件。刘邦原先立了吕后的儿子刘盈为太子。后来吕后常常留守长安，而戚夫人则与刘邦形影不离，深受宠爱。时间一长，戚夫人经常向刘邦哭诉，请求废掉刘盈，改立自己生的赵王如意为太子。另一方面，刘邦对太子刘盈也不怎么喜欢，经常说："如意类我，太子刘盈仁弱，不类我。"于是刘邦便想废掉刘盈，改立如意为太子。尽管许多大臣竭力谏争，刘邦一直不肯改变主意。

在吕后无计可施的时候，有人对她说，张良足智多谋，又很受信任，何不向他请教，问他有什么办法。吕后一听，顿悟，遂让她的哥哥建成侯吕释之去找张良。

张良虽然超脱世外，不想多管闲事，但扛不过吕释之的苦苦哀求，无奈接见了他。吕释之对张良说："您是陛下的谋臣，现在陛下要废掉太子，您怎么可以放手不管呢？"

张良说："以前陛下打天下的时候，经常处在困厄之中，所以才肯听我的话；现在天下平定，陛下从恩爱出发，想另立太子，这是他们骨肉之间的事情，纵有一百个张良也没有用处！"

吕释之执意要张良出谋划策。张良见实在推脱不过，就说："此事非言语所能动。现在有四个老人很受皇上尊重，但因皇上对人傲慢无礼，所以他们宁愿躲在深山也不愿意为朝廷出力。皇上很器重这四个人，若太子刘盈能设法把他们请来做自己的门客，常常带领他们出入朝廷，有意让皇上看见，让皇上知道'商山四皓'在辅佐太子。这样对巩固太子的地位是很有帮助的。"

吕后遵照张良的吩咐，派人带着太子的亲笔信和丰厚的礼物，把"商山四皓"接了过来。

公元前196年，英布谋反，当时刘邦正在生病，就准备让太子刘盈率领军队前去平叛。"商山四皓"一眼就看穿了刘邦的真实意图，于是向吕释之说："让太子率军去平叛，即使有了战功，地位也不会再高过太子。如果无功而返，就会因此遭祸，失去太子的地位。并且随同太子出征的这些将领，都是曾经和皇帝一起平定天下的猛将。现在让太子去统帅他们，就如同让一只驯服的绵羊去统帅一群恶狼，他们不会为太子效命的。因此也很难建立战功。”他们建议吕后赶快向刘邦哭诉求情，就说如果让太子率领军队去平叛，英布知道后，定会无惧而西攻；皇上虽然有病，但是如果御驾亲征，将领们就不敢不尽力了。

吕后果然去找刘邦哭诉求情，刘邦听了，非常不高兴地说：“我早就知道这小子不堪重任，还是老子亲自出马吧！”

刘邦率军出发时，群臣都到灞上送行。张良也强支病体，勉强起来去送行。他对刘邦说：“我本该跟随陛下前往，无奈病得太厉害了。楚人剽悍勇猛，请皇上勿与之争锋。”张良还建议，让太子刘盈为将军，统领关中的军队。刘邦同意了，就让张良辅佐太子。当时叔孙通是太子太傅，所以张良就做了太子少傅。

刘邦亲征前曾召集诸将商议。滕公夏侯婴推荐原楚国令尹薛公为刘邦出谋划策。薛公对刘邦说：“英布造反，有上、中、下三计。东取吴，西取楚，并齐取鲁，威胁燕赵，使山东诸侯都反对汉朝，这是上计。东取吴，西取楚，一路向西夺取以前韩、魏之地，据有敖仓之粟，堵塞成皋的关口，这是中计。东取吴，西取下蔡，与南越结盟，向南靠近长沙，这是下策。”薛公又对刘邦分析说：“若英布取上计，天下就将大乱；取中计，胜负难分；取下计则迅速失败。英布有勇无谋，必取下计。陛下立刻亲征，阻止英布施行上、中两计。”刘邦依照薛公之计率兵亲征，在气势上就占了上风。

刘邦和英布在会甄决战。两军对垒，主帅披挂上马，刘邦和英布在阵前对话。刘邦高声责骂：“我封你为淮南王，你为什么造反？”英布直率地答道：“我也想做皇帝啊！”英布目标直指皇位，此言并不能鼓舞士气，倒是激怒了汉兵。刘邦一面斥骂，一面指挥进攻。虽然英布奋力作战，仍然大败而归。果不出薛公所料，英布率领100多残兵败将逃向长沙。长沙王吴臣是英布的内兄，英布意欲投奔，结果被长沙王暗中派人杀害了。一代骁将英布就这样陨落了。

刘邦平定英布回来，病情就加重了，是时更想废立太子。张良劝谏，刘邦不听，张良就称病不问。太傅叔孙通用晋国改立太子，导致晋国数十年内乱，为天下所取笑，以及秦始皇没有早立太子，结果赵高篡权诈立胡亥，导致秦国灭亡等经验教训来劝阻刘邦。刘邦见群臣屡次力争，知他们都不同意改立赵王如意，只好对叔孙通说："算了。我不过是开开玩笑，哪能真改立太子呢？"但他内心并未消除此念。

在一次宴会上，太子刘盈侍立一旁，"商山四皓"跟随在太子左右，年龄都在80以上，须眉皓齿，衣冠甚伟。刘邦见了甚感惊异，一问才知道他们是东园公、角里先生、绮里季和夏黄公。刘邦大吃一惊，说："我延请你们，你们不来，总是躲着我。现在你们为什么愿意跟我儿子来往呢？"四人异口同声地说："皇上一向看不起儒生，经常骂不绝口，我们不愿受人污辱，所以才远远地躲起来。今闻太子仁孝，尊敬贤者，善待儒生，天下谁都想为太子效力，所以我们自愿前来。"刘邦见太子羽翼已成，即使改立赵王如意，恐怕自己死后其帝位也未必巩固，这才被迫改变了废嫡立庶的主张。

这场统治阶级内部的政治斗争尽管轰动朝野，几反几复，但是因为张良的运筹帷幄，终于使吕后和太子刘盈获得了胜利，从而化解了一场可能发生的政治动乱，巩固了汉朝的统治，在客观上也有利于时局的安定。

汉高祖十二年（公元前195年）4月，刘邦崩于长乐宫中，太子刘盈继位。惠帝六年（公元前189年），张良去世，谥文成侯，埋葬在谷城山下的黄石岗。

史载张良曾同韩信一同整理过汉时所有各类兵书；唐开元年间设置太公尚父庙，以留侯张良配祭；唐肃宗时又追谥姜太公为武成王，并挑选历代良将十人称为"十哲"，张良也是其中之一。

纵观张良的一生，他之所以能成为千古良辅，被后世谋臣推崇备至，不仅在于他能运筹帷幄、决胜千里，辅助刘邦创立西汉王朝，还在于他能因时制宜、适可进止。最后，既完成了预期的事业，又在那充满悲剧的封建专制时代里自保，一言以蔽之——功成名就。在秦汉之际的谋臣中，他比陈平深谋远虑，比蒯通积极务实，比范增气度广阔。他与萧何、韩信并称“汉初三杰”，却未像萧何那样蒙受锒铛入狱的羞辱，也未像韩信那样落得兔死狗烹的下场。他确有大家风度，可谓智慧的化身。

（六）

屡出奇计定汉邦

——陈 平

1 违俗之婚

陈平（？—公元前178年）是河南阳武县人，祖居户牖乡。少时家贫，与兄嫂共同生活。哥哥陈百给富家当佣工养家度日，嫂子在家纺纱织布。陈平不事生产，却醉心于黄老学说、治世之术。他长得奇伟健壮，眉似刷漆、目若朗星，富家小姐以书为媒，趋之若鹜。陈平读书从早到晚，手不释卷，割草、拾柴等全都置之脑后。久而久之，嫂子便在哥哥面前发起牢骚："你给人家干活，汗珠子掉在地上摔成八瓣，你老弟什么都不干，就知道读书。"

"咱父母没留下什么产业，就留下这么一个懂事的兄弟。他肯用功读书，是咱家的福气。你这牢骚就许发这一回，以后再说丧气话，可别怨我跟你过不去。"哥哥支持陈平读书，一点儿也不含糊。

有了哥哥的支持，陈平读起书来毫无牵挂。日子一天天过去了，陈平不但读的书多了，人也长得更潇洒俊逸：大耳垂轮、鼻直口方，是一个绝对的美男子。邻里议论道："他家里穷，不知吃的什么，长得这么肥泽？"

"他也是吃糠粑粑而已，不过有这么一位只吃不做的小叔子，倒不如没有的好。"嫂子因为怨恨陈平只管读书、不事生产，但又不敢在丈夫面前明说，就向邻里表示自己的委屈。陈百听了这话，就把妻子赶出了家门。

陈平到了可以娶妻的年龄，有钱人家都不敢把女儿嫁给他，陈平也耻于和他们攀龙附凤。

户牖乡有一户显富人家，主人叫张负。他的孙女18岁，年轻貌美还通情达理，但偏偏嫁不出去，为什么呢？因为没人敢要，都说张负的孙女“妨”人——“嫁”了五次，都没“嫁”出去，次次都在洞房花烛时男人奇怪地死了。所以，没有人再敢娶她。而陈平自有其打算，他不信阴阳生克的妄说，独对张家之女向往已久。

有一次地方上办丧事，陈平知道于此可以见到张负。于是，早早来到丧家，装出一副能干的样子，里里外外，事无大小，忙个不停，果然引起了张负的注意。陈平自是心中窃喜，丧事办完已至深夜，陈平借故最后一个离开丧家。张负尾随陈平至陈家，只见他家破席当门，而门前却有很多显贵尊长的车轨痕迹。张负是有心之人，沉思良久，遂决定将孙女许配给陈平。他对儿子张仲说：“像陈平这样一个有才貌的人，怎么会永远贫贱？”

张负私下给了陈平一大笔钱，让他添置聘礼，操办酒席。娶亲那天，没有花轿接新娘，陈平用牛车做轿，张负也不嫌弃。张负训诫孙女说：“不要因为他家里穷，而待人不恭敬。侍奉长兄陈百要像侍奉父亲一样；侍奉嫂嫂要像侍奉母亲一样。”

陈平娶了张负孙女，资财日益宽裕，读书更方便了，交游范围也更广泛了。

娶了富家女儿后，陈平没有被这个女人“妨”住，反倒愈发精神。邻里认为陈平自有天命，于是力举他做社庙里的社宰，想以此来“刮”点儿福气。陈平每次分配肉食都非常恰当公平，地方上的父老都说：“好极了，陈孺子当社宰真不错！”陈平感慨地说：“假使我陈平能有机会治理天下，也能像宰割这些肉食一样恰当称职。”

等到陈平把乡里富家的书读遍时，天下已大乱了，陈平的心也从张负孙女身边飞到了九霄云外。

公元前209年，陈胜、吴广起义，后陈胜称王于河南陈州。他立魏咎为魏王，让其在河南临济与秦军会战。陈平辞别兄长陈百，抛下新婚妻子，前往临济投奔魏王，魏王任命他当太仆。陈平用书中获取的计策劝说魏王，但与魏王相悖，陈平只得暗自离开，另谋高就。

过了一段时间，项羽攻城略地到了黄河之滨，陈平前去投奔他，并且追随项羽入关灭秦，而获得了一些封赏。入关之后，项羽夜郎自大，谋士的意见也很难被采纳，陈平顿感英雄无用武之地。但项羽一身霸气、威风凛凛，陈平只得委曲求全。

2 声东击西

当初，刘邦和项羽接受楚怀王的命令，分路进攻咸阳，并当众约定“先入关者为王”。刘邦最先入关，但项羽凭借50万大军，自封为“西楚霸王”，定都彭城（今江苏省徐州市），并改封刘邦为汉王，统管巴、蜀两地。巴蜀乃秦国罪乡，山川险阻，生活艰苦，秦国通常把犯了罪的人都发配到那里去。为进一步控制刘邦，项羽封章邯、董翳、司马欣为三秦王，欲使刘邦南无所进，东无所归，老死汉中了事。

汉王元年（公元前206年）8月，刘邦趁项羽出兵攻齐，以明修栈道、暗渡陈仓之计连续击破项羽安插在关中的章邯、董翳、司马欣三王，夺取了关中地区。

项羽谋臣范增深忌刘邦，多次想把他杀掉，于是劝谏项羽，不使刘邦到巴蜀上任，留在咸阳，名曰辅助，其实是将刘邦软禁起来。

刘邦暗自叫苦不迭，问计于张良，张良身陷敌营，此时也是一筹莫展。但他想，解铃还须系铃人，只有项羽或项羽身边的人才能有回天之力。这时张良想到了一个人，认为求助于他，定能逃离虎口。

此人正是陈平。鸿门宴上，张良与陈平有一面之交。张良察觉，陈平坐在项羽身边愁眉不展，却屡屡向刘邦投出钦佩的目光。张良认定，才华横溢的陈平正处于“身在楚营心在汉”的徘徊之中。所以，当下决定孤注一掷，暗访陈平。

不速之客张良的到来，使陈平激动不已。他们一见如故，抵掌而谈，相见恨晚。临别，张良直言夜访意图，陈平思考一会儿，附身说了几句，喜得张良拊掌大笑，连称妙计。

项羽封臣时，封范增为丞相，称亚父。范增16岁时曾拜人为师，读书30年，已是满腹经纶。后随项羽，久经沙场，更是老谋深算，深为项羽器重。陈平认为，从项羽身边救出刘邦，首要的是“调虎离山”，让范增离开项羽几天，否则，有范增在，一切都不好办。

张良夜访陈平的第二天，陈平依计启奏项羽：“天无二日，民无二王，今陛下已为西楚霸王，但彭城那儿还有个楚怀王。俗语说：‘名不正，则言不顺。’臣以为当给楚怀王上个尊号，称他为大帝，给他往上提一提，让他到郴州去养老，您就可以号召天下了。”陈平的话，正合项羽心意。

不日，范增觐见项羽，项羽说：“亚父，寡人想起一件事儿。天无二日，民无二王……”项羽把陈平的话一字一句复述出来，但没说这是陈平的意见，而说这是自己想起的一件事。范增一点儿也没疑虑，为什么呢？因为这是霸王理应想到的事。

“大王，这事儿还真得解决，而且宜快不宜迟。”范增附和道。

“那好，我看给楚怀王上尊号这事儿，就劳你辛苦一趟，如何？”

“大王，这事儿还就得我去。”

范增毕竟是范增，他临行前向项羽提出三个要求：一是不可离开咸阳；二是重用韩信，若不用则杀之，免得被他人所用；三是不可使刘邦归汉中。项羽答应后，范增方起程。

陈平估算范增可能走出千八百里地了，趁霸王早朝，便奏上一本道：“国家以理财为先，圣人以俭用为本。财不理，则出入无度，费用无径，财力尽而民心去矣；用不俭，则奢侈日靡，仓库日虚，民不聊生，而国必亡。陛下初登大宝，若不节用，何以为治？现今诸侯聚集咸阳，每路诸侯人马不下4万，若以20路诸侯算，总数几近百万，每天需杂豆一万担，草料200万捆……臣实寒心，若不急令诸侯还国，恐百姓难以支持矣。”

霸王一听，着实大吃一惊，遂传旨：天下众诸侯，远路的给10天期限，近路的给5天期限，在期限内做好还国准备。唯有刘邦，留在咸阳，伴王左右。

霸王扣押刘邦乃在陈平意料之中。陈平趁各路诸侯返国之际，示意张良行声东击西之计。于是，刘邦依张良之计上表，向项羽请假回故乡沛县探亲。

项羽看了刘邦的表章，思考了好一会儿，对刘邦说："你要回乡省亲，怕不是出自本心，是不是我要你留在咸阳，才有这个打算呢？"

刘邦装出感激而悲哀的样子回答："圣王以孝治天下，而天下莫不归于孝。我刘邦乃丰沛小民，跟着您西灭强秦，仰托您的洪猷，才受封为王。我虽荣耀了，父母、妻子却在老家，未能享受您给的天禄。派人去接吧，又不得亲扫坟墓。且如今我受封汉王，想回去叫乡亲们看看，我刘邦也有今天。"

刘邦话音甫定，张良故意装出一副奴才相，奉承项羽道："陛下，不可放他回乡取家眷。你想啊，沛县离彭城还不到200里，他是借着回家，好上彭城向楚怀王诉苦。楚怀王心软，他准会对刘邦说：'既然项羽在关中为西楚霸王了，我也要上郴州去了，这彭城就给你吧，你为东楚霸王吧。'这一来，您的老家不就叫刘邦得了？您可不能中他的计呀！我看，宁可遣他带着残兵败将回汉中去，使人去沛县取他的家眷做人质，好教他规规矩矩做人，休存妄想。"

张良话未落音，陈平也趁机启奏道："陛下既封刘邦为汉王，已宣告天下，臣民告知，不使他上任，恐不足取信天下。人家会说，陛下一登位便说假话，那以后对法令也会阳奉阴违了。不如听张良的话，以刘邦的眷属为人质，将他们留在咸阳，遣他回汉中去，这样既可以保全信用，又可以约制刘邦，岂不是两全其美吗？"

项羽思考了很久，对刘邦说："良、平二人的意见合乎情理。只准你去汉中上任，不能回沛县，明天就起程吧！"

刘邦心里无限欣喜，却装出一副可怜巴巴的样子，拜伏不起，良久才勉强站起，感谢项羽大恩大德后离去。

刘邦回营后立即下令大小将士拔寨起程。10万人马，如猛虎归山，浩浩荡荡地朝汉中开去。

刘邦软禁咸阳，如虎落平阳、龙游浅水，一筹莫展。陈平出计救出刘邦，不仅保住了刘邦的自家性命，更为刘邦日后东山再起赢得了良机。

3 择主则仕

项羽定都彭城后，刘邦在汉中整顿了四个月，便回师平定关中，然后再向东进军。这时，殷王司马卬反叛楚国，项羽封陈平为信武君，前往讨伐。陈平用计招降了殷王而凯旋，项羽拜陈平为都尉，并赏赐黄金20镒。

陈平回师不久，刘邦便攻下了殷地，俘虏了司马卬。项羽大怒，痛恨司马卬反复无常，以致迁怒于陈平。陈平知道大难临头，又知项羽失道寡助，终难辅其共建大业，于是携着一柄短剑走小路逃亡，打算归顺刘邦。

陈平两次出逃，三次择主而仕，是其大智使然。只要与范增相较，便可见出他的高明。范增情知项羽不可为，却疏于变通，结果落得身败名裂。可陈平见仕则仕，不可仕则去，终于能显身扬名。

且说陈平逃至黄河边上，正巧一只船划过来。陈平上了船，船夫把陈平上下打量一番，但见陈平衣冠整齐，一副富家子弟模样，心怀叵测地嘀咕着什么。然后，一个站在船头，一个站在船尾，把陈平夹于船中央。

陈平心想："糟了，原来他们是黄河上的盗匪。见我这模样，一定以为我身上带着什么金银财宝，谋财害命怕是在所难免的了。但我不习武事，远不是他人对手呀。"陈平灵机一动，三下五除二剥掉衣服，扔至船夫脚边，光着身子站着说："老大，我也会摇船，助你一臂之力，帮你俩快点儿过河吧。”两个水盗见陈平毫不介意地脱下了衣服，知道遇上了个穷光蛋，只好自认晦气。

陈平终于逃到了河南修武。在旧友魏无知部将的推荐下拜谒汉王刘邦。陈平昔日救过刘邦一命，今日又前来归顺，刘邦自然万分欢喜，即赏赐陈平酒食。刘邦说：“你一路风尘，吃过饭后就去休息吧！”

陈平说：“我是专为一事而来的，要说的话很紧急，不能超过今天。”

刘邦邀了陈平入房，问：“你有什么急事呢？”

陈平毕恭毕敬地说：“汉王要打败霸王，可赶快发兵去攻彭城。彭城是霸王的老窝，抄了他的老窝，堵住他的后路，楚军一定心慌。军心一乱，霸王就容易打败了。”

汉王觉得陈平的见解确实不错，与张良的主意不谋而合。便问：“你在楚营里做什么官？”陈平说：“做过都尉。”汉王说：“我也拜你为都尉，好不好？”陈平磕头谢恩。汉王一高兴，又加了一句：“我还要你做护军，当参乘。”古人乘车，御车人居中，尊者居左，另一个居右以备倾侧，谓之参乘，只有最亲信的人方能获此美差。陈平归汉即受此重任，足见刘邦对陈平的重视。

刘邦的亲信将军们见陈平一下子就得到了这样的重任，纷纷议论起来。说他只身来到这儿，来历不明，谁知道他是好人还是坏人。于是，故意打探陈平，向他送礼、送钱，陈平来者不拒。这下，他们便抓住了陈平受贿的小辫子，共同举绛侯周勃和灌婴去向刘邦告发。

周勃和灌婴对刘邦说：“陈平外表漂亮，可是品格不好。听说他在家里与嫂子关系暧昧，一到这儿就仗着管理军队的职权，贪污了不少金钱。大伙认为这种品行不端、贪图贿赂的人不配受到大王的信任。”

刘邦把魏无知叫进来，斥责道：“你推荐陈平，说他有才，可是他在家里与嫂子私通，在这里又收受贿赂。你为什么把这种品行不端的人介绍给我？”

魏无知说：“我推荐的是陈平的才能，大王责备的是他的品行。

现在楚汉相争，要想胜过敌人，就得有人为您献出奇妙的计策来。品行端正当然也很重要，可是就算找到一个讲信义的君子，或者讲道德的孝子，这对我们又有什么用呢？君子和孝子能辅助您把霸王打败吗？大王只须看陈平的计策好不好，不必去管他是否与嫂子私通。如果陈平没有才能，不能辅助您夺取江山，那我甘愿受罚。”

刘邦觉得魏无知的话也不无道理，但心里仍不踏实，便把陈平叫进来：“你原来帮助魏王，后来离开魏王去帮助霸王，现在你又来追随我，这是什么原因呢？”

陈平从容地回答道：“同样一件有用的东西，在不同的人手里其用法就不同了。我侍奉魏王，魏王不能用我，我离开他去帮助霸王；霸王也不信任我，我才来归附大王。我虽然还是我，但用我的人却不一样。我久慕大王善于用人，网罗天下豪杰于麾下，所以不远千里而来。我只身来到这儿，因为什么都没有，所以才收受了人家的礼物。没有钱，我就没办法生活，也就办不了事。要是大王听信谗言，不重用我，那么，我收下的礼物还没动用，我可以全部交出来。请大王给我一条生路，让我带着一把骨头回去，这就是大王的盛恩了。”

陈平坦然陈言，话中有话。刘邦疑虑顿消，对陈平备增好感，遂安慰陈平一番，又给了他重重的赏赐，拜官为中尉，监护所有的将军。诸将默然，无言以对。

有了刘邦的信任，陈平从此百无禁忌。他在治理军队时大刀阔斧、游刃有余，渐渐获得将士的好感；在运筹战事时，他深谋远虑，奇计迭出，成为刘邦不可或缺的股肱。

4 废钟离昧

楚汉彭城之战后，刘邦失利，逃往荥阳。项羽乘胜追击，兵临城下，并断了汉军的外援和粮道，刘邦十分焦急。郦食其献计分封六国，以求天下支持，结果被张良否定了，刘邦将郦食其大骂了一顿。

刘邦销毁了分封六国的王印，虽然是睿智之举，可是无法使霸王退兵。且随着时间的推移，项羽围城愈急。刘邦忧心如焚，便召集张良、陈平诸谋士商讨说："项羽趁我兵力分散、城内空虚，率兵围攻，有何办法退敌？"

陈平说："项羽的骨干部下不外乎范增、钟离昧、龙且、周殷这几个人。如果能够离间他们，就可以解散项羽的核心组织，削弱他的进攻力量了。"

"何以离间诸将？"刘邦忙问。

陈平答："霸王为人猜忌，易信谣言，只要大王肯捐弃大量黄金，我就有办法收拾他们。"

"黄金有什么稀罕的。你就拿4万斤去吧。"刘邦了解陈平喜欢黄金，又加了一句，"你爱怎么花，就怎么花。"

陈平受金4万后提出数成，交与心腹小校，使他扮成楚兵样子混入楚营，贿赂霸王左右，散布谣言。

钱能通神，不过两三日功夫，楚军内已是众说纷纭。无非是说钟离昧等功多赏少，不得分封，将要联汉灭楚，云云。项羽有勇无谋，素好猜忌，一闻讹传便信以为真，竟把钟离昧等视为贰臣，只对范增信任如初。

5 逼死范增

项羽虽疏远了钟离昧等，却对荥阳的攻势丝毫没有放松，仍然挥军把荥阳城围得水泄不通。但汉军坚壁固垒，楚军终不能越雷池一步，因此项羽心下十分焦急。

陈平抓住良机，又向刘邦献计道："项羽攻城不下，正好派人去向他诈降。他必然答应，进而遣人来讨论条件，到时我们便以恶作剧戏弄来使，借此来离间范增，等到项羽军心浮动时再行突围。"

"他要是不接受和谈呢？"刘邦问道。

张良插话道："项羽断然不会亲临汉营和谈，但我们只要能吸引他的臣下来到这里，事情就好办了。我们可先差数人去楚营求和，项羽刚而不韧，连日攻城不下，当下正是急躁时，见有汉使前来求和，一定会派人前来汉营协商。"

刘邦心领神会，遂命陈平、张良按计而行。

却说良、平派使者往楚营游说，无非是厚礼美言，说刘邦不敢与楚王分庭抗礼，愿各守封疆、共保富贵，提出划荥阳以东为楚界，荥阳以西为汉界。

项羽考虑到刘邦势力日大，韩信又善于用兵，继续打下去亦不知鹿死谁手，不如趁早讲和，休养生息，等待时机卷土重来，便招范增前来商量。范增分析道："这是刘邦的缓兵之计。和谈不是本意，而本意是想把战局拖住，坐等韩信的救兵。今日正可猛攻快打，把刘邦消灭在这里，再去对付韩信。”

项羽徘徊起来。汉使认定是范增从中作梗，乃对项羽说：“陛下自应圣裁。左右的话，怕有私弊。因为战胜也好，战败也好，别人一样可以不当楚官当汉官，况且汉王尚未势穷力尽，韩信的几十万大军很快就会到来，内外夹攻，陛下师疲粮尽，那时欲罢不得、欲进不能，不是懊悔莫及吗？依臣鄙见，倒不如及时讲和，化干戈为玉帛，这样，不独汉王感恩戴德，老百姓也会赞颂陛下的仁义呢！臣虽身在汉营，仍是天下一介贱民，望陛下三思，为天下着想，不要被左右暗中出卖了！”

汉使的话落地有声，项羽一时难以回答，便道：“你先回营，我即派人入城讲和。”

陈平心花怒放，暗想：“贼亚父，你的死期到了！”

项羽不听范增的规劝，派虞子期等人为和谈大使进入荥阳城。刘邦谎称夜饮大醉，命陈平前来接待。陈平把楚使引至客房，楚使见客房布置得非常豪华，招待的人又都那么殷勤、周到，心里已有几分得意。陈平设了盛大筵席，请虞子期上坐，顺便问起范增的起居近况，在大赞范增后附耳问：“亚父范增有什么嘱咐？”虞子期道：“我们是楚王差使，不是亚父差来的。”陈平一听，故作吃惊状，说：“我以为你是亚父差来的！”便叫几名小卒撤去上等酒席，随后把虞子期等领至另一间简陋客房，改用粗茶淡饭、残羹冷炙招待。陈平满脸愠色，拂袖而去。

众楚使如坠云里雾中，乃整衣求见刘邦，刘邦传话说还未梳妆。侍从领着楚使在密室休息，奉陪一会儿便托词起身，说：“虞大使请稍候，小臣去帮汉王梳洗。”遂离开密室而去。

虞子期受此怠慢，十分不快，在密室里走来走去，见桌上有几份秘密文件，随即走过去翻阅，找出一纸首尾不写名的信。内云：“霸王提兵远来，人心不附，天下离叛，兵不过20万，势渐孤弱。大王切不可出降，急唤韩信回荥阳。老臣与钟离昧等为内应，指日破楚必矣。黄金不敢拜领，破楚后愿裂土封于故国，子孙绵延百世，臣之愿也……”

虞子期大吃一惊，暗思这信必是范增的了。近闻亚父与刘邦私通，尚不相信，今见此信则坐实了传言。于是，虞子期将信揣入怀中，准备回去向楚王邀功请赏。

虞子期回营后不胜愤怒，把自己所受的怠慢在项羽面前渲染了一番，最后将从密室里偷出来的匿名信呈给了项羽。

项羽看罢密信，勃然大怒，招来范增大骂："老匹夫居然起心要出卖我，今天绝饶不了你。"

范增丈二和尚摸不着头脑。他深知霸王素来尊敬他，但今天却这么待他，分明早已不信任自己了，便对项羽说："天下大局已经定了，愿大王好自为之。"

项王一向薄情寡义，一气之下炒了范增的"鱿鱼"。

范增解甲归田，一路上怨愤不已，叹气道："刘邦是个假仁假义、刁钻刻薄的小人，一个亭长怎么能做君王？霸王可是个既能干又豪爽的英雄，将门之子，确实有君王气魄，只可惜……"

范增边走边想，边想边气。一路上，吃不下、睡不好，犹如风前残烛，奄奄一息。将至彭城，恰巧背上生了一个毒瘤，凄凄惨惨、冷冷清清地合上了眼。这一年，范增74岁。

6　瞒天过海

范增死后，项羽幡然悔悟，大喊上当，但悔之晚矣。他一面派人到彭城用厚礼安葬范增；一面命各部将拼死进攻荥阳。

韩信救兵迟迟不到，荥阳朝不保夕。张良、陈平决定：先救刘邦出城，入关收集散兵；留御使大夫周苛、魏豹、枞公死守荥阳；待时机成熟再会同韩信部队三路围攻项羽。

陈平与张良商议后，对刘邦说："请大王速写一封投降信给霸王，约霸王在东门相见。霸王定会把他的大军部署在东门，我再想办法把西、北、南各门的楚军引到东门口来，大王就可以从西门冲出去了。"

刘邦说："请你安排吧！"

不一会儿，陈平领着一位貌似刘邦的将军来见刘邦。这就是不惜性命来保刘邦的纪信。纪将军说："现在敌人四面围城，大王无法坚持下去了，我愿装扮成大王的样子出去投降，吸引敌人的兵力来围攻东门，大王就可趁机从西门突围。"

刘邦说："不可，不可！纵令我逃出去了，将军岂不是要遭毒手吗？"

纪信说："父亲有难，做儿子的应当替父亲死；大王有难，做臣下的就应当替大王死！"

刘邦道："我刘邦大业未成，将军还没有得过什么好处，你替我慷慨赴死，我倒偷偷地溜了，怎么对得起你呢？还是请陈平再想办法吧。”

陈平说：“这已是没有办法的办法了。”

纪信抢着说：“现在火烧眉睫，要是大王不让我去，荥阳城攻破后，大家也是同归于尽；还不如舍了我一个人，既保全了大王，将士们也有了生路。”

刘邦皱了皱眉头，下不了决心。纪信猛然拔出宝剑，说：“大王如果不同意，就让我先死在您的面前。”说着就要自刎。

刘邦赶忙拦住，说：“将军的心可以感天地、泣鬼神。我知道将军还有母亲和夫人、儿女。将军的母亲就是我刘邦的母亲，将军的夫人就是我刘邦的嫂子，将军的儿女就是我刘邦的儿女，请将军放心吧。”纪信磕头谢恩，刘邦热泪直流……

翌日，天还没亮，汉军便开了东门。陈平差遣2000妇女鱼贯地从东门出去，楚军闻讯围了上来，可一看是些手无寸铁的妇女，谁也不好意思刁难，只好闪开一条道来。南、西、北门的楚兵听说东门外全是美人儿，唯恐落后全都涌向了东门。忽然，有人大喊：“刘邦来了！”果然，“刘邦”坐着车，由仪仗队开道，缓缓地走出东门。“刘邦”走进楚营，项羽才发现坐车出来的不是刘邦，顿时气得暴跳如雷，下令将士们把这个假刘邦连车一块烧了。

刘邦趁着东门大乱之时冲出西门，带着陈平、张良、樊哙杀出一条血路，逃之夭夭……

7 计杀韩信

项羽死后，刘邦为帝，史称汉高祖，封韩信为楚王。

大将钟离昧曾与韩信一起在项羽帐下共事。项羽曾想杀掉韩信，经过钟离昧的营救，保了韩信一命。项羽死后，钟离昧有家难归，只得投奔韩信（韩信背楚后即归汉），此事被汉高祖听说了，颇感不快。

汉高祖六年，有人上书说韩信为母亲迁坟，大兴土木，事实上是向汉高祖示威。汉高祖征求诸将的意见，诸将都说："赶紧发兵，活埋这个忘恩负义的小子！"

这时，张良已经借口有病而功成身退了，只有陈平依然跟在刘邦身边。刘邦便向陈平请教。

刘邦说："韩信自觉功劳大，早就盘踞齐地，自立为王；我加封他为楚王，他仍然不知足。现在，竟然胆敢窝藏钟离昧，这不是要造反吗？我计划前去讨伐他，你看怎样？"

陈平说："不可。韩信不比别的将军。一旦激成兵变，只怕很难平定。"

刘邦一听气急败坏，却又无计可施。

陈平问刘邦："有人上书告韩信造反，别的人知道这件事吗？"

"不知道。"。

"韩信自己知道吗？"

"也不知道。"

“那就好办了。”陈平说：“古时有天子巡行天下、会合诸侯的事。南方有云梦泽，陛下佯装出游云梦泽，要在陈州会合诸侯。陈州在楚地西界，韩信听到天子正当出游，自然会来谒见。当他进谒时，陛下便可将他拘捕起来，这样，只须一个大力士就行了。”

韩信果然郊迎于道中，刘邦便命埋伏好的武士将韩信捆了个结实，投入囚车，贬之为淮阴侯，留居京都，不使外任。韩信再也不能有所作为了。

8　白登之围

长城北面的匈奴曾被秦将蒙恬赶走，远徙朔方。秦朝覆灭之后，楚汉相争，海内大乱，群雄无暇顾及塞外，匈奴趁机南下。

公元前200年冬，警报雪片似的飞入关中，刘邦遂下诏亲征，亲率32万大军冒寒出师。军至平城（今山西省大同市），匈奴单于冒顿集精兵40万围刘邦于白登（今山西省大同市东），且派大军分扎各要路，截留汉兵的援应。刘邦登山瞭望，只见四面八方都有胡骑驻扎。

时值寒冬，雨雪连宵。刘邦和将士们冻得瑟瑟发抖，手脚俱僵。被围3日后，粮食紧缺，饥寒交迫，汉军危在旦夕。到第7日，陈平妙计忽生，刘邦赶忙照办。

司马迁在《史记·陈丞相世家》里写到此处，只说："帝用陈平奇计，使单于阏氏，围以得开。"究竟是什么奇计，司马迁只道："其计秘，世莫能闻。"桓谭在《新论》中披露了下面的消息：

原来，冒顿新得阏氏（单于皇后），十分宠爱，朝夕不离。此次驻营山下，屡与阏氏并马出入，浅笑低语，情意甚笃。陈平想到冒顿虽能出奇制胜，也不免为妇人女子所愚，百炼钢化作绕指柔，不妨从阏氏身上入手。于是派遣使臣乘雾下山。

阏氏见汉使来，悄悄走出帐外，屏退左右，召见汉使。汉使献上汉地金珠，说是汉帝送给阏氏的，并取出图画一幅，说是汉帝请阏氏转交单于。阏氏到底是女流之辈，见到亮闪闪的黄金、亮晃晃的珍珠，目眩心迷，便收下了。展开图画，只见绘着一个美人儿，不禁羡妒起来，便问：“这幅美人图，有何用处？”

汉使假装一副虔诚的样子，答道：“汉帝被单于所围，极愿罢兵言好。故把金珠奉送阏氏，求阏氏代为乞情。又恐单于不允，愿将中国第一美人献给单于。因美人不在军中，故先把画像呈上。”

阏氏愠怒道：“这却不必，拿回去吧。”

汉使道：“汉帝也觉得把美人献给单于，怕夺了阏氏之爱，但逼不得已，只好如此了。若阏氏能解白登之围，自然不献美人，情愿给阏氏多送金珠。”

阏氏道：“请返报汉帝，尽请安心好了。”说毕，将图画交还汉使。汉使称谢而去。

阏氏暗想：“若汉帝不能突围，就要献上美人，我就要被冷落。”便对单于道：“军中得到消息，汉军几十万大军前来救援，明日便可赶到。”

单于问：“有这等事吗？”

阏氏道：“两主不应相困。今汉帝被困于山上，汉人怎肯甘休，自然会效死相救的。纵使你杀败汉人，取得汉地，也恐水土不服，不能久居。倘若灭不了汉帝，救兵一到，里应外合，我们便不能共享安乐了。”说到这里，阏氏便挥泪如雨，呜咽不能成声。

单于道：“那该怎么办呢？”

阏氏道：“汉帝被困7日，军中并不惶惧，想是神灵相助，虽危已安。你何必违天行事，不如放他出围，免生后患。”

冒顿单于本来与韩信的部下王黄和赵利约定了会师的日期，但他们的军队没有按时前来，怀疑他们同汉军有勾结，于是就采纳了阏氏的建议，于次日传令将围兵撤走。

9 巧释樊哙

公元前195年，刘邦击败叛军英布归来，箭伤发作，班师回长安后，又闻燕王卢绾叛变，遂派樊哙以相国的身份率军征讨。樊哙走后，又有人对刘邦说："樊哙跟吕后沆瀣一气，想等皇上百年之后杀害戚夫人和赵王如意，皇上不能不早加提防！"

刘邦早已察觉吕后好自作主张、干涉朝政，心里有些不高兴，可又一想，一个妇道人家能干出什么来呢？但现在听说跟她妹夫大将军樊哙串通起来，那情况就严重了。他立即在床上下诏说："陈平急速以驿传马车，载着绛侯周勃代替樊哙将兵，到了军中立即砍下樊哙的头！"刘邦怕陈平不敢去杀樊哙，又叮嘱陈平尽快把樊哙的头取来，让他亲自检验，并力促陈平："快去快回，不得有误！"

陈平、周勃立即动身。路上，陈平对周勃说："樊哙功劳大，又是吕后妹妹吕媭的丈夫，我们可不能自己动手处斩皇亲国戚。眼下，皇上正在气头上，万一他懊悔了，怎么办？再说，皇上病得这么厉害，咱们斩了吕后妹夫，将来吕后当权能放过咱们吗？"

周勃听罢，一时没了主张，便问："难道把樊哙放了不成？"

陈平说："放是不能放的，咱们不如把他绑上囚车，送到长安，让皇上自己去斩。"周勃觉得此计甚妙。

陈平还没回来，刘邦就快撑不住了。刘邦想，光杀了樊哙，还不能削弱吕后的势力。因此，他嘱咐手下宰了一匹白马，叫大臣们饮血为盟："非刘氏不得封王，非功臣不得封侯，违背盟约，天下共伐之！"

且说陈平来到军中，建筑高坛，以符节召见樊哙，将樊哙两手反缚载入囚车，押送长安。

陈平在路上听到刘邦驾崩，立太子刘盈为皇帝（汉惠帝），尊吕后为皇太后，就更加惊惧了。他怕吕媭进谗，于是坐驿传马车急速回朝。路上遇到使者传命，令陈平屯驻荥阳；陈平领受诏命，立即改变主意回到关中，跑进长乐宫。

吕太后见陈平回来，马上问及樊哙。陈平讨好地说："我奉先帝之命处斩樊将军，可我一直认为樊将军功大于过，怎忍下手。再说那时先帝病重，昏迷之中所说的话不一定正确。因此，我只派人把樊将军送回来，听候太后的发落。"

吕太后松了口气，宽慰陈平。陈平害怕谗言，唯恐地位不稳，就流着泪说："我受了先帝的大恩，应该赤胆忠心地报答一番。现在太子刚即位，宫里正需要人，请让我在宫里做个卫士，伺候皇上。一来可以报答先帝的大恩，二来可以替太后和皇上效力。"吕太后听了这些话，心里挺高兴的，夸赞陈平一番，拜他为郎中令，又叫他在宫里辅佐皇帝。

汉惠帝六年，相国曹参逝世，任命安国侯王陵为右丞相，陈平为左丞相，周勃为太尉。第二年，惠帝崩逝。

10 违心拥吕

汉惠帝死后，其子刘恭立为皇帝，称为“少帝。”因为少帝还是个婴儿，不能统治天下，吕太后名正言顺地替少帝临朝，主持朝政。

吕太后为了巩固自己的权势，欲封娘家的兄弟子侄为王，故意问大臣们是否可以。右丞相王陵是个直性子，直截了当地说：“高帝宰了白马，大臣们都宣过誓，非刘氏不得封王。”问陈平，陈平违心地说：“可以。高帝平定天下，分封自己的子弟为王，是对的；现在太后临朝，分封自己的子弟为王，也是对的。”

陈平又上奏说：“臣与绛侯周勃、曲周侯郦商、颍阴侯灌婴、安国侯王陵等共议，列侯蒙恩得赏俸禄与食邑，陛下又格外加恩，以功劳高下排等级，臣等请将功劳簿藏于高庙。”吕后批准此奏。

散朝后，王陵斥责陈平背弃高帝的盟约。陈平意味深长地说：“现在在朝廷上抵制吕太后，我比不上你；将来除吕保刘，你可比不上我啊。”

王陵只是冷笑。可冷笑有什么用？吕太后不再让王陵做丞相了，表面上升迁王陵为汉少帝太傅，而事实上是架空他。王陵肚里无撑船的海量，干脆谢病辞职，闭门不出，7年后病逝，“非刘氏不得封王”的盟约并没有成为现实。

王陵免相后，升陈平为右丞相，命辟阳侯审食其为左丞相，吕太后的内侄和内侄孙先后被封为王，出现了诸吕当权、一统天下的局势。

审食其是沛县人。当初汉王刘邦在彭城战败向西转进时，楚霸王到沛县掳取刘邦父亲和妻子为人质，审食其则以舍人身份侍候刘妻，相处日久，两人关系暧昧。现在审食其得幸于刘妻（吕太后），才当上左丞相。陈平深知审食其老底，亦深知太后欲让审食其掌权，就故意不管朝事，国家大事一应审食其决定。

吕媭因为以前陈平替刘邦策划拘捕樊哙，曾多次向吕太后进谗，说："陈平当了右丞相，却天天酗酒、玩女人。"陈平获知后，更加纵情于酒色之中，这正合吕太后心意。吕太后曾当着吕媭的面对陈平说："常言道：'小孩和女人的话不能听。'你不用畏惧吕媭进谗。"

11 灭吕安刘

陈平为了保全荣华富贵，凡事都秉承吕后的意旨，不敢擅权，一如既往吃喝玩乐，看样子有些麻木不仁。其实，他心如刀绞。无奈诸吕专权，日盛一日，不敢轻举妄动。

陈平的忧虑独被陆贾看出，于是对他说："天下安，注意相；天下危，注意将。将相和睦，众情归附。"又说："今日社稷大计，在两个人的掌握之中，一是足下，一是太尉周勃……"

陈平本来与周勃不睦。当年他归汉时，周勃曾说过他受金盗嫂，于是心存芥蒂。但诸吕日盛，必将危及国家和自身安全，陈平决定"捐弃前嫌"，以五百金厚礼向周勃祝寿，以求将相交好。周勃亦隐恨诸吕，自然与陈平惺惺相惜，两人常在一起议事，决计合力铲取诸吕。

公元前180年，吕太后病笃，临终前立吕产为相国，吕禄为上将军，分别统管南军、北军。吕太后死后，诸吕果然谋乱，弄得天下乌烟瘴气。

诸吕认为时机已到，遂密谋叛乱。陈平获悉曲周侯郦商之子郦寄与吕产、吕禄有交谊，遂托称议事，把郦商邀了过来并软禁。软禁郦商后，再召郦商之子郦寄，胁迫他诱劝吕禄交出将印，回朝就职。吕禄本来就没有什么胆识，又因与郦寄是好友，乃信以为真，取出将印匆匆出营，直奔长安。

郦寄把将印交给太尉周勃，周勃手持将印，召集北军，下令道："为吕氏右袒，为刘氏左袒！"北军纷纷袒露左臂，表示要效忠刘氏。

这时，陈平已与朱虚侯刘章（刘邦次孙）建立联系，与周勃联手，以势不可当之势冲进未央宫。刘章杀了吕产，周勃杀了吕禄，然后鞭杀吕媭，斩绝诸吕的全家。

12　智排周勃

陈平、周勃为安定社稷、挽救刘氏，拥王刘恒为帝，史称汉文帝。

汉文帝即位，大夸太尉周勃亲自率兵诛杀吕氏，劳苦功高。陈平虽与周勃联手杀了诸吕，但内心深处仍怀恨周勃，于是托病引退，让出高位，等候时机再来挤兑周勃。汉文帝刚刚即位，对陈平称病感到奇怪。陈平谦虚地说："在高祖时，周勃的功劳不如我；到了灭杀诸吕，我的功劳不如周勃。"一席话，使文帝对陈平顿生好感，但一时又难以改变初衷。于是，封周勃为右丞相，陈平为左丞相。

有一次，大臣们上朝。汉文帝问右丞相："天下一年判决的讼案有多少？"周勃谢罪说："不知道。"又问："天下一年的金钱和谷物的收支有多少？"周勃急得汗流浃背，谢罪说不晓得。

皇上又问左丞相陈平。陈平虽心中无数，但比周勃机智。他说："这些事都有主管的人。皇上要知道监狱的情况，可以问廷尉，要知道钱粮收支的情况，可以问治粟内史。"

皇上又问："既然一切事情都有主管的人，那么，丞相管什么呢？"

陈平感到挤兑周勃的时机到了，便讨好道："丞相主要的职责是：对上，协助天子调理阴阳，顺从四时；对下，妥善地化育万物；对外，安抚四方；对内，爱护百姓，使文武百官各司其职。"

汉文帝听了点头称许，周勃则满脸愧容，无地自容。不久，周勃托病请求免去右丞相职位，告老还乡。汉文帝因此废除了左右丞相制度，让陈平一人做了丞相。

13 审时度势

“汉初三杰”都曾不安于位：韩信受谤，被擒于云梦；萧何遭馋，被械于狱中；张良惧祸，托言辟谷从赤松子（传说中仙人）游。然而陈平一生一直受到信任，并且青云直上，位居丞相，令后人羡慕不已。

陈平设计擒韩信后，被封为护佑乡侯。但他居安思危，推辞着说：“这不是我的功劳。”刘邦说：“我用你的计谋才能克敌制胜，这不是你的功劳是谁的？”陈平说：“若不是魏无知的推荐，我哪里能为陛下所用呢？”刘邦说：“像你这样的人，可说是不忘本啊！”于是厚赏魏无知。

白登解围后，刘邦回师，路过曲逆（今河南省完县东南）。他登上城楼，四面一望，见城里有许多高大的房屋，感叹道：“这个县真不错。我走遍天下，要数这儿和洛阳最好。”他回头问当地长官：“曲逆县有多少户口？”长官答道：“秦朝时有3万多户，以后连年打仗，死的死，逃的逃，现只剩下5000户了。”刘邦念陈平白登救难之恩，就把这5000户的曲逆县封给了陈平，改护佑侯为曲逆侯。汉初被封县侯的功臣，所食户数多少不同，但多到食户一县的，仅有陈平一人。由此可见，刘邦对陈平宠爱之至。

后来陈平周旋于吕后当政的时期，最后又联络丞相周勃诛灭诸吕，平定天下，位极人臣，独相（做丞相）朝廷，从未因功高而遭到皇帝及左右的猜忌。究其原因，当系陈平不仅善于为国出谋，也很善于审时度势，以求自保。

从陈平处置樊哙和违心地拥护诸吕为王，以及联合周勃诛诸吕、安刘氏和对答如流、排挤周勃四事，可以看出陈平的确有些滑头，这也可能就是刘邦临终时交代“陈平智有余，然难独任”的原因。刘邦觉得，陈平机智聪明过人，这在争夺天下时是少不了的，但在治理国家时，却需要厚道一点儿为好。然而在刘姓天下被吕家夺去，生杀予夺大权全在吕后一人之手时，像王陵那样刚硬是无济于事的。相反，陈平采用的“谋身”之术虽有些滑头，但却是为保全实力以图后计，未尝不是一种明智之举。

司马迁在《史记·陈丞相世家》中不禁感叹道：“吕太后时，国家多故，然而陈平竟能够使自己脱身于其中，并能安定宗庙，以荣名终其一身，被称为贤相，岂不是一个能善始善终的人？如果不是智谋过人，谁能做到这样呢？”

（七）

算无遗策遭天妒

——郭 嘉

1 郭嘉弃袁

郭嘉（170年—207年），字奉孝，颍川阳翟（今河南省禹县）人。郭嘉生活的东汉末年，天下动荡不宁，外戚、宦官交替专权，朝政黑暗腐败。公元184年，爆发了声势浩大的黄巾起义。此后，东汉王朝虽竭尽全力镇压农民起义，但它自身却名存实亡了。很快，地方豪强、州牧郡守竞相起兵，军阀混战和割据的闹剧便上演了。

郭嘉自幼身怀大志，见识深远。汉末天下乱象已萌，他便长期闭门苦读，终于掌握了广博的政治、军事和历史知识，形成了自己独特的政治见解。郭嘉20岁左右时，正是东汉末年天下大乱开始之时，他隐匿名迹，尚未显露锋芒。他平时不与俗人应酬往来，但暗中却很注意结交英雄豪杰，以待风云变幻。所以，当时一般人都还不知道他的才能，只有那些和他相识且又志趣相投的人，才对他的才华十分看重。

公元189年，首都洛阳又发生了惊天动地的大事变。大将军何进以辅政的身份，准备杀尽乱政的宦官。不料，密谋泄露，宦官抢先动手，何进反而被杀。随之，并州牧董卓带兵进京，专制朝政，胁迫大臣，后又毒杀太后，擅自废立。第二年，关东州牧、郡守纷纷起兵，公推袁绍为盟主，联合讨伐董卓。

正是在这个时候，为了显示自己的杰出才能，实现胸中的伟大抱负，郭嘉决定走出家门，寻觅明主，去建功立业。时逢董卓作乱，郭嘉更是跃跃欲试，准备充分利用这个时机来大显身手。

当关东军兴起的时候，盟主袁绍的声势颇为浩大。袁家“四世三公”，门生故吏遍布天下。袁绍本人也怀有逐鹿问鼎的野心，故起兵后曾问部下：“助袁氏乎？助董氏乎？”在关东军的攻击下，董卓决意迁都长安。洛阳一带的几百万人口被强令迁徙，结果步骑驱蹙，争相蹈藉，饥饿寇掠，积尸盈路。宫庙官府和居家悉遭火焚，200里内无复孑遗。

关东豪强兴兵，打着为国除奸的旗号。董卓西迁后，关东军却不见西进勤王的举动，反而互相攻击、杀掠。公元192年，董卓被王允和吕布合谋除掉。董卓部将李傕、郭汜、樊稠、张济等攻入长安，大战三辅，杀王允及长安百姓万余人。吕布败退出关，郭汜、李傕两人后来也为下属所杀。凉州军阀势力基本灭亡。

群雄割据的局面很快就形成了。其中以袁绍、曹操、公孙瓒、刘表、刘璋、袁术、孙策等人的势力为大。这样，若要一展才智，郭嘉便只能在这些人中择主而事。

《三国演义》描写郭嘉的出场亮相，是在第十回。话说曹操正在大力求贤，荀彧向曹操推荐了程昱。“程昱谓荀彧曰：‘某孤陋寡闻，不足当公之荐。公之乡人姓郭，名嘉，字奉孝，乃当今贤士，何不罗而致之’彧猛省曰：‘吾几忘却！’遂启操征聘郭嘉到兖州，共论天下之事。”实际上，这一段描写并不尽符合史实。

在关东军离散之后，袁绍首先夺取了冀州，并在各地网罗贤才。郭嘉听说袁绍能够礼贤下士，再则袁氏当时声势煊赫、盛名一时，他便前往投效，期望能一展宏图。然而，袁绍本人外宽而内忌，好贤而不能用。因此，郭嘉并未受到袁绍的重用。外表的强大和喧嚣的声势，没能掩盖得了袁绍内在致命的弱点。当时，郭嘉的两位同乡辛评、郭图也在袁绍处效力。郭嘉对他们说：“智谋之士首要在于审择明主，只有这样，才能百举百全而功名可立。如今，袁公只想学周公的礼贤下士，却根本就不懂得用人的道理。他只是招揽人才，却不予以重视；临事又好谋而不能决断。若想和他一道拯救天下的危难，建立霸王之业，实在是难啊！”于是，他毅然离开了袁绍，去另寻明主。

2　投奔曹操

处于其时，像郭嘉这样的一介书生、文人谋士，虽有超人的才能，却没有尺土寸兵，只能投靠有政治地位和军事实力的人物，才能使其才华施展出来。这正如藤蔓不能直立，只有攀缘大树才能升高一样。也有人把知识分子比作为毛，而毛只有附着于一张皮上。封建割据时代的皮，虽然有仁义、道德等辨别好坏的标准，但这个标准弹性太大，又往往经过了一番粉饰装扮。有识之士追随哪个集团、跟定什么人物、选择哪一张皮，很多情况下往往由不得自己，而要靠命运的安排。

但“往往”却不等同绝对。除了命运之外，就要看个人的努力了。因此，聪明的谋士要善于选择辅佐的对象，所谓“良禽择木而栖”，这是他成功的首要条件。郭嘉曾说过：“夫智者审于量主。”若主人是愚钝懦弱之辈、不堪造就之才，如后主刘禅之类人物，那么，即使辅佐他的人才智过人也无济于事，甚至还会因主人的失败而招致杀身之祸。如陈宫之佐吕布、田丰之随袁绍，俱是如此。只有辅佐的对象英武有为，谋士的才干得以发挥，才能建功立业。如后来周瑜之佐孙权，诸葛亮之辅刘备，都在历史上传为佳话。和郭嘉同郡的郭图，就因一味追随袁绍、袁谭父子，后因兵败被杀。类似的例子，在历史上可谓不胜枚举，这既是士人的悲剧，也是时代的不幸。而作为谋略家的郭嘉，其高明之处就在于他能准确地判定袁绍不过是徒有虚名，难当国家兴亡之重任，其失败的命运难以避免，因而绝不可能选择他作为自己的事业之

“主”。

当郭嘉离开袁绍的时候，正在发展势力的曹操却有人才不足之感。此前，颍川著名谋士戏志才在曹操帐下效力，非常受器重。不幸，戏志才早卒。曹操给高参荀彧写信说：“自从戏志才去世后，几无可与之谋大事之人。汝、颍一带向来多出奇士，请问谁可继任戏志才之职？”荀彧便介绍推荐了郭嘉。曹操立刻召见，两人纵论天下大事，十分投机。言谈中，曹操觉察这个青年具有卓越的见识和才能，不禁高兴地赞叹说：“使孤成大业者，必此人也。”

会见完毕后，郭嘉也庆幸得遇雄才大略的明主，出来便喜不自胜地说：“曹公才真是我想投奔的明主啊！”二人志投意合，相见恨晚。曹操当即任命29岁的郭嘉为司空军祭酒。曹操于建安元年（196年）10月任司空，于建安三年（198）正月，初置“军师祭酒”。郭嘉担任的司空军祭酒，即司空府下的军师祭酒，是参谋军事的官职。从此，郭嘉就做了曹操麾下的军事高参，为曹操呕心沥血地谋划军机。

当时的曹操已取兖州，又迎汉献帝至许都，“挟天子以令诸侯”，取得了政治上的主动权。在建安元年，又采纳部下枣祗等人的建议，屯田许下，收获粮食百万斛，为解决军粮供应问题提供了良好的经验。当然，如果与袁绍相比，曹操占有的地盘狭小，兵马不足，势力尚弱。郭嘉能果断地弃“强大”的袁绍于不顾，而选择势弱的曹操作为自己安身立命之主，这充分表现了他深邃的目光和决断才干。

3　策清中原

曹操自在兖豫二州建立根据地以来，屡次征伐，逐个击破群雄，解除后顾之忧，以便将来与袁绍放手一搏。

首先，公元193年曹操父亲由华县回乡，被徐州牧陶谦所部军兵杀害。操闻讯怒不可遏，率军报仇，连拔10余城，陶谦败退至郯城。次年夏，曹又二征徐州，在泗水活埋男女数万人。不久，陶谦忧病而死。进行这两次军事行动时，郭嘉尚未投奔曹操。但《三国演义》却描写为郭嘉曾参与谋划其事，这是小说家言，自然不值一辩。

其次，攻灭吕布。吕布，字奉先，五原郡九原（今内蒙古自治区包头市西北）人。他原来是并州刺史丁原的部将，却卖主求荣，杀丁原投靠董卓；后来又杀董卓，依附王允。此人“刚而无礼，匹夫之勇”，是一个政治上反复无常的典型人物。他被李傕、郭汜驱逐出长安后，如同丧家之犬，四处奔走。他先依袁术，再投张扬，复奔袁绍。

当曹操讨伐徐州时，不料后院起火，兖州后方发生了叛乱。陈留太守张邈在陈宫的劝说下迎接吕布，企图趁机夺占兖州。幸亏荀彧、程昱等坚守鄄城、范县、东阿三城，使曹操尚可以进退有据。曹操闻讯后，引兵回救，在定陶、巨野两役大败吕布，才安定了局面。

吕布战败后，逃到徐州依附刘备，以后又袭取了刘备的下邳（今江苏省邳州市），自称徐州牧。刘备丧失根据地之后，便率众来投曹操。《三国演义》第十六回写道：“操待以上宾之礼。玄德备诉吕布之事，操曰：‘布乃无义之辈，吾与贤弟并力诛之。’玄德称谢。操设宴相待，至晚送出。荀彧入见曰：‘刘备，英雄也。今不早图，后必为患。’操不答。彧出，郭嘉入。操曰：‘荀彧劝我杀玄德，当如何？’嘉曰：‘不可。主公兴义兵，为百姓除暴，惟仗信义以招俊杰，犹惧其不来也；今玄德素有英雄之名，以困穷而来投，若杀之，是害贤也。天下智谋之士，闻而自疑，将裹足不前，主公谁与定天下乎？夫除一人之患，以阻四海之望，安危之机，不可不察。’操大喜曰：‘君言正合吾心。’次日，即表荐刘备领豫州牧。程昱谏曰：‘刘备终不为人之下，不如早图之。’操曰：‘方今正用英雄之时，不可杀一人而失天下之心。此郭奉孝与吾有同见也。’遂不听昱言……”此事《三国志·郭嘉传》裴松之注引《魏书》所记大略相同，在这一件小事上反映出了权谋者的战略眼光，曹操与郭嘉同列，连荀彧与程昱这样出名的智囊人物都赶不上。

虽然暂时笼络住了刘备，但曹操的处境却不无困难。其时，北有袁绍、公孙瓒，南有袁术、刘表、孙策、刘璋、张鲁，西有马腾、韩遂、张扬，东有吕布；兖豫二州又处在四战之地，曹操集团实在是四面受敌。曹操与他的谋士们日夜分析形势，研究如何才能击破中原群雄。他们意识到自己处于内线作战，又面临敌强我弱的不利态势：袁绍自然是最主要的敌人，而吕布却是最凶恶的敌人。如此，最终确定了“先弱后强，逐个击破”的战略方针。

建安三年（198年）秋，曹操决定东征吕布。对此，曹军内部曾有不同意见，一些将领认为刘表、张绣在后，远征吕布，只怕有危险。行前，曹操询问荀彧和郭嘉的意见：“今欲讨不义，而力不敌，何如？”荀彧主张先打吕布，认为“不先取吕布，河北（指袁绍）亦未易图。”郭嘉也说：“袁绍正于北方围攻公孙瓒，可以趁此机会，东取吕布。如不先消灭吕布，一旦袁绍来犯，吕布再出兵援助他，那就为患大矣。”另一位谋士荀攸也认为：“吕布骁勇无比，又依仗袁术帮助，如果任他纵横于淮水、泗水之间，一些豪杰一定会响应。现在趁他刚刚反叛之机，内部还众心不一，立刻前去攻打，必然能够成功。”

在众谋士的筹划下，曹军亲率大军东讨。

4 随军讨吕

公元198年10月，曹军攻下彭城，吕布退保下邳。曹军把下邳重重包围起来，曹操再写信劝吕布投降。吕布本有降意，但谋士陈宫劝说他死守下邳，又派人冲出包围去袁术那儿求救。

由于吕布率将士拼死守城，曹军猛攻了将近两个月，小小的下邳城竟坚不可摧。久攻不克之下，曹操内心焦急，加之军队连战不休，将士疲惫不堪，粮草给养又供应困难，便准备班师回许都，休整部队，再作打算。

疲师远征本为兵家所忌，大军屯坚城之下，若久攻不克，尤为不利。现在，曹、吕两家都已疲惫不堪，谁能坚持下去，谁就有获胜的希望。在这个关键时刻，听说曹操准备退兵，众谋士都非常焦急，荀攸力劝曹操万不可撤军。郭嘉紧接着说："过去项羽一生大小七十余战，未曾败北，一朝失势于垓下，却身死国亡。其原因，就在于他依仗自己的骁勇善战，却少谋略。如今，吕布同样有勇无谋，而且连吃败仗，锐气早已衰竭，勇力已尽。吕布的威力远不及项羽，而困败的窘状却有过之，若乘胜猛攻，则下邳一定可拔，吕布必将受擒。"曹操一听二人言之有理，遂率军继续围城猛攻。

荀攸、郭嘉向曹操进言勿退兵很容易成功。可无奈下邳城内将士、百姓惧怕城破被屠，都拼命死守，如何破城便成为问题的焦点，一味死攻显然不是上策。此刻，谋士们便有了用武之地。经过实地勘察，荀攸、郭嘉又生一计：水攻。也就是挖掘泗水、沂水，淹灌下邳城，以水代兵。曹操正在一筹莫展之际，得此妙计，自然大喜。立即令士卒引沂、泗河水，滚滚冲向下邳城。固若金汤的下邳城却经不住水浪的冲击，顿时被泡在几尺深的大水中。城中军民见无生路，遂无心守城，纷纷逃散——各自逃命去了。

吕布的大将侯成、宋宪、魏续等人为了寻求生路，便发动兵变，绑了陈宫等投降曹操。吕布率残卒退守下邳城的白门楼，最后只能束手就擒。曹操在白门楼上召集文武官员，惩办吕布。吕布这时还嫌把他绑得太紧，曹操笑着说："缚虎不得不紧啊！"吕布又表示愿降，向曹操救饶。曹操深恶吕布之反复无常，立斩之。又挥泪杀了恩人陈宫，以礼收葬。至此，曹操便控制了黄河以南的大片地区。最后，扫除黄河以南割据势力。

建安元年（196年），原董卓部将张绣随同叔父张济，由关中流窜到南阳一带。张济死后，张绣率部投靠刘表。南阳靠近许昌，曹操感觉芒刺在背。建安二年春，曹操先拿张绣开刀。张绣战败，举兵投降。不久又反悔，夜间偷袭曹营，曹军毫无防备，损兵折将，曹操的长子曹昂、侄子曹安民均战死。于是曹操只好退兵。次年（198年），曹操再次率军讨张绣，张绣求救于刘表。5月，曹军腹背受敌，不得不退兵。公元199年，张绣在谋士贾诩的劝说下，率士卒到许都向曹操投降，被封为扬武将军。

建安二年（197年），袁术在寿春称帝，这是公开反汉。曹操既然"奉天子以令不臣"，攻打袁术就师出有名了。9月，曹操讨伐袁术，迫使其向淮南逃走，不多时袁术病死。

曹军猛攻吕布时，河内的张扬曾出兵野王（今河南省沁阳市），帮助吕布。但不久，张扬被部将杨丑所杀。接着，眭固又杀了杨丑，投靠了袁绍。建安四年（199年）4月，曹操派大将曹仁夺取射犬（今河南省沁阳市东北），杀了眭固，控制了河内郡。

两年余，曹操逐个击败了袁术、张绣，消灭了吕布、眭固，改善了战略态势，逐步由弱转强，为全力对付袁绍创造了有利条件。郭嘉其间追随曹操，屡出妙计，充分发挥了他高级参谋的辅佐作用。

5 胜论袁曹

袁绍是曹操在北方最大的威胁。官渡之战前，曹操一心想讨伐袁绍，但又担心自己的力量不足，心理上非常矛盾。因此，就想听听他手下谋士们的主张。

早先，曹操曾对荀彧说："袁绍不义，我想出兵讨伐，但实力又恐不敌，怎么是好？"荀彧以谋略家的眼光，从度胜、谋胜、武胜、德胜四个方面论述了曹胜袁败的必然性。一席话使曹操茅塞顿开，恍然大悟，于是下定了战胜袁绍的决心。

后来，曹操又以同样的问题征询郭嘉的意见。郭嘉作了更为深入地分析，他说："刘邦与项羽之间，力量相差甚大，明公你是知道的。然而刘邦的智谋却胜过项羽，所以项羽终为刘邦所败。"他劝曹操借鉴刘邦用智以弱胜强的历史教训，树立以智取胜的信心。

接着，郭嘉分析了袁曹双方实力的对比情况，他说："绍有十败，公有十胜，虽兵强，无能为也。"也就是说，袁绍有10个方面不如曹操，所以袁绍的兵力虽强，终究是要失败的。对袁绍而言，就是十败，对曹操来说，便是十胜。这十败十胜是：

其一为"道胜"。"绍繁礼多仪，公体任自然。"这是说曹操安定社会的措施顺应自然规律；袁绍则扰乱天下，民不聊生。曹操首先在"道"上取得了胜利。这是从总体上着眼，对曹、袁优劣的评价和估量。郭嘉以人性为第一要义，列为十胜之首，可以看出当时一些士人、对人的天性的重视。在中国，天道自然的思想源于道家。到了东汉，作为王充的哲学命题，已指出自然界的运动是自然而然的，没有外在的支配力。人的天性，是自然的天性，理应顺乎自然。所以，不应该用“繁礼”强加约束。性格束缚住了，天性的自然发展受到抑制，人的本质力量就无法正常发挥，封建时代的知识分子大都摆脱不了这种禁锢。东汉末年，群雄并起，儒家独尊局面受到冲击。在此情势下，顺应人的本性、反对繁文缛节为一些士人所重，以期施展才能，曹操和郭嘉便属于此类知识分子。所谓“体任自然”，就是按自然规律办事，充分发挥人的内在禀赋，不要被人为的礼仪所束缚。

其二为“义胜”。“绍以逆动，公奉顺以率天下。”袁绍师出无名，曹操可以奉汉献帝之名以令天下，名正而言顺，这就在“义”上胜过了袁绍。东汉末年，皇权衰败，王纲不振，汉献帝不过是军阀手中的招牌和旗号而已。不过，话说回来，皇帝毕竟是封建政权的最高象征，是名义上的天下最高统治者。自春秋战国以来，意欲称霸天下的权臣枭雄都懂得打着天子的旗号对扩充势力的重要意义。建安元年（196年），曹操奉迎汉献帝立都许昌。从此，曹操常以朝廷天子的名义发号施令，堂而皇之、名正言顺地征讨异己，取得政治主动权。后来，诸葛亮在隆中与刘备讨论天下形势时，也说：“曹操挟天子以令诸侯，不可与争锋。”可见，汉献帝这块招牌，在政治道义上还是起了一定作用的。

其三为“治胜”。“汉末政失于宽，绍以宽济宽，故不摄。公纠之以猛而上下知制。”东汉自桓、灵以来，治国的弊端是政令太松，为政过宽，纵容豪强大族兼并土地。袁绍本人出身高门士族，其高祖袁安官至司徒，“自安以下，四世居三公位，由是势倾天下”。他在自己的辖区内非但没有纠正汉末弊政，反而对豪强大族更加放纵，任令他们凌压百姓。豪强们为所欲为，广营田地；下民贫弱，却要代出租赋，以至卖妻鬻子也不足应命。如袁绍谋士审配的宗族强大，竟招纳亡命之徒，窝藏罪犯。因此，其统治区内阶级矛盾激化。正如曹操后来说的那样：“欲望百姓亲附，甲兵强盛，岂可得邪！”

相反，曹操却纠之以猛，着重打击抑制豪强势力，“重豪强兼并之法”。所以，袁绍以宽济宽，曹操以猛纠宽，高下之别，昭然可见，这就是郭嘉所说的治胜。

其四为“度胜”。“绍外宽内忌，用人而疑之，所任唯亲戚子弟；公外易简而内机明，用人无疑，唯才所宜，不问远近。”历史上的袁绍是一个不善用人的军事集团首领，也是一个不识贤愚、刚愎自用的代表。他表面上宽宏大量，实际上却心胸狭窄，气度太小，任人多疑，猜忌心强，而且所重用的多为亲戚子弟。而曹操则通达贤明，有才必重用，这就在气度上胜过了袁绍。

其五为“谋胜”。“绍多谋少决，失在后事；公策得辄行，应变无穷。”袁绍遇事多谋不能断，常常错失良机；而曹操处理大事非常果断，善于随机应变，这就在谋略和决策方面超过了袁绍。

其六为“德胜”。“绍因累世之资，高议揖让以收名誉，士之好言饰外者多归之；公以至心待人，推诚而行，不为虚美，以俭率下，与有功者无所吝，士之忠正远见而有实者皆愿为用。”袁绍依仗出身大族，沽名钓誉，跟从他的大多都是只务虚名而没有实际本领的人。而曹操以仁义和诚心待人，自己严谨俭朴，赏赐有功的人却慷慨大方，所以天下有才能而讲求实效的人都愿辅佐曹操，这就在德上胜过了袁绍。

其七为“仁胜”。“绍见人饥寒，恤念之形于颜色，其所不见，虑或不及也，所谓妇人之仁耳。公于目前小事，时有所忽，至于大事，与恩接，恩之所加，皆过其望，虽所不见，虑之所周，无不济也。”袁绍放纵豪强，贪暴无比，民不堪命，却好在些许小事上假仁假义。而曹操很重视发展生产，恢复经济，安定社会，惠在下民。曹操的大施实惠于民，与袁绍的妇人之仁相比，大得民心。

其八为“明胜”。“绍大臣争权，谗言惑乱；公御下以道，浸润不行。”袁绍出身官宦世家，听惯了阿谀奉承的话，偏爱身边谄媚之徒，言听计从，而不喜欢直言进谏之人，不愿采纳他们的意见。袁绍本人又浮躁而无大度，必然导致手下智者窝里互斗，大臣争权夺利，智谋反成了自身的瓦解剂。袁绍又听信谗言，为谗言所蒙蔽，结果正直的智者反遭陷害，卑鄙小人却横行无忌。曹操用人有方，谗言不行，内部团结，这就在“明”上超过了袁绍。

其九为“文胜”。“绍是非不可知；公所是进之以礼，所不是正之以法。”袁绍不辨是非，而曹操善于以礼和法治国，是是而非非，此即文胜。

其十为“武胜”。“绍好为虚势，不知兵要；公以少克众，用兵如神，军人恃之，敌人畏之。”袁绍不懂军机，却非常喜欢虚张声势；而曹操善于以少克众，用兵如神，具有杰出的军事才能，令敌人惊恐，这就在军事上胜过了袁绍。

郭嘉真是曹操智囊人物中的佼佼者，这一篇十胜的大道理可谓真知灼见。他从高处俯察这两个政治人物的比较论述，确是切中要害。这里面的政治领导术、军事才干术、经营管理术、做人处世术等，都是作为一种标准提出来的。首先郭嘉置人性于首位，反映出当时智谋之士对人的天性的重视。以下九条，首先要打出顺从民意的旗帜，提出宽严相济的政策，强调用人者信人，切忌胡乱猜疑，而且要唯才是用，不搞裙带关系；在策略上，要打有准备之仗，决不轻举盲动；要善于把握时机，决策果敢，不失时机，创造时机；要待人以诚，不讲排场，不做表面文章；从整体着眼，通盘考虑人事，避免顾此失彼，脱离群众；能顶住各种巧言令色之徒，去揭穿那些挑拨离间者的丑恶嘴脸；自己正大光明，对风言风语能明辨来源，分清虚实；处理问题是非清楚，赏罚严明；不论干什么，能具有以弱胜强、以少胜多的胆识与本领。这位封建时代智谋人物的这一理论概括，其中精义非常有继承或借鉴的价值。

同时，郭嘉从袁、曹双方的政治、经济、政策、军事实力、人心向背，以及个人的气质和才能，做了全面而深刻地剖析，从而得出了曹操“十胜”的结论，这是具有科学预见性的判定。曹操的其他谋士，如荀彧和贾诩，也曾对官渡之战前的袁、曹对峙形势作过分析和预测，也都预见到了曹操必会击败袁绍的结局，这些都被后来的实践证明。荀彧曾预言曹操有“四胜”，即度胜、谋胜、武胜、德胜；贾诩预见曹操“明胜绍、勇胜绍、用人胜绍、决机胜绍”，可以说是英雄所见略同，都作了同样正确的判断，都对坚定曹操的信心起了非常重要的作用。只是郭嘉的分析最为详尽、细致、深入和准确。不是无端臆测和偶然的巧合，而是在详尽了解了双方基本情况的基础上，根据事物发展的规律，进行演绎、推理、概括、分析后所得出的科学结论。郭嘉能够精确地、科学地预见曹操“十胜”，足已证明他的确是一位高明的谋士。

6 预断策亡

三国时期，吴国雄踞江东，立国时间最长。吴国的基业，就是由少年才俊孙策开创的。

孙策，字伯符，吴郡富春（今浙江省富阳市）人，东汉熹平四年（175年）出生在当地一豪门大族。孙策的父亲孙坚，字文台，早年做过县令。黄巾大起义爆发后，孙坚率乡里少年和招募的丁壮1000多人，跟着右中郎将朱儁镇压起义军。由于作战有功，被提升为别部司马。后来，他又随车骑将军张温到凉州，进攻割据势力边章、韩遂，回京后，拜为议郎。汉灵帝中平四年（187年），孙坚被朝廷委任为长沙太守。他先后镇压了长沙、零陵、桂阳三郡的农民起义，被封为乌桓侯。关东诸侯讨伐董卓时，孙坚也起兵北上，沿途征伐不断，实力渐增。他到鲁阳（今河南省鲁山县）会见袁术，袁术表奏他为破虏将军、豫州刺史。汉献帝初平三年（192年），袁术与刘表争夺荆州时，孙坚为先锋，连败刘表的大将黄祖。在进围襄阳时，被黄祖的手下暗箭射死。

孙坚死时，孙策正在寿春（今安徽省寿县），年龄只有十七八岁。他年少才俊，喜交结各方豪杰，胸怀复仇之志。汉献帝兴平元年（194年）12月，他前往江都（今江苏省扬州市），求教于江淮名士张纮，询问当时世务。他问张纮："方今汉祚中微，天下扰攘……先君与袁氏共破董卓，功业未遂，卒为黄祖所害。策虽暗稚，窃有微志，欲从袁扬州求先君余兵，就舅氏于丹阳，收合流散，东据吴会，报仇雪耻，为朝廷外藩，君以为何如？”

张纮向孙策讲述对时局的意见：“今君绍先侯之轨，有骁武之名，若投丹阳，收兵吴会，则荆、阳可一，仇敌可报。据长江，奋威德，诛除群秽，匡辅汉室，功业侔于桓、文，岂徒外藩而已哉方今世乱多难，若功成事立，当与同好俱南济也。”

孙策接受张纮的意见，定下图取江东之计。兴平三年（195年），孙坚旧部朱治见袁术政德不立，亦劝孙策取江东，创立基业。那时候，孙策的舅舅吴景进击樊能、张英，一年多也未攻克。孙策趁机向袁术献策：“家有旧恩在东，愿助舅讨横江；横江拔，因投本土招募，可得3万兵，以佐明使君匡济汉室。”

袁术对此非常感兴趣，便任命他为折冲校尉，率兵渡江。孙策统率其父旧部程普、黄盖、韩当、朱治、吕范等及士兵千人、马数十匹东进。在寿春的宾客蒋钦、周泰、陈武等带领几百人也随策渡江，后周瑜也率兵迎接并助以资粮。到历阳（今江苏省和县）时，已网罗部众五六千人。

孙策渡江后，仅在四年的时间里，驰骋疆场，东征西讨，次第削平江东割据势力，占有丹阳、吴郡、会稽、豫章、庐江、庐陵六郡，独霸江东，创建基业。其开国时间之迅速，大大超过曹操和刘备。时势造英雄，英雄亦造时势。孙策之所以成功，首先在于其战略决策的英明，“乱世务边”的决策充分显示了其远见卓识和果、敢、勇的过人之处。其次，孙策善于笼络人心，“善于用人，是以士民见者，莫不尽心，乐为致死”。再次是军纪严明，所至鸡犬菜茹，一无所犯，故民心向之。当然，孙策用兵，“猛锐神速，所向皆破，莫敢当其锋”，这与他所具有的大将素质、卓越的指挥才能是分不开的。他自渡江以来，攻必克，战必胜，人闻孙郎来，莫不望风而靡。袁术曾欣羡地感慨说：“我如果有孙郎这样的儿子，纵然死去，也没有什么可怨恨的了。”

孙策渡江开拓江东的次年，拓地日广，实力强盛，羽毛丰满，遂想脱离袁术而独立。他听到袁术在寿春欲称帝，遂与之绝交。建安二年

（197年）正月，袁术称帝后，孙策遂采取北结曹操以抗袁术的政策。与曹操结好，曹操表封他为骑都尉，袭乌桓侯，领会稽太守。后曹操闻知孙策平定江南，深感忧虑，但因无力分兵与之争锋，便只好眼看着孙策“转战千里，尽有江东”而没有办法。曹操虽一再设法拉拢孙策，但孙策却不肯受他节制。

建安五年（200年），曹操与袁绍在官渡对峙，后方空虚。孙策选择这个时机，确定了一个“阴袭许昌，迎汉帝”的计划。他部署好军队，临江待发。曹操集团闻讯后，其谋士、将领“众闻皆惧”。因为孙策骁勇善战，又有著名谋士周瑜辅佐，这对曹操是个极大的威胁。然而郭嘉却有不同的看法，他认为孙策不会对他们构成很大的威胁，料定孙策此举难以成行。众人对此大惑不解，郭嘉解释并进而推测说：“孙策刚刚吞并江东，所诛者尽为才俊。这些人手下都有一些敢死忠诚之士，他们一定会替他们的主人报仇。孙策为人浮躁而不警惕，纵使兵士众多，也如同独行旷野。如果遇到埋伏的刺客起而偷袭，孙策就只能一个人抵抗。在我看来，这个人必死于匹夫之手。”

众人听了郭嘉的预言，仍然心有疑虑。信的是他的分析很有道理，疑的是孙策是否真的“必死于匹夫之手”。但不久，这个似乎难以置信的预测，却被事实所证明。史载“策临江未济，果为许贡客所杀”。大家都对郭嘉的料事如神赞叹不已，深深为之折服。

原来，许贡担任吴郡太守时曾上表汉献帝，建议将孙策“召还京邑”“若放于外必作世患”。孙策闻知大怒，遂率军南取钱塘（今浙江省杭州市附近），先使许贡无法与会稽王朗构成联盟，以相抗拒；然后再移兵北上，一举攻占吴郡，并绞杀了许贡。许贡死后，有三个门客时时寻找机会，准备为他们的主人报仇，但一直没有寻得机会。孙策平时极爱打猎，常轻装简从外出狩猎，手下多次向他进谏勿随意外出。孙策虽然认为这些意见很有道理，但却总改不掉自己的习惯。《三国演义》描写道：

“一日，孙策引军会猎于丹徒之西山，赶起一大鹿，策纵马上山逐之。正赶之间，只见树林之内有三个人持枪带弓而立。策勒马问曰：‘汝等何人？’答曰：‘乃韩当军士也。在此射鹿。’策方举辔欲行，一人拈枪望策左腿便刺。策大惊，急取佩剑从马上砍去，剑刃忽坠，止存剑把在手。一人早拈弓搭箭射来，正中孙策面颊。策就拔面上箭，取弓回射放箭之人，应弦而倒。那二人举枪向孙策乱搠，大叫曰：‘我等是许贡家客，特来为主人报仇！’策别无器械，只以弓拒之，且拒且走。二人死战不退。策身被数枪，马亦带伤。正危急之时，程普引数人至。孙策大叫：‘杀贼！’程普引众齐上，将许贡家客砍为肉泥。看孙策时，血流满面，被伤至重，乃以刀割袍，裹其伤处，救回吴会养病。”

是夜，孙策因伤重而卒，年仅26岁，由其弟孙权袭领部众。

孙策为郭嘉所言中，死在将袭许都之时，也许出于偶然。所以裴松之为《三国志》作注时说：“嘉料孙策轻佻，必死于匹夫之手，诚为明于见事。然自非上智，无以知其死在何年也。今正以袭许年死，此盖事之偶合。”但是，他可以预测孙策“必死于匹夫之手”，则表明他对于各个政治军事集团有着深刻的了解，对其意图能洞察秋毫，对其主要人物的性格特点也了如指掌。作为一个杰出的谋略家，郭嘉虽然身在曹营忙于军务，但对孙策统治下的江东各种势力的此消彼长和多种矛盾的发展趋势却是成竹在胸。尤为难得的是，他能够极为准确地分析、判断所掌握的材料，从而得出异于寻常的精确预见。

7 智谏攻刘

当曹操和袁绍两大集团崛起之后，他们均有图王之志。因此，双方剑拔弩张，兵戎相见已是势所难免。

早在初平元年（190年），袁绍就曾说过："我要南面据守黄河，北面控制燕代，再率河北将士，南向以争天下。"到建安四年（199年）6月，袁绍消灭了公孙瓒后，占有青、冀、并、幽四州之地，军队增至数十万人，势力更加强盛。他召集将领和谋士们研究作战方案，经过激烈地争论，最后接受郭图、审配的意见，确定了"立即进攻，集中兵力，直捣许昌"的作战方针。遂选精兵10万，精骑万匹，胡骑8000，南下谋攻许昌。

曹操手下众人对袁绍出兵仍存畏惧，经过曹操和荀彧等人的解释、鼓动后，方才团结一致，满怀信心地去迎击敌人。当时，曹操调精兵2万，于199年8月进军黎阳，主动迎敌。

哪知，正当曹操部署对袁绍作战的时候，原来依附曹操的刘备杀徐州刺史车胄，自据徐、邳等起兵反曹，与袁绍遥相呼应。是时，东海郡及附近的郡、县大多归附刘备，军队增至好几万人，声势颇为浩大。遇此意外，曹操意欲亲征迅速打败刘备，以防两面受敌。

另外，曹操很早就看出，将来与他争雄天下者必是刘备，所以他曾对刘备说过："天下英雄，唯使君与操耳。"以前刘备失败来投，他予以笼络。后来，刘备要领兵去击袁术，曹操也准其离去。当时，郭嘉就曾牵马劝谏："放备，变作矣！"并说："纵不杀备，亦不当使之去。"又引古语："一日纵敌，万世之患"为证。曹操听后，大为懊悔，遂令许褚率兵追赶。结果，刘备如鱼入大海，鸟上青霄，一去再不复返，曹操"恨不用嘉之言"。如今，面临刘备的公然反叛，曹操必然非常重视。

但是，曹操帐下的将领对此却不理解，他们对曹操说："与您争天下的主要是袁绍。如今袁绍正率兵打过来，您却要放弃袁绍不打，而去东征刘备。万一袁绍从背后趁虚而入，那可怎么办？"

曹操解释说："刘备乃人中之杰，今不除之，必为后患。"

在这关键时刻，郭嘉赞同曹操的意见，他说："袁绍生性迟疑，即便来攻，也不会迅速。刘备起兵不久，民心未附，力量又不大，迅速攻击，一定可以把他击败。这关系到生死存亡，千万不能失去啊！"于是，曹操下定决心，亲率精兵兼程东进，迅速攻破彭城、下邳，迫降了关羽。刘备全军溃败，妻子被俘，他只身逃往河北投靠袁绍。

东征刘备，应该说是官渡大战的一个前奏曲。对曹操来说，与袁绍决战在即，如果不迅速扑灭刘备的反叛势力，任其在心腹地区星火燎原，势必就要陷入腹背受敌的困境。大战之前，先肃清次敌，以巩固后方，实属高明之举。曹操在这个问题上的决策无疑是对的。但问题在于，诸将的意见也不无道理。因为对袁绍而言，刘备起兵之时，也正是他趁机猛攻曹军的绝好时机。因此，曹操帐下将领的担心，便是问题的关键所在。

当诸将表示反对时，连曹操也有些迟疑不决，便"疑"而问郭嘉。郭嘉的一席话，使人茅塞顿开。他就袁绍、刘备两方作了分析，如果曹操东征，袁绍很可能先作壁上观，不会立刻进兵（后来事实果真是如此），这当然是最好的。如果万一袁绍出兵，也"来必不速"，这是由其"性迟而多疑"所决定的，如此就给了曹操短暂的可以利用的宝贵时间。事情的关键在于，曹军要在这短短的时间里迅速平叛取得胜利。如果东征长期下去，难以击败刘备，那么东征也就不可取了。而这一点又取决于曹、刘双方的实力对比。郭嘉对比了双方的兵力、战斗力、士气、民心之后，断言“急击之必败”，也完全符合军事学的基本规律。曹操听了他的分析后，下定决心东征，最终获胜。反观袁绍一方，在曹操东征之时，谋士田丰建议袁绍：“曹操与刘备正在交战，战事恐不能很快解决。公举兵袭击他的后方，可以一战而取得胜利。”田丰虽然错认曹操无法迅速击败刘备，然而曹操集团极为畏惧的却是其趁虚出击。不料，袁绍竟借口他儿子有病，未采纳田丰的建议，按兵不动。田丰闻此，以杖击地曰：“遭此难遇之时，乃以婴儿之病，失此机会！大事去矣，可痛惜哉！”跌足长叹而出。

在这件事上可以看出，郭嘉抓住良机恰到好处。他时刻把握事物在错综复杂中的运行情况与可能出现的各种变化，再根据条件进行分析，不放过有利时机，这是谋士们不可缺少的智慧。时机往往只有一次，稍纵即逝，一去不返。人们常说的“机不可失，时不再来”，就是劝诫人们要善于抓住事物变化的枢纽，把握重要关系的环节，善于随机应变。这需要有慧眼！在时机出现时发现它，捕捉住它，决不放过。在这一点上，郭嘉与田丰无疑都具有这种慧眼。郭嘉称东征刘备是“存亡之机，不可失也”；田丰说是“难遇之时……失此机会。大事去矣……”由不同方面阐述了同一思想：时机千载难逢，极为可贵；能否抓住它，关系巨大，影响深远。

发现时机固然重要，但最终还是要看能否把握住它。就这一点而言，郭嘉成功了，而田丰却失败了。此中深层根源在于，他们都是谋士，只有建议权而无决定权。他们都发现了时机，指明了抓住时机的方法，但最终的决策人——曹操和袁绍，一个是采纳，一个是弃而不顾，因此导致了截然不同的结果。当然，事物异趋，变异多多，这就为人们提供了多向选择的可能。要抓住时机，就必须预见到事物发展的趋势，排除其他的可能性，这自然会有冒险性，同时也就更需要胆识和准确的预测判断能力。因此，预见性可说是谋略家们必备的才能。在这一方面，田丰与郭嘉相比，也不免稍逊一筹。郭嘉预见到东征刘备，必能速胜，其间袁绍极可能不会出兵；即使出兵，因行动迟缓，也无关大局，后来事实都一一验证了其准确性。田丰一误为断言曹操不能速胜刘备，二误为择主不明，虽有良谋，竟幻想袁绍会采纳自己的建议，这就难免要失败了。准确的预见性是建立在知己知彼之上，郭嘉对袁绍的了解与认识，似乎比田丰要深刻得多，这正是他成功的根源所在。

8 官渡破袁

击败刘备后，曹操迅速调兵官渡。建安五年（200年）2月，袁绍进军黎阳，派颜良围攻白马，以保障主力渡河。曹操采用声东击西的战法，将袁军引诱至延津，接着他率军急赴白马解围。未行10余里，便与颜良相遇。颜良一见，大惊失色，只好仓促迎战。曹操令张辽、关羽先攻颜良。关羽一眼望见了颜良的麾盖，策马如飞，直逼麾下，刺杀颜良于万军之中。袁军群龙无首，溃不成军，白马之围很快被解。

盛怒之下，袁绍下令全军渡河追击，命大将文丑率5000轻骑为先锋。

这时，曹操已率兵马向官渡撤退。到了延津南坡，他下令让一部分骑兵解鞍放马，不多时，战马乱奔，器械满地。很快，文丑追了上来，见状以为曹军已经逃遁，便命令士兵收拾“战利品”。岂料，曹操一声令下，早已埋伏好的600精卒飞身上马，冲向袁军，势如破竹。袁军始料不及，一触即溃，大将文丑也成了刀下之鬼。

遭此惨败，袁绍不肯善罢甘休，令将士继续进军，一直追到官渡才安营扎寨。这时，曹军早已布好阵势，坚守营垒。袁绍令士兵在曹营外面堆起土山、垒起高台，叫弓箭手在高台上居高临下向曹营放箭。曹军官兵只好用盾牌遮住身子才能在营中行走。

曹操深虑此被动状态，急召众谋臣商议，最后设计出一种霹雳车。这种车上装有机钮，扳动机钮，十几斤重的石头就可飞出300多步。这样一来，袁军的高台被击垮，弓箭手被打得头破血流，死伤无数。袁绍又叫士兵在夜里偷偷挖地道，准备偷袭曹营。曹军发觉后，在兵营前挖了一道深深的长堑，切断了地道的出口。袁军的偷袭计划又失败了。

如此，两军对峙，均难有进展。相持数日，曹军兵少粮缺，士卒疲乏。曹操曾想放弃官渡，退守许昌。谋士荀彧写信劝说："今军食虽少，未若楚、汉在荥阳、成皋间也。是时刘、项莫肯先退，先退者势屈也。公以十分居一之众，画地而守之，扼其喉而不得进，已半年矣。情见势竭，必将有变，此用奇之时，不可失也。"于是，曹操决心加强防守，苦撑危局，静观其变，寻求战机。

果然，袁军内部不久便出现了矛盾。谋士许攸给袁绍献计，让他趁许都空虚，派一支人马绕过官渡，偷袭许都。袁绍不听，固执地说："我要当先取操！"偏巧，许攸家人犯法，已被审配收监。许攸闻讯，登时大怒，连夜投奔了曹操。曹操刚脱了靴子想睡，听说许攸来见，喜不自胜，跣足出迎。一见面，曹操拊掌笑说："君至，我大事有望。"

许攸向曹操提供了袁军屯粮乌巢、防备不严的情报，建议曹操出奇兵偷袭，烧其粮草。若是，"不出三日，绍必大败"。曹操闻之甚喜，并马上行动。他留曹洪、荀攸守大营，自己亲率精锐步骑5000人，打着袁军的旗帜，利用夜晚悄悄从小路赶到乌巢。半夜抵达后，曹军围住粮囤，四面放火，把数万车粮草烧为乌有。

粮草被烧的消息传到前线，袁军尽皆慌乱不堪，军心大乱。大将张郃、高览临阵倒戈，率部投降了曹操。曹军乘势猛攻，全线出击，袁军四处逃散。袁绍和他的儿子袁谭连盔甲都来不及穿戴，便率领800骑兵仓皇逃到了河北。

官渡战败后，袁绍势力尚存，不料他本人却对胜败耿耿于心，终于积郁成疾，于建安七年（202年）呕血而死。这时的袁氏集团仍有很强的实力。袁绍的小儿子袁尚据邺城，统领袁绍旧部；袁谭、袁熙等仍然控制着黄河以北的大部分地区。

但是，袁绍的几个儿子不能同心协力，各自扩充实力。袁绍在世时，为了争夺嗣位，就已经各自扩充实力，培植党羽，明争暗斗。谋士审配、逢纪拥戴袁绍喜欢的幼子袁尚；辛评、郭图却支持长子袁谭。袁绍死后，审配假传袁绍遗命，奉袁尚嗣位，袁谭自然心有怨言。袁尚也很疑忌他大哥，所以拨给袁谭的兵力自然就很少了。袁尚又让逢纪跟从袁谭，名为辅佐，实则监视。袁谭屡次要求增兵，袁尚与审配都不予理睬。愤怒之下，袁谭便杀了逢纪，如此一来，袁氏兄弟之间的矛盾便迅速激化起来。

9　不战之计

官渡之战后，曹操让军队先休整了一段时日，然后利用袁尚、袁谭之间的矛盾冲突加剧的机会，渡过黄河，北上征讨。建安七年（202年）9月，曹军攻打屯兵黎阳的袁谭，谭无力抵抗，情急无奈，只好向袁尚告急求援。袁尚欲分兵助兄，又怕袁谭借兵不还；如果坐视不救，又怕黎阳有失与己不利，最后只好让审配守邺城，自己亲率大军救援黎阳。次年2月，两军大战于黎阳城下，结果袁谭、袁尚、袁熙、高干（袁绍外甥）全部大败，放弃黎阳，退保邺城。曹操占据了冀州的重要门户黎阳，为进一步消灭袁氏集团创造了有利的条件。

屡战屡捷之下，曹军诸将皆欲继续追击，一举取下邺城。郭嘉在大家的兴头上，却出人意外地提出了一个停止攻击，撤军南征刘表的方案。众人迷惑，想当年下邳打吕布时，就是采用了郭嘉的急攻战术，在敌方人马疲惫的情况下，围攻两月，终于擒杀吕布。现在二袁已露败象，只要围住邺城，奋力强攻，破城指日可待。为什么要撤军呢？而今调头南下，远征刘表，岂不是给了二袁以喘息的机会？

对此，郭嘉自有他的独到见解，他很有把握地解释说："袁绍生前最喜爱这两个儿子，究竟立谁为嗣，一直没有定下来。有郭图、逢纪这些人做谋臣，肯定会使兄弟内争不断，最终会相互分离，背目成仇。如果我们进攻太急，他们一定会团结一致对付我们；如果我们暂缓进攻，他们就会为争权夺利而自相残杀。所以，我们不如掉头向南，假装去荆州讨伐刘表，以观他们的变化。等到他们内部发生变乱后，我们再出兵击之，便能够一举平定河北了。”

郭嘉此计，可谓“鹬蚌相争，渔翁得利”之计。这是一个消灭二袁最有效也是事半而功倍的方案。因为，在当时的形势下，乘胜进攻并消灭二袁，似乎是自然而然的事，而且大概也会取得成功。但是，“困兽犹斗”“一人拼命，万夫莫当”。二袁占据的邺城，经过了袁绍的多年经营，自然不可能被轻易攻破，何况袁军还有相当大的实力，如果被逼急了，自然会拼命顽抗。强攻硬拼，必然要付出很大的代价，这不是高明的战法。在当时，由于曹操大兵压境，对袁氏集团而言，内争已退居次要地位，怎样外抗强敌，便是头等大事和主要矛盾。也就是说，袁、曹集团之间的矛盾，已冲淡或暂时压抑住了袁氏内部的矛盾。高明的智谋之士，常会利用敌人内部的矛盾以取得胜利。如果敌方内部没有矛盾，那就要想方设法给他们制造矛盾。现在，袁氏内部矛盾重重，但却被压制住而没有爆发。如果使之爆发，必然会使让其上升为主要矛盾。如何才能使之上升激化？那就要改变主要矛盾，也就是说，暂时使曹、袁矛盾淡化。淡化的方法，便是曹操一方主动退出，停止进攻，从而改变形势，激化袁氏内部矛盾，巧妙地使之相互火拼。郭嘉这一方案的归宿，就是要完成主要矛盾的转移，给二袁创造一个自相残杀的时机和环境。这样，曹军便能够以敌制敌，借敌人之手削弱敌人的实力，从而坐收渔人之利。这实在是一条不战而屈人之兵的奇谋妙计。

听了郭嘉的解析，众人连声称是，曹操欣然采纳。建安八年（203年）8月，曹操下令南征刘表。这时，荆州的刘表刚稳定了长江以南的长沙、零陵、桂阳三郡，正密切注视着中原局势的变化。曹军回师南下，对刘表造成了强大的威慑，使他不敢轻易北上攻掠曹军辖地。

这就足够了！因为曹操所要的，便是给袁氏兄弟一个佯装南下的效果。曹操退军后，留下贾信守黎阳，曹洪守官渡，自己回了许昌；接着再南下，装出进攻刘表的姿态。他虽然挥师南下，却是一步三回首，时刻注意着二袁的动静。当曹军开到西平（今河南省西平县西）时，便接到袁谭派辛毗前来投降求救的消息。

10　平定河北

事态正如郭嘉所料。曹军南撤后，胆战心惊的袁谭、袁尚真是大喜过望，紧接着，兄弟二人便开始了对冀州的争夺。袁谭以要追击曹军为借口，要袁尚给他的军队换些好的铠甲。袁尚不给，袁谭很生气，在郭图、辛评的挑唆下，领兵攻打袁尚，结果大败而归。袁谭带领败军逃到平原（今山东省平原县南），袁尚又领兵追踪而至，将平原团团围住，四面攻打。袁谭眼看城难守住，又一筹莫展，只好听从郭图的建议，派辛评的弟弟辛毗向曹操请求投降和火速增援。

曹操见二袁果然火并，心中非常高兴。但诸将对袁谭求降尚存疑虑。谋士荀攸则认为："现在天下正是多事之秋，群雄逐鹿，较智量力。而刘表坐保长江、汉水之间，无所作为。其无雄心大志，显而易见。袁氏据四州之地，带甲数十万。袁绍又经营多年，其势力盘根错节。若其二子团结一心，共守父业，便一时难以平定。如果二袁并而为一，专力对外，则更难对付。如今兄弟遘恶，势不两立，正是天赐良机，正应乘其内乱，迅速平定二袁，统一天下。机遇难得，不可失也。"曹操又问辛毗："袁谭请降是否有诈？"已决定投效曹操的辛毗回答说："明公勿问真与诈也，只论其势可耳。袁氏连年丧败，兵革疲于外，谋臣诛于内；兄弟谗隙，国分为二；加之饥馑并臻，天灾人困，无问智愚，皆知土崩瓦解，此乃天灭袁氏之时也。现在明公提兵攻邺，袁尚不还救，则失巢穴；若还救，则谭踵袭其后。以明公之威，击疲惫之众，如秋风之扫落叶也。不此之图，而伐荆州；荆州丰乐之地，国和民顺，未可摇动。况四方之患，莫大于河北。河北既平，则霸业成矣。愿明公详之。”曹操听后，很有同感地说：“我攻吕布，表不为寇，官渡之役，不救袁绍，此自守之贼也，宜为后图。谭、尚狡猾，当乘其乱。纵谭挟诈，不终束手，使我破尚，偏收其地，利自多矣。”于是应允袁谭的求降，立即出兵救援。为了进一步拉拢袁谭，当年10月，曹操赶到黎阳，还与袁谭结成儿女亲家。袁尚得知曹军北渡黄河，急忙放弃围攻平原，退回邺城。

建安九年（204年）2月，袁尚又出兵攻袁谭，留下苏由、审配守邺城。曹操趁机出兵，进军至洹水，苏由率所部降操。曹军乃直捣邺城，审配坚守而不出。曹军在邺城奋力攻打，起土山、挖地道，用尽方法，却不易攻克。到了4月，曹操让曹洪率军继续围攻邺城，自己则统军扫清外围，先后击破尹楷、沮鹄，迫降韩范、梁岐。5月，曹军在邺城周围挖了一条长40里，深宽各2丈的壕沟，引漳水灌入沟中，将城围住。邺城被围困的这4个月，由于城内给养不足，饿死一大半的人。到了7月，袁尚率主力1万多人回撤，救援邺城。曹操手下将领都认为：“这是归师，人自为战，最好避开他们。”曹操却说：“袁尚如果从大道而来，自当避其锐气；如果沿西山而来，那就能擒获他们。”结果，袁尚军果然沿着西山而来，在滏水边扎营，遭到曹军的伏击，袁尚率溃兵逃至祁山，再逃至中山。袁尚一路大败，最后率残部逃往幽州，依附次兄袁熙去了。8月，审配的侄子审荣防守城东门，一夜，他大开城门，迎接曹军入城，邺城遂破，审配亦被处死。

其间河北很多地方为袁谭所攻掠。攻占邺城后，曹操挥戈北进，进攻袁谭。袁谭初战不利，便退保南皮（今河北省南皮县东北）。建安十年（205处）正月，曹军冒着严寒进击，一举攻克南皮，处死了袁谭、郭图。至此，冀、青二州皆为曹操占据。然后，曹操北上进击幽州的袁熙、袁尚。袁熙、袁尚已成惊弓之鸟，闻风逃奔辽西乌桓，幽州也就落入曹操之手。郭嘉精心谋划的巧平二袁之计，至此已经全部实现。

曹操攻占冀州后，郭嘉提出建议，要曹操召见当地的知名人士，任以为官，“以为省事掾属”。这一措施，极大地笼络了青、冀、幽、并等地名士的人心，有利于巩固曹操在北方的统治。这可以说是一个极有见地的深谋远虑。

建安十二年（207年）2月，曹操在邺城大封功臣20余人，皆封为列侯。其中郭嘉由于在征讨袁氏兄弟的战斗中出奇谋、立大功，被封为洧阳亭侯。

11　远征乌桓

曹操平定河北后，首要的问题便是征讨乌桓。乌桓亦作乌丸，是我国北方一个以游牧狩猎为生的少数民族。东汉初年，他们居于今辽宁西部和河北东北部。东汉末年，乌桓的势力逐渐强大起来，尤以辽西单于蹋顿最为强悍。汉末，乌桓骑兵天下闻名，北方许多军事集团首领都曾依赖过他们。袁绍生前同三郡乌桓的关系就非常密切，击败公孙瓒后，他曾伪托汉献帝的名义，封蹋顿为乌桓单于。袁绍死后，三郡乌桓继续与袁氏相互勾结，狼狈为奸。建安十年（205年），袁尚、袁熙逃入乌桓，妄想借助乌桓的力量与曹操抗衡。为此，蹋顿多次派兵袭扰汉郡，并同曹军直接冲突，企图帮助袁尚重整旗鼓，恢复旧土。而曹操为了清除袁氏残余势力统一北方，也准备远征乌桓。

远征乌桓却并非轻而易取。当时，刘备正依附荆州的刘表，一直在劝说刘表讨伐曹操。如果刘表在曹军远征乌桓时，趁机起兵进攻后方空虚的许昌，那后果将非常严重。曹操对此也相当慎重，召集手下文臣武将进行讨论。诸将均不赞同，他们认为：“袁氏兄弟，只不过是亡命之人，根本不足为虑。夷狄贪而无亲，乌桓又岂能为袁尚所用。如果大军远征，深入乌桓地区，刘备必然劝说荆州的刘表趁机袭击许都。一旦发生变故，到那时后悔可就来不及了。”

众人反对之下，郭嘉却非常赞同此事。他对曹操说：“主公虽然威震天下，但乌桓依仗地处僻远，必然不作防备。乘他无备，突然出兵袭击，定可成功。况且袁绍生前有恩于河北官民和乌桓，现在袁尚、袁熙兄弟还在那里，他们的影响力不可小看。如今青、冀、幽、并四州的老百姓虽然已经归附了我们，可那只是迫于威力，而我们却并没有给他们什么恩惠。若我们放弃北伐而进行南征，袁尚就会依靠乌桓的支持和帮助，召集袁氏在各地的死党，伺机反攻。乌桓一动，河北的汉人继之而起，就会使蹋顿产生入侵的野心，难保其不会有非分之想。到那时，只恐怕青州、冀州就不是我们的了。至于荆州的刘表，那只是一个坐而论道的空谈家，他自知自己的才能不如刘备，也难以控制住刘备。如重用刘备，他恐怕控制不住；如不重用刘备，刘备也绝对不肯真心实意地为他出力。他们之间这种复杂而微妙的关系，决定了他们不会有什么大的作为。因此，纵使我们虚国远征，刘表也不会有什么大的举动，曹公对此大可不必担忧！”

郭嘉以远征乌桓的必要性、可能性、把握性地精妙分析，坚定了曹操的信心。特别是对荆州刘表不会构成威胁的预断，更使曹操集团文武大员们放下心来。建安十二年（207年），曹军开始北征。

8月，大军到达易县（今河北省雄县西北），郭嘉又提出了战胜乌桓的具体策略和战术。他觉察曹军行动迟缓，便马上对曹操说：“兵贵神速！如今我们跋涉千里袭击敌人，而部队辎重过多，行动缓慢，恐难以获利。再说敌人一旦得知消息，必然会做准备。不如留下辎重，轻骑兼程前进，趁其不备，突然袭击。”曹操听后，立即采纳。曹军轻装前进，选择乌桓放松戒备的小道，悄然越过卢龙塞（今河北喜峰口），跨过白檀（今河北省宽城满族自治县），经平冈（今河北省平泉县），穿鲜卑庭，直逼柳城（今辽宁省朝阳南）。

当曹军到达白狼堆时，离蹋顿的大本营柳城仅仅只有200多里路了，这才被乌桓发现。蹋顿和袁尚兄弟，以及辽西单于楼班、右北平单于乌延等，带领数万骑兵猛扑上来。

曹操登上了白狼山，双方兵马奋力拼杀。曹军虽装备轻简，人数不多，但准备很足。乌桓骑兵看似来势凶猛，士气旺盛，却终归是仓促应战，军心难免不稳。曹操令张辽为先锋，纵兵攻击。敌军各部协调混乱，溃不成军，被打得落花流水。蹋顿被斩，乌桓及汉卒降者20多万人。

袁尚、袁熙兄弟和辽东单于速仆丸战败后，率数千骑兵投奔辽东公孙康去了。曹操的部将都要求当即发兵攻击。曹操却说：“何须劳动兵马，我要让公孙康主动将袁氏兄弟的首级送来。”果然，不久公孙康就送来了袁尚、袁熙的首级。

原来，袁尚他们到了辽东后打算夺取公孙康的兵马。袁尚为人有勇力，对袁熙说：“今天到后，公孙康定来相见，我们兄弟当场杀掉他，占据辽东，还可以东山再起。”哪知，公孙康也在算计他们：“现在不杀袁熙、袁尚，如何向国家交代？”于是，他事先在马房埋伏下精勇士卒，然后派人去请二袁。袁尚兄弟一到，伏兵一齐出动，当场将二人擒获绑缚，放在寒冷的地上。到了这个时候，袁尚耐不住冻，还向公孙康要席子。袁熙长叹说：“头颅方行万里，何席之有？”二袁被斩首，函送给曹操。这时，曹操基本上统一了北方。

郭嘉在远征乌桓的战争中，始则力排众议，纵论天下大势，见解深刻而独到，分析透彻，令人折服，促使曹操做出了远征的决定。出征之后，他又及时提出“兵贵神速”“轻兵兼道以出，掩其不意”的战术方案，使这次远征取得了快速而全面的胜利。二袁被杀，《三国演义》归功于郭嘉，在第三十三回写道：“时操在易州，按兵不动。夏侯惇、张辽入禀曰：‘如不下辽东，可回许都——恐刘表生心。’操曰：‘待二袁首级至，即便回兵。’众皆暗笑。忽报辽东公孙康遣人送袁熙、袁尚首级至，众皆大惊。使者呈上书信，操大笑曰：‘不出奉孝之料……’众官问曰：‘何为不出奉孝之所料？’操遂出郭嘉书以示之。书略曰：‘今闻袁熙、袁尚往投辽东，明公切不可加兵。公孙康久畏袁氏吞并，二袁往投必疑。若以兵击之，必并力迎敌，急不可下；若缓之，公孙康、袁氏必自相图，其势然也。’众皆踊跃称善。”小说还称，那时郭嘉已亡，故留遗书给曹操，是为“郭嘉遗计定辽东”。当然，这是小说作者的设计，正史并未明言这是郭嘉的计策。不过，一则此遗书的计策与前述郭嘉定计让袁尚、袁谭互相攻杀如出一辙；二则后来曹操向汉献帝上表称："……荡定乌丸，震威辽东，以枭袁尚……凶逆克殄，勋实由嘉。"因此，说这是郭嘉的遗计，也许也是有可能的。

总之，在此战中，郭嘉自始至终出奇谋、立大功，为曹操统一北方起着巨大作用。

12　天妒英才

在远征乌桓的进军途中，郭嘉已不服水土，卧病车上。等到他跟随曹操出征归来后，又因操劳过度，病情加重。曹操一再派侍从询问病情，关怀备至。不料，如此才华横溢，风华正茂的谋士，竟在建安十二年（207年）底，一病不起，与世长辞了。

郭嘉死时，年仅37岁，恰逢英年有为之时，实在令人痛惜！他去世后，曹操亲自前往吊丧，内心深为惋惜，悲痛不已说道："上为朝廷悼惜良臣，下自毒恨丧失奇佐。"忍不住发出"哀哉奉孝！痛哉奉孝！惜哉奉孝！"的悲叹。这也难怪，此时恰逢曹操北征乌桓胜利返回，踌躇满志，正欲挥兵南下，一举统一中国之时，他正非常需要像郭嘉这样运筹帷幄、决胜千里的智囊谋臣。而郭嘉在此时竟离他而去，这对曹操的雄心伟业不啻是一个沉重的打击。而恰恰在郭嘉去世不久，曹操因失去了有力辅佐，遭遇了平生最大的政治失败和军事失败——赤壁之战。无怪曹操哀叹说："若郭奉孝在，不使孤至此！"

郭嘉死后，曹操沉痛地对荀攸等人说："诸君的年龄都和我差不多，唯独郭奉孝最小。战乱平定之后，我准备把身后的事业托付给他，不料他却在中年早逝，岂非命中注定的吗？"在写给荀彧的书信中，曹操又追念郭嘉说："郭奉孝年不满40，相与周旋11年，艰难险阻，大家都同甘共苦。因他智虑变远，通达事理，欲托之以后事，岂料先我而去，情何以堪？奉孝是最了解我的人，天下真正相知的人本不多，因此更加痛惜。可是，这又有什么办法呢！”曹操不止一次地表示，欲将自己身后大事托交给郭嘉，可见他对郭嘉的重视和信赖。曹操又向汉献帝上书，请求给郭嘉追增封赏。表文说：“已故军祭酒洧阳亭侯郭嘉，忠贞善良、智高德美、体通性达。每逢讨论大事，众说纷纭，他能一针见血，一语定音，处理恰当，动无遗策。自在军旅之间，随我一起东征西讨十有一年，擒吕布，取眭固，斩袁谭，平定河北，越险塞，扫荡乌丸，震威辽东，铲平袁尚，其功高盖世。正当要彰显其勋之时，他却不幸早亡。追念郭嘉之功勋，实在令人不可忘怀。应该增加其封邑，加上过去所封共1000户，以表彰死者，鼓励后人。”曹操对郭嘉的忠诚与才干进行了热情地赞扬，对郭嘉的英年早逝表示深切地悼念。汉献帝阅过表文后，追谥郭嘉为贞侯。

在曹操的智囊团中，郭嘉是一位年轻而又活跃的人物。曹操说他“体通性达”，可谓知人。郭嘉的确性格开朗、豪放，甚至不拘小节。陈群就曾多次向曹操诉说郭嘉“不治行检”，但郭嘉却不为所动，“意自若”，曹操因此更加看重他。郭嘉才华横溢，锋芒外露，又不拘小节，按理来说，应该会招人忌怨，但事实却相反。这主要是因为他很善于处理人际关系，与同僚能和睦相处，荣辱与共。尤其是同主帅曹操的关系相当融洽，达到了“行同骑乘，坐共幄席”的程度，被曹操视为最能交心的知己。与曹操这样广有权谋的人物共事，时刻存在着危险，“伴君如伴虎”并非虚言，很多名臣谋士被曹操处死。而郭嘉同曹操的关系之所以几乎到了水乳交融的境界，一方面是郭嘉对于曹氏大业的重要性所决定；另一方面也是他通达圆和，善于处理人际关系的结果，这也是他作为杰出的谋略家所具有的另外一个侧面。曹操最念念不忘的是郭嘉的忠诚和才干。自从弃袁投曹以来，郭嘉一直对曹氏集团忠心耿耿，有目共睹。因此，曹操一直对他的忠贤、忠良铭记在心，说他为人“忠厚”“必欲立功分，弃命定。事人心乃尔，何得使人忘之”！而郭嘉的智谋、才能，也令曹操非常欣赏。曹操称郭嘉“动无遗策”“每有大议，临敌制变，臣策未决，嘉辄成之。平定天下，谋功为高”。又说郭嘉“其人见时事兵事，过绝于人。”能令曹操这位非常之人、超世之杰赞叹不绝，可见郭嘉的智谋实在卓绝不凡。郭嘉的忠与能，不但令曹操钦服，也给后人留下了深刻的印象。

郭嘉为曹操运筹帷幄11载，为曹氏集团发展壮大及统一北方的大业建立了杰出的功业，相应地也就为历史的发展与进步做出了重要的贡献。郭嘉年轻有为，不但具有择主之明智，而且纵览天下形势，知己知彼，有预见事态发展之神机。他不仅善于利用矛盾，“指挥”敌人，而且高屋建瓴，目光深远，具有高超的战略意识。他不仅仅是东汉末年曹操麾下的奇佐高参，而且也以他在政治斗争和军事斗争中所显露的高超艺术，在历史智慧宝库留下了光辉的一笔。

（八）

未出庐三分天下

——诸葛亮

1 管乐之才

诸葛亮（181年—234年），字孔明，琅琊阳都（今山东省沂南县）人。公元181年（东汉灵帝光和四年）7月23日，在徐州琅琊郡阳都一户门第不高的家庭里，第二个男孩诞生了，他就是诸葛亮。诸葛亮祖上原本姓葛，东汉应劭《风俗通义》记载：葛婴为陈涉将军，有功而诛，汉文帝追录，封他的孙辈为诸县（今山东省诸城市西南）侯，“诸葛一姓，是由葛婴孙子的封地“诸”和姓氏的结合。还有一种说法是在《吴书》记载：诸葛亮的祖先姓葛，是诸县人，迁到阳都县时，阳都县也有姓葛氏，为了区分，把葛姓改为“诸葛”姓氏。久而久之就成为复姓了。

诸葛亮的远祖诸葛丰在西汉元帝的时候做过司隶校尉。经御史大夫贡禹举荐为侍御史，后被汉元帝提拔为司隶校尉，又加秩为光禄大夫。诸葛丰为官廉洁，刺举无避，在当时声望很高。诸葛家族到了诸葛亮父亲时，家世虽不显达，但多少还有点儿名望。诸葛亮父亲诸葛珪做过泰山郡郡丞，叔父诸葛玄和当时名门世族中的高官显宦袁术，以及荆州牧刘表等都有往来。

在诸葛亮幼小时，生母章氏就不幸亡故了，上有比他大五岁的哥哥诸葛瑾和两个姐姐，下面有一个弟弟诸葛均。为了抚育孤幼，父亲续娶了一个妻子。诸葛亮8岁时，父亲诸葛珪又去世了，一家子的生活就只能依靠叔父诸葛玄来安排料理了。公元194年，叔父诸葛玄就任豫章（今江西省南昌市）太守，诸葛亮和弟弟诸葛均也随同到了那里。不久，东汉朝廷派朱皓来代替诸葛玄，诸葛玄丢了官职，就带着诸葛亮兄弟前往荆州投靠刘表。

荆州刺史刘表，“八俊”之一，声名远扬，在官场上是清流派的主力军。他保持中庸态度，既不参加董卓和反董卓的政治纠纷，对袁绍和袁术兄弟也保持中立，因而内外稳固的荆州不受汉末政治军事风波影响。

诸葛亮随叔父到荆州，在襄阳住下之后，诸葛亮在刘表设立的“学业堂”跟着水镜先生（司马徽）学习儒学经典，其领域广泛包括诸子百家、算术，音乐、卜数、医药和弓弩。诸葛亮听说曹操在兖州打败了吕布，并把吕布赶到了徐州。吕布到徐州后是否会和刘备争徐州呢？曹操又会不会再打到徐州去呢？15岁的诸葛亮深为留在家乡的兄长和继母的安全担忧。后来又听说李傕、郭汜大乱关中，连与他同岁的汉献帝也不知去向了，再后来才听说小皇帝避难到了安邑（今山西省夏县北）。从亲身经历和耳闻目睹中，诸葛亮深深地感受到国家分裂给人民带来的苦痛，连贵为天子的皇帝也不能幸免于难。诸葛亮尽量以他从书中得到的知识，以及从亲戚长辈们口中听到的有关国家兴亡的历史故事来审视和思考眼前的社会变化。

荆州首府襄阳，地控南北，水陆交通极为便利。相对来说，荆州地区在当时还算是一个比较安全的区域。诸葛亮随叔父来到襄阳，生活虽然安定下来了，但他的思想却起了较大的变化，他的心情也随着见识的增长愈来愈不平静。诸葛亮从小是一个善动脑筋的人，遇事总要问个究竟。由于襄阳交通便利，南来北往的人很多，所以几乎每天都会遇到一些新鲜的事物，听到一些难得耳闻的见闻，这进一步引导着他对社会的认识。

诸葛亮居住襄阳期间，因他叔父的关系，先后结交了不少当地以及外地流寓而来的知名人士。其中，有南郡襄阳县的大名士庞德公，从颍川迁居襄阳，号称“水镜先生”的司马徽，沔南名士黄承彦，庞德公侄儿青年才俊庞统，颍川的徐庶、石广元，汝南的孟公威等，他们都是对当时的时局和大地主豪强割据混战持否定态度的知识分子，诸葛亮常常和他们读书吟诗、谈古论今，畅谈天下大事，抒发自己的政治理想。有一天，诸葛亮对朋友们讲："如果你们去做官，凭你们的才能是可以当上刺史和郡守的。"当朋友们问他时，他笑而不答。其实诸葛亮是有着更为远大的政治理想的，他常常把自己比作春秋战国时期的管仲、乐毅。

2 隐居襄阳

公元197年，叔父诸葛玄去世了。诸葛亮本想带着弟弟回老家去，但想起徐州地区还在战乱之中，一时又打不定主意。庞德公、崔州平、徐庶、孟公威、石广元等诸多朋友都挽留他，让他留下来继续和大家一起切磋学问。诸葛亮敬为师长的庞德公和水镜先生，还劝勉他不要虚度年华，要致力于学业，多读些书，尤其要多研究一些经邦济世的学问。现在一时用不着，来日方长，将来一定会用得上的。经过一番深思熟虑后，诸葛亮决心留下来。于是，他带着弟弟诸葛均搬迁到襄阳城西20里的隆中山村，在那里盖了几间草屋，定居下来。

自此，诸葛亮开始了长达10年的“躬耕于南阳，苟全性命于乱世，不求闻达于诸侯”的归隐生活。

隆中是一个依山傍水、风景优美的小山村。诸葛亮在这山清水秀、万树桑柘美的隆中小山村居住下来后，心境也平静了下来。平日除参加田间的耕作外，多半是在草堂内掩门攻读。有时也应学友相邀外出游历，或独自出去寻师访友。

诸葛亮每天清晨读书之后，常纵情开怀于山冈之下；而夜间读书之余，则盘足抚琴于草庐之中。他从小就喜爱流传于山东老家的一首古曲《梁父吟》，时常弹起，这不仅仅是表达对故乡的思念之情，而且由于这首古曲讲的是春秋时齐晏子“二桃杀三士”的故事，诸葛亮对此事颇有感慨，三勇士为国计，惨烈牺牲，晏子几近残忍的智慧，凸显出政治的阴暗面。然青壮年的他早已有非常的领悟，因而更激起他对国家命运的关心。历史上哪一代的衰亡不是小人进谗、贤士遭害所导致的结果呢？远的不说，本朝前后两代盛衰兴亡的经验教训，岂不是充分证明了这一点吗？国家的衰落又导致了无休止的战争，进而祸国殃民。

公元200年（汉献帝建安五年），诸葛亮居住隆中的第四年，北方上空硝烟密布，袁绍和曹操屯兵相持于官渡，眼看一场逐鹿中原的大战已箭在弦上了。诸葛亮与黄承彦老先生论及此事，黄老先生认为："曹操尽管力量不如袁绍大，论智谋袁绍却远逊于曹操，恐非曹操的对手。"后来战事的发展果真如黄承彦所料。就在这一年，庞统从江东带回了哥哥诸葛瑾和继母因避难而离开山东老家，到江东投了孙权的消息。诸葛亮和庞统论及北方的战事，这位与诸葛亮齐名的"凤雏"告知他："从现在的情况看，曹操虽已打败袁绍，北方的大局已定，但还得乱上好一阵子，至少也要好几年才能平复。不过，从长远看，曹操一旦巩固北方，必定南下荆州，饮马长江，这是我在江东常和周瑜、鲁肃等人谈起的话题。周瑜、鲁肃再三挽留我，我一时还拿不定主意，打算过些时候再说。"庞统说到这里，突然把话顿住，用目光注视了一下诸葛亮，然后低声对他说："从家叔、水镜先生和黄老先生处得知，你这几年发奋攻读，学识倍增，将来必定大有作为。不过，拨乱反正，谈何容易。曹操虽是一个治世的能臣，但又是一个乱世的枭雄，汝南许子将对他早有定论，愿你我共勉之。"

同庞统一番交谈后，一连好多天，诸葛亮览书之余总在草堂内踱来踱去，心潮澎湃，思绪万千。曹操雄踞中原，挟天子以令诸侯，大有一统宇内之势；孙权占据江东，国险而人民归附，贤能为其用，已成定局。治乱世得遇明君，必以谋以智获之。荆州刘表只是一个务虚名、尚空谈，不足与谋大事的人，处在群雄争斗的乱世，不可坐而论道。自己将何去何从？每每想到国家争战不休、群雄割据的现状时，诸葛亮深深感到痛苦和彷徨。

3 潜龙在渊

为了实现自己的政治理想，诸葛亮潜心阅读了大量书籍，用心研究了历史上各个时期的政治、经济情况，以及各家学派的思想观点和政治主张。他读书很讲究学习方法，不是泛泛死读，而是“观其大略”，抓住书中的要点，从中吸取有益的思想和教训，作为观察分析当时社会情况的借鉴。这在他写的《论诸子》一文中就可见一斑，文中说：“老子长于养性，不可以临危难。商鞅长于理法，不可以从教化。苏、张长于驰辞，不可以结盟誓。尾生长于守信，不可以应变。王嘉长于遇明君，不可以事暗主。许子将长于明臧否，不可以养人物。此任长之术也。”诸葛亮指出这些人的短长，作为他后来治国、治军以及治家、治身的借鉴。

生当乱世，诸葛亮很注意研究先秦法家的著作，尤其是管仲、申不害和韩非等人的著作。他所处的政治地位，以及他要求变革现状的抱负，使他比较容易接受先秦法家的思想和政治主张。同时，富有革新精神的先秦法家思想也开阔了诸葛亮的视野，丰富了他的思想。经过不断地努力，诸葛亮的政治见解越来越精深，让他在荆州名流中树立了威信，成了一名颇有影响的人物。

为了学习韬略智谋，经司马徽引荐，诸葛亮拜居住在汝南灵山的隐士酆公为师，此人深谙韬略。诸葛亮用了一年多时间专习兵法阵图和治国定邦之道。酆公对诸葛亮测试时，发现诸葛亮对所学的内容都能掌握，而且还能“致其典妙”，有比较精微独到的见解。于是，对诸葛亮赞许、勉励一番后，就叫他下山去了。

诸葛亮学成回到隆中，前去拜谢司马徽。聚谈之后，司马徽改容称道：“真第一流也。”过了不久，庞德公也感觉诸葛亮学识不凡，把他看成是隐匿在隆中山林中的一条龙。这条龙一旦飞腾，必将响震宇内，干出一番经天纬地的事业。因此，庞德公美称诸葛亮是“卧龙”，其名气在荆州地区越来越大。

随着诸葛亮的名气愈来愈大，年龄也年复一年的增加，因他把所有的精力都用在了学业上，丝毫不考虑个人的婚姻问题。当时世人都认为，以诸葛亮之年轻英俊、才学超群，必定会选择一位才志出众的绝色女子。对这种“郎才女貌”的世俗观念，诸葛亮一笑置之。经过一段时间考察，诸葛亮选了黄承彦先生的女儿阿丑为妻，这大出人们的预料，不少人为此替诸葛亮感到惋惜。因这阿丑姑娘虽然自小天性聪慧，才学为一般名士所难企及，但却长得矮小，肤色又黑，再配一头黄发，实在是不好看。岂知诸葛亮得此贤内助，不仅在当时对他的学业甚有补益，而且对他一生的事业也有相当大的帮助。传说后来诸葛亮在北伐中用的木牛流马，就是从其妻那里讨教而“变其制”做成的。诸葛亮对自己的这桩婚事十分称心。

在宁静的隆中山村，诸葛亮因志成学，被司马徽称为“识时务”的“俊杰”。这表明诸葛亮对当时天下大势已经洞若观火、了如指掌、卓有见识。诸葛亮在后来的《诫子书》中所说的“学须静也，才须学也，非学无以广才，非志无以成学”，这正是他身处隆中时立志向学、因志成学的经验之谈。

随着诸葛亮在隆中读的书日益增多，其学识也日益增长，使他对现实社会的认识更加深刻。而他以自身经历的东汉统治的崩溃给人民带来的苦难，使他对先贤们的圣教明训有更深的认识和理解。诸葛亮读书的目的是用来观察和了解社会的，他关心国家大事，立下拯世济时的大志，学的是安邦定国的学问。他希望能够辅佐与自己志同道合的明主拨乱反正，澄清寰宇，再现广大黎庶所缅怀的西汉“文景盛世”。在等待中的他博览群书，把握书中要点，着重领会精神实质，学以致用。这与当时的“儒生俗士”大相径庭，那些人崇尚训诂名物，专门在咬文嚼字上下功夫，玩弄没完没了的文字游戏，脱离实际，毫无用处。从诸葛亮一生的谈吐和著述，特别是《隆中对》和《出师表》中所反映的思想内容，可以想见他在隆中期间是何等的勤勉好学，涉猎是何等的广泛。

4 初闻孔明

刘备出身西汉宗室，自起兵征战二十多年来，屡遭败绩，但他复兴汉室的志向仍很坚定。公元201年，刘备被曹操打败，投奔荆州刘表，驻军新野县。为了成就霸业，他到处访贤求士，谋求良辅。当刘备向襄阳隐士司马徽请教时，后者考虑后坦然地说："识时务者在乎俊杰。此间自有卧龙、凤雏。"刘备兴奋地问："是谁？"答："诸葛孔明、庞士元也。"为了使刘备对这两位年轻的山林隐士引起足够的重视，司马徽点到为止，虽然刘备一再追问，他还是请刘备自己去多方查访。

不久徐庶到新野来投归刘备。徐庶，字元直，颍州人。他为了替人报仇远遁他乡，不流世俗的徐庶钻研古籍兵书，与石涛往荆州遇志同道合的诸葛亮，三人结成挚友。刘备对徐庶的学识见地十分钦佩，因此很器重他。徐庶深感刘备所要开创的事业非同一般，非得有比自己更高明的人来辅佐不可，于是决心向刘备推荐诸葛亮。当徐庶向刘备提到诸葛亮时，刘备喜不自禁地说："卧龙大名如雷贯耳，早就听水镜先生讲过，那就有劳先生快快把他请来吧！"看到刘备求贤若渴的样子，徐庶心里十分高兴，但仍不动声色地说："诸葛孔明这个人，将军您还不太清楚吧？他常常自比管仲、乐毅。依我看来，他的才学不在管仲、乐毅之下！恕我直言，像他这样一位身藏大器的人，愿不愿意出来还得看您的诚意如何！所以我建议：最好还是将军您亲自屈尊去请，或许他感受到您的一片诚意，说不定会乐意出山。”刘备想起成汤请伊尹、文王载太公的故事，不等徐庶话完，就连连应道：“承教，承教，我一定去，拿出我最大的诚意去！”

5　隆中之对

公元207年的冬天，在司马徽、徐庶等人的极力引荐下，刘备亲自带着关羽、张飞，冒着严寒，接连三次前往隆中探访诸葛亮。

这期间，诸葛亮正在外游历，访友磋学。有关刘备请他出山之事，他已有耳闻，也为此事犹豫不决。以当时的形势，曹操已一统中原，声势日赫；孙权雄跨江东，国险民附；刘备半生争战，到头来寄人篱下，仅有新野小县，兵不过数千。当时许多名士认为曹操必能“匡济华夏”，所以许多人都去投奔曹操，像诸葛亮那样具有正统观念的才俊，是绝不会去投奔曹操的。刘备作为汉室后代而久负盛名，是诸葛亮心目中的理想人物，但他深知刘备力挽狂澜、兴复汉室的事业是何等艰巨。诸葛亮心中常常在想，也不知刘备请自己出山仅是装点门面，还是竭诚以待，委以重任。出与不出，他举棋不定。若冒然而出，不但难成大业，且会自误才学。于是，他一面游历访友，一面思索是否应该出山。

后来，听说刘备等第二次来到隆中，诸葛亮感到刘备是诚心诚意的。于是，出山帮助刘备成就霸业的想法占了上风，加上朋友都劝他出山建功立业，遂决定回家。

在一个雪霁初晴、碧空万里的日子，隆中山色格外明丽。刘备带着关羽、张飞第三次来到隆中，两位怀着同样统一志向的政治家，终于在隆中草庐里相见了，这就是历史上有名的“三顾茅庐”的故事。

刘备见诸葛亮身高八尺，头戴素巾，身着布袍，风度翩翩，举止不俗，飘飘然有神仙之慨，忙上前施礼，口称：“刘备久闻先生大名，如雷贯耳，两次到此空返，今日得睹尊颜，幸甚！幸甚！”诸葛亮深深还礼，并应声说：“南阳山村闲散之人，何劳将军一再下顾！”刘备慨然道：“大丈夫抱经世奇才，岂可空老于林泉之下，愿先生以天下苍生为念，启发我的愚鲁，给我以明教。”

诸葛亮笑笑道：“愿闻将军之志。”

刘备看四周无人，向前挪了挪，极其急切而又坦率地说：“汉室倾颓，奸臣窃命，我不自量力，欲信大义于天下，而智术短浅，至今一事无成。今天特向先生讨教，请先生指明我应该怎样去做。”

诸葛亮全神贯注地听着，深深地被刘备这种虚心求教的精神、竭诚相待的态度所打动，于是从容不迫地把心中要说的话和盘托出：“自董卓造逆以来，天下豪杰并起。曹操势不及袁绍，而竟能克绍者，非惟天时，抑亦人谋也。今操已拥百万之众，挟天子以令诸侯，此诚不可与争锋。孙权据有江东，已历三世，国险而民附，此可用为援而不可图也。荆州北据汉、沔，利尽南海，东连吴会，西通巴、蜀，此用武之地，非其主不能守，是殆天所以资将军，将军岂有意乎？益州险塞，沃野千里，天府之国，高祖因之以成帝业。今刘璋暗弱，民殷国富，而不知存恤，智能之士思得明君。将军既帝室之胄，信义著于四海，总揽英雄，思贤如渴，若跨有荆、益，保其岩阻，西和诸戎，南抚夷越，外结好孙权，内修政理。待天下有变，则命一上将将荆州之兵以向宛、洛，将军身率益州之众以出于秦川，百姓孰敢不箪食壶浆以迎将军者乎？诚如是，则霸业可成，汉室可兴矣，此亮所以为将军谋者也。惟将军图之。”

诸葛亮看刘备不住颔许，心领神会的样子，心中很是宽慰，于是叫书童取出一幅图来，挂到中堂上，指着图说：“这是西川五十四州的地图。将军想要成就霸业，北边有曹操占着天时，南边有孙权占着地利，将军将可占的是人和。首先取占荆州作为基地，然后进取西川建立根据地，与曹操、孙权以成鼎足之势，再后就可以图谋中原了。”

刘备听了诸葛亮对天下形势的这番精辟分析，不禁连声赞叹，从内心深处对这位26岁的山东青年由衷地产生了钦佩之意，真是个了不起的一代俊杰，这正是他梦寐以求的辅弼。于是，他毕恭毕敬地拱以双手说："先生所言，使我如拨开云雾而重见青天，茅塞顿开。愿先生以天下苍生为念，以复兴汉室为务，大展宏才以建稀世之功，刘备至诚相邀，万请先生能出山帮助我。"受此相邀，诸葛亮离开了他生活了十年的隆中草庐，跟随刘备到了新野。

这就是历史上有名的《隆中对》（也叫《草庐对》）。诸葛孔明未出茅庐，已知天下三分，真是前无古人、后无来者。他站在比较客观的立场上，认真分析了当时各方政治势力的力量对比和相互关系。在实力差距悬殊的情况下，为刘备提供了一个比较切实可行的实现统一的战略和策略。它归纳起来有以下五点：

（1）取代刘表、刘璋，占领荆州、益州，建立一个稳固的根据地。

（2）革新政治，发展生产，积蓄实力；同时南抚夷越，巩固后方。

（3）对外联盟孙权，孤立曹操，形成三分鼎立的局面。

（4）一旦时机成熟，便从荆州、益州两路出兵，构成钳形攻势，收复两京（长安、洛阳），消灭曹操，兴复汉室。

（5）到那时，东吴孙权只有纳土投降了，最后实现全国统一的目标。

诸葛亮的策略："跨有荆、益，保其岩阻，西和诸戎，南抚夷越，外结好孙权，内修政理。天下有变，则命一上将将荆州之军以向宛、洛，将军身率益州之众出于秦川，百姓孰敢不箪食壶浆以迎将军者乎？诚如是，则霸业可成，汉室可兴矣。"（见《三国志·诸葛亮传》）。

诸葛亮的一席宏阔之论，涉及政治、军事、经济、地理、外交诸方面，概括了汉末天下形势，预示了政局发展的前景，是一篇绝世之作。它体现了诸葛亮的远见卓识和超凡的政治策略，后来的历史发展，也证实诸葛亮在《隆中对》中对形势发展变化所作的分析和估计，总体上是正确的。《隆中对》从思想上武装了刘备，对刘备以后进行的统一事业产生了深远的影响和作用。

建安十二年（207年）的深冬，47岁的刘备经过三顾茅庐，终于将27岁的诸葛亮请出隆中，一起回到新野。

6　火烧新野

诸葛亮来到新野，刘备把他当作良师益友，朝夕相处，情同手足。关羽、张飞很不高兴，认为刘备对比他小20岁的年轻人过于敬重了，并且还不知道他是否有真才实学。刘备坦诚而又严肃地对他们说："我得孔明，如鱼得水，请以后不要再说长道短了。"刘备这个比喻的言外之意是诸葛亮对自己的霸业十分重要，没有诸葛亮，自己将一事无成。经过这么一解释，关羽、张飞嘴上虽不再说什么，但心里还是很疑虑，只好拭目以待。

一天，刘备正在用髦牛尾编织饰物时被诸葛亮看见了，刘备皱着眉头解释说："我只是担忧兵少难以对付曹操，以此记忧罢了。还请先生以良策教我。"诸葛亮微笑着说："将军不必多虑，我已替您想好了游户自实的办法。现在荆襄不是人少，而是上户籍的少，若是像平常那样按户籍册来征税抽兵，必然会引起在籍者不满，以致人心骚动。这件事关系重大，您可请刘表下令，荆州境内所有游户限期自报上籍，这样，立即就可以抽到大量兵员。"（见《三国志·诸葛亮传》裴松之注引《魏略》）

诸葛一计，刘备上传，刘表下达，既扩充了兵源，又让刘备免于私自扩兵的嫌疑，一举两得。因此，刘备在诸葛亮的胁助下，清查当时荆州一带的无籍游户，按户征兵，在短时间内便把军队由数千人扩编为数万人，刘备的势力迅速壮大起来。诸葛亮还利用他与荆州一带豪门大户的关系，亲自作保，为刘备筹借到足够的军粮和其他物资（诸葛亮亲笔写的借条一直到明末还被保留着）。新组建的这支军队，经诸葛亮严格训练，成了刘备开创基业的核心武装力量。

从此，26岁的诸葛亮便正式登上汉末政治斗争的舞台，为实现自己消灭割据、谋求国家统一的理想而脚踏实地地努力奋斗了。

荆州牧刘表坐守江汉，孱弱无能，不但不能应对复杂的局势，而且连家事也处理不好。刘表因受后妻蔡氏积年累月的挑唆，“爱少子琮，不悦于琦”，使长子刘琦深感自危，天天提心吊胆地过日子。身处窘境而又一筹莫展的刘琦，一向钦敬诸葛亮的谋略，多次求教“自安之术”。诸葛亮总是回避，以免捅出乱子危及刘备在荆州的地位。后经刘备提示，刘琦以请诸葛亮游观后花园为名，并携手同登高楼饮酒。宴饮之间，屏退左右，并命人将下楼的梯子搬开，然后恳求说：“今日上不沾天，下不着地，只有你我二人在此，言出先生之口，入于在下之耳，先生该可以教我了吧！”诸葛亮看到没有梯子，无法离开，且刘琦伏祈哀告，这才低声启发刘琦说：“公子可记得申生、重耳的故事？申生在内而危，重耳在外而安。”时恰逢江夏太守黄祖身死，刘琦听从诸葛亮的建议，趁机请求率部出镇江夏，走为上策。这样，诸葛亮一言妙计，不仅使刘琦化险为夷，避免了祸起萧墙，也为刘备积蓄了一支外援力量。

曹操统一北方后，改革内政，自以丞相兼之，独揽大权，并筹划南征。任命夏侯淳为都督，于禁、李典等为副将，领兵10万，预备南下，荀彧劝谏说：“刘备当世英雄，现在更有诸葛亮为军师，实不可轻敌。”曹操问徐庶：“诸葛亮是何许人？”徐庶答回说：“诸葛亮，字孔明，道号卧龙先生，有经天纬地之才，出鬼入神之计，是当代真正的奇才。”曹操又问：“同先生相比怎么样？”徐庶答道：“我怎么敢和诸葛亮相比，我好比萤火一样的微光，而诸葛亮却如同那皓洁的明月一样明亮。”曹操及众人不置可否，唯夏侯淳视诸葛亮如草木，奋然领兵出发了。

诸葛亮正在新野教练新兵，忽报曹操派夏侯淳领兵10万，杀奔新野来了。刘备急召众将商讨对策，关羽说："让孔明前去迎敌便可以了。"张飞也说："哥哥为什么不使用'水'（因为刘备说过：得孔明，如鱼得水）呢？"刘备一脸肃容地说："智谋依赖孔明，勇敢杀敌还须要二位兄弟，这是不能推辞调换的。"于是，刘备把剑和官印交付给诸葛亮，请他代行指挥。诸葛亮遂召集众将听令：命关羽领1000兵士埋伏在博望坡左边的豫山，曹军来时放他们过去，但见南面火起，可纵兵出击，焚其粮草；命张飞率1000兵士埋伏在博望坡右边安林背后的山谷中，只要看见南面火起，便可出击；命关平、刘封领500兵士，准备引火之物，在博望坡后两边等候，曹军到时，便可纵火烧之；命赵云为前部，但遇曹兵接战，不要赢，只要输；又命刘备领1000兵士为后援，屯在博望山下，曹军到时，便弃营而退，但见火起，即回军掩杀。各将须依计而行，勿使有失。关羽、张飞二将质问道："我等出去迎敌，你却在家里坐着，好自在！"诸葛亮举着剑印说："剑印在此，违令者斩！"刘备赶忙说："岂不闻：'运筹帷幄之中，决胜千里之外'。两位兄弟不可违令。"诸葛亮令孙乾、简雍准备庆功酒宴，安排"功劳簿"伺候。派拨完毕，刘备及众将大都疑惑不决。夏侯淳等领兵到了博望坡，分一半精兵为前队，其余在后保护粮车前进。夏侯淳与赵云接战，赵云稍战即诈败而逃，且战且退，直到博望坡下刘备接战，随即退走。夏侯淳以为正面之敌及伏兵仅此而已，更加杀得起劲，催军前进，紧追不舍，直到狭窄处，两边都是芦苇杂草。等曹将有所觉察时，大火已起，喊杀震天，又值风大，火势愈猛。赵云回军赶杀，关羽、张飞伏兵又出，杀得尸横遍野，曹军死伤无数。夏侯淳收拾残兵败将回许昌去了。这正是：火烧博望笑谈中，初出茅庐第一功！

7 两气周郎

赤壁之战后，曹操北归，留曹仁镇守南郡。曹仁被周瑜用计引出城去，大战而溃，逃往襄阳去了。吴军追了一番，周瑜即回到南郡城下，忽见城上布满旌旗，敌楼上一将叫道："都督得罪了！我奉军师将令，已取城了——我乃常山赵子龙也。"周瑜大怒，下令攻城，城上箭如雨下。周瑜退兵与众将讨论，欲派甘宁取荆州，凌统取襄阳，正分拨人马时，忽然飞马来报："诸葛亮已派张飞袭了荆州，关羽夺了襄阳。"原来，诸葛亮得南郡后，遂用曹仁兵符，派人前往两处，诈称曹仁求救，诱敌兵出城，轻得两城。周瑜得知，大叫一声，金疮迸裂，气昏过去了。

周瑜被众将救醒，便令起兵攻打南郡。鲁肃忙劝说，言可与之论理，并愿到荆州见刘备、诸葛亮，讨还荆州。诸葛亮对鲁肃说："子敬（鲁肃字）言之差矣，常言道：'物归原主'。荆襄九郡是刘表之地，刘表虽亡，其子刘琦尚在，理应归于刘琦。我主刘备乃刘表之弟，以叔辅侄，理固宜然。"于是请出刘琦。鲁肃根本没有料到刘琦已被诸葛亮请到荆州，先是吃了一惊，沉默许久才说："若公子不在，须将城池还我东吴。"诸葛亮答道："公子在一日，守一日；若不在，别有另议。"遂设宴款待鲁肃。

公元209年，诸葛亮辅佐刘备乘胜占领了荆州所属的江南四郡——武陵、长沙、桂阳、零陵（都在今湖南省境内）。诸葛亮被刘备拜为军师中郎将，总督零陵、桂阳、长沙三郡，并调其赋税，以充军实。为确保前线军需，诸葛亮没有住在郡城，而是以水陆交通便利的临烝（今湖南省衡阳市）为驻地，招降刘表旧部，发展生产，广纳贤才，勤勉于事。荆州很快被治理得井井有条，初具繁荣景象。

公子刘琦亡故后，为防东吴趁乱打劫，诸葛亮即调关羽接防刘琦生前驻守的襄阳。当鲁肃又来索要荆州时，诸葛亮巧妙地以取益州后再还荆州与之周旋，双方立下文书，签字画押。周瑜得知后大呼上当，后来听说刘备甘夫人去世，即设计以招亲为由，以骗刘备到东吴软禁之。当东吴使者言说以孙权之妹许配给刘备，请刘备前往东吴招亲时，刘备心有疑虑，不知如何是好。诸葛亮胸有成竹地说："这是周瑜讨还荆州之计，我已定下三条计策，请赵子龙随主公一同前往就可以了。"遂交给赵云三个锦囊，并暗授机宜。

刘备与赵云领着500士卒到了东吴的南徐州。赵云打开第一个锦囊看过后，便嘱咐500军兵购物张扬。刘备一行披红挂彩，带着重礼前去拜访乔国老（孙权岳丈）、吴国太。如此一来，东吴上下都知道了刘备娶亲这件事，孙权与周瑜得知弄巧成拙，只得假戏真做。不久，刘备与孙尚香成婚，皆大欢喜，但仍住在东吴。孙权于是同周瑜商议，又生出一计：命人整饬了刘备的住所，并布置得富丽堂皇，刘备果然被声色迷住，完全不想回荆州去了。到了年底，赵云猛然想起军师的临行嘱咐，于是打开第二个锦囊。看过后，他进见刘备，报说曹操兴兵来犯荆州。于是，刘备与孙夫人并赵云众人，以到江边祭祖为名，离开南徐州往荆州而去。孙权获悉后，先令陈武、潘璋二将前去追回，后命蒋钦、周泰二将追杀刘备等人。刘备一行赶到柴桑附近时，望见后面尘土大起，知道追兵将到。正在这时，前面山脚徐盛、丁奉二将领着3000人拦住了去路。原来，周瑜料定刘备回去时走旱路必过此处，已提前在这冲要之地扎营等候。刘备大惊失色，慌忙勒马，问赵云怎么办？赵云镇静地打开第三个锦囊，呈给刘备看。刘备看过后，急忙来到孙夫人车前哭诉，并把招亲这事及当下处境具言相告。孙夫人听后勃然大怒，命侍从推车上前，喝退二将，使刘备一行安然通过。

不久，陈武、潘璋二将追到，与徐盛、丁奉合兵追来，孙夫人让刘备先行，自己与赵云断后。孙夫人把追兵大骂一通，四将拿孙权之妹无可奈何，又不见刘备，却见赵云怒目而视，只得诺诺连声退后，并飞报周瑜。过了半天，蒋钦、周泰二将赶到，传孙权将令，众将又率兵沿江追赶。刘备一行人马来到刘郎浦，准备寻船渡江，一眼望去，江水弥漫，并没有渡船。恰逢这时，忽报后面尘土冲天而起，刘备登高瞭望，看见追兵铺天盖地而来，长叹道："死无葬身之地矣！"正慌急间，忽见江岸边一字系着二十多条篷船，赵云赶忙护着刘备及孙夫人上船，只见船舱中一人纶巾道服，大笑而出："恭喜主公！诸葛亮在此等候多时了。"刘备喜出望外，急命赵云开船，这时追兵赶到，只得呆呆地在岸上看着刘备一行远去。

刘备一行正在乘船行进间，忽然江声大震，只见江上战船无数而来，知是周瑜亲率惯战水军急追来了。眼看即将追上，诸葛亮命船靠北岸，上岸与众军士向北赶去。到了黄州地界，眼看吴兵就要追上了，忽闻一阵鼓响，山角一队人马杀出，为首大将关羽。周瑜知道中伏，慌忙失措，急忙拨转马头回撤。这时左边黄忠，右边魏延，两军杀出，吴兵大败。周瑜赶忙离岸上船，只听岸上军士大叫："周郎妙计安天下，赔了夫人又折兵！"周瑜大叫一声，金疮又迸裂，昏倒在船上人事不省，众将边救边开船离去。

8 三气周瑜

三国乱世，鼎立三方各自为政，曹、孙、刘三家都处在政治风云瞬息万变的境况中。任何一家考虑不周，就有可能被另外一家或两家联合起来吞掉。周瑜败回柴桑，即请起兵攻取荆州。孙权虽很愤懑，但与张昭商议后，认为强曹在北，不能与刘备闹翻，于是派华歆到许都表奏刘备为荆州牧，使曹操不敢南下，准备收曹、刘相攻之利。曹操在许昌听到孙权“表奏刘备为荆州牧，汉上九郡大半已属备矣”时，手忙脚乱，正写字的笔也惊得掉到了地上。众人问及，曹操说：“刘备是人中之龙，以前没有得水。今天得到荆州，犹如困龙入了大海啊。我怎能安心呢？”因此，曹操听从谋士程昱的计谋，表奏周瑜为南郡太守，程普为江夏太守，留东吴使者华歆在许昌授以重任，以坐收渔利。

周瑜既领了南郡，便想着报仇，讨还荆州，即命鲁肃去交涉，被诸葛亮用计以刘备大哭劝回。周瑜一计不成，又生一计，派人对刘备说：“孙、刘既然结亲，便是一家，愿替刘备去取西川。”诸葛亮在旁欣然应允，后对刘备说：“这就是周瑜‘假途灭虢’的计策，名义去取西川，实际上来夺荆州。等主公你出城劳军，乘势拿下，杀入城来，‘出其不意，攻其不备’。”于是叫来赵云做了一番部署。

周瑜听说刘备、诸葛亮欣然应允，还要出城劳军，大笑道：“今天诸葛亮也中了我的计！”于是起兵5万往荆州而出。离荆州十余里，见江面上静悄悄的。周瑜疑心顿起，上岸乘马，带领众将及3000精兵来到荆州城下，命军士叫门。言未毕，忽闻一声梆子响，城上守军都竖起刀枪，赵云在敌楼上大喊道："我家军师早已知都督'假途灭虢'之计，故留赵云在此。我家主公说过，他与刘璋同为汉室宗亲，怎么能忍心去攻取西川，如果东吴要取西川，他就要披发入山（隐居），他是不会失信于天下的。"周瑜听了，勒马便回，忽一小校来报："探得四路军马一齐杀到：关羽从江陵杀来，张飞从秭归杀来，黄忠从公安杀来，魏延从孱陵小路杀来，四路军马喊声震天，都说要捉周瑜。"周瑜在马上大叫一声，箭疮复裂，堕于马下，左右急救回船。周瑜被众将救醒，义愤填膺，不能自持，自知不久于人世，因此叫人取来纸笔写下遗嘱，嘱咐众将要尽忠报国，努力帮助孙权完成大业。说着说着又昏了过去，过了一会儿，慢慢又苏醒过来，仰天长叹道："既生瑜，何生亮！"连着叫了几声，便忧愤而死，时年35岁。

周瑜死后，孙权根据周瑜生前的推荐，任命鲁肃为都督，总统军马。消息传到荆州，诸葛亮对刘备说："周郎为我数气而亡，东吴上下必怀怨恨，不利于孙刘联盟。我当往江东去吊周瑜，以释吴人之愤恨，巩固联盟，还可就地寻找贤士辅佐主公。"刘备很担心"吴中将士加害先生"，诸葛亮说："周瑜在时，我都不惧怕，何况今天周瑜已死，我有什么可担心的呢？"于是，同赵云领着500军士，带着祭礼，前去吊丧。

诸葛亮一行到了柴桑，鲁肃以礼迎接，周瑜部将都想杀诸葛亮报仇，但见赵云带剑相随，都不敢下手。诸葛亮教设祭物于灵前，亲自奠酒，跪于在地，哭读祭文。极言周瑜生前之伟绩，叹自己失此知音，泪如涌泉，伏地大哭，哀恸不已。东吴众将相互说："世人都知道周公瑜与孔明不能和睦相处，今天看他祭奠之情，原来世人都说错了。"鲁肃也暗自思索："孔明很是多情，只是周瑜气量太窄，自己害了自己。"

诸葛亮祭完周瑜，正欲上船回去时，只见江边一人道袍竹冠、素履皂绦，他一手揪住诸葛亮，大笑说："你气死周郎，却又来吊孝，明明是欺东吴无人啊！"诸葛亮赶忙回头看，原来是人称"凤雏"的庞统庞士元。诸葛亮也大笑，两人携手上了船，各自诉说心中之事。临别，诸葛亮给庞统留下一封信，要他到荆州与自己共佐刘备。两位故友依依惜别，诸葛亮自回荆州去了。后来庞统不被孙权重用，就到荆州来投奔刘备，终被拜为副军师中郎将，与诸葛亮共谋方略，教练军士，听候征伐。

曹操在许昌听说刘备拜诸葛亮、庞统为军师，招兵买马，囤积粮草，联结东吴，早晚必会兴兵北伐。于是召集众谋士商议南征之事，谋士荀攸进言："可先取孙权，次攻刘备。"曹操同意，并听从荀攸的计谋，把西凉马腾骗到许昌杀掉，以绝南进后顾之忧。然后即起大军30万，径下江南。

早有细作报到东吴，孙权与众将谋士讨论后，急差人命鲁肃向荆州刘备求救。诸葛亮回信给鲁肃称："可以高枕无忧。如果有北兵侵犯，刘皇叔自有退兵之策。"并对疑惑不解的刘备解释说："曹操平日所忧虑的是西凉的兵马，现在曹操杀了马腾，而马腾的儿子马超统率着西凉的军马，必定对曹操怀着切齿之恨。主公可信告马超，进兵关中（今陕西省关中地区），那样曹操又怎么能南下呢？"刘备听后非常欣喜，随即写了信，派一名心腹送到西凉去了。

9 谋取益州

果然如诸葛亮所料，马超尽起西凉之兵，联合西凉太守韩遂，起兵20万杀入关内，直奔长安，找曹操报仇雪恨。马超士气旺盛，势不可当，很快就攻破了长安城，并攻占潼关，加上马超勇猛无敌，直杀得曹操割须弃袍于潼关，夺船避箭于渭水，曹军多次被马超打败。后来曹操用谋士贾诩的反间计，离间了马超与韩遂，这才大败西凉军。经过这一折腾，曹操再也无力南征了。

刘备在荆州的地位得到巩固后，按照诸葛亮、庞统的建议，就开始积极准备谋取益州了。

当时，占据益州的是刘璋。刘焉、刘璋父子在益州统治了二十多年，推行分裂、守旧的儒家路线。公元188年，汉宗室鲁恭王的后代刘焉来到益州，其时黄巾军刚被镇压下去，阶级矛盾非常尖锐，但刘焉对豪强大族采取“宽惠”政策。刘焉死后，其子刘璋沿用“温仁”之政，致使随他入蜀的“东州人”即客籍地主，“侵暴旧民，璋不能禁”，且益州本地的大姓豪族，称霸郡县，刘璋也毫无办法。这些豪强大姓任意侵占人民土地、财产，残酷地剥削和压迫人民，搞得益州这个“天府之国”乌烟瘴气、民不聊生，社会矛盾和主客籍地主集团之间的矛盾都很尖锐。正如诸葛亮在《隆中对》中分析的那样：“刘璋暗弱，民殷国富，而不知存恤，智能之士，思得明君。”

公元211年，正当诸葛亮、庞统和刘备讨论进攻益州的时候，益州牧刘璋派遣法正到荆州来迎接刘备入蜀了。何以事情会如此巧合呢？原来刘璋为防汉中张鲁入侵益州，曾派别驾张松去结好曹操。张松本想投靠曹操，不料曹操胜过而骄，对张松不加礼遇，甚为怠慢。张松以此为怨，过荆州时把原准备献给曹操的益州地图献给了刘备，并力劝刘备入川。张松回到成都后就向刘璋诋毁曹操，并劝刘璋与曹操断绝往来，说刘备与他是同宗兄弟，可以成为心腹，要刘璋交结刘备。

刘璋采纳张松的建议，企图用刘备的力量抵御曹操和汉中的张鲁，于是根据张松举荐，派扶风人法正去荆州和刘备通好。不久，又派法正和孟达给刘备送去4000兵士，以助刘备守御，并先后赠给刘备“巨亿”的钱作为兵饷。

原来张松和法正是好朋友，常在一起私下商议，认为跟随刘璋“不足与有为”，成不了大事。他俩密谋策划，准备共同拥戴刘备为益州之主。

法正到荆州见到刘备，力陈“益州可取之策”，把益州的兵器、人马、府库、钱粮以及地理远近、战略要地等情况，都介绍给了刘备，使刘备、诸葛亮、庞统等进一步了解了益州的情况。进取益州，这既是诸葛亮在隆中早已确定的既定战略，也是庞统所倡导的“逆取顺守”的策略，更是刘备集团实际利益的需要。于是，进取益州便正式提到了议事日程。

经过商议，刘备决定留下诸葛亮、关羽等镇守荆州，他自己亲率庞统和黄忠、魏延等谋臣武将及数万军队向益州进发。

益州文武许多人力主反对刘备入川。主簿黄叔、从事王累等都力谏不可，尤其是王累以“自刎州门”，表示刘备不可入川。巴郡太守严颜感叹道：“这是独坐穷山，放虎自卫也！”刘璋一概不听，下令所过之处，迎送供奉，让刘备感到“入境如归”。

刘备从江州北面垫江（今重庆市合川区）取水路向涪城（今四川省绵阳市东）进发。刘璋亲率步骑3万多人，赶往距成都360里的涪城与刘备相会。刘备到达涪城，刘璋亲自出迎，两人相见，分外高兴。

这时，张松、法正、庞统等都向刘备献计，趁机杀掉刘璋，坐得益州。刘备坚决不从，后对庞统坦诚地讲了自己的实际想法："我们刚到这儿，对老百姓毫无恩德和信义可言，所以不能这么匆忙地做。"

刘璋和刘备在涪城住了三个多月。其间，刘璋给刘备增加了大量兵众和财物，请刘备向北讨伐张鲁，刘璋便回成都去了。刘备统军向北，到了葭萌（今四川省广元市西南）就停了下来。"未即讨鲁，厚树恩德，以收众心"。忽然接到诸葛亮送来的报告，说孙权派人把孙夫人接回东吴去了，五岁的阿斗差点儿也被带走。刘备预感事情复杂，决定尽快解决益州问题。刘璋对刘备取占益州的意图已有所察觉，形势很是危急。庞统立即向刘备献上收川三计：上计是暗选精兵，径袭成都，一举便定；中计是斩了白水关守将杨怀、高沛，收其部众，徐图进取；下计是退还白帝城，联结荆州，日后缓图。刘备认为上计太急，下计太缓，中计比较可行。便借口曹操来攻，理应回兵援救，向刘璋求借兵物，刘璋予以拒绝。这时，内应张松因机事不密，被刘璋处斩。刘璋下令各处关隘严加防范，同刘备绝裂。刘备有了借口，立即斩了杨怀、高沛，夺了白水关。自此，双方正式摊牌，刘备拉开了收川战争的序幕。

10 入主西川

刘备收并白水军后，挥师南下，进据涪城。击退了刘璋派来堵击的刘贵、冷苞、张任、邓贤、吴懿、李严等将领，吴懿、李严等率所部投降，张任、刘贵退与刘璋儿子刘循固守雒城（今四川省广汉市北）。这时刘备声威大振，在分遣诸将平定益州郡县的同时，和庞统亲率主力进攻雒城。

雒城之战是刘备兵定益州的一次关键性战役，刘备久围雒城不下，刘循坚守不出，军师庞统也被张任乱箭射死于落凤坡。刘璋又派兵围攻葭萌关，打算切断刘备后路。刘备感到形势危急，写信叫关平速去荆州请诸葛亮前来。

诸葛亮接到刘备的信，对庞统身死恸哭不已，把信让众人看，说："主公现处紧急之际，我不得不去。荆州重地，主公信中虽然没有说，但让关平送信，意云长公保守，责任重大，公宜勉之。"关羽毫不推辞，慷慨领诺。诸葛亮设宴，交割印绶，关羽双手来接，诸葛亮擎着印说："这干系都在将军身上。"关羽大声说："大丈夫既领重任，除死方休。"诸葛亮听关羽说出个"死"字，心中很不高兴，不太想将大印交给他，但话已出口，于是问道："如果曹操引兵来攻，应当如何处置？"关羽回答说："以全力抗拒之。"诸葛亮又问："如果曹操、孙权一起发兵来攻，怎么办？"关羽答："分兵抗拒之。"诸葛亮说："如果这样的话，荆州就危险了。我有八个字，只要将军牢记，就可以保守住荆州了。"停了一下，诸葛亮严肃地说：“北拒曹操，东和孙权。”关羽点头称是：“军师之言，当铭肺腑。”但是，诸葛亮担忧的事情后来还是发生了。

诸葛亮把大印交给了关羽，命令文官马良、伊籍、向朗、糜竺，武将糜芳、廖化、关平、周仓等，留下辅佐关羽，同守荆州。然后亲自点兵入川：先拨精兵一万，教张飞统领，从大路杀奔巴州、雒城之西；又拨一支兵马，令赵云为先锋，溯江西上，会于雒城；诸葛亮随后引简雍、蒋琬率大军起行。

张飞临走时，诸葛亮嘱咐说：“西川豪杰很多，不可轻敌。一路上要戒约三军，不得掳掠百姓，以免失去民心。所到之处，应该多多抚恤，不可任意鞭挞士兵。希望将军早到雒城相会，不可有延误。”张飞欣然应允，上马领兵出发了。

张飞带领人马快速前进，所到之处但降者秋毫无犯，一直通过汉川路到达巴郡。他用计收降了巴郡太守严颜。因此，严颜为前部，张飞领军随后，所到之处，尽是颜所管辖，四十多处关隘的守军都被严颜叫出来投降了张飞，很快就到了雒城。诸葛亮和赵云后来也赶到了，见张飞先到，很是惊讶，问明原委，诸葛亮激动地说：“张将军能用谋略，这是主公的洪福啊。”于是，诸葛亮调兵遣将，用计擒杀了张任，很快攻下了雒城。

刘备、诸葛亮乘胜追击。一面亲率主力直逼成都，一面分兵去攻占成都周围诸郡，进而合围成都。这时，因兵败而投靠张鲁的西凉马超也来归顺了刘备，领兵到成都助战。刘璋见大势已去，虽然有人劝他不要投降，但他悲叹地说：“我父子在益州二十多年，对百姓谈不上有什么恩德，老百姓为我打了三年的仗，吃的苦够多了，要是再打下去，我不忍心！”于是开城出降。刘备见了刘璋，很是过意不去，说了些抱歉的话，就让刘璋带上全部财物，并佩带振威将军印，去南郡公安居住。

刘备进入成都，大摆庆功酒宴，犒劳三军，论功行赏。刘备以荆州牧又兼领益州牧，拜诸葛亮为军师将军，将后方政务一概交给他处理。诸葛亮也就全力以赴地辅助刘备治理巴蜀。

11 励精图治

初治巴蜀，诸葛亮很留心解决主、客籍集团的关系。在以自己原来的荆州集团作为政权的骨干外，特别注意吸收“东州”（刘璋）集团和益州地方集团的人士参加政权。对原有的官员，只要他们拥护新政权，都加以信任和重用。如董和、黄权、李严、吴懿、费观等人，“皆处之显任，尽其器能”。有影响的儒生，如杜微、来敏等，在不让参与军政大事的基础上，给他们一定的官职，或是诸如谏议大夫等名誉职务。这样，大大缓和了各集团之间的矛盾，进一步使刘备集团在益州站住了脚跟。

选贤任能是诸葛亮治国的首要措施。他特别强调“治实而不治名”的原则，认为“为人择官者乱，为官择人者治”，坚决摒除用人唯亲的做法。为了招纳贤士，他在成都筑起了招贤台，又称读书台，做到“筑台以集诸儒，兼以待四方贤士”。他“用人不限其方”，广揽人才，使蜀汉政权的官员来自四方八面，既有刘备原来的部属，又有刘表的部属，还有刘璋的旧臣，以及外部投奔而来者。诸葛亮任人唯贤，不拘出身门第，不论资历，很注意在下层普通人员中发现并举荐人才。他先后对杨洪、何祗的提拔，当时最受称道。杨洪为太守李严属下功曹，诸葛亮赏识其遇事明断，上表请任为蜀郡太守；杨洪门下何祗，任督军从事时，游戏放纵不勤所职，听说诸葛亮前来视察，何祗连夜张灯审案办公，待到查问，何祗对所问公务对答如流、无所凝滞，诸葛亮很是惊异其才，于是提拔他为成都令，后因政绩升任为广汉太守。李严、杨洪、何衹三人原本职位相距很大，而后来都同为太守。这样，蜀汉上下对诸葛亮以德才选士都深表佩服。

诸葛亮用人唯贤是举，破格提拔了一批尽忠职守、廉洁奉公而又卓有才干、富于实干精神的基层官吏。如张嶷，史书上说他“出自孤微”且“放荡少礼”，但他忠于蜀汉政权，诸葛亮提拔他为太守。王平“生长戎旅，手不能书，其所识不过十个”，但他“遵履法度”，颇有军事天分，在街亭战役中表现卓越，诸葛亮马上加拜王平为参军，统帅五部军马，又进位将军，屡立战功，后来其成了蜀国善于打仗的将领。吕乂治身俭约，为政简而不烦，持法刻深，诸葛亮便让他去管理极为重要的汉中郡。邓芝“不治私产，妻子不免饥寒”，但他“赏罚明断”，且在联吴抗曹方面有功，当了中监军、扬武将军等重要职务。姜维本是曹魏降蜀的下级军官，因为他“忠勤时事”“甚敏于军事”，很快就被诸葛亮拜为征西将军，后来也成了西蜀后期举足轻重的人物。蒋琬本是荆州一个无名的小吏，但他“为政以安民为本，不以修饰为先”，又“常足食足兵，以相供给”前线，的确是个很有才能的人。因此，诸葛亮临终时便毫不犹豫地推荐他做了继承人，当了蜀国的丞相。

诸葛亮不仅自己留意选拔贤才，而且十分注意教育下属官员不要嫉贤妒能，注意向上推荐有德才之士。当广汉太守姚伷向诸葛亮荐举自己有才能的部下时，诸葛亮很是称赏，并要其他官员向他学习。

诸葛亮把严明法令、整顿吏治放在首位，以获得良好的政治局面。他主持修制了一部比较完善的法典《蜀科》，并将其公布于众，作为蜀汉政权实行法治的基础，使“赏不可以虚施，罚不可以妄加”，以达“科教严明，赏罚必信，无恶不惩，无善不显”。同时，他还制定出“训励臣子”的科条：八条、七戒、六恐、五惧。诸葛亮严于执法，不论亲疏，他说：“吾心如秤，不能为人作轻重。”他十分强调以身作则，认为“其身正，不令而行；其身不正，虽令不从”。他带头遵循一切法令，如后来北伐时因用人不当失守街亭，即主动上书请降三级，以示惩罚。

诸葛亮依法治国，能做到开诚布公。所以，“邦域之内，咸畏而受之。刑政虽峻而无怨者，以其用心平而劝诫明也”。将军向朗在街亭之战中因对马谡违令失守知情不报被诸葛亮革职，而他的侄儿向庞却因为屡经战场，“晓畅军事”，办事稳妥谨慎，对蜀汉有贡献，在诸葛亮的亲自选拨下提升为督军。向朗事发罢官后，诸葛亮依然十分信任向庞，在整个北伐期间，把后方兵马大权交给了他，而向庞也忠于职责完成了任务。《三国志》作者陈寿，其父因犯法被诸葛亮处以重刑，尽管有辱父之仇，陈寿依然颂扬诸葛亮严明的法治精神。中都护署府事李严和长水校尉廖立，因违法乱纪被罢官，流放到边远地区务农，后听到诸葛亮去世的噩耗，都禁不住悲伤交加。

12 谏主称王

经过诸葛亮的大力整治，蜀汉政权法威大振，政令严明，官吏不敢作恶，百姓人人向善，“道不拾遗，风化肃然”，从而提高了各级官吏的积极性和国家机构的工作效率。

诸葛亮恢复和发展生产的政策，主要是“务农殖谷，闭关息民”。他积极推行奖励耕战的政策，即使在前线的将士，也必须从事农业生产。他还曾经招5000名青壮年到汉中屯田，并命令汉中太守兼任督农，把农业收成作为衡量政绩的标准。农业的发展，恢复和充实了国力，为以后的军事行动准备了物质条件。

诸葛亮十分重视兴修水利，“以此堰（都江堰）为农本，国之所资”，创设堰官，专门管理都江堰。调遣一千多名青壮年疏通河道，使都江堰水利工程的灌溉作用得到充分发挥，保障了西蜀农业的发展。

诸葛亮把直接关系人民生活和国家税收的盐铁开采经营权收归官府所有，专门设置了盐府校尉和司金中郎等官职，选拔有理财能力的官吏担任此职，管理食盐和铁器的生产，还常常亲自过问盐铁生产经营状况。这些措施极大地增加了蜀汉政权的财政收入。

诸葛亮用卖川锦的办法集中增加财政收入，补充空虚的国库。他把织锦工匠集中在一起，筑城派兵加以守护，并设置锦官，专门管理蜀锦的织造。他还亲自带头，让家眷在园子里种桑八百株，以带动百姓植桑养蚕，为蜀锦生产提供了充分的原料。他曾说：“今民贫国虚，决敌之资，惟仰锦耳。”在他的倡导和各种有力措施的施行下，蜀锦生产有了相当大的发展。

诸葛亮卓越的军事才干也表现在治军的方法上。为了完成统一大业，必须建立一支强大的攻克制胜的军队，他从西蜀国弱人少的实际情况出发，十分注意苦练精兵，建立纪律严明的军队。他说：“有制之兵，无能之将，不可以败；无制之兵，有能之将，不可以胜。”他坚持“法令明、赏罚信”，所以蜀国“士卒用命，赴险而不顾”。同时，他还很注重对将领的考核和提拔，认为“良将之为政也，使人择之，不自举；使法量功，不自度”。这样的选拔方法，优秀的将领就不会被忽略。他特别讲究兵法的运用，通过《孙子兵法》并结合实战，创造出有名的“八阵图”，变化无穷。此外还制定了有关练军、行军、扎营、作战、撤退等一整套行之有效的办法。他要求行军定静而神速，宿营驻寨的布置必须坚实而有条理，正所谓“止如山，进退如风”。蜀军经过诸葛亮的严格训练，战斗力大为提高，达到了“率数万之众，其所兴造，若数十万之功”的程度。如第五次北伐时，司马懿统率着30万精锐魏军，面对千里而来、粮草不济的10万蜀军，也只能深沟高垒筑营，仅能自守而已。

公元215年，曹操亲率大军讨伐汉中的张鲁，张鲁败降，曹操留大将夏侯渊驻守汉中。公元217年，鲁肃去世，刘备和诸葛亮感到夺占汉中、巩固巴蜀，已是刻不容缓的事。于是，刘备听从法正之谋，亲率大军北进汉中，与曹操交战达两年之久。诸葛亮坐镇成都，提供兵饷粮草，不失萧何之功，终于以黄忠斩夏侯渊，刘备攻取汉中而结束战事。

公元291年7月，刘备手下120多名文武大臣联名上表汉献帝，尊刘备为汉中王。这篇借古喻今言天下“安危定倾”的表文，经过诸葛亮审议，领衔的却是平西将军马超，其次是刘璋旧臣，然后才是诸葛亮和关、张、赵等人。从表文排名能看出诸葛亮的良苦用心。这表明了诸葛亮等腹心旧臣的谦逊之德和宽大气度，表示不论新故都同心拥戴，甚至新人比旧故更迫切，增加了马超等人的向心力，表明了刘备集团高度的同心协办。

13　刘备托孤

荆州守将关羽，骄傲轻敌，盲目自大，是诸葛亮深为担忧的。当刘备兵定益州，拜马超为平西将军时，关羽即要入川与马超比武，弄得刘备很是尴尬。诸葛亮深知关羽为人，于是写信称："孟起（马超字）兼资文武，雄烈过人，一世之杰，英、彭（刘邦手下勇将）之徒，当与翼德同心争先，犹未及髯（关羽称美髯翁）之绝伦逸群也。"关羽看了很高兴，还把信拿给左右宾客看，志得意满。后来刘备占领汉中称王，封关羽为前将军，黄忠为后将军，不出诸葛亮所料，关羽一听黄忠为后将军，不禁大怒说："大丈夫誓不与老兵同列！"后经刘备和诸葛亮暗授机宜而去的益州前部司马费诗晓以利害，关羽才大为感悟，拜受了印绶。

关羽对诸葛亮联吴以守荆州这个重大策略很是轻视，不但常和鲁肃在边境上制造摩擦，挑起事端，而且连孙权也不放在眼里。当孙权派使者为儿子求娶关羽之女时，他不但不许婚，还辱骂孙权说："虎女安肯嫁犬子乎！"使孙权深恨关羽。眼看刘备势力日益强盛，孙权深感不安，孙、刘集团之间的矛盾也越来越激化，孙权遂开始谋划夺取荆州。诸葛亮最担心的事终于不可避免地发生了。

公元219年7月，关羽按照刘备的安排，发动了襄樊战役。关羽一举夺下襄阳，把曹仁围困在樊城。曹操派大将于禁、庞德率七路精锐军队去援助。关羽用计水淹七军，于禁被捉投降，庞德被生擒斩首，关羽一时“威震华夏”。这是关羽一生功业最为得意的时刻，但是实在太短暂了。

魏王曹操这时坐镇洛阳，深感许昌受到关羽的威胁，已有迁都邺城的打算，但又唯恐动摇人心。经与司马懿等谋士商议后，一面派徐晃发兵救援樊城；一面遣使劝说孙权突袭关羽后方，并以割让江南地区给孙权相诱惑。正当关羽与曹军打得难解难分的时候，早对荆州有意的孙权派吕蒙用计偷袭了江陵，攻占了关羽的后方。关羽闻讯大惊，不顾诸葛亮当年的嘱托，挥军南返，回救途中被东吴军队俘虏杀害了。孙权进而占据了荆州各郡县，为了防备刘备报复，遣使向曹操称臣，并奉上关羽的首级，意欲使刘备移恨曹操。曹操深知其意。刻沉香木为躯，以王侯之礼葬关羽于洛阳南门外，令大小官员送殡，亲往拜祭，并赠为荆王，以使刘备更恨孙权，并从中获利。这样，孙、刘联盟便告完全不复存在，天下形势发生了巨变。

消息传到成都，刘备悲痛欲绝，即要提兵讨伐东吴。诸葛亮及众官员再三劝阻：孙权与曹操各怀鬼胎，目前只可按兵不动，等到吴、魏不和时再趁机讨伐。考虑到当时的实际情况，刘备也只好暂时不计较此事。

公元220年，曹操病故，长子曹丕继位，改建安二十五年为延康元年。同年10月废掉汉献帝，自立为帝，建立魏国。第二年，诸葛亮劝说刘备继承汉统，建立蜀汉国，以取得政治上的主动。刘备在成都称帝，以诸葛亮为丞相，置百官，立宗庙。

公元221年7月，刘备为了给关羽报仇，也为了夺回战略要地荆州，他不听群臣的苦苦劝阻，带领蜀军精锐主力去讨伐东吴，诸葛亮、赵云等苦谏无济于事。刘备命丞相诸葛亮辅佐太子守成都。这时，张飞因急于为关羽报仇，鞭挞士卒，被部将害死，刘备把张飞被害的账也算在孙权身上，坚决出兵伐吴，到江州时留下赵云镇守，然后立即兵出三峡。

起初，刘备兵力甚锐，所向无敌，连连打败东吴军队。孙权多次派人向刘备求和，遭到盛怒之下的刘备的拒绝。刘备感情用事，违背了诸葛亮的联吴抗曹的正确策略，使自己腹背受敌，处于不利的地位，这是战略上的失败。孙权见求和不成，形势危急，只好一面派使节向曹魏称臣，请求魏国发兵相助；一面派大将陆逊领兵抵挡。公元222年5月，刘备的军队在猇亭（今湖北省宜都北）一带因疲劳轻敌，安营寨于密林，被陆逊指挥的吴军用火攻破，火烧连营数百里，号称有70万的蜀军伤亡惨重，军事物资几乎全部烧光。刘备率领败军退回白帝城，在羞愧痛心中一病不起。

刘备在猇亭连营数百里与吴军对峙时，连魏帝曹丕都说刘备不懂兵法。当谋士马良提议画扎营地图问诸葛亮时，刘备不以为然。当诸葛亮在成都见到马良画的图本时，拍案叫苦说："是何人教主公如此扎寨？可斩此人！"当得知是刘备自己的安排时，诸葛亮情不能自禁地叹息说："难道大汉气数真的已尽了？"然后又说："东吴兵胜，我入川时在鱼腹浦伏下10万精兵，陆逊害怕魏军袭击其后方，必然不敢来追，成都可保无事。"于是，一面派人火速去告刘备，一面调遣军马准备救应。后来刘备兵败，陆逊追击时迷入诸葛亮在鱼腹浦布的八阵图中，多亏黄承彦指引才得脱险。后世杜甫有诗赞道："功盖三分国，名成八阵图。江流石不转，遗恨失吞吴。"陆逊脱险后叹道："孔明真是卧龙，我不及也！"于是下令班师回朝，准备迎击魏军的进攻。

荆州之失和猇亭之败，不仅使蜀汉大伤元气，损失惨重，而且也使诸葛亮两路北伐的计划也无法实行了。它标志着蜀汉不断强大的终止和三国鼎立之势的最终形成。

公元222年3月，刘备在白帝城病危，火速派人奔回成都，召诸葛亮到白帝城，将统一大业和幼子相托付。时马良之弟马谡也在白帝城，刘备总感到马谡身上缺少点儿真实的东西，就提醒诸葛亮说："马谡言过其实，不可大用。"诸葛亮听了，心里总感到费解。转眼到了4月下旬，刘备的病势一天比一天沉重，临终前，托丞相诸葛亮辅佐刘禅，完成统一大业。遗诏刘禅要多读一些法家的书，多向诸葛亮讨教。并对诸葛亮深情地说："君才胜过曹丕十倍，必能安邦定国，成就大业。若是刘禅可辅，则辅之，如其不才，可取而代之。”诸葛亮一听，急忙跪下，泪流满面地说：“臣一定竭心尽力，效忠贞之节，就是死也报答不了陛下对臣的知遇之恩。”刘备听后流着眼泪，一面命内侍扶起诸葛亮，一面请李严前来，嘱咐他协助诸葛亮共辅太子。然后把两个小皇子叫到身前，命他们跪在诸葛亮前，告诫说：“我死之后，你们兄弟二人要把丞相当作父亲一样对待，同心共事，不可违命。”不久，刘备就病逝了。像刘备如此托孤的，是历史上其他帝王绝无仅有的。

刘备病逝后，太子刘禅继位，封诸葛亮为武乡侯，开府治事，又兼任益州牧，刘禅对诸葛亮敬之如父，“委以诸事”。于是诸葛亮义不容辞，全面担负起蜀汉的军政重任，苦心孤诣，殚尽心血。

14 远征夷越

刘备死后，蜀汉政权面临着深刻的危机：强曹在北，仇吴在东，国力大大削弱，内部也很不稳定，南中叛乱不断，诸葛亮正是在这样一个情况下，受命开始总理蜀汉的军政事务。

魏主曹丕闻知刘备死去，认为良机已到，听从司马懿之计，派遣五路大军，围攻西川：第一路，曹真取阳平关；第二路，反将孟达从上庸进犯汉中；第三路，东吴取峡口入川；第四路，南蛮王孟获进犯益州四郡；第五路，西羌番王轲化直奔西平关。消息传到成都，蜀汉朝廷为之震动。诸葛亮因病不能视事，后主刘禅亲往相府探病问候，诸葛亮笑着对后主说："四路敌兵，臣已退去了。马超守西平拒羌兵，魏廷以疑兵阻南蛮孟获，李严写信给孟达使其称病在军，关兴、张苞在重要的地方屯兵30000作为各路策应。东吴孙权自不会轻举妄动，我们只须派一能言善辩的人去东吴，陈说利害，东吴自然先退了。"果然如诸葛亮所料，四路进犯之兵都纷纷败退。同时，为了执行联吴抗曹的战略，诸葛亮任用很有外交才能的邓芝出使东吴，经过邓芝艰辛而卓绝的努力，并且在客观形势的推动下，终于使吴蜀这相互仇视的两大政治集团重新携起手来。吴蜀重新缔结盟好条约，是诸葛亮外交政策的重大成功。它不但把一个强大的仇敌化为盟友，而且牵制了曹魏的军事威胁。这样，诸葛亮就能专心搞好蜀汉内部事务，同时，积极准备解决当时已成为蜀汉政权威胁的南中内乱问题。

三国时期隶属于蜀汉管辖的南中地区，包括今天的云南、贵州和四川西南部一带，古称“夷越之地”。由于东汉统治者的“赋敛烦扰”，激起了南中人民的反抗，残酷的镇压使得人民掀起更大规模的反抗，而一部分少数民族奴隶主“夷帅”和汉族豪强地方“方士大姓”，时刻都在寻机激化矛盾，以便达到他们割据自治的目的。由于上层分子雍闓、孟获等的造谣和煽动宣传，不少人受骗跑到叛军中去，叛乱几乎达到整个南中地区。

公元225年3月，经过近两年的“闭关息民”，在把内政外交各方面都安排好后，诸葛亮感到出兵平定南中叛乱的时机已经成熟，于是亲自统领大军南下平叛。

诸葛亮采用了“攻心为上，攻城为下，心战为上，兵战为下”的策略来平定南中之乱。诸葛亮采取反间计杀了叛乱首领雍闓、朱褒，全歼高定部后，5月渡泸，深入不毛之地，开始征讨孟获。孟获收雍闓等人的余部，继续与蜀军对峙。作为少数民族的首领，孟获在南中为“夷汉所服”，是当地一位很有影响和威望的人物。诸葛亮决定收服孟获，使他从心里臣服蜀汉政权，然后在西南少数民族中造成影响，以便长期稳定南中局势。

孟获在蜀汉大军到来时，聚集三洞元帅讨论，后派三位元帅各领兵50000，分左、中、右三路去迎战。诸葛亮用激将法，使赵云、魏延两位老将军杀奔敌军营寨，大败蛮兵，斩了敌军中路元帅，左右两路敌军元帅从山路逃路时也被埋伏的蜀军擒获。

诸葛亮命人解去两位洞主元帅的绳索，赐给酒食衣服，让两人各自归去。孟获闻知兵败，大怒，遂率兵进发。诸葛亮使王平诈败，引诱孟获军进入埋伏圈。孟获见蜀军旌旗四起，队伍杂乱，即生轻敌之意，驱兵追击王平。正追杀时，蜀将张嶷、张翼两路兵马突然杀出，截断后路。王平领兵杀回，赵云、魏延从两侧夹击，孟获抵挡不住，被魏延生擒活捉。

诸葛亮让人解去被俘蛮兵的捆绑，安抚说：“你们都是好百姓，不幸被孟获蛊惑，今受惊吓了。我想你们的家人一定倚门而望。我今天全放你们回去，以安各自家人之心。”蛮兵深感其恩，哭着拜谢归家。

诸葛亮对孟获不杀不辱，反而加以款待，让他观看蜀军的营垒和阵容。孟获并未服气，声称自己是因为未知虚实而中了埋伏，并说再战必胜。诸葛亮便笑着放他回去，让他整顿军马再来交锋。结果孟获又一次兵败被捉。可是他还是不服气，于是诸葛亮又把他放回去。就这样，一捉一放，前后共七次。第七次孟获被捉住的时候，诸葛亮微笑说要放他回去，这时孟获终于心悦诚服地说：“公，天威也，南人不复反矣。”这就是历史上诸葛亮“七擒孟获”的故事。后世有关这方面的记载和传说有很多，至今云南一些少数民族地区还亲切地把诸葛亮称为“孔明老爹”。现在东南亚各国人民说到诸葛亮，也肃然起敬，一般都不直呼其名，而是尊称孔明，可见诸葛亮影响久远。

取得平叛南夷的胜利后，诸葛亮采纳了“以夷制夷”的政策，任用当地少数民族首领来管理，不再派留汉人官吏和军队。有人对此表示怀疑，诸葛亮说：“留人有三不宜：其一留汉族官吏，就要留兵，而所需军粮难以解决；其二战争刚刚结束，双方各有死伤，留汉人而不留兵，必成后患；其三南中常有废杀之举，自嫌衅血，如留汉人，不敢相信。因此用夷人自治，使夷汉各族相安无事。”并且，诸葛亮还选拔少数民族中威望很高的首领到蜀汉朝廷中任职，增强了民族团结。

为了巩固南中的安定，巩固蜀汉中央集权的统治地位，诸葛亮在南中扩大和健全了郡县制，推行部曲制度。他把原来南中四个郡重新划分为六个郡，并遣一些比较可靠、有能力、熟悉当地情况的官员做太守。他们都比较重视整顿政治，贯彻诸葛亮的各项政策，对巩固蜀汉对南中地区的统治起到了很大的作用。

在加强政治统治的同时，诸葛亮还很重视发展南中地区的农业和生产。推广汉族先进的农业耕作技术，教当地少数民族使用耕牛，传授织锦技艺，重视南中盐铁业和商业的发展；动员大量人力修复久已不通的道路和沿途的驿亭，以利于商旅往来，促进了南中地区与内地经济、文化、物资的交流；还从当地少数民族中选拔了一批年轻力壮的人，组编军队，连同其家属一万多户迁到蜀中。这支由南人组成的军队，异常骁勇善战，号为“飞军”，成为当时蜀军中的一支精锐骑兵，后来在北伐战争中也起了不少作用。

诸葛亮“和抚”南中地区的措施和方针既巩固了蜀权政权，实现了“夷、汉粗安”，又促进了南中少数民族地区的经济发展和社会进步。据史书上记载，当时南中地区的一些特产，如金银、丹漆以及耕牛、战马等，都源源不断地运往蜀中，为蜀汉政权带来了巨大的经济效益。这样，在南中这个大后方得到巩固后，诸葛亮即按照他的既定方略，加紧训练兵马，强化武装力量，积极策划北伐中原。

15　鞠躬尽瘁

汉末三国时期的历史，波澜起伏，人才辈出，涌现出了一批杰出的历史人物，诸葛亮就是这其中最具代表性的一位。他去世几十年后，还受到蜀中一带“国人歌思”。到了唐代，那里的人们还依然“歌道遗烈”，缅怀和追念他的伟绩。直到今天，东南亚有些国家还以诸葛亮为楷模，常思不忘。可见诸葛亮的伟大和对后世影响的深远。

诸葛亮从26岁出山到53岁病逝北伐前线五丈原，他短暂而又峥嵘的一生，几乎时时处处都充满了超人的智慧和才干。他从26岁走出隆中，登上风云变幻的政治舞台，恰好是半生操劳，尽瘁国事。前半生是他立志用世的预备阶段，结庐隆中，因志成学；后半生则是忠勤操劳，“两朝开济”的用世之期。唯因他前半生立志立得坚决，准备用世的才干又充分，所以他在后半生才以其操守坚贞、智才卓出的条件，在当时的历史条件下，做出了一番轰轰烈烈的伟业，赢得了“名垂千古”的崇高声誉。

在著名的《隆中对》中，诸葛亮向刘备提出进取荆、益—革新政治—积蓄力量—准备条件—统一全国的建议，表现了他对当时形势的清醒认识和深刻分析。他帮助刘备由无立锥之地到建立了蜀国，并两代任相，长期主持蜀汉的军政要务，推行汉治路线，对于西南地区政治、经济的发展做出了巨大的贡献。他重视“耕战”，大力发展农业生产；采取设立司盐校尉等一系列措施，做到了国盛民富；他审时度势，清醒地知道谁是敌人、谁是盟友，还注意联合少数民族；他治军有方，使军队训练有素，作战时注重调查研究，因而经常取得胜利。他的智慧和谋略不但在当时的政治舞台上演得威武雄壮、绘声绘色，而且对后世的政治、经济、军事、外交、民族政策等也产生了深远的影响。

在中国古代，没有哪一位政治家或军事家能够像诸葛亮那样获得当时以及后世诸多的褒扬和赞誉。诸葛亮身后的蜀国，在他的继任者蒋琬、费祎相继去世后，也就一天天走向了衰落，的确使人感到“人亡政息”。人民关注国家的命运，怎能不怀念诸葛丞相呢？连魏国征西将军钟会统兵征蜀到汉中时，也亲往诸葛亮庙中祭奠。蜀亡之后，诸葛亮的声望反而更大，身价也愈高。晋王司马昭在灭蜀以后，立即就叫陈勰学习诸葛亮兵法，其子晋武帝司马炎还亲自向蜀汉降臣樊建请教诸葛亮的治国之方，而司马懿早就称赞诸葛亮为“天下奇才”。对诸葛亮的倍加推崇，晋代开国的司马氏祖孙三代算是给后世开了先河。

从晋代开始，历代都在给诸葛亮升官晋爵，赐庙加号。如：晋封武兴王；唐封武灵王，并赐庙；宋赐英惠庙，加号“仁济”；元代则更追封为威烈忠武显灵仁济王；明代朱元璋钦定帝王庙，选从祀名臣37人，忠武侯位列其中；清代不但把许多纪念诸葛亮的胜迹古祠加以修葺一新，供人膜拜，而且每年春秋祭礼庙时还以诸葛亮从祀。

历代统治集团对诸葛亮也是倍加推崇。晋武帝对诸葛亮的治国之法甚是称道，感叹地说：“我要是有诸葛亮辅佐，怎么会像今天这样劳累啊！”唐太宗李世民曾多次向臣下称道诸葛亮治国的忠勤，他认为诸葛亮治蜀“十年不赦，而蜀大化”的根本原因在于有贤相诸葛亮为政至公，要房玄龄等大臣效法诸葛亮公平治国。宋代大学者朱熹认为：“论三代而下，以义为之，只有一个诸葛孔明。”这些都把诸葛亮颂扬到难以复加的地步。清代康熙帝感叹说：“诸葛亮云：‘鞠躬尽瘁，死而后已。’为人臣者，惟诸葛亮能如此耳。”乾隆帝亲撰的《蜀汉兴亡论》，大发“用贤与不用贤，关系国家存亡”的议论，对诸葛亮推崇备至。至于各朝文人骚客、武将名流，争相为诸葛亮著书立说作传，歌功其颂德，已成蔚然之风。

历代封建统治阶级对诸葛亮的歌颂，自然有着他们自身的政治目的，但是，诸葛亮作为中国封建社会人治较为完美的成功者，有两点是被后世公认的：一是他忠于信念，矢志不移；二是他谦虚谨慎、克己奉公。前者反映他积极进取的精神品格；后者表示他尽瘁终身的思想作风。这或许永远为后人所追缅和学习。

“纷纷世事无穷尽，无数茫茫不可逃。鼎足三分已成梦，后人凭吊空牢骚。”往事越千年，诸葛亮所处的三国动乱之世早已成为历史，但诸葛亮作为伟大的政治家、军事家、外交家却是永垂后世的，他运筹帷幄、决胜千里、神机妙算的谋略家形象永远活在人们心中。

（九）

丰功卓绩盖诸葛

——王 猛

1　出身寒门

王猛，字景略，东晋北海郡剧县人（北海，郡名，西汉景帝时设置北海郡，治所在剧，剧即今山东省寿光市），但王猛家于魏郡（今河北省魏县）。

王猛年少的时候家境贫寒，稍稍长大一些，就贩卖簸箕谋生，南北往来，尝尽了生活的艰辛。洛阳，东汉时为京师，西晋时亦为京城，十六国时期，洛阳亦是经济繁荣，交通便利的通都大邑，四方商贾多至洛阳交易，因此王猛经常到洛阳做簸箕生意。有一次，王猛远到洛阳贩卖簸箕，有一个人主动上前说要买他的簸箕，出的价钱也远远高出市场价格。王猛一见，感到非常惊愕，他卖簸箕多年，还没见过出如此价钱的呢！于是就同意把簸箕卖给他。但那人却说身上没钱，并说自家离此不远，请王猛跟他回去取钱。王猛很奇怪，买簸箕而不拿钱，这实在稀奇，但又贪图他给的价格高，可以多得利钱，还是决定跟他去。王猛背上一大摞簸箕跟在那人的后面，两人离开市场，奔上一条大路。

说也奇怪，王猛背上背那么多簸箕，并不觉得沉重吃力，而且行走起来还觉得相当轻松。走了一会儿，并不觉得走了多远，忽然就到了一个深山中。山中有一条小路，两旁是成排的松柏，沿着小路走，不一会儿就到了一个宽敞的大山洞中了。

王猛抬头一看，山洞大约有5丈见方，洞中明亮。洞的正中摆着一张胡床，胡床上端坐着一位老人。老人的胡须头发都雪白雪白的，两旁侍立着10多个人，这些人个个宽袍大袖，且都有点儿仙风道骨的气概。这些人中有一个人见王猛进来，就上前将王猛背上的簸箕取下，引他来到老人面前。王猛倒身下拜，口称："晚辈王猛拜见老人家。"老人来微微抬一抬手，笑着说："王公为什么要拜我呢？"并请王猛坐，一侍者拿来一个木墩，放在胡床前，王猛谢过坐下。老人待王猛坐下以后，以10倍的价钱将簸箕全部买下，并嘱王猛好自为之，不久将有际遇。说完便命人拿出钱并送王猛离开。王猛心中不明就里，很是纳闷，又不便细问，只好拜谢老人，然后便随一个侍者走出山洞。那人送王猛到了山外，将钱袋交于王猛，便告辞回山。王猛接过钱袋，向前走了几步，回过头一看，送行的人已经不见，而眼前的山原来是中岳嵩山。少年王猛虽然身在商海，却已被独具慧眼的有识之士发现了。那位老翁大概是个留心访察济世奇才而又有先见之明的隐士，就像张良当年遇到的黄石公一类的人物。

王猛姿容瑰丽，风度高雅，富有才智，他自少年就很喜欢读书。他读的书，经、史、子无所不包，尤其对兵书更是特别喜爱，《孙子兵法·十三篇》他曾仔细研读，反复揣摩，颇有体会。

王猛为人谨严庄重，从不胡乱讲话，态度严肃坚毅，气象宏壮，志向远大，细微小事从不能干扰他的思绪，与他的精神气质不相契合的人，他从不与之有任何关涉。所以，那些市井浮华无根的士人都觉得他不合群而讥笑轻视他，觉得他是一个呆子。但王猛对这些浮薄庸俗之人的态度从不放在心上，他有自己的志向和目标，所以他悠然自得，冷静地观察，缜密地思考，不断增益自己的能力和智慧。

王猛年轻时为寻找实现抱负的机会，曾经到当时燕国的国都邺城游历。很可惜，邺城虽为国都，但那些贪利躁进之徒、追声逐色之辈都不认可这位学富五车、满腹经纶的奇人。道不同不相为谋。但邺城中有一个人，名叫徐统，有知人之鉴。他见了王猛之后，认为王猛是个奇人，另眼看待他，为了笼络他，徐统召王猛为功曹，他以为在穷困中的王猛会应召而来呢！但王猛却另有想法，他知道在邺城是没有机会实现自己远大的经世济民的抱负，徐统虽说对自己有所认识，但这认识也有限得很，于是王猛不应徐统之召，从邺城跑出来到关中的华阴山隐居起来了。他在磨砺自己，他要寻找一个可以辅佐的君主，找一个真正的明主以施展自己的才智。他在华阴山中潜心读书、揣摩世事，暂时收敛羽翼，积蓄力量，等候那风云激荡可以展翅舒翼的时机。

这时的王猛，虽说时人未识，但在关中这个不小的士人圈子里，已经是小有名气了。

2 相遇桓温

那时南北对峙，江南的东晋有个桓温，此人贵为大司马，手握重兵。为了增加自己的威望和实力，晋永和十年（354年），桓温搞了一次北伐，这次北伐较为顺利，很快就打入了关中。桓温大军进入关中以后，不几天就推进到长安附近。长安当时是前秦的都城，如果打入长安，那么东晋恢复北方的事业就有了基础，可是桓温却另有打算，他把军队屯扎在灞水以东，逗留不进。王猛在华阴山中听到这个消息，就决定前去见一见桓温。他早听说桓温在东晋名气很大，现在又领兵到了灞东，所以他想亲自与桓温谈一谈，看他是不是一个可以成就大事业的人。

于是王猛披着一件粗毛织成的短衣前去谒见桓温。把守营门的军士看王猛的打扮，根本就没瞧起他，不放他入内。倒是有个士兵，一听王猛要见主帅桓大司马，再看王猛风神高迈、气宇轩昂，他想起了桓温说的“要等待关中豪杰”的话，心想：“也许此人就是这个地方的小豪杰。”于是让王猛稍候，自己赶紧入大帐禀报。桓温一听王猛之名，虽不知他的底细，然而总算听过这个名字，便传令请见。

王猛进入桓温的大帐，看桓温据案而坐，并没下座迎接，他便长揖不拜，报上了自己的姓名。桓温请他坐下，王猛便在一张胡床上坐下。待王猛坐下以后，桓温便问他道：“现今我奉天子的命令（桓温称东晋的偏安皇帝为天子），率领精锐大军10万，凭恃仁义讨伐逆贼，为百姓除去残暴阴贼，现在我已到了长安附近，然而三秦的豪杰竟然没有前来见我的，这是什么缘故呢？”王猛听桓温如此发问，不慌不忙，拱了拱手，然后回答：“将军不远千里而来，深入到了敌寇的腹地，长安近在咫尺，但您却不渡过灞水，百姓不知道将军怀有怎样的心思，所以他们都不来。”王猛一边说，一边坦然地看着桓温。桓温北伐，实际上并不想收复中原，匡复什么晋朝，他只想立功劳而收名誉，树立自己在东晋的权威，以便将来有机会自己做一个偏安的皇帝，所以他并不想灭前秦。在他看来，若要消灭前秦，自己的军队无疑会遭受重大损失，别人就可以轻易地取代他了。如果不和前秦硬拼，可以保存实力，且打到了长安附近，东晋朝廷不能不说这是大功一件。这样实力保存了，威权和官位也上去了，回到东晋以后，自己的欲望不就更有实现的可能吗？所以他逗留不进，要挟东晋给他更大的官、更多的封赏。

王猛的话虽然不多，却一下子就点到了桓温的腰眼儿上了，桓温愣了半天，没想出适当的话来回答他，只好打着哈哈，说些无关痛痒的闲话。王猛一看，就知桓温志不在前秦，而是另有所图，所以他也不再往下说，而是只与桓温泛泛地谈些世务。王猛在整个过程中神情自若，旁若无人，他一边与桓温谈论，一边在粗毛短衣里捉虱子，风度潇洒。他的神情举止，使桓温很惊奇；他的话让桓温觉得，这个不到30岁的年轻人是个人物，虽不能深切认识王猛的真实才能和智慧，但也觉得他非同一般，就决定请他回江南。

过了几天，桓温决定领兵回江南，临行之前，他送给王猛一套华丽的车子和马匹，并且拜他做督护，请他与自己一同回南方去。王猛明知桓温有异志，但苦行未能更多地了解桓温的为人，并且他生在北方，出身贫苦，而江南又是几家大族把持，去南方前途未卜，因而王猛一时拿不定主意，犹豫不决。王猛决定回华阴山一趟，征询老师的意见，请老师指示。到了山里，老师问了问王猛见桓温的情况，王猛如实做了回答，并说桓温请自己去南方，请老师指教，去还是不去。王猛的老师看了看王猛，然后慢慢地说：“一山不容二虎，你与桓温难道可以在世上并存吗？在这里也自可以富贵，为何非要到遥远的江南呢？”老师的话一下子就使王猛清醒了。是啊，两个杰出人物，都想出人头地，在一起岂不是要出矛盾。到了南方，如果不依附桓温，前途定然不妙；依附桓温，自己就永无出头之日，这难道不是一件危险也令人不愉快的事吗？于是，王猛决定留在关中等待并另寻时机，不随桓温到江南去了。第二天，王猛又去见桓温，把自己的想法说了。桓温虽然对王猛有些奇异的感觉，但毕竟尚未深入了解他，只高看他一眼罢了。所以桓温也未勉强王猛，自己领兵退出函谷关，奔荆襄大路返回东晋去了。王猛依然留在关中。

3 得遇明主

人是需要机遇的。机遇来了，想挡都挡不住。王猛不久就遇上了一个千载难逢的好机会。

盘踞关中的前秦是苻洪、苻健父子经营建立的，苻洪未称皇帝，而苻健称了帝。苻健称帝4年后病死，其子苻生继为皇帝。这个苻生，性格凶暴、沉湎于酒色、临朝辄怒、唯行杀伐。自即位以后，先后杀文臣武将数十家，近臣左右数百人。加之又不恤国政，以致猛兽食人，农桑俱废，而苻生晏然自乐。苻生的倒行逆施引来天怒人怨，但他不但不稍加收敛，反而变本加厉，这激起了苻坚的愤怒。

苻坚是苻洪小儿子苻雄的儿子，少有经世济民的大志，博学多才，倾心要结交英雄豪杰，以图经纬天下。苻生即位，滥行杀戮，太原薛赞和略阳权翼劝苻坚行汤武之事。所谓汤武之事，就是指商汤灭夏桀、周武王伐殷纣的事，意即要苻坚废苻生而自立。苻坚见苻生滥杀无辜，可能不知什么时候就要杀自己的弟兄们，深以薛赞、权翼的话为然。要有所图谋，必加准备。苻坚网罗了吕婆楼、强汪、梁平老、薛赞、权翼等一帮人，他听说王猛有名，就派吕婆楼带厚礼专程召请。王猛施展才华的机会终于来到了，而历史也留下了一段君臣相知的佳话。

吕婆楼带领王猛来到了苻坚府上，苻坚已经在厅外迎候，王猛一见苻坚，便快步上前，深施一礼；苻坚一见王猛，也赶忙抢上一步，双手扶起。二人执手进入内室，寒暄过后，屏退众人，开始了谈话。

这次谈话是君臣二人以后相互了解、相互信任的基础。二人披肝沥胆，各谈心腹之事，他们惊奇地发现，对方正是自己寻找已久的对象。他们谈及天下大事，好像上天安排的一样，异符同契，句句投机，对相当多的问题都有一致的看法。王猛知道，自己等待这么多年，终于等到了要等的人，一个可以辅佐的君王，一个有大志又礼贤下士的君王，他很兴奋。苻坚也一样，知道自己终于找到了一个有远见卓识、深通谋略、志向远大的杰出人物，这个人物将帮助自己成就大业。两颗心那么贴近，那么融洽，这情形一点儿也不亚于刘玄德与诸葛亮。二人今日如鱼得水，只恨相识不早。从上午一直谈到快日落，甚至忘记了吃饭，其话语就像不尽的流水，互相滋润着心田。

自古君臣相得难，因此像周文王遇吕尚、齐桓公待管仲、刘备信任诸葛亮，便都成为千古佳话，传诵不绝。君臣相知相得，是封建时代人们希望出现的情景，可惜太少了，漫漫数千年，有几个这种情况呢？实在是屈指可数。王猛与苻坚一见如故，信任不移，有始有终。从此，王猛竭忠尽智，为苻坚谋划；而苻坚则推心置腹，信任异常，视王猛为自己的臂膀、国家的栋梁。

王猛入苻坚府不久，苻生就想杀害苻坚兄弟——苻坚和他的庶兄苻法、弟弟苻融。苻坚当然不甘心被苻生无故杀死，又想到祖父、父亲创业艰难，一个苻生胡作非为，将断送社稷江山。于是苻坚在王猛、吕婆楼、强汪、梁平老、薛赞、权翼等人的鼓动和参谋下，在苻法、苻融以及儿子苻宏的帮助下，断然采取行动，将苻生杀掉，自己做了前秦皇帝。

苻坚做了皇帝，以王猛为中书侍郎。当时始平县的氐族豪强大多是跟随苻洪在枋头起兵的旧人，因此豪强大族横行不法，劫匪盗贼充斥地方，社会极不安定。而苻坚要求的是一个安定的环境，以巩固政权，并使社会有所发展。始平密迩京师，诸豪强居功自傲，如不整肃，社会就不可能安定，也易激起民变，政权的巩固也就谈不上了。于是苻坚转任王猛为始平令，希望他能整顿法纪。

4　整肃吏治

王猛受命，深知肩上的责任，因此他下车伊始，就首先申明法度，明示众人将以重法峻刑治理始平，敢有犯法者绝不轻恕。同时，他仔细地廉察善恶，做到心中有数，在此基础之上，采取措施禁抑豪强。豪强多恃军功，纵横不法，残害黎民，他们虽久闻王猛大名，但并不相信王猛敢对他们怎么样。他们认为，自己对苻氏有大功，且多为皇亲国戚，王猛又能如何？所以依然我行我素，想把王猛吓回去。

始平有一小吏，想试试王猛到底有什么能耐，就故意犯法，王猛当庭将其鞭杀，这下子把始平那些不法之吏都给镇住了。豪强们一看动真格的了，得把这股劲儿压下去，于是上书苻坚，弹劾王猛擅杀之罪。

苻坚本来就是要王猛到始平整肃法纪，看到王猛不畏豪强，很为赞赏。但众人上书又不能不做个样子，于是下令将王猛押入廷尉诏狱。所谓诏狱，是旧时根据皇帝的命令特殊处理的案件。苻坚带了一班臣下亲自讯问王猛。苻坚说："施行政治的体制，以德行化育为先，你到任没有几天，却杀了无数人，为什么这么严酷呢？"王猛明白苻坚的意思，于是理直气壮地回答："臣听说，治理安宁的国家用礼义，治理动乱的国家用刑法。陛下不认为我没有才能，才把一个政务繁杂的县邑交给我治理，我这样做，是为圣明君主剪除凶猾之辈。我只不过才杀了一个人，余下的凶猾尚以万数计。陛下若是认为我不能穷治残暴、尽诛奸邪，从而肃清规矩法度，我怎么敢不甘心领受鼎镬之刑罚呢？怎么敢不以此来谢对陛下的辜负之罪呢？但说我实行酷法，这个罪名臣实在不敢领受。”苻坚待王猛说完，立即回过头去对跟来的群臣说：“王景略可真是管夷吾、子产一流的人物啊！”然后，苻坚就把王猛放了出来。

王猛以他的智谋和忠诚愈来愈得到苻坚的亲宠，苻坚要依靠他成就升平大业。不久，苻坚就迁王猛为尚书左丞、咸阳内史、京兆尹。未过几天，又任命王猛为吏部尚书、太子詹事；后又迁为尚书左仆射、辅国将军、司隶校尉、加骑都尉，居禁中负责宿卫。这时，王猛年仅36岁，一年之中5次迁官，权势倾动朝野内外，宗室戚属和前秦的故旧大臣都因王猛被宠信而非常嫉恨，总想将他弄倒。

樊世是氐族大豪，在苻健时对前秦王朝立有大功，平时就负气倨傲，见王猛如此被苻坚信任，非常不满。一次，在大庭广众之下，樊世公开侮辱王猛，他说：“我们这些人与先帝一起兴起了事业，现在却不能参与事权，你没有汗马功劳，凭什么敢专管大事？这不是我们耕种庄稼而你吃粮食吗？”王猛对这种行为非常气愤，他知道如不能将樊世制服，以后就别想有什么作为，于是他不客气地说：“我还想要你做宰杀牲畜的屠夫，哪里仅止让你耕种庄稼呢？”樊世听后暴跳如雷，恨恨地说：“一定要把你的脑袋挂在长安城门上，如不能这样，我没脸活在世上！”王猛知道，樊世这样的人说到就能做到，而且有这种想法的绝不止樊世一个，他决定杀鸡给猴看，将豪强的气焰打下去。王猛没有理睬樊世的喊叫，他进入宫中，把樊世的话禀告给苻坚，苻坚听后很生气，说：“必须杀掉这个老氐，然后百僚才可以整肃，否则我们什么事也干不成了。”苻坚和王猛商量了一个办法，要将樊世除去。

5 兴国强邦

也是事有凑巧，不大工夫，樊世进来向苻坚陈说事情。樊世说完事情，苻坚根本没予理会，反而故意问王猛："我打算让杨璧娶公主，杨璧是个什么样的人？"王猛尚未答话，樊世就勃然大怒，厉声说："杨璧，他是我的女婿，婚姻早就定下来了，陛下怎么能让他娶公主呢？"这时王猛发话了，他一本正经且严肃地对樊世说："陛下占有四海，而你竟敢与陛下争婚，这不是有两个天子了吗？哪里还有君臣上下之分？"樊世明知他们这是拿自己开心，心中气忿已极。对苻坚他不敢怎样，但现在王猛这么一说，他就想出出气，于是把所有的怨气、怒气一起发到王猛身上。王猛话音一落，樊世腾地一下子就从座位上站了起来，伸手就要打王猛，左右侍卫上前死死把他拉住。樊世没打到王猛，未得泄气，就用污秽的言辞大骂。俗话说，相打无好手，相骂无好口。樊世这一骂，不但骂了王猛，还辞及苻坚。苻坚当即大怒，喝令左右侍卫立刻将樊世拉到西马厩杀掉。

这一下子可麻烦了。俗话说："物伤其类，兔死狐悲。"樊世被杀的消息传出，那些氐人哗然骚动，都来说王猛的坏话，要求把王猛赶出朝廷。苻坚气极了，顺口骂人，并且把一部分氐人拉到殿庭中鞭挞。权翼一看，这样闹下去不行，就向苻坚进言："陛下宏毅通达，宽仁大度，善于驾驭英豪，神武卓，记录人功，捐弃人过，很有汉高祖刘邦的风范。但是，陛下贵为天子，那些简慢率易的话，应该注意加以清除。”苻坚听了，觉得权翼的话也甚有道理，于是转怒为喜，笑道说：“这是朕的过错啊！”然后让侍卫把诸氐放出，这场风波才平息了。

但诸宗戚旧臣不甘心，还有人要攻击王猛。尚书仇腾、丞相长史席宝屡次诋毁王猛，苻坚非常生气，就把仇腾贬黜为甘松护军，逐出朝廷；让席宝以白衣领丞相长史的事务，夺去了官爵。自此以后，朝中公卿百僚没有人再敢说王猛的坏话了。

公卿百僚不敢说坏话，并不等于他们不敢在外边为非作歹，很多权贵豪强还是照样横行不法。

苻健的妻弟强德，位居特进，倚仗自己是先皇帝的小舅子，鱼肉百姓，成为京师百姓的大患。王猛为京兆尹，职责所在，将强德捕住，然后杀掉了，并将其尸陈列在市上。当时的御史中丞邓羌，性格耿直，不屈服于豪强的势力。他极力帮助王猛整肃法纪，与王猛同心协力，在数十天之内，两人诛杀贵戚豪强20多人。这种雷厉风行的办事魄力，给朝廷以莫大的震动。于是，在朝廷，百僚震肃，讲究礼法；在朝外，豪强屏气，不敢为非。一时之间，风俗一变，路不拾遗，治化大行。治乱世用重典，奸邪不除，国无威信，民不聊生，放纵坏人就是残害好人，哪有坏人当道、肆意横行的社会能够发展长久的。王猛的严刑峻法见了功效，苻坚大为高兴，他赞叹道：“我从今才知道天下是有法的，也才知道天子是尊贵的！”因此，他愈加信任王猛，相信他能把国家治理得很好。于是，苻坚拜王猛为尚书令、太子太傅，加散骑常侍。王猛上表表示不接受，苻坚坚决不允许，无奈只好接受。不久，又迁转他为司徒、录尚书事，余如故。王猛这次上疏辞让，坚卧在家，宁肯不干也不受命，苻坚只好听他这一次，没有强迫他。

此后，王猛辅佐苻坚，内立法度、讲礼义、兴学校、课农桑、敦风俗，使境内治化大行；在外，掠汉阳、克羌寇、降李俨、斩叛将苻柳，立下了很多战功。无论在内政还是军事上，王猛都显示了杰出的才能，对于前秦政权的巩固和社会的安定发展做出了极其重大的贡献。

6 谏坚杀垂

东晋太和四年，即前秦苻坚建元六年（369年），东晋大司马桓温率兵讨伐前燕慕容暐。在晋军的攻击下，慕容暐的燕军屡屡败阵，形势非常危险。慕容暐无奈，只好派使者向当时势力较为强盛的前秦借兵，为了让苻坚派兵，他表示将武牢（即虎牢，今河南省荥阳市汜水镇）以西之地割给苻坚。苻坚当然不愿意桓温将慕容暐打败，那对他是不利的，他本就打算与慕容暐连横以抵抗东晋，现在慕容暐求救正是好机会，何况还可以得到大片土地。于是苻坚派苟池率领步骑2万去救慕容暐。前秦和前燕的联军将桓温的军队打败了，桓温无奈，只好撤回江汉一带，苟池也率兵回返关中。

此时，在前燕朝廷，宗室慕容垂受到太后可足浑氏和慕容评的嫉恨，太后与慕容评设计要杀害慕容垂。为了避害，慕容垂投奔了苻坚。慕容垂在前燕建有大功，威德素振，避害来奔，焉是久居人下的人？王猛对此有所顾虑，他对苻坚说："慕容垂，燕国的宗室戚属，世世代代雄踞东夏。他宽和仁爱，对下甚有恩惠，以恩义要结士庶，很得人心，燕赵之间的人都有拥戴尊奉他为国主的想法。我观察他的才能谋略，权术智计变化无方，随机应变，无有穷尽。更兼他的几个儿子都明达勇毅，有干练的才艺，他是一个人杰啊！蛟龙猛兽，不是可以驯服的东西，不如趁机把他除掉，以绝后患。"苻坚沉吟了半晌，对王猛说："我现在正以恩义招集天下的英雄，以建立传世的大功业，怎么能杀人呢？况且他刚刚前来，我已把至诚之意告诉了他，现在把他杀掉，人们会怎么说我呢？”于是苻坚决定不杀慕容垂，王猛也没办法，只好暗中加以防范。人在建立功业时要招揽英豪，但要招的是志同道合者，别有所图的枭雄是万万招不得的。苻坚只知一而不知二，想以小恩小惠笼络慕容垂，哪里能奏效呢？王猛见微知著，苻坚竟然不听，这就种下了祸根。王猛死后，慕容垂迅速扩张势力反对苻坚，这是苻坚始料不及的。

且说桓温大军撤走以后，慕容暐就后悔了，他觉得不该把武牢以西的土地割给苻坚。慕容暐认为，即使不给苻坚土地，他也不能把自己怎么样。人往往是这样的，危急时求助于人，危急过后就忘了当初的窘困，正如俗话所说，“好了伤疤，忘了痛。”于是慕容暐派来一个使臣，对苻坚说：“不久以前答应的割地，是外交人员说错了话，不是国主的意思。有国有家的人，互相分灾救患，应该是事理之常有，哪有帮助别人就要好处的。武牢以西的土地不能割给您了。”苻坚一听，登时大怒。他觉得慕容暐要了自己，况且苻坚早想攻打前燕，但一直没有机会和借口，于是决定攻打慕容暐。苻坚派王猛率领梁成、邓羌领步骑3万，以慕容垂为向导，首先攻打慕容筑防守的洛阳。慕容暐闻报，即派慕容臧领兵10万，从邺城来解洛阳之围。王猛派梁成率领万人，卷起旗甲，轻装袭敌，在荥阳把慕容臧打得落花流水，使他退回邺城。洛阳城中的慕容筑闻知援兵不能前来，惧怕至极，就向王猛请求投降，于是王猛将队伍排开，接受了慕容筑的投降，并进入洛阳城中。兵在精而不在多，将在谋而不在勇，王猛几乎没费什么事，轻易就取下了洛阳。谋而后动，动则有功，他确实是一个能谋善断的将才。王猛留下邓羌镇守洛阳，自己则回师凯旋。

7　马踏前燕

第二年，苻坚和王猛商议之后，决定大举讨伐慕容暐，把前燕吞并，以完成在中原的统一。于是，苻坚派王猛统率杨安、张蚝、邓羌等人，领精兵6万征伐慕容暐。苻坚亲自给王猛送行，直至灞东。苻坚拉着王猛的手说："现在我给你6万精兵，委你以平定鲜卑的重任，你便可从壶关、上党直出潞川，这是迅速取得胜利的关键，所谓迅雷不及掩耳，敌人是料不到的。我当亲自率领大队人马继你之后进发，让我们在邺城相见吧！我已敕令漕运相继启动，你只管考虑如何灭贼，不要考虑后方的事情。"王猛对苻坚的信任非常感激，他对苻坚说："臣庸凡劣下愚顽，又出身孤贫，蒙受陛下的恩宠荣信，在朝内侍奉帷幄，出朝外总持戎旅，凭借宗庙的威灵，禀受陛下的神机妙算，残败之胡不足平也。我希望不必烦劳陛下的车驾，使陛下蒙受霜露。只请陛下赶快敕令有关部门，部署安置鲜卑人的处所就是了。"王猛的话表示了他消灭前燕慕容的决心和信心，苻坚听后非常高兴，他相信王猛一定可以完成平定前燕的大功。君臣二人依依难舍，执手而别。

王猛率队进发，先后拔上党、晋阳。此二城为前燕西部重镇，二城不存，邺城就失去了西部屏障，慕容暐十分着急，立即派太傅慕容评率众40万来救。慕容评人马虽众，但畏惧王猛，不敢前进，大军在潞川屯扎下来。王猛留毛当戍守晋阳，率师与慕容评相持。敌军人众，王猛军人少，为了扰乱敌军人心，增强自己的士气，王猛派游击郭庆率锐卒5000，夜晚从隐秘小路潜入慕容评大营之后，傍山放火，烧毁了慕容评的辎重。是夜，火光冲天，连数百里外的邺城都见到了。这把大火使慕容暐十分不安，派使者催促慕容评出战。慕容评其人，性格贪鄙，毫无远略，只因是慕容暐的宗族戚属，又曾助慕容皝、慕容俊，所以进位太傅。他领兵与王猛对垒之际，不思抚恤士卒，反而借机敛财，在军营中卖薪柴、鬻饮水，军中十分不满。王猛知慕容评有这等苟且之行，心中大喜，知道有可乘之机了。慕容评被慕容暐责备，只好领兵求战，王猛在潞原上集师誓众，慷慨激昂。他说："我王景略受国家深恩厚德，担负重任，兼领内外，现在与诸君深入敌人内地，大家应该各自勉力向前，不可后退。愿大家在行列部伍中同心协力，以此报答皇帝的恩德和眷顾，争取在圣明君主的朝廷上立功受爵位，回家在父母之室喝庆功酒，这不是一件荣耀的事情吗？"军中将士受王猛的鼓动，都各思立功，勇气倍增，于是打碎锅碗、弃掉粮袋，大声呼喊着争先恐后扑向敌军。

但打仗仅凭勇气并不能取胜，王猛见慕容评人多，心里感到不安。他想，如果把一部分敌人先行击溃，那么敌方军中就会自相混乱，取胜就容易了。于是他请邓羌领先取捷，邓羌向王猛要司隶校尉这个官位，王猛起初说："司隶校尉这个官我说了不算，但我一定安排你做安定太守，封你为万户侯。"但邓羌不高兴，回到自己的营帐中躺下了。自私自利的人在需要他的时候，通常会先提出种种条件，置国家与大众的利益于不顾，邓羌就是一个典型的例子。

两军交战，战斗十分激烈，一方要取胜以求爵赏，一方要取胜以保性命，战斗的惨烈程度可想而知。王猛骑马站在高处，眼见敌兵层层涌来，心中十分焦急。无奈，他只好骑马跑到邓羌帐中，许下司隶校尉这个职位。邓羌在帐中猛喝一顿酒，然后带领张蚝、徐成等部驰入慕容评军中，数次冲进冲出，旁若无人。邓羌等人在敌人军中冲突杀伐，使敌人军中大乱，鼓舞了前秦军士的斗志。双方战至日中，慕容评军大败，被斩杀俘获5万余人，慕容评引兵退走。王猛领兵在后猛追，不给敌军以喘息之机。乘胜追击溃逃的敌人，士气大振，而敌方则心惊胆战，兵无斗志。王猛在追击途中又降敌和斩杀10余万人。慕容评狼狈不堪逃回邺城，王猛则领兵将邺城团团围住。

苻坚得到王猛打败慕容评40万大军，并已经兵围邺城的消息，十分兴奋，亲率10万大军星夜向邺城进发。到了邺城以后，见了王猛少不得有一番慰问。苻坚、王猛兵会一处，声势浩大，终于把邺城攻克，慕容暐逃向高阳，半路被俘获，前燕灭亡。

苻坚、王猛攻下邺城，俘获慕容暐，统一了关中和中原一带，这是前秦国势最盛的时期。自此以后，在数年之间苻坚和王猛君臣致力于内政，薄赋敛、兴学校、齐风俗、崇礼义，关陇河洛一带清平晏安，百姓丰乐，几乎达到了所谓的升平之世，是十六国时期北方少有的好时候。

8　君臣佳话

王猛率军征伐慕容军禁严明，所经之处师无私犯，俨然有王者之师的味道。邺中河、漳一带，在慕容暐治理时，社会状况极差，劫匪强盗公然横行，黎民百姓备受其害。王猛一到，盗贼劫匪都闻风而遁，少数胁从者改恶向善，不再为非作歹，远近郡县都很快安顺平静下来。因此，燕人安于王猛的治理，社会迅速安定，生活也都正常起来。鉴于王猛的功劳，苻坚给王猛加官晋爵，苻坚于是以王猛为使持节，都督关东六州诸军事、车骑大将军、开府仪同三司、冀州牧，晋封为清河郡侯，让王猛镇守邺城。同时，苻坚念王猛久在军旅，赐给他美妾5人，马百匹，车十乘。对于官位，王猛接受了；而其他的女人、车马，王猛固辞不受。王猛不是一个追求感官享乐的庸人俗夫，他追求的是建功立业，经世济民。

王猛既领翼州牧，留镇邺城，苻坚许其在关东六州便宜行事。所谓便宜行事，是封建时代君主给那些位高势大的权臣或者是亲信宠臣的一种特许权力，这种权力允许受命者在一个特定的范围或一个地区内根据实际情况和需要进行自主处理，不必先征求皇帝或君主的同意，特别是在用人行政和应付突发事件上，受命者拥有先行处置之权。王猛在邺城膺受此命，便根据当地亟须加以整治以建立正常秩序的需要，简选了一批英杰之士，让他们补作六州所属郡县的长吏，让他们根据当地的情况安辑黎民，维护治安，尽快地把社会生活引上正轨。然后，王猛再把他们的姓名、履历申报朝廷的有关部门，给予正式的委任，发给委任状。这种委任状，旧时代称为官凭。王猛在冀州尽心尽力，苦心经营，经过数月的努力，官吏基本上补齐，局面基本稳定，一切都粗具规模。

从此处，我们可以看出王猛的计划是何等的周密，行动是多么的快捷，他是一个尽心国事、夙夜操劳的人。王猛不像有些人尸位素餐、混混度日，无所事事亦无所用心，终年不知在干些什么；他也不像另一些人碌碌无为、才具庸下，终日里东一头西一头，忙忙乎乎，结果却什么也干不出来；他更不像有些人居功自傲、贪图享乐、迷恋声色，只知保住官位以图享受，全不思居位尽职。王猛居位则尽职，谋事则有成，凡事先考虑于心，动则致效，才智深美，为国干城。

冀州的事情有了眉目以后，王猛给苻坚上疏，请求允许辞去都督六州诸军事的重任，以便专任一州。奏疏中言辞恳切，确是衷心之语，不是说出来做样子的。王猛是个知进退的人，他不像有些人不知己亦不知世，贪利冒进，钻营万方，官越大位越高越好，全不思自己的才具是不是称其职、称其位。王猛不是这种角色，他是一个深知进退之理的智者。苻坚当然不会同意王猛的请求。任何一个君主，都想依靠那些既值得信任又具有才能的臣下。苻坚方倚王猛为栋梁，视王猛为长城，关东大事靠王猛料理，哪里会允许王猛辞位。为了表示自己的诚意，苻坚派侍中梁谠到邺城向王猛当面说明自己的意旨，喻令他继续居职治事。无可奈何，王猛只好像以前一样处理各种繁杂的事务。

这一年，有大风从西南来，吹入长安城。不大一会儿，天地阴晦暝暗，就像夜晚似的，天上的星星都现出来了，一颗硕大的红色星星出现在西南方的天空中，大家都甚感惊奇。前秦太史公魏延向苻坚进言道：“在占书上，这种情况预示着西南方的国家当亡，明年一定会平定蜀汉。”苻坚一听，非常高兴，于是一边命令秦州、梁州两地暗中加以准备；一边先行进行人事安排。

苻坚首先想到的就是王猛，他让苻融为冀州牧，代替王猛，命王猛为丞相、中书监、尚书令、太子太傅、司隶校尉，持节、常侍、将军、侯如故，再加上一个名号：都督中外诸军事。王猛上表坚决推辞，苻坚执意不允。在朝堂上，待大臣退朝以后，苻坚对王猛说："从前你是布衣，我才弱冠，当时正是世事扰乱、纷纭不定的时候，我一见你，就知你为奇伟瑰异之士，把你比作卧龙；你也对我另眼相看，终于捐弃了《考盘》古诗要人隐遁的素志，这难道不能证明我们俩精神相契合如同符契吗？我们两人真是君臣遇合，千载才有的一会啊！虽然古时有傅岩人殷高宗之梦、姜太公警周文王的梦兆，但我们今天与古时相比，也不见有什么不同。自从你辅政以来，几乎将近二纪（一纪即一星纪，12年），在内总理各种事务，在外领兵荡平群凶，天下正在走向安定，天、地、人的常道开始有了秩序。我现在正想在上逍遥从容，让你劳心尽智于下，弘道济世的大事，除了你还有谁能担当？"苻坚的话十分恳切，使王猛非常感动。苻坚不允许王猛辞事，王猛感于苻坚的信任，只好继续处理事务，经略四方。

就这样，又过了数年。苻坚眼见在王猛的尽心治理下，国家兴盛，百姓安乐，心里十分高兴，于是又授王猛为司徒。王猛上疏力辞司徒之拜，言辞恳切，苻坚无论如何都不许，王猛无奈只得受命。当时，军国内外万机之务，无论事情大小，全归王猛掌握，苻坚真是垂拱而治，逍遥于上。

9　尽忠国事

王猛手握大权，却从不为私，而是尽心国事、夙夜操劳。王猛管理政务力求公正平允，他流放那些尸位素餐者，简拔幽滞，显扬贤才，外修兵革，内崇儒学，劝百姓致力于农桑，派官员督促检查，教黎民以礼义廉耻，使他们知道进退，无罪不滥加刑罚，无才不加以委任，各种庶事都能得到妥善的处理。在王猛尽心竭力的治理下，当时的前秦可说是兵强国富，以至将要及于升平之世。这成就，在十六国时期是绝无仅有的。苻坚曾经从容地对王猛说："卿夙夜不解，忧心劳力，致力于天下万机，我就好像周文王得到姜太公一样，将优游以卒岁！"唯苻坚能识王猛，唯王猛能尽心于苻坚，君臣相得如此，在历史上也是极突出的。对于苻坚的信任恩宠，王猛心中是有数的，他对苻坚说："没想陛下这样清楚地知道臣的过错，臣怎么能够赶得上古人呢？"这是王猛的谦逊，说实在的，古人未必如此。傅岩、太公远矣，汉高祖虽以萧何、张良为功劳第一，但信任恩宠不及苻坚对王猛远甚。萧何在关中，刘邦固赐良田甲第，而萧何不得不遣子弟随刘邦征讨，比之苻坚让王猛总理国家政事，谮言不入，相去甚远。所以苻坚说："以我看，太公怎么能超过您呢？"君臣如此，何愁大事不济！苻坚对王猛不是做表面文章，他经常对太子苻宏、长乐公苻丕说："你们事王公，就好像事我一样。"可见苻坚对王猛的敬重纯是出自内心的。

王猛行事雷厉风行，从不拖泥带水。广平人麻思因丧乱流落，寄居在关中，母亲亡故，麻思要归乡收葬，请求允许返还冀州。王猛对麻思说："便可急速打点行装上路，今晚已经发出符令，发遣你回冀州。"当时冀州为前燕之地，前秦与前燕分属敌国，没有符令，任何人都不能随意出函谷关。所以王猛要给麻思发个符令，以便他不受阻挠。麻思听从了王猛的话，立即打点上路，他刚出函谷关，沿途郡县已经被符令管摄住了，命令传达如此迅捷快速。王猛行事大抵如此，令行禁止，任何事情都没有淹留迟滞的。他政令畅达，也无怪乎他能把国家治理好。王猛性格刚正严明，清廉整肃，对于善恶的区分尤其严格，所行务趋善道，所诛逐必为邪恶，因此朝中正人多而小人寡，政务才能平允，天下才能安定。但人无完人，金无足赤，王猛亦小有过失。因他严于善恶之分，所以对于过去一饭之恩惠，不能去心；对于过去有人对自己的一点儿小怨恨，亦铭记不忘。他握重权以后，没有一样不加以报答和报复的，有恩惠者倍加报德，有仇怨的则报以仇怨，时人对他的议论在这点上颇有微词。似乎王猛太计较了，气度不够宽宏，然而细想一想，这也确乎是善恶所由分之处。君子恤人于贫困，小人下石于危难，君子理当被报德，小人亦应得警戒。无原则的所谓大度，从另一面来说，正是见恶而不除，养恶而至于患，崇风俗者不当如此。恶人不受报，天下谁人尚为善？善人不见德，天下谁人不为恶？善恶关乎人心，报德报怨都有来由，此亦劝善之一法，治世之一端，不可轻加訾议的。

10 积劳成疾

王猛被拜为司徒不久就身罹疾患，苻坚对此非常着急，亲自到南北郊天地之所，到祖宗的庙里，到社稷神坛，向上天后土、神宗、神灵祈求，让王猛的病快些好起来。同时，分别派遣内侍之臣代表他到河、岳诸祭祠神灵的地方进行祭祷，请河岳诸神对王猛加以佑护。但王猛因长期劳累，病势不见减轻，药石既已无力，神灵也不能有为。苻坚见祈祷无效，又对境内的犯人进行大赦，凡是死罪以下的犯人，都得到赦免，但王猛的病仍不见起色。王猛在疾病中，仍不忘国事，他给苻坚上表，感谢苻坚为他祈求神灵的恩典，同时言及时政，对内外大事都提出了中肯的意见。这使苻坚非常感动。苻坚览表时泪流满面，涕泗交下，左右臣下没有不悲恸的。他们都被王猛尽忠国事的精神和行为感动了，他们也被苻坚和王猛之间这种至诚的关系感动了。

王猛积劳成疾，久治不愈，不久就病得十分厉害。苻坚此时亲自前去探病，并询问他对以后国家大事有什么想法。王猛伏枕，勉力说道："晋朝虽然处于僻远陋小的吴越，但是正朔相承，不可轻视。亲近仁人，善结邻邦，这是国家之宝。臣没于地以后，希望不要图谋晋国。鲜卑、羌虏是我们国家的仇敌，终究要成为祸患，应该逐渐地加以清除，以便利社稷国家。"人之将死，其言也善。因为这时的话往往是经过长时间思索得出的。苻坚握住王猛的手，流着泪点头答应了王猛的请求。王猛说完话，看着苻坚，鼓起最后一点力量，紧紧地握住了苻坚的手，他看苻坚点头了，也就放下了心上的石头，撒手而去，终年仅50岁。

一看王猛合上了双眼，苻坚立刻痛哭失声。几十年风风雨雨，几十年朝夕相处，几十年相知相得，一旦撒手而去，再也不能披肝沥胆、激昂慷慨地纵论天下大事，再也不能得到如此知心的朋友，苻坚能不痛心吗？苻坚与王猛，分为君臣，义兼师友，这种情谊不是一般的情谊。左右群臣一看苻坚痛哭失声，想起王猛公而忘私的作为，想起他对国家的贡献，想起他夙夜操劳，使国家如此富强昌盛，都痛感失去这么一个人对国家是极重大的损失，犹如大厦折梁一般，因此群臣也都失声痛哭，一时间，王猛的府第一片哀声。人活着时，人们可能不觉得什么，一旦失去，就如同失去了主心骨似的，这样的人才是真正有价值的人；人活着，大家觉得不错，死去却并不觉得少了什么，这样的人其实只是一个俗人，顶多是个老好人。王猛是个有价值的人，他赢得了人们衷心的眼泪，也就是赢得了人们衷心的景仰与爱戴。

王猛入殓的时候，苻坚亲自去看了三次，他对太子苻宏感叹说："这是上天不想让我统一天下吧？为什么这么快就把我的景略夺走了？"赠王猛为侍中、丞相，其他的官爵都照生前一样保留。葬礼完全遵照西汉宣帝时大将军霍光的规矩办，谥王猛曰武侯。朝野官民巷哭三日。

苻坚对王猛的情感是真诚的，丧葬之礼也是非常隆重的。王猛可算不虚此生。生前位居万人之上，手握大权，得君主无比宠信，死后备极哀荣，流芳百世。

感情的真挚不能代表对问题认识的透彻。王猛死后，苻坚失去了这个优秀谋臣，开始犯错误了。王猛死后不久，苻坚就开始了南征北讨，他忘记了王猛临终的忠告：信任鲜卑人慕容垂和羌人姚苌，使他们得以扩大势力；同时他妄自尊大，发动了对东晋的战争，只有骄傲之心而无谋敌之策，在淝水被打得大败。此后前秦内部动乱，慕容垂重占冀州，建立后燕；姚苌逼死苻坚，建立后秦，前秦国灭。

苻坚得王猛，国家以兴；苻坚失王猛，国家以灭。王猛身系国家兴亡，王猛是个不可多得的人才。王猛与苻坚，其相知相得成为佳话，能保持始终更为难得，这在封建时代实在是值得赞扬的。可惜，苻坚后来忘记了王猛的忠言，终使身亡国灭，这不免令人愈加思念王猛。

（十）

元朝无二聪书记

——刘秉忠

1 弃官归隐

刘秉忠，字仲晦，初名侃，金宣宗完颜贞四年（1216年）出生在金王朝统治下的邢州（今河北省邢台市）。刘秉忠的祖先本是瑞州（今江西省高安县）刘李村人，由于世代仕于辽王朝，遂为官宦之家。金灭辽以后，刘秉忠的祖先效命于金王朝，由于其曾祖父被任命为邢州节度副使，刘氏便定居于邢州，从此刘氏一家便成了邢州人。

刘秉忠出生之时，正值金王朝逐渐衰亡，而于公元1206年建立的蒙古国则在成吉思汗的领导下，正在成长为一部征讨的机器。在蒙古国建立之前，蒙古族依附于金王朝，是金王朝统治下的臣民，向金王朝纳贡。成吉思汗统一蒙古各部后，遂于公元1206年建立了蒙古国。公元1209年，金章宗完颜死去，卫绍王完颜永济即位为皇帝。公元1210年，金王朝派使臣把新皇帝的诏旨带到蒙古国，并传谕成吉思汗应跪拜接旨。当成吉思汗听说金王朝的新皇帝是完颜永济以后，破口大骂说："我以为中原皇帝是天上人做的，这个庸弱无能的家伙也配做皇帝？拜他做什么？"成吉思汗还对金王朝的使者百般侮辱，将其赶了回去，蒙古国与金王朝之间的臣属关系正式宣告破裂。

当成吉思汗逐渐知道金王朝内部发生混乱之后，便决计出兵南侵。公元1211年2月，成吉思汗在克鲁伦河畔聚众誓师，他依照蒙古的古老传统，解下腰带挂在颈上，向上天祈祷说："长生天啊！金朝皇帝杀害了我的祖先，倘若你允许我复仇，就请援助我吧！"成吉思汗利用氏族复仇的原则，作为出兵南侵的借口，使人们相信长生天会给他们增添无穷的力气。成吉思汗只留下2000骑兵驻守草原，自己则调来几乎所有军马出征。蒙古骑兵从克鲁伦河草原出发，开始了为时7年的大规模南侵。

经过数年的征讨，成吉思汗于公元1216年返回克鲁伦河草原。及公元1217年，成吉思汗又召回攻打辽东的木华黎，对他说："太行以北，我自去经略，太行以南的事，你去尽力料理吧！"此后，成吉思汗将攻打金王朝的战事委托给了木华黎，并按照汉人的习惯，封木华黎为太师国王，赐以金印，同时颁赐象征大汗的白色大纛旗一面。成吉思汗告谕诸将说："木华黎建此旗发号令，如同我亲自发令一样。"当木华黎率蒙古大军攻下邢州之后，立即建立都元帅府，以刘秉忠之父刘润为都统。不久，刘润又改任州录事，历钜鹿、内丘两县提领，所到之处无不是惠政之声。

刘秉忠虽然生于战乱的年代，可是他生而风骨异秀，志气英爽。8岁那年始入学，由于其天资颖悟，卓尔不凡，小小年纪便能日诵数百言。13岁之时，由于其父刘润为蒙古国录事，便被作为质子送往元帅府。在为质子时期，刘秉忠立志为学，诗文字画，与日俱进，同辈之人，莫可望其项背。17岁那年，为了就近奉养其亲，便去充当邢台节度使府令史。在担任令史时，刘秉忠才干超群，诸老吏皆服其能。但对刘秉忠来说，一个小小的节度使府令史，难以满足他那颗高傲的心，因此刘秉忠常常郁郁寡欢，唉声叹气。终于有一天，刘秉忠提笔叹道："我家累世官宦，而今我却汩没于刀笔之间。大丈夫才不遇世，当隐居以求其志耳！"于是，刘秉忠弃官而去，隐居于武安山（今河北省邢台市西南太行山的一部分），与全真道道士一同居住。

2 藏春散人

全真道是当时北方地区道教的三派之一，另两派为真大道、太一道，其中以全真道最盛，在北方的势力也最强。全真道是咸阳人王重阳于公元1153年所创，光大于金末元初。公元1222年，成吉思汗西征到达阿姆河畔，在那里安营扎帐，会见了来自远方莱州（今山东省掖县）的全真道道士，这个道士便是长春真人丘处机。这次会见是成吉思汗预先安排好的，他于公元1219年在西征途中就派遣工匠出身的汉族官员刘仲禄去莱州，邀请丘处机来讲授长生之术。丘处机作为全真道的领袖，也作为金朝汉人地主的代表，于公元1221年跋涉来到了蒙古军刚刚占领的撒马尔罕城（今乌兹别克撒马尔罕）下，与成吉思汗会见。公元1222年3月，成吉思汗与丘处机第一次在阿姆河畔的营帐相见。10月，成吉思汗又一次召见丘处机，论道三日，由契丹人耶律阿海做翻译。当成吉思汗向丘处机询问长生不老之术时，丘处机中肯地告诉成吉思汗："世上本无什么长生不老之术，只有养生之法。"丘处机还针对当时蒙古军队的屠杀和掠夺政策，一再阐述自己的观点，要求成吉思汗治天下应以敬天爱民为本，长生之道以清心寡欲为要。这次会见之后，成吉思汗指令耶律阿海把丘处机的谈话记录下来，说是要传给他的子孙，并赐给丘处机一纸诏书，下令免除道士的赋税。这次会见还有一个意外的收获，那就是全真道的地位大大提高，在佛、道两教并重的蒙古贵族统治初期，道教的地位开始高于佛教。

刘秉忠隐居武安山之时，正值全真道的鼎盛期，他与全真道道士居于一处是有深刻的历史根源的。与全真道道士相处的这段日子，极大地影响了刘秉忠的生活，以至于他后来自号藏春散人，甚至连他自己的文集也名之为《藏春集》，这一切无不深刻地打下了道教的烙印。

公元1238年，大法师虚照禅师主持天宁寺，当他听闻刘秉忠行高节苦，才高于世，便派遣弟子颜仲夏招其为僧。因为刘秉忠擅长文辞，虚照禅师便让其做了书记一职，刘秉忠本人也取法号子聪，后人称他为僧子聪。后来，刘秉忠跟随虚照禅师云游，来到云中（今山西省大同市），留在南堂寺修行。在这段时间里，刘秉忠尽其所能，博览群书，特别精通《易经》及邵氏《经世书》，对于天文、地理、律历、三式六壬、奇门遁甲之类，也无不精通。除潜心读书之外，刘秉忠诗赋、书法、音乐等方面的天赋也得到了充分的发挥。刘秉忠所作的诗章乐府，脍炙人口；他的书法效法颜真卿的正楷、二王的草书，有口皆碑；当时人把他的音乐才能誉为“得琴阮徽外之遗音”，声声皆妙。刘秉忠在出家隐居期间获得意想不到的收获，成为当时群儒为之景仰的学者。

因为刘秉忠先后与全真道道士居于一处，对于道教有一定的研究；后又入寺为僧，对于佛教更是精通；加之他原有的儒家文化功底，使得这位年纪轻轻的青年成为学兼儒、释、道三家的学者，他的多才多艺自然而然将他推上了学术领袖的位置。

3 高级幕僚

成吉思汗建立的蒙古国，并未采用中原国家立太子和长子继承的制度，而是沿用蒙古族传统的习惯，即父亲死后，由正妻所生的最小的儿子（蒙语斡赤斤，意为守灶者）继承财产，管理家务。蒙古大汗的产生，仍旧保持着贵族议事会这一选举制度，只有由贵族议事会选举产生的大汗才算合法。成吉思汗于公元1227年7月12日在灭西夏的战争中，病死于军营之中，他死后就由其幼子拖雷监国。两年以后，即公元1229年8月，诸王贵族在克鲁伦河畔举行大会，遵照成吉思汗的遗嘱，选举窝阔台继任蒙古大汗。窝阔台在位期间，消灭了金王朝。

窝阔台灭金时，从中原俘获了大批汉族工匠，并将他们带回蒙古草原。于公元1235年春天，他在鄂尔浑河畔回鹘汗国古城的旧址附近，兴建了蒙古第一个城市——哈拉和林，以及大汗的宫殿——万安宫。万安宫的建造，由汉族工匠仿汉族宫殿的传统仪制进行雕饰，宫殿的周围分布有诸王贵族的宅邸。哈拉和林从此成为蒙古国的都城，一般称为和林。

公元1239年，拖雷的四子忽必烈在和林召见著名的海云禅师。当海云禅师北上和林之时，途经云中，停宿于南堂寺。海云禅师在南堂寺歇息时与年轻的刘秉忠相见，二人一见如故，彻夜长谈，讲经论道。海云禅师见刘秉忠博学多才，学兼儒、释、道三家，便邀他一同北上。刘秉忠认为这是他大展宏图的机会，便慨然应允，答应随海云禅师一起去拜见忽必烈。

忽必烈在接见海云禅师时，海云禅师趁机向他推荐刘秉忠，忽必烈非常感兴趣，便要求刘秉忠去他的宅邸参加会见。刘秉忠初次见到忽必烈，应对称旨，后来又屡承顾问，通论天下之事，博得忽必烈的喜爱与信任。当海云禅师南还之后，刘秉中则被忽必烈留了下来，成了忽必烈的高级幕僚。

如果论及蒙古国任用汉族儒臣，还得追溯至金王朝灭亡之时。公元1234年金王朝灭亡时，蒙古军队进入汴京（今河南省开封市）后，耶律楚材便差人找到孔子的五十一代孙孔元措，奏请其袭封为衍圣公。同时，又召集亡金的名儒梁陟、王万庆、赵著等人在燕京（今北京市）设立编修所，在平阳（今山西省临汾县）设立经籍所，以保存儒学典籍。耶律楚材把儒臣安排妥当之后，又对窝阔台说："制造好的器物需要良匠，统治国家必用儒臣，儒臣的事业不积累几十年不能有所成！"窝阔台说："若诚如你所说，那就让他们做官吧。"于是耶律楚材命宣德州（今河北省宣化县）宣课使刘中随郡考试，以经义、辞赋、论三科取士，即使那些被掠做奴隶的儒士也能够应试。经过考试之后，得儒士4030人，被掳为奴隶的儒生有四分之一得到赦免，成为儒户。但之后不久，太原路转运使吕振、副使刘子振贪赃枉法被治罪，窝阔台就责问耶律楚材说："你说孔子之教可行，儒者皆为好人，为什么还有人贪赃枉法？"耶律楚材回答说："君父教臣子，并未要他们干坏事。三纲五常，治理国家的人都要遵守，不能因为个别人的过失就把它废弃。"

窝阔台与耶律楚材的此番对话，实际上反映了蒙古国从奴隶制向封建制转化的开始，其具体标志就是大批儒臣的被任用，蒙古国的上层也开始接受儒学理论。正是在这样的一种历史背景之下，忽必烈召集诸色人马，无论是佛教僧众还是儒士他都予以接纳。由于刘秉忠的学问兼顾三家，所以格外受到忽必烈的垂青，从而成为忽必烈的高级幕僚，一直居于忽必烈的鞍前马后。

公元1247年春天，刘秉忠的父亲刘润死于邢州。按儒家礼仪，刘秉忠不得不向忽必烈辞别，去邢州为父亲奔丧。刘秉忠临行之际，忽必烈赏赐给他100两黄金去办理葬具，同时又让人护送刘秉忠到邢州，真可谓仁至义尽，使刘秉忠感激不尽。当刘秉忠守孝期满之后，忽必烈又派人去召刘秉忠，希望其继续为自己效力，刘秉忠本人也非常乐意，便再一次奉旨去了和林，去那里实现自己的理想和政治抱负。

刘秉忠在担任忽必烈的幕僚期间，为了让其依附汉法，向忽必烈推荐了大量的人才，真可谓见善必举，有能必扬。先后经过刘秉忠推荐而受到忽必烈重用的，不下数十人。在这些人中，后来有的人居中枢要津，官至右丞、左丞或参政、平章；有的人则被拜为封疆大吏或地方行政长官，官至宣抚使、转运司事或行御史台御史中丞、路府总管。所以，有人曾形象地说刘秉忠“身为师宾，门多卿相”，这是对刘秉忠担任幕僚的最高评价。

在刘秉忠向忽必烈推荐的儒士中，有一个人叫张文谦，他字仲谦，邢州沙河人。此人幼年就以聪敏闻名，有过目不忘的本领。后又与刘秉忠同学，刘秉忠十分了解他的为人，也深深地佩服此人，便将其推荐给了忽必烈，立即得到忽必烈的召见。张文谦以其儒雅的风度颇得忽必烈欢心，及至问话，又十分投机，立即以张文谦掌王府书记，对其非常信任。窝阔台灭金后，沿袭旧制将诸州郡户分赐诸王、贵戚和诸侯，其中：将邢州15000户分赐给功臣斡鲁纳氏的两个答剌罕（牧人八答和启昔礼兄弟因报告王罕等偷袭成吉思汗的密谋有功，成吉思汗赐号答剌罕，意为自在的人，子孙可以世袭），由他们自派达鲁花赤统治。可是，他们派去的达鲁花赤个个残暴异常，对当地老百姓肆意敲诈盘剥，致使百姓四处逃亡，十余年后，仅剩下六七百户。面对这种情况，两答剌罕便向忽必烈请求良吏代为治理邢州。这时，刘秉忠、张文谦二人对忽必烈说：“今民生困弊，以邢州为甚。应择贤人往治之，责其成效，使四方取法，那将是天下的幸运！”同时，他们二人向忽必烈推荐刘肃、张耕、李简等一批儒者安抚治理邢州。他们到达邢州之后，改革弊政，革去贪暴之人，流亡在外的人听说之后纷纷返回，不到一个月，邢州便大治，户口增加了十倍之多。两答剌罕见自己的领地得到很好的治理，又恢复了窝阔台赐地时的水平，十分感谢汉族儒士。这件事对忽必烈的触动很大，他从此更加深信儒吏，任之以政事。刘秉忠把大批的汉族儒士推荐给忽必烈，这对于促进忽必烈日后改革蒙古旧制、附会汉法都起了积极的作用。

4 万言策略

作为一个高级幕僚，他的职责应该是广泛的，不应当仅仅局限于推荐人才，刘秉忠也正是这样做的。在公元1249年的夏天，刘秉忠在守孝期满后，就向忽必烈上策万余言，极陈正朝廷、振纪纲、选贤任相、安民固本的重要性，实质上是要忽必烈采用汉族封建王朝的统治方式。刘秉忠的万言策也是他毕生思想的精华，其大略云：

自古至今，典章、礼乐、法度、三纲五常之教，备于尧、舜，三王因之，五霸败之。汉兴以来，至于五代，一千三百余年，由此道者，汉文、景、光武，唐太宗、玄宗五君，而玄宗不无疵也。然治乱之道，系乎天而由乎人。天生成吉思皇帝，起一旅，降诸国，不数年而取天下。勤劳忧苦，遗大宝于子孙，庶传万祀，永保无疆之福。

愚闻之曰："以马上取天下，不可以马上治。"昔武王，兄也；周公，弟也。周公思天下善事，夜以继日，每得一事，坐以待旦，以匡周室，以保周天下八百余年，周公之力也。君上，兄也；大王，弟也。思周公之故事而行之，在乎今日。千载一时，不可失也。

君之所任，在内莫大乎相，相以领百官，化万民；在外莫大乎将，将以统三军，安四域。内外相济，国之急务，必先之也。然天下之大，非一人之可及；万事之细，非一心之可察。当择开国功臣之子孙，分为京府州郡监守，督责旧官，以遵王法；仍差按察官守，治者升，否者黜。天下不劳力而定也。

天下户过百万，自忽都那演断事之后，差徭甚大，加以军马调发，使臣烦扰，官吏乞取，民不能当，是以逃窜。宜比旧减半，或三分去一，就见在之民以定差税，招逃者复业，再行定夺。官无定次，清洁者无以迁，污滥者无以降。可比附古例，定百官爵禄仪仗，使家足身贵。有犯于民，设条定罪。威福者君之权，奉命者臣之职。今百官自行威福，进退生杀惟意之从，宜从禁治。

天下之民未闻教化，见在囚人宜从赦免，明施教令，使之知畏，则犯者自少也。教令既设，则不宜繁，因大朝旧例，增益民间所宜设者十数条足矣。教令既施，罪不至死者皆提察然后决，犯死刑者覆奏然后听断，不致刑及无辜。

天子以天下为家，兆民为子，国不足，取于民，民不足，取于国，相须如鱼水。有国家者，置府库，设仓廪，亦为助民；民有身者，营产业，辟田野，亦为资国用也。今宜打算官民所欠债负，若实为应当差发所借，宜依合罕皇帝圣旨，一本一利，官司归还。凡赔偿无名，虚契所负，及还过元本者，并行赦免。

纳粮就远仓，有一废十者，宜从近仓以输为便。当驿路州城，饮食祗待偏重，宜计所费以准差发。关市津梁正税十五分取一，宜从旧制。禁横取，减税法，以利百姓。仓库加耗甚重，宜令权量度均为一法，使锱铢圭撮尺寸皆平，以存信去诈。珍贝金银之所出，淘沙炼石，实不易为，一旦以缠丝缕，饰皮革，涂木石，妆器仗，取一时之华丽，废为尘而无济，甚可惜也，宜从禁治。除帝胄功臣大官以下章服有制外，无职之人不得僭越。今地广民微，赋敛繁重，民不聊生，何力耕耨以厚产业？宜差劝农官一员，率天下百姓务农桑，营产业，实国之大益。

古者庠序学校未尝废，今郡县虽有学，并非官置。宜从旧制，修建三学，设教授，开选择才，以经义为上，辞赋论策次之。兼科举之设，已奉合罕皇帝圣旨，因而言之，易行也。开设学校，宜择开国功臣子孙受教，选达才任用之。

天下莫大于朝省，亲民莫近于县宰。虽朝省有法，县宰宜择，县宰正，民自安矣。关西、河南地广土沃，以军马之所出入，治而未丰。宜设官招抚，不数年民归土辟，以资军马之用，实国之大事。移剌中丞拘榷盐铁诸产、商贾酒醋货殖诸事，以定宣课，虽使从实恢办，不足亦取于民，拖兑不办，已不为轻。奥鲁合蛮奏请于旧额加倍榷之，往往科取民间。科榷并行，民无所措手足。宜从旧例办榷，更或减轻，罢繁碎，止科征，无从献利之徒削民害国。鳏寡孤独废疾者，宜设孤老院，给衣粮以为养。使臣到州郡，宜设馆，不得于官衙民家安下。

见行辽历，日月交食颇差，闻司天台改成新历，未见施行。宜因新君即位，颁历改元。令京府州郡置更漏，使民知时。国灭史存，古之常道，宜撰修《金史》，令一代君臣事业不坠于后世，甚有励也。

国家广大如天，万中取一，以养天下名士宿儒之无营运产业者，使不致困穷。或有营运产业者，会前圣旨种养应输差税，其余大小杂泛并行蠲免，使自给养，实国家养才励人之大也。明君用人，如大匠用材，随其巨细长短，以施规矩绳墨。孔子曰："君子不可小知而可大受，小人不可大受而可小知。"盖君子所存者大，不能尽小人之事，或有一短；小人所拘者狭，不能同君子之量，或有一长。尽其才而用之，成功之道也。

君子不以言废人，不以人废言。大开言路，所以成天下、安兆民也。天地之大，日月之明，而或有所蔽。且蔽天之明者，云雾也；蔽人之明者，私欲佞说也。常人有之，蔽一心也；人君有之，蔽天下也。常选左右谏臣，使讽喻于未形，忖画于至密也。君子之心，一于理义，怀于忠良；小人之心，一于利欲，怀于谗佞。君子得位，有容于小人；小人得势，必排于君子。明君在上，不可不辨也。孔子曰"远佞人"，又曰"恶利口之覆邦家者"，此之谓也。

今言利者众，非图以利国害民，实欲残民而自利也。宜将国中人民必用场冶，付各路课税所，以定榷办，其余言利者并行罢去。古者明王不宝远物，所宝惟贤，如使贤者在位，能者在职，此皆一人之睿知，贤王之辅成也。古者治世均民产业，自废井田为阡陌，后世因之不能复。今穷乏者益损，富盛者增加。宜禁行利之人勿恃官势，居官在位者勿侵民利，商贾与民和好交易，不生擅夺欺罔之害，真国家之利也。

笞箠之制，宜会古酌今，均为一法，使无敢过越。禁私置牢狱，淫民无辜。鞭背之刑宜禁治，以彰爱生之德。立朝省以统百官，分有司以御众事，以至京府州郡亲民之职无不备，纪纲正于上，法度行于下，是故天下不劳而治也。今新君即位之后，可立朝省，以为政本。其余百官，不在员多，惟在得人焉耳。

对于刘秉忠的这些建议，后世人的评价很高，这实质上是涉及各个方面的建国治国大纲，连忽必烈看过此建议之后，也不得不深为嘉纳，说道：“诚如卿言，天下可不劳而治。”从忽必烈的这句话可以看出，刘秉忠的这些建议太过理想化了，有许多在当时是不可能实现的。

5 征讨大理

公元1252年6月，忽必烈到曲先脑儿（今蒙古国乌兰巴托正南）进见蒙哥汗。蒙哥汗命忽必烈领兵征云南，以兀良合台总督军事。忽必烈将征讨的云南地区，在唐代曾由一度强大的南诏国统治，宋代时那里建立了大理国。不过，这时的大理国已经国力衰微，国王段兴智大权旁落，他的大臣高氏兄弟篡权，内政极为腐败。在大理国内部，占统治地位的白蛮、乌蛮同弱小部族之间的矛盾日渐激化，特别是丽江地区的么些蛮（纳西族）已逐渐摆脱了大理国的统治；曾经被南诏征服的白夷、金齿（傣族）也恢复了故地，势力越来越强。如此一来，大理国主的号令不行，内部也开始分崩离析。正是基于这些原因，蒙哥汗才让忽必烈率军远征云南。

公元1253年，忽必烈率领大军在六盘山度夏。到了秋天，大军经过临洮进入藏族地区，到达忒剌（今四川省松潘县）地区，兵分三道：兀良合台率兵取西道；诸王抄合、也只烈率军取东道；忽必烈自领中路大军经大雪山，渡过大渡河，又穿行山谷两千余里，抵达金沙江岸。忽必烈的军队乘皮筏渡江，与经由旦当岭（今云南省丽江市北部）而来的西路军在此会合。作为高级幕僚的刘秉忠，这一次跟随忽必烈前往征讨大理国，一同前往的还有张文谦、姚枢等人。

忽必烈所领大军经过长途跋涉、艰苦行军，终于在公元1254年初包围了大理城。依照蒙古惯例，蒙古大军每攻一城，都要实行屠城，非常残酷。据《牧庵集·序江汉先生事实》中记载蒙古国旧制时就明确指出："凡城邑以兵得者，悉坑之。"可见其绝无虚言。刘秉忠作为一个汉族儒士，深刻了解蒙古国的屠城恶习，对于这样做的严重后果更是刻骨铭心。这次出征之时，刘秉忠为了使忽必烈的大军不再干屠城之事，便对忽必烈屡言天地之好生，王者神武不杀，提前给忽必烈在心理上打预防针。

忽必烈的大军包围大理城后，大理国虽然内政极为腐败，可是却拒不投降，忽必烈派去劝降的使者也被高祥等人杀死。高祥等人的这一行径使得忽必烈大怒，又一次欲起屠城之心。刘秉忠见状，急忙与张文谦、姚枢等人规劝忽必烈说："杀使拒命者高祥尔，非民之罪，请宥之。"

刘秉忠又道："昔者，成吉思皇帝曾在灭金前对金王朝宣告：此后蒙古军攻下城邑，不准再屠杀掳掠，并要把这个旨意写入诏书，布告各地。望大王能遵守成吉思皇帝的旨意，宽恕无辜之民。"

听了刘秉忠等人的规劝，忽必烈心中的怒气消了大半，并接受了刘秉忠等人的建议，派遣姚枢尽裂橐帛为帜，书写上不准肆意屠杀的命令，宣喻军队，分号街陌，由此大理城内的百姓得以完保，士兵也无一人敢取百姓一钱者。由此观之，刘秉忠劝忽必烈改变蒙古屠城旧制，在保护社会生产力和中原封建文明方面做出了不可磨灭的贡献，即使到了后来，即公元1258年，忽必烈受蒙哥汗之命率军攻打鄂州（今湖北省武汉市武昌）时，刘秉忠与张文谦、姚枢再次对忽必烈说："王者之师，有征无战，当一视同仁，不可嗜杀。"忽必烈本人也表示："期与卿等守此言。"后来，忽必烈率大军入宋境，其部下诸位将领分道并进，纷纷聘请汉族儒士帮他们出谋划策。同时，忽必烈还命令军士不得肆意杀掠，不得焚烧庐舍，对于所获得的生口（即所俘的老百姓），都纵放之。这所有的一切，都是刘秉忠等人努力的结果，他这样做的目的，是为了把战争给社会生产力的破坏降低到最小的限度，客观上为全国的统一创造了条件。

早在公元1251年6月，蒙哥即汗位时，便命忽必烈主管漠南军国庶事，让其领开府金莲川。刘秉忠作为最早投靠忽必烈的汉族儒士之一，并且又深得忽必烈的信任，因此，在忽必烈被委以重任之后，他便成为忽必烈幕僚集团的核心人物，后人也把忽必烈的幕僚集团称为“金莲川幕府”。金莲川在辽、金二朝已被皇帝选作夏季避暑的地点。它原名曷里浒东川，每年的6月，川中开满金黄色七瓣花草，眺目望去，一片金浪起伏，因此金世宗完颜雍在大定八年（1168年）5月取金枝玉叶相连之义，改曷里浒东川为金莲川。由于金莲川在燕山之北的高原上，气候变化大，夏季的夜晚经常降霜，一天之内寒暑交至，温差很大。这对于逐水草而迁徙的游牧民族来说，这里是理想的夏季避暑地点。

刘秉忠为金莲川幕府的人才建设起了不可磨灭的作用，他不仅将自己的同学张文谦推荐给了忽必烈，还将自己的另一位同学交城人张易和自己的学生郭守敬、王恂推荐给忽必烈。在金莲川幕府中，除了刘秉忠等人之外，还有金朝的两位进士很受忽必烈的喜欢，一位是东明人王鹗，金哀宗正大元年（1224年）的科举状元；另一位是陈州西华（今河南省淮阳县）人徐世降，正大四年（1227年）的进士。由于忽必烈一直想附会汉法，所以当时的一批儒学大师，如怀州（今河南省沁阳市）人许衡、广平肥乡（今河北）人窦默，洛阳人姚枢等，也像刘秉忠一样加入到了金莲川幕府。在金莲川幕府中，不仅当时的文人儒士人才济济，还有一批武士，如著名的藁城董氏兄弟（董文炳、董文用、董文忠）也受到忽必烈的重用。

对于忽必烈来说，以刘秉忠为核心的金莲川幕府在他的政治生涯中具有特殊的意义，它是一个储备人才的大本营，奠定了忽必烈日后政治革新的基础。那么，作为高级幕僚的刘秉忠，他是称职的，也发挥了自己的核心作用，没有辜负忽必烈对他的期望。

6 谏都燕京

蒙古宪宗八年（1258年），蒙哥汗亲自率领大军进攻四川的南宋军事重镇，企图占领四川后顺江而下，灭宋而统一全国。由于督率东路军配合作战的蒙古宗王指挥不利，蒙哥只得重新起用忽必烈，授命他代理督率东路军南征。宪宗九年（1259年）7月，蒙哥汗在合州（今重庆市合川区）钓鱼山作战时，被宋军用箭射中，不久死去。当时正在进攻鄂州的忽必烈得到这一消息后，马上赶回燕京（今北京市），准备即大汗位。第二年（公元1260年3月），忽必烈在开平城（今内蒙古自治区正蓝旗东）即大汗位，成为蒙古国的第五任大汗。

忽必烈即位的开平城，是他身为藩王时为了安置幕府人员，便于管理中原军务和民政，在草原牧区和中原农区的交界线附近修建的一座新城。宪宗六年（1256年）3月开始修建，当时受命勘定新城址的刘秉忠选中了桓州（今内蒙古自治区正蓝旗市区北）东、滦水北岸的龙冈，其地北依南屏山，南临金莲川，东西皆为广阔的草原，地势比较平坦，宜于建城。

开平城的建造，刘秉忠确实功不可没，整个建造过程花了三年时间。相传刘秉忠选定城址后，由于当地有龙池，无法排干积水，乃奏请忽必烈向龙借地，忽必烈表示同意。于是，在当天夜里三更时分，雷震地动，龙飞腾而去，第二天人们即用土筑成了城基。

刘秉忠建造的开平城，于公元1263年改为上都。据王恽所说，“开平城川龙冈蟠其阴，滦江径其阳，四山拱卫，佳气葱郁”，非常壮观。开平城的建造，标志着忽必烈南图中原的政治动向。

公元1264年，刘秉忠向忽必烈建议说，燕京是辽、金旧都，而且形势冲要，可将其作为都城，被忽必烈采纳，于是改燕京为中都。刘秉忠便在金中都大兴府东北筑宫城、建宗庙，并于公元1271年将其改名为大都，蒙古语为“汗八里”，就是帝王之城。时人高度称赞了刘秉忠营造大都的功劳，把他比作周朝的召公，徐世隆在《祭太保刘公文》中说：“相宅卜宫，两都并雄，公于是时，周之召公。”

在确定以燕京为国都的同时，忽必烈已决定把开平城作为陪都，实行两都制。燕京为全国的政治、经济、文化中心，起着遵循中原传统制度、固结天下人心、联系中原乃至江南人士的作用；开平城则体现蒙古乃本位所在，有着维护蒙古贵族的特殊利益、联系蒙古宗王和贵族的作用。

作为陪都，开平城本来的规模显然是不够的，于是扩建工程很快展开。其中最重要的工程是至元三年（1266年）12月开始修建的上都宫城正殿大安阁。大安阁原本是金代故都汴京（今河南省开封市）的熙春阁，忽必烈下令将其拆毁，运往草原，重建于上都内。全阁分为三层：上层设置释迦牟尼像；中层则是皇帝更衣的地方，忽必烈贮放了一箧衣服，留给后世子孙，使他们能够经常回忆他的俭朴，以此来力戒骄侈；下层是皇帝会集宗王百官和宴饮的场所。

上都由宫城、皇城、外郭城组成。皇城位于全城的东南部，宫城处于皇城的中部偏北，外郭城的北部是皇家的园林，人们习惯地称之为“北苑”。为了保存游牧民族的本色，忽必烈在刘秉忠设计建城时，特意要求在上都城外建有蒙古族帐幕式的宫殿失剌斡耳朵。这座帐殿可以拆迁，殿内能够容纳近千人，人们称帐殿为“行宫”。在上都附近，还设有专门为皇帝打猎用的固定场所。自从两都制度确立之后，忽必烈每年来往于大都、上都之间，每年2月至8月（或3月至9月）在上都度过，其他时间则在大都度过。这种例行的北上巡幸活动，被人们称为“纳钵”（意思是皇帝行幸宿营的场所，不管是迁移的帐幕还是固定的营所）。

7　筹建帝都

作为都城的元大都，它的正式修建是在至元四年（1267年）正月，由刘秉忠负责总体设计，7年后宫阙竣工，全城的建造工作也宣告完成。周长60里的城墙共开了11个城门：南面为文明门、丽正门、顺承门，北面是健德门、安贞门，东面为光熙门、崇仁门、齐化门，西面是平则门、和义门、肃清门，整个城墙平面略显南北向长方形。也许有人会问：为什么东、南、西三面各三座城门，而北面只有两座城门呢？这里面还有一个有趣的故事呢，原来刘秉忠根据哪吒有三头六臂两足这一传说安排了城门的布局，以南面三门象征哪吒的三头，东面三门和西面三门象征哪吒的六臂，北面两门象征哪吒的两足。刘秉忠设计的大都城能够住百姓十万多家，是当时一座国际性的大都市。

大都城的城市布局是依照《周礼·考工记》所称的“左祖右社，面朝后市”的原则设计的，城门与宫殿也多取《易经》命名。这也是忽必烈“仪文制度，遵用汉法”的重要标志。气魄宏伟的大都城，体现了元朝的尊业，它的设计是中国古代都城设计中比较成功的一座。它也是中国古代都城由封闭的里坊制走向开放式的街巷制的典型代表。同时，大都城重城式的宫殿布局也代表了一种新的形式，为往后的明清北京城所继承。

作为一名开国元勋，刘秉忠为蒙古国改元建号也做出了巨大的贡献。众所周知，初时的蒙古，既没有国号，也没有年号。国号因族而名，纪年则以动物命名，如“兔年”“龙年”之类。公元1260年春忽必烈即汗位时，刘秉忠便上疏忽必烈，要求改元建号，被忽必烈采纳，把公元1260年这一年作为中统元年。“中统”意为“中原正统”，以承继中原的皇统自命。依据刘秉忠的建议，忽必烈在其诏书中说：“稽列圣之洪规，讲前代之定制。建元表岁，示人君万世之传。纪时书王，见天下一家之义。”至元八年（1271年）11月15日，在刘秉忠的建议下，忽必烈把蒙古国国号改为大元。“元”取自《易经》的“大哉乾元”，意即表明本朝的疆土超过了以前所有的王朝。

在蒙古时期，官员没有俸给之制，全凭索掠饱私囊。早在公元1254年，忽必烈即听从刘秉忠的建议，在自己的封地之内颁禄俸之制。元朝建立后，忽必烈便在全国推广此制。另外，蒙古时期不仅官员无俸给之制，官员亦无定制。起初，以断事官掌刑、政，万户统军旅。后来，随着西域的逐渐平定，始置达鲁花赤于各城。灭金以后，各地因袭金朝旧制，即所谓“金人来归者，因其原官，若行省，若元帅，则以行省元帅授之”。公元1260年，忽必烈一即汗位，便采纳刘秉忠等人依据中原封建王朝以及当时的实际情况，提出了一套官制方案，确定了有元一代的官制。晚清的柯劭认为刘秉忠等人所定官制，“以中书省管政事，枢密院掌兵，御史台司纠劾，又设行省行台，内外均其轻重，以相维系，立法之善，殆为唐宋所不及”，给予刘秉忠等人以极高的评价。在元朝建国伊始，朝仪多依从旧俗，每逢庆节之时，臣僚百姓不分贵贱，汇集在宫帐之前。扈卫皇帝的卫士讨厌人多嘈杂的场面，经常挥舞大棒驱散人群，但是逐来逐去，往往造成更大的混乱。太常少卿王磐认为这种混乱的样子有损于大国威严，将贻笑于外国使臣。他建议排定百官名次，各按班序，听从通事舍人传呼导引，入殿觐见皇帝；对扰乱次序的人应该严惩不贷。忽必烈采纳了王磐的建议，建立起一整套完整的宫禁制度。实际上，早在公元1269年正月，刘秉忠便与孛罗奉旨，命令赵秉温、史杠两人访前代知礼仪者，肆习朝仪，并搜访旧教坊乐工，于万寿山便殿演习，忽必烈观看了儒生们的演习之后，十分满意，答应使用这一套基本上按照过去中原王朝的礼仪制度设计出来的朝会仪式。此后，元正、天寿节日，宗王和外国使节来朝，册立皇后、皇太子等，都要一丝不苟地举行仪式，外地的官员也要按照规定在节日期间举行庆典。在刘秉忠等人的努力下，元朝的朝仪才得以完备。

刘秉忠的作为推动了忽必烈改革蒙古旧俗，适应中原汉人地区的封建文明，使得蒙古族逐渐依附汉法，使元王朝成为名副其实的封建王朝。就像当时的人所说："辅佐圣天子，开文明之治，立太平之基，光守成之业者，实惟太傅刘公称首。"

刘秉忠虽然在国事上推陈出新，但他的生活却极为简朴。即使常随忽必烈左右，却仍然身着僧服，因此人们常称他为"聪书记"。至元元年（1264年），翰学士承旨王鹗奏言："秉忠久侍藩邸，积有岁年，参帷幄之密谋，定社稷之大计，忠勤劳绩，宜被褒崇。圣明御极，万物惟新，而秉忠犹仍其野服散号，深所未安，宜正其衣冠，崇以显秩。"忽必烈阅完奏折之后，立即拜刘秉忠为光禄大夫、太保、参领中书省事。同时，下诏以翰林侍读学士窦默之女妻之，赐第奉先坊，并且以少府宫籍监户给之。刘秉忠既受厚恩，更是不敢懈怠，以天下为己任，事无巨细，凡有关国家大体者，知无不言、言无不尽，忽必烈庞信愈隆。

刘秉忠有个名为刘秉恕的弟弟，在刘秉忠的影响下，喜好读书，明于事理。最初刘秉忠身侍忽必烈，以推荐贤士为己任，为避免嫌疑，没有推荐自己的弟弟，有人闻知后，将其事告诉了忽必烈。忽必烈立即召见了刘秉恕，委之以重任，兄弟两人遂同侍于忽必烈。有一次，忽必烈赏赐给刘秉忠白金千两，刘秉忠推辞说："臣乃山野鄙人，侥幸得以重用，服器悉出尚方，金无所用。"

忽必烈说："卿独无亲故遗之邪？"

在忽必烈的坚持下，刘秉忠只得接受，但很快便将其中的八百两分散他人，将其中的二百两给其弟刘秉恕。秉恕说："兄长勤劳有年，宜蒙受奖赏，秉恕无功，可冒恩乎？"表示坚决不肯接受。兄弟两人辞金之事，在当时传为佳话。

8　劝立太子

真金是忽必烈的次子，生于公元1243年。真金诞生在忽必烈广延汉族儒士的时候，他出生时，作为藩王的忽必烈，已经将于书无所不读、论天下事了如指掌的刘秉忠挽留藩府为谋士。同时，汉族儒士赵璧也应召入府。公元1244年，金末伏元王鹗又应邀为忽必烈讲解《孝经》《易经》《书经》等儒家典籍。真金自小便生长在这样的家庭环境之中。自然而然地耳濡目染了儒学。在真金刚满10岁时，忽必烈就要求他跟随窦默、姚枢等儒士学习《孝经》。这些名师便每日以三纲五常、先哲格言熏陶着他幼小的心灵。

中统二年（1261年），忽必烈任王恂为专门负责真金日常教育的官员。王恂身为太师、太保，每侍左右，必教之以三纲五常、为学之道，和历代治乱兴亡之所以然，开导真金区别善恶、论其得失，培养他的参政能力。皇天不负有心人，在这些汉族儒士长期悉心地教诲下，真金这位帝室之贵胄终于脱尽了草原游牧贵族轻文重武的陋习。年少的真金，每当他的老师为他讲述辽金帝王行事要略时，他便肃然起敬，并为之动容。真金经常在皇宫内苑习骑马、练射箭，休息时间特别喜欢与随侍身旁的诸王、近臣讨论《资治通鉴》《贞观政要》等儒家经典，津津乐道古今得失兴亡的治国大道。有一次，真金奉父王之命，以王子身份巡视漠西北军事重镇称海（今蒙古称布多东南杜尔格湖西南、宗海尔汗山北麓），他依然念念不忘与随从的蒙古亲王、将帅探讨先哲、圣训的妙言大义。儒家学说以孝为本，真金更是心有灵犀一点通。有一次，真金随忽必烈南下，巡幸宜兴（今江苏省宜兴市），忽必烈感到身体不适，真金竟然急得夜里睡不着觉。真金的生母察必皇后生病，真金衣不解带，忧形于色。察必去世时，真金更是悲恸欲绝，一连几天饮食不入口，并设庐帐以居之，恪尽孝道。

真金尊崇儒术，在朝中有口皆碑，自然而然受到朝中以刘秉忠为首的汉法派的竭力拥戴，而且汉法派还将其视为将来完全实施汉法的希望之所。中统四年（1263年），忽必烈听从刘秉忠等人的建议，根据汉法，将真金封为燕王、守中书令，兼判枢密院事。至元三年（1266年），忽必烈驿召汉儒张雄飞，问道："方今所急者何？"

张雄飞答道："太子天下本，愿早定以系人心。闾阎小人有升斗之储，尚知付托。天下至大，社稷至重，不早建储贰，非至计也。"

可是，根据蒙元汗位的承袭制度，新大汗的产生应由前大汗生前提名，死后再由蒙古诸王、勋臣参加的忽里台大会认可的双重选举制进行选举。历史证明，这种旧的双重选举制不但是造成蒙古帝国内部政局长期动荡不安的重要因素，而且也是导致蒙古大帝国在短期内就分崩离析的致命原因。作为长期接触汉族儒士的忽必烈，对于中原封建王朝的嫡长子继承制再熟悉不过了，但他却迟迟不实施这一汉法，主要是由于习惯势力的影响。

至元四年（1267年），汉族儒士姚枢议政，提出八条建议，再一次把册立皇太子之事提了出来。至元五年（1268年）10月，儒士陈祐向忽必烈上《三本书》，认为："太子国本，建立之计宜早。"要求忽必烈道"体三代宏远之规，法春秋嫡长之义……建皇储于春宫，隆帝基于圣代。俾入监国事，出抚戎政，绝觊觎之心，一中外之望，则民心不摇，邦本自固矣！"尽管儒学大师们一个个引经据典，还是没有打动忽必烈的心，其中的原因是什么呢？

原来，忽必烈是一朝被蛇咬，十年怕井绳。公元1262年，山东爆发了地方军阀李檀的武装叛乱。这本来不算什么事，但糟糕的是忽必烈身边的文人学士来自不同的仕途，后来发生了一些矛盾，其中在朝廷掌握大权的王文统与姚枢、窦默等人不和。王文统原本为李檀的幕府，又把自己的女儿嫁给李檀。李檀叛乱之后，与王文统有矛盾的儒士纷纷揭发他曾派儿子王荛与李檀通消息。依据这些揭发，忽必烈又查出王文统与李檀的通信，内有“期甲子”之类的话语。王文统替自己辩解说：“到甲子，还有好几年，我说这话是为了推迟他的反期。”忽必烈岂肯相信，便招来刘秉忠等人，拿出王文统的书信，说：“你们说文统应得什么罪？”刘秉忠等人都说：“当死！”于是，公元1262年，忽必烈处死了王文统和他的儿子王荛。忽必烈杀死王文统之后，对于原来的一些汉人幕僚开始变得将信将疑，并且逐渐疏远起来。因此，一直没有按照汉族儒士的说法立真金为太子。

但是，拥有半壁江山的忽必烈还想消灭南宋，取得江南之地。为了争取到江南人的心，又不得不实行汉法。后来，尽管几经反复，但还是在以刘秉忠为首的汉族儒士的说服下，于至元十年（1273年）将真金正式册立为皇太子，授予玉册和皇太子宝，并为他设立宫师府，选出儒臣38人为官属，以辅佐太子真金。

真金被忽必烈册立为皇太子，是元初重大的政治事件，它象征着忽必烈在采用汉法的道路上大大地前进了一步。由于王文统被杀以后，色目人群起而向忽必烈进谗言说：“回回虽时盗国用钱，未若汉家秀才敢为叛逆。”忽必烈便开始起用善于敛财的色目人，使得汉法派元气大伤，实力不断减弱。真金被册立为太子，客观上或多或少地扭转了这种不平衡的力量对比，对元廷的政治格局产生了十分重大的影响。

9 无疾而终

真金被册立为太子的第二年，即公元1274年秋8月，刘秉忠逝于上都，终年58岁。忽必烈闻讯嗟悼不已，对群臣说：“秉忠事朕30余年，小心缜密，不避艰险；言无隐情，其阴阳术数之精，占事知来，若合符契，惟朕知之，他人莫得闻也。”刘秉忠死后，忽必烈为他举行了隆重的葬礼，派遣礼部侍郎赵秉温护送灵柩南还大都，归葬于大都西南二十里崇福乡之原，即今北京卢沟桥畔。

综观刘秉忠的一生，他之所以会被忽必烈赏识、器重，并获得施展才能的机会，有多方面的原因：从客观上讲，当时的蒙古帝国南图中原，需要熟识中原封建文化、富有统治经验的地主阶级知识分子为其效力；从主观上讲，刘秉忠学兼儒、释、道三家，熟知百王之道，并和忽必烈的政治态度和气质相吻合。因此，可以说刘秉忠之所以能得到忽必烈的重用，除了机遇的因素外，最主要的还是特定的历史环境决定的。

刘秉忠在辅佐忽必烈期间，做了许多有益的事情，例如见善必举、改变蒙古旧俗等，都是难能可贵的。他不愧为一代开国元勋，可惜史书上对其事迹的记载过于简略，以至于我们无法目睹其全貌，不过窥一斑而知全豹，这些已经差不多能够帮助我们了解刘秉忠了。

时代需要像刘秉忠这样既廉洁又忠心耿耿的人！

（十一）

献奇策一统江山

——刘 基

1　两出两退

刘基，字伯温，其祖先是青田县的豪门大族。曾祖父刘濠，学识渊博，也非常有谋略。他曾在宋朝做过翰林掌书。宋朝灭亡后，当地人曾组织反元起义，但遭到失败，而幸存人员四散隐藏。刘濠非常同情反元起义人员。后来，元朝廷派遣使者携带名册前去查抄起义人员。使者半路宿于刘家。刘濠把情况弄清楚后，故意殷勤接待，待其酩酊大醉，便反锁房门，放火烧了房子，名册尽毁。起义幸存者得到了保护。

刘基在这样的家庭长大，他从小就好学敏求、博览群书，而且对古人论及天文、地理、用兵打仗的书籍总是爱不释手。刻苦的研读使刘基受益匪浅，广泛的涉猎不仅开阔了他的胸襟，更促使他立志要大展宏图、建功立业。

刘基14岁时即已才华出众。父亲为他请了几位老师，都因为学问不深无法满足刘基的求知欲而辞职。最后江南饱学名儒郑复初应聘，也深感刘基不比寻常。

一次，郑复初与学生们讨论孔子如何周游列国宣传道化，刘基突然站起来说："孔子虽然道德高尚，但身为鲁国人，国败而难保，饱学而无为，岂不是一介无用的书生？大丈夫不应如此！"郑复初大惊失色，事后对刘基的父亲说："这可不是个一般的孩子，日后定为国家的栋梁！"

果然，元至顺四年（1333年）。年仅22岁的刘基进士及第，衣锦还乡，被任命为江西高安县丞、江浙儒学副提举等官。

少年得志的刘基颇想为元朝效力尽忠，欲做一番轰轰烈烈的事业。时值元朝末期，官场腐败，吏治贪乱，整个社会统治已是独木难支、摇摇欲坠。但刘基并没有感到风雨飘摇、大厦将倾。他一方面以身作则，为政清廉，一方面与贪官污吏做斗争。然而，上任不久，即因受人忌恨被排挤，碰了个鼻青脸肿。而后不久，又因上文弹劾监察御史失职开罪于上司，被排挤回家。

官场初挫并未使刘基丧失信心。他反而认为自己之所以出仕碰壁，一因自己学识未够，社会经验更是不足，涉世未深，不了解官场中的险恶；二者更因元朝政府积重难返，过于腐败，正直之人很难立足，更不用想有所作为了。因此，在回乡隐居的日子里，他如饥似渴地钻研《周易》八卦、兵书战策，并广交宾朋，扩大自己的影响，随时打算东山再起。他知道，有了梧桐树，不愁没凤凰。果然，随着岁月的流逝，刘基的名声日盛，甚至有人认为他的才干足可以与诸葛亮相比，很多江南名士纷纷登门求教。刘基觉得，自己出头的日子已经快了。

适值元朝末年，社会矛盾激化，各地农民起义连绵不断。栾城韩山童与颍州（今安徽省阜阳）刘福通起兵汝颍，罗田徐寿辉起兵蕲黄，定远郭子兴起兵濠州，泰州张士诚举事高邮……起义队伍如火如荼，一浪高过一浪。而在江浙一带，黄岩人方国珍因被诬告通寇，一气之下，便杀死仇家，率兄弟三人聚集海盗数千人骚扰江浙，元朝廷几次派兵都未能剿灭，连江浙行省左丞孛帖木儿都被其活捉。朝廷无计可施，只得以高官厚禄诱降方国珍。但方国珍本性难移，几降几叛，弄得人心惶惶。江浙行省见方国珍如此，终于想到了刘基，举荐他为元帅府都事。

隐居多年的刘基觉得又有了机会。他一到任就力主用武力严剿方国珍，认为方氏兄弟首先倡乱，不顾朝廷恩恤，“不诛无以惩后”，并且定下了剿除方案。方国珍早已听说刘基的才干，甚恐，急忙派人以大量金银财宝向他行贿，刘基拒绝不受。方国珍又使人从海上至北京，贿赂京中权贵，以致元廷决定对方国珍进行招抚，并授以官职。刘基蒙在鼓里，正着手布置出兵事宜，朝廷竟然说他擅作威作福，不仅夺去了兵权，还把他羁留在绍兴。刘基一怒之下，遂辞官回青田老家。

2　壮志难酬

至正十六年（1356年），元朝行省重新复议以都事之职起用刘基，让他招抚安山起义军吴成七等。刘基自己招兵买马，组成部队，用软硬兼施的方法：投降政府的，予以宽大处理，甚至委以官职；抗命不服者，当即擒捕诛杀。从而瓦解了这支起义军。

至正十七年（1357年），浙东山区暴发农民起义，行省又招来刘基剿捕，与江浙行枢密院判官石抹宜孙驻守处州。经略使李国凤上疏称赞刘基的才干，请求予以重用。而执政权贵因怕得罪方国珍，只让刘基做总管府判，不让他指挥军队。刘基施展不开才能，只得再次弃官回乡。青田富户生怕方国珍侵扰，纷纷投靠刘基，并组织起地主武装，修筑堡寨，保卫自家产业。方国珍的军队不敢进犯。

刘基的才能在元朝并没有能够很好地发挥，在隐居青田的日子里，刘基遵奉孔子“邦有道，则仕；邦无道，则可卷而怀之”的古训，日日以读书为事，静待明主。凡天文兵法、四书五经、诗词文章，无不涉猎，并爱作诗撰文，抒发自己怀才不遇、报国无门的胸怀。

他在《感怀》诗中写道：“昊天厌秦德，瑞气生芒砀。修身俟天命，万石全其名。”诗中以“秦”喻“元”，既有对时局的正确分析，又表达了自己的情怀。

在《次韵张德平见寄》诗中写道：“贾谊奏书哀自哭，屈原心事苦谁论。”

在《感兴三首》中写道："乾坤处处旌旗满，肉食何人问采薇。"

刘基哀叹各地农民起义风起云涌，虽已搅乱地主阶级的安宁生活，但那些麻木不仁、贪生怕死的高级官僚，却仍然醉生梦死，无所作为。而像贾谊、屈原一类忧国忧民的志士，朝廷却不理解他们的心情。埋怨朝廷不问采薇，不能任用像他这样满腹经纶、身怀绝技隐居民间的"草茅"之人。

刘基污蔑农民为贼寇，又不满官军纪律败坏、无所作为。他在《忧怀》诗中写道："群盗纵横半九州，干戈满目几时休。官曹各有营身计，将帅何曾为国谋。猛虎封狼安荐食，农夫田父苦诛求。抑强扶弱须天讨，可惭无人借箸筹。"

在《次韵和石抹公春晴》诗中写道："赤眉青犊终何在，白马黄巾莫漫狂。将帅如林须发踪，太平功业望萧张。"

在《次韵和孟伯真感兴》中，他对跟随朱元璋起义的红巾军直斥为盗贼，诗云："五载江淮百战场，乾坤举目总堪伤。已闻盗贼多于蚁，无奈官军暴似狼。"

在《闻高邮纳款漫成口号》中写道："闻道高邮已撤围，却愁淮甸未全归。圣朝雅重怀柔策，诸将当知虏掠非。"

诗内所说江淮、淮甸，都是指朱元璋的，圣朝则是指元朝。刘基埋怨那些镇压农民起义的"官军暴似狼"，那些领兵的将军只管"虏掠"，不问"虏掠"引起的恶果。从这些诗中我们能够清楚地看到，在刘基依附朱元璋之前，他的立场、思想和感情都是站在元朝一边的。也可以从中看出刘基对元政府的腐败和官员的无能已有所认识。他在《卖柑者言》中，就寓意深刻地指责元朝官吏是"金玉其外，败絮其中""盗起而不知御，民困而不知救，吏奸而不知禁，法斁而不知理，坐縻廪粟而不知耻"。

大规模反元农民起义的广泛影响，二十多年仕途的屡遭贬抑，使胸怀正义并深谙军事的壮年刘基对元朝的异族统治渐渐有所觉悟，他开始有所动摇。他钦羡古代的杰出军事家诸葛亮、祖逖、岳飞等的为人，在苦闷中撰写了《吊诸葛武侯赋》《吊祖豫州赋》《吊岳将军赋》，字里行间表达了他对这些英雄的景仰，以及对蒙古贵族统治的反感，这为他之后投靠朱元璋作了思想上的准备。

《郁离子》一书用寓言的形式表现了他渊博的学识和富有创造性的思想，寓意深刻。《郁离子》既是书名，又是作者自称，内容涉及面很广，从个人、家庭到社会、国家，从政治、经济到军事、外交，从思想、伦理到神仙鬼怪，几乎包罗万象，既是前一段从政经验的总结，又为日后立国治乱打下了深厚的理论基础。

《百战奇略》这部军事著作也是他这一时期的重要著作。可惜此书后来被朱元璋密封朝中，未能面世，现在所看到的，只是民间流传的抄本。

宋神宗元丰年间编汇整理的《武经七书》，它由《孙子兵法》《吴子兵法》《六韬》《司马法》《三略》《尉缭子》《李卫公问对》七部兵书汇编而成，作为用兵不可不读之书。《百战奇略》便是刘基读《武经七书》的笔记，同时还搜集了从先秦到五代1600多年间散见于史籍中的重要军事资料。尤为难得的是，在书中刘基根据自己的军事实践和体会，提出了一些很有价值的见解。

《百战奇略》一书继承了我国古代军事辩证法思想的精华并有新发展。一方面，反对穷兵黩武，从治国的角度谈治军，以政治家的头脑谈军事，认为好战必亡。另一方面，他又强调战略战术，主张安不忘危，治不忘乱，居安思危，“内修文德，外严武备”。刘基在战略上还主张“善战者省敌”，认为“省敌者昌，益敌者亡”，反对到处树敌，主张分化瓦解敌军，以敌制敌。

书中还有众多此类辩证军事思想，这些从标题上就可看出来：信战与教战，攻战与守战，进战与退战，缓战与速战，分战与合战，饥战与饱战……处处从相反或对立的方面来阐明用兵的原则，提出了有信有教、恩威并施、严明赏罚的治兵之道及一系列辨明形势、灵活机动的作战方略。

史学家笔下的刘基还是一位奇人、神人。他深通易学，能以天象预测人事，他料事如神，呼风唤雨，当时就有“青田诸葛孔明”之称。

3 半百出山

至正十九年（1359年），朱元璋统帅的一支红巾军先后占领了诸暨、衢州和处州，随后又次第拔除了东南一带元军的一些孤立据点，元朝在浙东的军事力量已被扫清，浙东地区大部分获得平定。雄心勃勃的朱元璋极力搜求各地知识分子、知名人士，希望他们出来辅助自己的事业，帮自己扩充地盘，稳定社会秩序。刘基在浙东很有名望，自然被列入邀请之列。但因为刘基思想上反对红巾起义军，视起义军为“盗寇”，而自己又势力衰弱，无力与朱元璋相抗衡，所以当朱元璋几次派人礼请他出山，他都是好言推托。当胡大海攻下处州，再次厚币礼聘时，刘基仍是婉言谢绝，不肯依附。后来，处州总制孙炎写了一封几千字的长信，反复申明利害，讲明对他不算旧账，只要他肯出山，不但可以保全身家性命，还可做官办事，一起治理天下。与此同时，刘基的亲朋好友也写信催促，劝他应聘。

在严峻的形势面前，至正二十年（1360年）3月，刘基终于决定去应天府（今南京），观察朱元璋对自己的真实态度。此时，他已经年近50了。

刘基到应天不久，就受到朱元璋的接见。朱元璋用上宾之礼接待了他，又命有司修礼贤馆让他住进去。刘基见朱元璋诚心诚意，自认为遇到了明主，马上呈上时务18策，分析内外形势，详陈灭元兴邦、扫除僭乱的大计方针。朱元璋听后大喜过望，当即把他留在身边参与机密谋划，尊称他为“老先生”“汉之张良。”

刘基长期以来的愿望终于得以实现，他的政治军事才干也得以一展。于是他运筹帷幄，出谋划策，帮助朱元璋征东平西、逐鹿中原，干出了一番惊天动地的事业，成了朱元璋智囊团中的中心人物和忠心耿耿的谋士。甚至在他晚年将要告老还乡之前，还不忘朱元璋帝业的巩固。公元1371年，朱元璋雄心勃勃，既定中都，又锐意要灭扩廓军。刘基临归青田前，还上了最后一道奏章说：“凤阳虽帝乡，但不是建都地。王保保不可轻视。”但朱元璋没有认真考虑他的奏文，仓促发兵西征，结果大败而归。扩廓最终逃入西北沙漠，成为边疆祸患。事后朱元璋大悔。

刘基初到应天，在军事战略上为朱元璋做了两件大事。这个时期正是朱元璋的政治、军事势力发展壮大至关重要的时刻。朱元璋起兵后，利用刘福通在北方抗击元军之际，挥兵南进，一路下滁州，取太平，占建康，攻江浙，军事力量大增。但在政治上，他依然尊奉小明王韩林儿，称为宋后，受他的封爵，用龙凤年号。至正二十一年（1361年）元旦，朱元璋在南京中书省设御座，遥拜小明王，行正旦庆贺礼，文武百官齐拜，只有刘基不拜。朱元璋问其缘故，刘基说：“他只不过是个牧童而已，奉之何为？”刘基认为，在群雄四起之际，要成大业就必须摆脱别人的牵制，完成独立。朱元璋听后很是感动，后来终于废掉了小明王韩林儿。

此时，另外还有两股劲敌：一是陈友谅，据湖广，扼长江上游；二是张士诚，称霸苏杭，占富庶之地。二者对朱元璋形成夹击之势，威胁很大。朱元璋决定主动出击，打破腹背受敌的局面。有人主张先打张士诚，他们认为张士诚力量薄弱，距离很近，容易取胜，且江南地区物产丰富，攻占后有利军需。朱元璋问刘基的意见，刘基却主张首先攻灭陈友谅。他说：“主公据有金陵，形势险要，地理条件很好，但东南有张士诚，西北有陈友谅，两人屡次为害于您。必须扫除二寇，无后顾之忧，才能北定中原。张士诚志向狭小，只图保其地盘，不会有什么作为，暂时可以不必管他；陈友谅则不同，他野心大，欲望高，是个最危险的敌人，并且拥有精兵巨舰，据我上游，无时无刻不想灭掉我们。面对这种形势，在战略上我们不能两面作战，应当集中力量首先歼灭陈友谅。陈友谅消灭之后，张士诚势孤力单，一举可定。接着再北取中原，霸业可成。”

朱元璋听后，觉得还是刘基想得全面，于是摒弃众议，采纳了他的计策。“抓住劲敌，逐个击破，防止腹背受敌”成为朱元璋开创帝业的战略方针。

4 首战告捷

刘基不但为朱元璋制定了总的战略目标，而且在平定陈友谅的几次大的军事行动上，为朱元璋贡献了很多奇思妙计。

至正二十年（1360年），陈友谅攻下朱元璋的太平城后，杀死朱元璋养子朱文逊及守将花云，在采石五通庙行殿称帝。他建国号汉，改元大义，凯旋江州。随后又约张士诚同攻应天，张士诚未允，陈友谅便自集舟师，自江州顺长江引兵东下，直指应天。一路浩浩荡荡，声势浩大。消息传来，应天震动。朱元璋慌忙召集群臣商讨对策。有的说陈友谅骁勇善战，锐不可当，今占有江、楚，控扼长江上游，地险而兵强，才剽而势盛，与之争锋，如同以卵击石，自取灭亡，不如就此将应天城献给他，归附在他的旗下；有的认为陈友谅新得太平城，气焰正盛，莫若先退出建康，钟山有王气，可以据守在那里，待其气衰，再与之决战；有的说陈友谅不过一沔阳渔家，刀笔小吏，要与他在建康决一死战，万一战不胜，即使逃走也不迟。

朱元璋觉得都不甚妙，但一时又没有其他计策，他环视了一下全场，见刘基双目炯炯，沉默不言。朱元璋见状，知道这位军师一定又有妙计在胸了，他连忙召刘基进入内室，问他为何一言不发。刘基愤愤地说："先立斩主张投降及逃钟山的人，才可以树立正气，消灭陈贼。"朱元璋问："先生有何具体计策？"刘基答道："陈友谅这次是以骄兵来战，劳师远袭。而我们则有了上次失守太平城的教训，并且是以逸待劳。天道后举者胜，我们还害怕打不赢他？现在我们的当务之急是敞开府库，心怀至诚，以稳固士民之心。古代兵法说，日行300里，奔袭敌人，即使不交战也会溃败。为什么？因为士兵疲劳。我们可以先放弃几个地方，移走兵饷，装成逃跑的模样，再派人假装投降，引诱陈友谅全速奔袭，我们却中途设下埋伏，派兵截断他的后路，叫他首尾难顾。后援不至，夺敌之心；设伏围攻，乱其部署；以逸待劳，挫其锐气，怎么会有战而不胜的道理！然后我们乘胜追击，陈友谅必然拼力逃命，我们不仅能收复失地，还可以占领他的属地。陈友谅遭此惨败，进一步制服他就容易了。帝王之业，在此一举，天赐良机，岂可错过！”

此言正合朱元璋心意，然后他们密谋，先命胡大海直捣信州，牵制陈友谅的后路；命常遇春、冯国胜、华高、徐达等将领各处埋伏，打算截击。一切部署停当，朱元璋先请陈友谅的老朋友康茂才给其写一封密信，假称与陈友谅里应外合，请他赶快来攻城。

陈友谅收到信后，不禁一阵暗喜：“这下胜券在握了。”他急于占领建康这块风水宝地，于是马上发兵进攻。

朱元璋这边也在积极准备：先在石灰山侧埋伏奇兵3万人，并拆掉江东木桥，易以铁石，设置水障，只等陈友谅中计。时日既到，陈友谅果然如约而至，引着战船径直驶入一条狭窄河道。到达江东桥时，看见桥下都是大石块，没有了原来的木桥。他甚为惊异，连忙用暗语联络，并无一人答应。这时，陈友谅方知中计，但想撤退已迟。

朱元璋的军队见陈友谅已到达江东桥，黄旗一举，伏兵见此信号，跳跃四起，水陆夹攻。不一会儿，陈友谅全军就被杀得大败，他自己独自跳上另一只小船逃走了。朱元璋指挥大军乘胜追击，太平城失而复得，取得了保卫建康的大捷。

胜利后论功行赏，朱元璋欲将最高级别的“克胜奖”奖给刘基。刘基认为自己只图怀才有遇、学有所用，不图眼前的名利，故坚辞不受。从刘基声名大振，人们都说他是诸葛孔明再世。

5　奇袭江州

陈友谅退居江州之后，不甘失败，便派部将以优势兵力攻占了朱元璋属地重镇安庆。安庆是朱元璋西部边境的门户，朱元璋想乘胜一鼓作气再次讨伐陈友谅，但心中犹豫不决，只好去征求军师刘基的意见。刘基分析了目前的形势，认为此时军队士气正旺，加之这次出征为收复失地，出师有名，如果可以做好战前动员，完全可以战胜陈友谅，歼灭其有生力量。有了这位“诸葛孔明”的支持，朱元璋决计再次伐陈。

依照刘基的计策，朱元璋在临发兵前宣谕众将士：“陈友谅杀主僭号，侵犯我疆土，戮杀我将士。观其所为，不灭不足以平民愤，不灭不足以慰我国魂。”朱元璋的一席话，众将士听了情绪昂扬，誓死要与陈友谅决战。朱元璋与刘基共乘龙骧巨船，率师乘风溯长江而上。沿途，将士们斗志旺盛，精神抖擞，长江上万舟竞发，旌旗蔽天，蔚为壮观。

但胜利并非唾手可得。陈友谅属将张定边骁勇善战，而且广于谋略，加上安庆城池坚固、地势险要、易守难攻，朱元璋手下将士奋勇攻打，激战一天，未取得任何进展。

晚上，朱元璋很是烦闷，将刘基招来商量对策。刘基对朱元璋说：“我们大军远道而来，本拟一举攻克安庆，然而激战一天，却未得寸土，将士将生倦意。而且张定边骁勇，安庆城固，再打必然更费时日。

陈友谅知我在此鏖兵，一定会派人前来决战，以报上次失利之仇，如此，内外夹攻，我军必败。”

朱元璋听罢，长叹一声说：“难道别无他法，只好放弃安庆吗？假如门户一开，猛虎入室，今后哪还有一日可以安宁？”

刘基摆摆手，对朱元璋说：“主公勿忧，暂时放弃安庆，并非就不要了。《武经七书》云：‘我欲战，敌却深沟高垒，不得与我战，则攻其所必救。安庆弹丸之地，城池固若金汤，足以久劳我师。陈友谅不敢出兵迎战，正由于心存恐惧。我们如果放弃安庆，迅速西上，直逼江州，捣其老巢，陈友谅必定撤离安庆而救江州。那么，安庆还能跑到哪里去？不是顺手可以攻克吗？如此，一举两得，何乐而不为？”

朱元璋听罢，拊掌称妙，完全听从了刘基的计策，连夜领兵而去，却在营地乱设篝火旗帜，缚活羊于战鼓上，敲击有声，迷惑敌人。

暗夜沉沉，迷雾深重。朱元璋除留少量兵力在安庆迷惑敌人外，其余均偃旗息鼓，沿江西进，长驱直入，逼近江州。当陈友谅的江州守军还在梦中时，他们已发起攻城战。江州守军认为神兵自天而降，忙于应战。陈友谅匆忙发兵，却不能挽救败局。江州全线崩溃，陈友谅最后只得偕妻子逃出，乘夜幕奔往武昌。江州守军投降，很快为朱元璋所攻取。陈友谅在逃跑的过程中抓到了几个朱元璋的兵士，得知此举皆刘基所谋。他仰天长叹道：“我部众就缺像刘伯温这样的谋士，将来亡我者，必伯温也。难道天意在朱元璋，故遣伯温助之？”

刘基不但在军事上表现出卓越的谋略，而且在政治上、外交上也很灵活，做到战取与招抚并重，一切从实际出发，采取机动灵活的办法。

陈友谅的江西省丞相胡廷瑞守卫南昌，素闻朱元璋部队的声威，更惧怕刘基的神机妙算，遂派遣部将郑仁杰到朱元璋的军门前通报，请求和谈。朱元璋把他请到密室商议，大部分条件已谈妥，只是在“不解散其部下所属部队”这一条上，朱元璋还很迟疑，面有难色，怕他们日后养兵滋事。而刘基认为这正是分化瓦解敌军、恩威并重的良机。看到朱元璋不想答应的样子，刘基很着急，忙从后面踢朱元璋坐的太师椅。听到“咚咚”的踢椅声，朱元璋清楚了刘基的意思，便答应了他们的要求，并附信慰问胡廷瑞军，称赞他们的明智之举。不久，胡廷瑞公开宣布投降，在他附近的余干、建昌、吉安和南康等路府州县，也都相继望风投诚，全都接受朱元璋的号令。

10月，之前久攻不克的孤城安庆也很快被朱元璋部队攻下了。

6 鏖兵鄱阳

至正二十三年（1363年）2月，朱元璋决定亲征，解救被张士诚的部将吕珍包围的安丰（今安徽省寿县南）。从全局出发，刘基意识到此举与原定先取陈友谅再破张士诚的方针相违，所以力劝朱元璋勿出兵。他说："万一陈友谅乘虚来攻，便会进退无路。再者，如救得小明王韩林儿出来，怎样安置他呢？是继续让他当明王，还是把他禁闭起来或是把他杀掉？要是关起来或者杀掉，那如今救他干什么呢？还不如借张士诚之手杀了他。要是让他继续当明王，岂不是自讨没趣，凭白无故找个顶头上司来管制自己。"朱元璋则认为若安丰失守，应天也会失去屏障，救安丰即是保应天，所以还是亲自统兵去了。

不出刘基所料，当朱元璋出兵支援安丰时，陈友谅果然乘虚进犯，调动了数百艘战舰，五六十万军队，倾巢出动围困洪都（今江西省南昌市），很快攻下吉安、临江、无为州等地。南昌被围80余日，激战数十昼夜，情势非常危急。朱元璋闻之，方知刘基的话是正确的，自责说："不听先生之言，才有今日之失。"刘基宽慰他说："现在醒悟还来得及。"朱元璋立即亲率20万大军救援，命刘基留守应天。

陈友谅听说朱元璋来援，怕腹背受敌，随即撤围，在鄱阳湖摆下阵势准备迎战。双方大战于鄱阳湖之上，初时，朱元璋屡战屡败，几处险境。无奈，只好又命徐达去应天调换刘基。

刘基星夜赶来，便与朱元璋研究破敌战术。两人都主张用火攻，但朱元璋怕风向不定，船多难烧尽，弄不好还有可能烧及自身。据刘基观察天象，黄昏时分将有东北风起。他们随即准备了七艘小船，其上载草人迷惑敌方，并把蘸满油渍的芦苇、硫黄火药等物放置在船上，迅速开进湖中，待接近敌船，即抛出铁钩搭住敌船，就势放起火来。刹那间烈焰腾空，敌方大船多被燃着。战斗进行得十分激烈，喊杀声、涛声、燃烧声混在一起，煞是雄壮。激战中双方都有很多损伤，只是陈友谅始料不及，损失更大。

一次，朱元璋正在指挥船上发号施令，忽然，侍坐在身旁的刘基一跃而起，大呼道："难星掠过，请主公急速换乘别船。"平时十分镇定的朱元璋也惊起四顾，只见刘基双手挥舞，坚持说："火速换船。"朱元璋来不及多想，就被刘基和几个贴身卫士拉着换乘另一只船，还没坐稳，就听"轰隆"一声，指挥船被陈友谅的大炮击中，顿时粉碎，沉入湖中。此时，朱元璋才缓过神来，明白了是怎么回事，不由得称赞刘基的神机妙算。

原来，刘基见朱元璋一心求胜，顾不得指挥船的隐蔽，穿行于兵阵之中，然而这一切被陈友谅的军队发现了。他想陈友谅必定会集中所有的炮火首先把朱元璋的指挥船击沉，恰好这时天象异常，出现了所谓的"难星"，刘基便趁机催着朱元璋换船，因此躲过了这场事关胜负成败的祸事。

这边的陈友谅见朱元璋的坐船已被击沉，以为朱元璋必死无疑。全军欢声一片，举杯庆功。正在狂喜中，又看到朱元璋指挥着战船进攻，不免大惊失色，以为有神仙庇佑，顿时阵势大乱。朱元璋军队的战船趁机旋绕汉军巨船，时出时没，势如游龙，弄得陈友谅手足无措。朱元璋的将士见状，一时勇气倍增，呼声惊天动地。同时，湖面上波涛大起，阴云密布，给朱军进攻创造了良好的条件。朱军虽是小船，但移动自如，正好采用火攻，陈友谅的巨船却处处挨打，有的被击沉，有的燃起了熊熊大火。

双方在鄱阳湖中激烈地战斗了三天，仍未决出胜负。后来，刘基又建议朱元璋将主力军队移往湖口，扼住敌军通路，用关门打狗的办法，使敌军补充给养的后路全被切断。给养断绝，将士疲乏，内争不已，敌军败局已定，大部分被俘和投降，陈友谅也在换船时被流矢射中身亡。朱元璋的军队在付出了巨大的伤亡代价，并几经险境后，终于彻底打败了这一强敌。

回到应天，朱元璋对自己的这次决策曾表示反悔，向刘基说："我实在不当有安丰之行！如果陈友谅乘虚直捣应天，那我便进无所成，退无所守，大事去矣！幸而他不攻应天而围南昌，南昌又坚守了三个月，致使我有足够的时间去集中兵力。陈友谅出此下策，不亡何待。"

在平定陈友谅的几个主要战役中，刘基胸有成竹，运筹帷幄，每奏奇效，特别是鄱阳湖一战，奠定了平汉兴明的霸业。刘基在鄱阳湖中的战略战术思想，很值得人们研究借鉴。

7　平张士诚

刘基在战略上为朱元璋制订了“先灭陈友谅，后平张士诚”的方针，为朱元璋获得了夺取天下的主动权。当西边平汉战火渐渐平息之后，朱元璋立即集中兵力，掉转矛头，挥戈东进，进攻张士诚所建的吴国。

当时张士诚据有浙西，北连两淮，凭恃武力，屡屡侵占朱元璋的势力范围。刘基说：“这是一股不义之师，他们起事的目的不是为了救民于水火之中，而是争名夺利、劫民掠商，而我们的军队就要与之不同，不要掳掠，不妄杀戮，不毁庐舍，为仁义之师，如此，就能赢得民心。”作为一名著名的政治家，刘基首先提出了以上的建议，使朱元璋军队在军事纪律上就高于张士诚一筹。在平定张士诚的过程中，刘基的军事思想也得以实现。

至正二十三年（1363年），张士诚围攻建德城，守军统帅李文忠闻讯非常生气，要同他拼死决战。恰好刘基在建德，他详细向李文忠解释了他在《百战奇略》中提到的“以饱待饥”的战术：“大凡远道而来的敌人，给养不济。敌饥我饱，我们可坚壁不战，断其粮源，断其粮道，与敌持久对峙；敌方必定会发生粮食危机，将士不饱则军易生乱。因此，敌军一定会主动撤退，我方即密派骑兵半路伏击，后面再纵兵追杀。这样大获全胜就是必然的了。”据此，他推断：“三日后张士诚必定会因粮源不济而撤走，他逃我追，就可以一举擒获。”

李文忠虽然并不完全相信，但见他说得在理，就按他的想法去做了，坚壁清野，依城固守，并乘夜色派出小股伏兵。

三日后，刘基从容率众将士登城观望。观察了一会儿，刘基自信地说："张贼已经逃走了。"众将领看到张士诚的军营里旗帜猎猎，一如往日，而且传来了一阵阵威严洪亮的战鼓声，都大为生疑，不敢随便发兵。

刘基再次催促，李文忠这才下令出击。到了张士诚的军营一看，果然如刘基所料，军营里空空荡荡，张士诚的主力尽皆撤走，留下摇旗擂鼓的只是一些老弱士兵。李文忠急忙传令追赶，即使快马奔腾，一直到东阳才赶上张士诚的部队。一番鏖战，疲乏饥饿的张士诚军被击溃，被俘者无数。

浙东台州人方国珍，至正八年起兵抗元，占有沿海庆元、温、台各州县，元兵屡讨不克。刘基与他打交道可说由来已久。至正十三年，刘基为浙东行省都事，因其维护统治阶级利益的本性，他建议："方氏首乱，数降数叛，乖戾多变，不可赦免，应该捕获归案，依法斩之。"但因为方国珍贿赂了一批元朝官僚，朝议不听刘基的建议，接受了方国珍的投降，而刘基则被扣上"越权言事""擅权"的罪名，弃置不予重用。方国珍被授予元官后，仍然拥兵自重，不受元朝调遣，却利用官军的名义，大肆搜刮民财，掠夺国库，壮大自己的力量，扩大自己的地盘。

方国珍虽然与刘基有这一层"姻缘"，但他本是一位见风使舵、倾慕贤能的人，他对刘基仍然很看重，不记前仇。刘基的母亲死后举行葬礼，方国珍还派人送来吊唁信。这时，刘基认为消灭陈友谅、张士诚乃当务之急，暂时可利用方国珍，不可"捕而斩之"。

因此，刘基写了一封长信，向方国珍说明朱元璋的威德和当前的军事形势，希望他察识时务，以图大业。又投书朱元璋，讲明暂时利用方国珍的意义，请他派人去招降方国珍。

方国珍收到刘基的信后，与其弟说："现在元运将终，群雄并起。

唯独朱元璋的军队号令严明，所向披靡，现在又东下婺州，恐怕难于与他争锋，何况与我为敌的，东有张士诚，南有陈友谅。我们不如按照刘基所劝告的，暂时依附朱氏，借为声援，静观其变。”这时，又恰好遇上朱元璋派来的使者刘辰招降方国珍。方国珍在他们的共同劝说下，决定归顺朱元璋，愿意合力攻伐张士诚，并献上黄金50斤，白金100斤，金织文绮等物。

成功招降方国珍，集中表现了刘基军事政治战略方针的灵活性、深刻性以及实用性。它为朱元璋剿灭汉、吴，既消除了一股反对势力，又能牵制住陈友谅、张士诚，取得了军事战略上的又一胜利。

8 严遭诽谤

至正二十四年（1364年），在李善长、徐达等人的劝进声中，朱元璋即位为吴王，任命李善长为左相国，徐达为右相国，刘基为太史令。刘基精通天文知识，在任太史令后，曾以元代《授时历》为基础修订历法，制定了《大统历》，由吴王晋升皇帝的当年颁行，成为明朝一代历法，因这年为戊申年，所以被称为《戊申大统历》。

此时朱元璋所建政权的性质已发生变化，朱元璋已经从农民阶级的代表，蜕变成封建地主阶级的代表。当朱元璋为梦象所警，准备杀一批囚犯破梦时，刘基从缓和阶级矛盾着眼，假借解梦劝说朱元璋停刑，不要滥杀无辜，说这梦是“得士得众之象”。不久，海宁州来降，朱元璋以为是解梦的应验，因此又把犯人交刘基审理，释放了全部犯人。

至正二十八年（1368年），朱元璋称帝正式建立明朝，改元洪武，定都南京。李善长、徐达由相国改任左右丞相，刘基被任命为御史中丞兼太史令。在朱元璋登基大典上，太史令刘基代替大明皇帝宣读祝文；在册封勋臣时，刘基奉册宝宣布皇帝命令。

龙凤年间，朱元璋军队不断增多，编制极不统一，将校称呼也很混乱。朱元璋称吴王后曾下令按指挥、千户、百户、总旗、小旗统编军队，战斗力大为增强。洪武元年（1368年），在此基础上刘基又“奏立军卫法”，即在军事重要的地方设卫，次要的地方设所，“自京师达于郡县皆立卫所”，大约每5600人为一卫，长官称指挥使；1120人为一千户所，长官称千户；千户所下设百户所，设总旗、小旗，以都指挥使司为地方上的最高军事机构；以大都督府为中央最高军事机构。因此加强和巩固了明朝封建皇权的统治。

经过几十年群雄角逐的战乱，生灵涂炭，国家凋敝，百姓困顿，急需休养生息。为了迅速安抚民众，朱元璋又向刘基询问为政之道。刘基说："霜雪之后，必有阳春。如今国威已经树立，宜渐渐济之以宽大。因为生民之道，在于仁爱，在于以仁心行仁政。宋元以来，法制名存实亡，宽纵日久。现今应当首先整顿纪纲，颁示法典，然后仁政才可付诸实施。"刘基用传统的儒家仁政思想作为治世的根本。他认为治世安民应该德政刑法并用，而以德治为主。首先反对暴虐凶残，对百姓要有仁爱之心；同时认为德政需有严明的法纪为保障，使用刑法的目的是不用刑法。有法必依，执法务严，使人有所畏惧，以确立必要的封建统治秩序。他在理论上如此阐述，也在实践中如此实施。

刘基帮助朱元璋审理开释了一批积年未决的冤案，给这些人平反昭雪。另一方面，他请求振肃法纪，立法定制，既制止纵罪，又严禁乱捕滥杀。朱元璋下令实施刘基的提议。很快，他拟定明律令，成了明朝后来立法的基本依据。洪武三十年所颁布的《大明律》就是在它的基础上修订完善的。

洪武元年（1368年），在北伐中原获得占领山东、河南的胜利之后，朱元璋由应天（南京）去汴梁（开封），大会北伐诸将，研究部署攻下元大都的步骤，留刘基和李善长做南京留守。刘基这时的官职是御史中丞，是御史台的佐贰长官，带着监察御史纠劾各级官吏中的非法违禁行为。刘基认为宋、元两朝末期，由于纲纪不严以致丢失天下，因此，要求各御史官对违禁行为要仔细查处，不管犯禁的人权势多大、官职多高。那些宿卫朝廷的宦侍近臣如果犯法，他总是先报告皇太子，然后绳之以法。他严格执法，令众臣属谨小慎微。恰在这时，李善长的亲信，中书省都事李彬犯法当斩，李善长出面为他求情通融，刘基铁面无私，没有理睬李善长的说情。由于事关重大，刘基按照正常规定向朱元璋做了书面报告，等批准后马上就把李彬斩了。

但是，这件事却让李善长十分嫉妒。李善长原是朱元璋举事不久收用的幕府书记，朱元璋称吴时的左相国，称帝后的左丞相，在朝廷中一直位列第一。斩李彬后，李善长蓄意报复。闰7月，当朱元璋从开封回到南京时，李善长便极力中伤刘基。这年天旱，说刘基在祈雨坛下斩李彬，是对上天的大不恭敬，以致天怒，祈雨不灵。另外一些对刘基心存怨恨的人也纷纷落井下石，说刘基的坏话。朱元璋按迷信说法查完天旱原因，问到刘基时，他对朱元璋说："长期征战，将士死亡众多，他们的妻子家属或别葬，或寡居，没有什么抚恤和照顾，几万人阴气郁结，怨气冲天，此其一；大批工匠死后骨骸暴露野外，无人掩埋，此其二；江浙官吏投降的人都编入军户，让他们一家人世代充军，住在固定的卫所，有失和气，此其三。有此三条，人怨天怒，以致不雨，恳请陛下善为处理。"朱元璋采纳了刘基的意见，采取了一些应急措施。但是十几天过去了，仍然没有下雨，朱元璋生气了。在此情况下，刘基感到十分尴尬，正好他的妻子在这时去世了，刘基便以处理妻丧为借口告老回家了。

9　君臣论相

刘基在告老还乡前，曾给朱元璋提了两条建议。当时，大将徐达已占领元都大都（今北京），朱元璋打算以他的故乡凤阳做中都，同时也正谋划集中兵力消灭元军统帅扩廓帖木儿。刘基说："凤阳虽是陛下的故乡，但那里地理条件不好，不宜在此建都；元军虽败，但王保保（即扩廓帖木儿）仍然是元军的一个潜在势力，对他用兵应该采取审慎态度，因为他用兵灵活，轻视则易受挫。"刘基走后三个月，朱元璋深感刘基言之在理，又想到过去的岁月里刘基的赤胆忠心，便亲自下令表彰刘基的功勋，召刘基回南京。

朱元璋深恶李善长之专权，意欲废其相位，询问刘基相位人选。刘基对朱元璋说："善长是对建国有大功的元勋，德高望重，深得众将爱戴，他能调和诸将，故不宜更换。"

朱元璋说："他几次要谋害你，你为何还替他说话，我看还是你来当丞相吧。"

刘基知道在李善长等淮西集团当权的形势下，他是站不住脚的，所以连连辞谢说："换顶梁柱须要用大木，如用捆起的若干细木代替，要不了多久，就会被房子压垮的。"

元璋又问："杨宪、汪广洋和胡惟庸等人如何？"虽然刘基与杨宪交情很好，却没有因此为他说好话。他评论说："杨宪虽有相才，但器量不够，当宰相者要'持心如水，以义理为权衡'，万万不可义气用事。”至于汪广洋，刘基说他心胸偏狭，怕比杨宪还厉害。他评论胡惟庸，说胡若为相，好比驾车，他非但驾不好车，甚至会弄坏辕木。

品来论去，朱元璋最后说只好由刘基任相了。但刘基却一再说明自己的缺点，说他疾恶如仇、性格偏激、脾气急躁，受不惯繁文缛节，深恐辜负了皇上的恩典。并说目前确实没有合适的丞相人选，但天下之大，何患无才，只要下功夫寻找，就一定能找到合适的人选。

朱元璋最终还是觉得刘基过于苛求，求全责备，所以没有听从他的劝告，任用了杨宪、汪广洋、胡帷庸为相，结果正如刘基所料，都出了问题。刘基品评相才，不以恶己者为恶，不以亲己者为好，唯才是举，深谋远虑，洞明一切，可算得上奇才伟识。

刘基的治国理论与实践，从为民为君的角度出发，“仁”与“法”相辅相成，重视选拔、识别人才，取得了洪武早年较为清明的政治局面。

洪武三年（1370年年），刘基任弘文馆学士，历史上弘文馆是藏有众多文献图书的地方，弘文馆学士掌管校正图籍，教授皇家贵族子弟经史。在朱元璋给刘基的诰命中，朱元璋回顾刘基建国前的业绩时说：“朕亲临浙右之初，你等响应朕之正义之举，及至朕归京师，你等即亲来辅佐。当此之时，括苍（处州）之民尚未完全归顺，及至先生一至，浙东形势便彻底平定下来。”言之下意，希望刘基在弘文馆中进一步发挥政治影响。

同年11月，统一中国北方之后，朱元璋论功行赏，大封功臣。刘基被封为诚意伯，授开国翊运守正文臣、资政大夫、上护军，给予了极高的荣誉。

洪武四年（1371年）的一天，青田山区的一座秀丽翠峰上，树木撑天，孤松傲立，百鸟争鸣，流水淙淙。在野草丛生的小路上走来一位虬髯飘发、身材修长、双目明烁的长者，望着林间飞来飞去、自由自在的小鸟，他不禁神清气爽，心旷神怡。于是他高声吟诵起陶渊明的《归去来兮辞》：“云无心以出岫，鸟倦飞而知还；景翳翳以将入，抚孤松而盘桓。归去来兮，请息交以绝游。”

他，就是大名鼎鼎的刘基。不久前，他辞别朱元璋，告老还乡。

难道他官场失意了？朱元璋将他所立下的汗马功劳记在心上，有功必赏，自出山以来，他累官至御史中丞兼太史令，太子赞善大夫，弘文馆学士，开国翊运守正文臣，资政大夫，上护军等。公元1370年又封诚意伯，俸禄240石，官位可谓显赫。尤为重要的是，朱元璋在开国之初定处州税粮，仍照宋制每亩加五合，朱元璋为了让刘基的乡人世世代代将他的事迹传为美谈，特别下令，青田不加税粮，使刘基的恩惠施及乡邻，这该也很荣耀了吧。

那么，他为什么要归隐山中呢？除了因斩李彬开罪于李善长之外，其根本原因还在于他对人生真谛、历史真理、人世沧桑的深刻认识。他知道因为自己的个性，自己的才能在一定时期、一定范围内才可得到发挥；换个时期，换个环境，就不一定适应了。“狡兔死，走狗烹”，历史上这样的事例还少吗？但也有很多功成身退的先例。范蠡泛湖四海，张良急流勇退，他们都能够寿终，避免了文种、商鞅、李斯、韩信等人的悲剧。慷慨有大节、睿智又有哲学头脑的刘基对这些历史往事当然非常熟悉，自然也明白其中的道理。因此，他的退隐乡里是一定的。

朱元璋在刘基归隐的当年冬天，就开始感觉到刘基对自己是多么的重要。于是，他力排众议，亲笔书写诏文，细细叙述刘基的功勋，召基赴京，并赏赐大批钱财、物资，追赠刘基祖父、父亲为永嘉郡公，还要再给刘基加爵进官。哪知刘基完全看破了红尘，亦知在淮西集团占绝对优势的大明王朝之中，自己也难有所作为，因而坚决拒绝，坚持归隐。

10　山中散人

刘基回到家乡，每天除游山玩水、怡情悦性、吟诗作文、抒发感受外，还喜欢与乡人饮酒弈棋、评品字画，与儿童谈天说地、嬉笑玩耍，完全忘记了自己的身份，把自己放在普通百姓的位置。享受着逍遥出世，超然物外，屏除世间荣辱，超脱尘世的情致。

有时，他与樵夫渔父聊天，谈论山中的趣事，水中的雅兴。有时他又与野老桑农一同散步，大谈养生之道。但他从来不讲自己以前的功名与战绩，也不喜欢别人提及。如果哪位不知趣的人想阿谀奉承几句，肯定要遭到他的冷遇，甚至被拒之门外。因此，认识他的人都亲切地叫他“伯温兄”，而不呼其职位名，不认识他的人还以为他不过是一位不闻世事的普通隐士。

青田县令早已仰慕刘基的才学，听说他回乡了，多次求见，刘基或婉言谢绝，或干脆不见他，对县令提供的种种照拂也不接受。

一日，一位农夫装扮的人，花了很大的工夫才打听到刘基的住处，千辛万苦求见。刘基正在用一个粗糙的木盆洗脚，听说后，以为与往常一样，是位过路的或干活的山里人，便忙叫人把这位农夫请进茅舍。农夫自称并不认识刘基，只是与他随便说说话。两人谈得很投机。刘基还将他留下，做了一顿黍子饭给他吃。吃完之后，这位农夫说：“请刘学士恕小臣欺瞒之罪，实际上，小臣就是青田知县，久仰先生的学识和为人，特来拜谒。”刘基听罢，惊讶不已，忙起身说道：“请恕小民不敬之罪，基告辞了。”说罢，便自己先离茅舍，飘然而去，剩下县令一人独自站了半天，感慨万分。以后，这位县令再也没能见到刘基的踪影。

刘基与达官贵人断绝往来，行踪不定，举动异常，表现出了一种狂放文人的风格。其实，这也是他那“性刚嫉恶，与物多忤”个性的异化表现。他企图用这种不正常的、极端的行动来全身避祸，抵御济世思想的诱惑，以求得个性生命的发展。然而，他终究是一个饱读诗书，受儒家“兼济”思想影响很深的士子，他愈想与世无争，世间烦恼却自己找上门来。

事情是这样的，自从刘基归隐不久，胡惟庸便当上中书省参知政事，他忌恨刘基以前说过他的坏话，便寻机在朱元璋面前诽谤刘基。

原来，在刘基老家青田附近有一块地方叫淡洋。这里水陆两便，山河湖泊相连，易守难攻。以前它属于三不管地带，常有土匪出没，盐盗聚乱。方国珍就是靠这块地方起事，拥兵自强、对抗朝廷、祸国殃民的。刘基耳闻目睹这些事实，心里很着急，在他任官朝廷时，就上疏请求在这里设立巡检司，镇守节制。那些杀人放火，奸淫盗窃之徒也稍有收敛，不敢为所欲为。

刘基回家隐居后，恰巧碰上淡洋逃军叛乱，危及朝廷安全。这伙叛军骚扰百姓，无恶不作，但是地方官吏企图隐瞒这件事，不让明太祖知道。刘基毕竟是位有血性、疾恶如仇的人，虽然未自己出面，然而还是让儿子刘琏不经过中书省，直接向皇帝上奏章，报告了这件事。

胡惟庸闻讯欣喜若狂，认为报复刘基的机会来了。他精心策划，指使党羽刑部尚书吴云弹劾刘基，诬陷他与百姓争夺淡洋，原因是淡洋依山傍水，风水极佳，有“王气”，刘基想辟之以为墓地，图谋不轨。由于百姓不肯让给他，他就指派巡检司，假托官军的名义逐赶百姓，以致激起民变。弹劾奏文绘声绘色，让人看了不能不信。吴云将其呈上朝廷后，胡惟庸借公报私，请求皇上予以重罚，并请逮捕刘基的儿子。明太祖看过奏文后，觉得刘基也太过分了，颇为所动。若按常规，肯定是满门抄斩，诛灭九族，只是念刘基为开国元勋，功勋卓著，不忍重罚，只象征性地处置了他。取消其俸禄，并移文传达给刘基，使他知道这件事。

刘基接到明太祖的移文后，如五雷轰顶，惊奇万分。思来想去，知道定是有人暗中陷害，稳妥之计，唯有面见太祖，说明原委，澄清是非，方可免此大祸。于是，他整理行装，即刻向南京进发。到了南京，发现形势对自己甚为不利，朝廷内外皆为胡惟庸党羽，没有人会替自己说话。故而原定为自己申明原委的打算也只好取消了，以免届时“众怒难犯”，引起明太祖更大的不快。于是他改变主意，以退为进，主动向太祖请罪，要求惩办。朱元璋见其态度诚恳，也未深究，此事遂于了结。

11　弥留忧国

刘基经此打击，知道再去过陶渊明式的隐居生活已不可能，为了避免再受诬陷，他干脆住在南京，连家也不敢回了。未过多日，刘基便病倒了。

没多时，太祖又提升胡惟庸为相，病中的刘基在听说这件事后，痛心疾首，沉痛地说：“胡惟庸为相，定会出大祸，国家必然会大乱，生灵又将遭受祸殃。假使我的话不应验，那是因为苍生民众有天大的洪福；如果我的话应验了，这些芸芸众生怎么办呢”？胡惟庸闻此，更加把刘基视为眼中钉，决心再找机会陷害刘基，置之死地而后快。而刘基此时由于悲愤交加，病情日益加重，终致卧床不起。洪武八年3月，明太祖见刘基病情恶化，气息奄奄，甚为怜惜，亲自制表文赐给刘基，并特派使者护送刘基回乡。回家后，刘基之病不但未能好转，反而病得更重了，只过了一个月，他就带着无限的忧怆和满腔怨恨离开了人间，终年64岁。一代谋略大师就这样凄凉地长眠在故乡的山峰上。

刘基的死，首先与胡惟庸的谗言陷害有关。史料记载，刘基在京师病重时，胡惟庸曾假惺惺地派医生给他诊治，医生给他开了一些药，服后，腹中就有小拳头大的石头似的积物。刘基本是一宽宏大度之人，万万想不到胡惟庸会采取如此卑鄙的手段毒害他。

其次与明太祖的多疑本性有关。他对这样一位忠心耿耿的功臣也不信任，对于胡惟庸党羽的弹劾奏文，不去调查核实就妄下结论，这怎能不使刘基伤心呢。这一切无不证明刘基当初请求归隐是有远见的，只是他还隐得不彻底，终究还是逃不脱“走狗烹”的可悲下场。

刘基自始至终对明王朝忠心效命。在临终前，他将自己用心血凝成的著作和预测时势、人事的奏章呈献给明太祖，表现了一位既激愤又疏淡，既充满激情又富有柔情的正直谋士的情怀，表明了我们的主人公既有飘逸旷达的性格，又有一颗放不下尘世的心肠，此为典型的儒家气质。病榻上的刘基已是骨瘦如柴、奄奄一息了，他把大儿子刘琏叫到身边，从枕头下颤颤悠悠地拿出一本发黄的小册子，递给他说：“这是一本关于天象人事的书，它凝聚着为父多年的军事实践和从政经验。你要将它交给朝廷，并叫皇上不要让后人学习。”它就是至今仍使人觉得神秘莫测的《天文书》。后来，明太祖下令此书与《百战奇略》一样，属机密文献，秘而不宣，终致失传，实在是历史上一大损失。

他又将一份奏章交给次子刘璟，嘱咐道：“为政之道，宽猛如循环，要有松有紧，有纵有收。澄清天下之时，应该号令严明，有罪必斩，以法治军；坐天下之时，特别是现在，正处在休养生息的关键时期，必须修明德政，减省刑罚，实施仁义，祈天永命。诸形胜要害之地，宜与京师声势相连。我原来想作一份遗表，说明上述观点，只因胡惟庸把持朝廷，作了也没有多大作用，反而会贻害于你们。但我肯定他终究要出事，他事发后，皇上必定会念及我，那时皇上向你们问起，就可献上此奏章。”两个儿子含着泪，默默地答应了父亲的要求。

再说，从自杨宪、汪广洋先后因罪罢官之后，胡惟庸独揽中书省，独断专行，滥用生杀黜陟的权力，逞淫威，结朋党，营私利。凡是内外各司上报皇上的奏章，胡惟庸先取来阅看，有利于自己的上呈皇上，不利于自己的则全部扣留，隐匿不予上报，同时寻机报复打击那些向皇上揭露自己恶行的官员。一时间，血案迭起，人怨沸腾，闹得朝廷乌烟瘴气。

朱元璋也慢慢觉察出胡惟庸举止反常，于是联想起以前刘基对他说过的药石积腹之事，当时他还不在意，认为是刘基多疑了，现在回想起来觉得问题严重，有人在药中动了手脚的可能性很大，于是下令追查刘基的死因。胡惟庸知道事情终会败露，自忖道："皇上草菅勋旧功臣，岂会饶恕我。事发是死，起兵反叛也是死，不如先下手为强，或许还有一线生机，不要坐以待毙。"于是勾结一帮党羽，并联络倭寇、元兵，密谋暗室藏兵，想来个措手不及，杀害朱元璋，推翻明王朝。不料事情败露，被朱元璋以谋反罪伏诛，牵连的人不可计数。刘基的预言应验了。

12　后主追赐

胡惟庸案平息后，朱元璋果断想到了刘基。刘基的两个儿子遵照父亲的遗言，向朝廷呈上《天文书》和密奏。太祖接过这些遗物，就像看到了这位老臣那颗赤诚的心，不由得老泪纵横。他对刘基的儿子说："刘伯温在这里时，满朝都是胡党，唯有他一个不从，吃他们蛊（毒药）了。"

洪武十三年（1380年），朱元璋颁布诰命，令刘基子孙世袭诚意伯爵禄。刘基虽然没有正式当过朝廷丞相，然而他德才兼备、功勋卓著，赢得了后人的怀念和尊敬。明武宗称他"渡江策士无双，开国文臣第一"。

刘基作为一个地主阶级的知识分子，年轻时即学识渊博，"通古今之变"。起初效力元朝，后因不满元朝的腐朽统治，从而走向反抗，投入到农民起义的大军之中。他随朱元璋南征北战，为大明帝国的创立运筹帷幄、出谋划策，做出了卓越的贡献。刘基为官清正，一贯反对贪官污吏，主张廉洁奉公。他性格倔强，不畏强御，不阿权贵，在政治集团的派系斗争中他努力超脱，试图洁身自好、超然物外。可惜像他这样智虑过人的人，居然也难逃奸佞小人的陷害，面对诬陷而无计可施，以致抱恨而终，这深刻反映了封建社会统治集团内部相互倾轧的残酷。

（十二）

事四朝元辅高风

——范文程

1 沦身为奴

范文程，字宪斗，生于明万历二十五年（1597年）。其先世于明初自江西贬往沈阳，居抚顺所。北宋名相范仲淹十七世孙，其曾祖明嘉靖时曾任兵部尚书，祖父范沈曾任明沈阳卫指挥同知。范文程自幼好学，才智过人，于明万历四十三年（1615年）在沈阳县学考取了生员（秀才），时年仅18岁。正当范文程踌躇满志，决心在仕途上有所作为的时候，灾难来临。万历四十六年（1618年），后金政权首领努尔哈赤带兵南下，攻克抚顺等地，大肆掳掠，并将所得人畜30万分别赏赐给有功官兵，21岁的范文程身在被掳之列，从而沦为奴隶。

后金是我国东北部女真族（满族前身）建立的一个少数民族政权。而女真人是我国境内一个十分古老的少数民族，其先祖是春秋战国时代的肃慎人；后汉、三国时被称为“挹娄”；北魏时叫“勿吉”；隋、唐则为靺鞨；唐昭宗天复三年（903年）之后，正式改称“女真”。我国历史上唐代的渤海国以及与北宋对峙的金国，就是女真族相继建立的少数民族政权。

进入明代以后，居住在长白山以北、东濒大海及黑龙江流域广大地区的女真族分为海西、建州和野人三大部。由于明朝统治的日渐腐朽，官府对女真人的压迫日益加深，女真族与明廷的矛盾也日趋激化。明中后期，懦弱无能的统治者回天无力，只好采取“分而治之”的策略，利用其内部争斗压制女真族日益高涨的反抗情绪。当时，明朝有个镇辽武将叫李成梁，千方百计地激化海西女真和建州女真的矛盾。他首先利用海西女真哈达部酋长王台杀了原建州右卫都督王杲，为了斩草除根，李成梁进而又于万历十年（1582年）派兵支援图伦城主尼堪外兰攻打王杲之子阿台。阿台之妻是努尔哈赤的堂妹，努尔哈赤的祖父觉昌安和父亲塔克世赶至阿台所在的古埒城外，让尼堪外兰暂停进攻，由他二人前去劝降。由于劝降未成，明军与尼堪外兰联手破城后血腥屠杀，入城劝降的二人也在乱军之中被误杀，因此努尔哈赤非常仇恨明朝。

万历十一年（1583年），24岁的努尔哈赤终于以父亲遗留下来的13副铠甲举兵了。他首先攻克了图伦城，城主尼堪外兰仓皇出逃，努尔哈赤率兵穷追不舍，沿途征服了一个个女真族部落，最终他杀了仇人，并统一了女真各部。

万历四十四年（1616年），雄心勃勃的努尔哈赤在实力日益壮大的基础上，终于宣布建立“大金”（史称“后金”）政权，建元“天命”。57岁的努尔哈赤因此登上了可汗宝座。后金政权建立后不久，努尔哈赤便以“明无故生事，杀其父、祖”等所谓“七大恨”誓师，向明朝开战。

天命三年（1618年），努尔哈赤率精兵强将2万余人鼓行而西，以迅雷不及掩耳之势攻取了东州、马根单两城。随后，他又派“商队”50人先发，以重兵潜随其后，乘夜雨初晴之际，突至抚顺城下，一举拿下了抚顺，于是便出现了前文所述的包括范文程在内的明朝人畜30万被掳的一幕。次年，又经萨尔浒一战，沉重打击了明朝边兵，双方实力对比改变。

努尔哈赤在短短数年之间，便攻占了辽河以东的全部地区，矛头直指辽西。由于蓟辽经略孙承宗、宁前兵备道袁崇焕等人的苦苦支撑，才确保了关外四年左右的平安。但明廷奸臣魏忠贤专权，却革了孙承宗的职，还撤除了许多要塞和据点，使御敌防线大为削弱。

天命十一年（1626）初，努尔哈赤亲自统帅13万大军乘虚长驱直入，“南至海岸，北越广宁，大路前后如流，首尾不见，旌旗剑戟如林”，浩浩荡荡，直逼宁远城下。此时，袁崇焕身边只有2万人马，孤立无援，处境维艰。但在他的感召下，宁远全民皆兵，严阵以待。

2月20日，努尔哈赤指挥八旗精锐以裹铁车牌、勾梯等攻城器械蜂拥而上，袁崇焕命发红夷大炮猛烈轰击。后金兵在铁皮车的掩护下来到城墙底下挖起城来，明军一面扔棉油火把焚烧敌军，一面组织敢死队缒城出击，屡次杀退了敌人的进攻。

21日，后金军又乘夜袭击，仍难以得手。至26日，不得不撤围而去。

努尔哈赤自24岁起兵以来，历时43载，自命“战无不胜，攻无不克”，没想到受挫于袁氏，自此积郁生疾，未到一年便去世了。

努尔哈赤死后，他的第八个儿子皇太极于天命十一年（1626年）即了汗位，改元天聪，宣布次年为天聪元年。皇太极登基后，开展各项改革，范文程一生中的转机也随之来到。

2 因祸得福

皇太极即位后的第八天，便让所辖汉民“分屯别居，编为民户，选汉官之清正者统之”，从而使庄园百分之四十奴隶身份的汉民壮丁恢复了民籍。不仅如此，皇太极还更新观念，抛掉了其父对汉族知识分子的偏见，多次选拔和荐举汉族与蒙古族官员加以量才录用，赢得了不少汉族与蒙古族有识之士的支持，心甘情愿“实心齐力报答皇恩”。

天聪三年（1629年），皇太极设立文馆，要求文馆“以历代帝王得失为鉴，并以记躬之得失”。这就不由得使人联想到一代名君唐太宗关于“以铜为镜，可以正衣冠；以古为镜，可以知兴替；以人为镜，可以知得失”的名训。皇太极设文馆，实在是为了知兴替、明得失。

文馆设立后，便急需有用之才供职其中。所以，同年8月，皇太极又颁布了一道上谕：“自古国家文武并用，以武功勘祸乱，以文教佐太平。朕今欲振兴文治，于生员中考取其艺文通明者，优奖之，以昭作人之典。诸贝勒以下满、汉、蒙古家，所有生员俱令考试。于九月初一日命诸臣公同考校。各家主毋得阻挠。有考中者，仍以别丁赏之。”范文程就属于文中所说“生员”的范畴，由于这些人被俘后作为战利品赏赐给了有功人员，从而变成人家的家奴，故上谕特别关照其主人“毋得阻挠”。并答应凡考中被选拔走的，另外赏赐家丁代替。

这次应试的生员共计300多名，考取了近200名，范文程有幸名列其中。如此，范文程因祸得福，凭着自己的聪明才智，从一个奴隶一步步登上了群臣之首的显赫官位。

《清史稿》对范文程这段经历的记载与事实有很多不符。据《范文程本传》讲，清太祖努尔哈赤攻陷抚顺后，文程与其兄便主动去谒见努尔哈赤，努尔哈赤对范文程魁伟的体魄颇有好感，交谈后，十分赏识范文程的见解卓越，加之得知他是明嘉靖时兵部尚书的后代，便更加器重。于是嘱咐诸贝勒说："这是名臣的后代，要多加关照。"

若仔细分析，就会觉得这段史料不可信。因为努尔哈赤本人对明朝书生非常反感，他认为"种种可恶，皆在此辈"，恨不能斩绝杀尽。而明朝臣民对女真族大肆掳掠、肆意妄为的行径也尤为敌视，在感情上根本无法接受沦身为奴、被女真人视同牛马的现实。作为明朝元老重臣的后裔，范文程是不会主动去谒见努尔哈赤的，当时根本也不具备这样的气氛。实际上，努尔哈赤攻克抚顺等地后，对掳来的明朝书生进行了血腥屠杀，在成批的书生引颈就戮时，其中有一人相貌堂堂、仪表非凡，与一般的迂腐书生大为不同。努尔哈赤偶生恻隐之心，便放了他一条生路，将其赐给了镶红旗下为奴，此人就是范文程。《清史稿》出于对清开国皇帝的美化和对功臣范文程这段受辱经历的讳莫如深，便采用曲笔手法做了掩饰。

俗论说，"大难不死，必有后福"。这句话在范文程身上还真应验了。皇太极即位后对各项国策所作的重大调整和改革，在很大程度上化解了民族矛盾，使其统治范围内的汉族臣民逐渐改变了以往的敌视态度，对其也能心悦诚服。也正是这些政策的实施，为范文程的一展才华提供了绝佳的机会。

3　巧施反间

天聪三年（1629年），皇太极在整顿好内政后，便大举兴师伐明，范文程也随军出征。自从努尔哈赤在宁远被袁崇焕战胜郁闷身死之后，皇太极在宁远、锦州一线与袁崇焕也进行过反复较量，但都以损兵折将而告终。因此，此次在范文程等的筹划下，改变了进军路线。大军由喀喇沁部蒙古人做向导，从喜峰口越过长城，径入明朝内地。在这次战事中，范文程独当一面，发挥了重要作用。他受命率偏师沿潘家口、马兰峪、三屯营、马栏关、大安口一线进发，以从旁支援主力。范文程智勇兼施，力克五城。明军曾集中诸城兵力拼命反扑，将大安口层层包围。范文程用火攻之计解了重围，有力地配合了主力部队的行动。其后，皇太极率主力西进永平（今河北省境），又把留守战略要地遵化的重任委托给了范文程。明军趁虚掩杀而来，兵临城下，其势甚猛。范文程多方设计，奋力抵抗，以少胜多，确保了后金军大本营的安全。范文程一次次地建立奇功，被封为世职游击。

皇太极在遵化一带立稳脚跟，便由蓟州越三河，略顺义至通州，渡河而直逼北京。袁崇焕曾建议朝廷加强蓟门兵力，严防后金绕道而入，可惜未被接受，故而使皇太极有隙可乘。皇太极将军队一下子驻扎在离北京城关仅两里之遥的南海子一带，明朝上下大乱，慌乱无比。明总兵满桂等拒敌于德胜门、安定门外；城上明军发炮助战，竟打伤了自己的军队，连满桂本人也被击伤。只好率残兵躲入城中，坐以待援。

袁崇焕得知皇太极绕道入关，即挥宁、锦将士回师救助，他率兵马日夜兼程，跟踪追击。到达蓟州后，更以两昼夜300余里的速度直追到北京城外，与后金军在广渠门外鏖战六小时之久，有力地牵制了后金军的行动，使其锐气大为挫伤。皇太极亲往袁崇焕阵前察看营寨形势，见阵难破，无法力取，便接纳了范文程等人的建议，下令撤兵，从中却施起反间计来。

原来，皇太极这次大举入关曾俘获两名太监，撤退途中便暗中命令副将高鸿中、鲍承先等坐在非常靠近这两个太监的地方，并故作耳语道："今天退兵，其实是皇上（指皇太极）设下的计策。前不久，皇上独自骑马到袁巡抚阵前，跟袁巡抚派的两个人谈了好长时间。袁巡抚跟咱有密约，图明的事眼看就要大功告成了。"然后，又故意给姓杨的太监一个逃脱的机会，杨太监逃回北京，便把他听到的"重大机密"一五一十地禀报给了崇祯帝。当时，朝中一些反对袁崇焕的人早已纷纷诽谤袁引狼入室，是要胁迫朝廷答应他提出的与后金议和的主张，好与后金订立城下之盟。崇祯帝一贯私心自用，独断多疑，他对袁崇焕本已有了疑心，听了杨太监的密奏，便不分青红皂白，召袁崇焕问罪，责备他援兵逗留，将其下狱。次年，袁崇焕竟被凌迟处死。这真是范文程略施小计，便使明自毁"长城"。

皇太极用计拔掉了袁崇焕这颗眼中钉，马上就消除了后顾之忧，真是喜出望外。他的将领们也因为没有了心腹大患而纷纷要求乘虚攻打北京，但皇太极却说："如今攻城，必能克复。然而若因此损失我一二良将，即使得到100座城池也不值得高兴。"所以，他率军直捣卢沟桥，进击永定门外满桂等四总兵的营盘，4万明军被打得四散而逃，一败涂地。然后，皇太极移军至通州，向东攻取遵化、永平、迁安、滦州（皆在今河北省境内）四城，分别派兵把守，自己统帅大队人马班师而回。

4 眼光长远

皇太极分兵把守四城，原存里外夹攻山海关之企图。但他退兵之后，明大学士孙承宗便组织兵力恢复了四城，从而打乱了皇太极的计划，使皇太极极其震怒。紧接着，又传来了明军昼夜赶筑大凌河城，以图进一步收复疆土的消息，皇太极怎能坐视不理？天聪五年（1631年）8月，大凌河城才修复了一半，皇太极便率大军包抄而来。皇太极采用围城打援战术，守城明军在“粮绝薪尽，兵民相食”的情况下，只好投降了。

这次战役中，有一支蒙古军投诚了，但因部分士兵不肯投降，竟暗杀了他们的将领，然后纷纷逃去。皇太极知道后十分恼怒，要将剩余的蒙古士兵统统杀掉。范文程委婉进言说：“未逃之士兵，证明他们有忠顺之心，杀之非但于事无补，反会影响大局。”皇太极见范文程遇事能从长远的利益出发，便愉快地接受了他的建议，从而使500余条无辜的生命免遭屠戮。

当时，还有一支明军凭借天险固守西山，屡战不下，皇太极甚是着急。范文程胸有成竹，决计劝降。他单人独骑，置安危于不顾，直抵明军寨前，凭三寸不烂之舌晓以利害。明军最终被感化，真心实意相投。皇太极大喜，将所降人马全部拨给范文程统辖。

天聪六年（1632年），皇太极继续攻掠明朝边地。大军开进归化（今呼和浩特）城后，皇太极打算把战事再次向明纵深推进，于是召集范文程等商议对策。范文程根据双方的战略势态，提出了一明一暗两套方案：一是凭借高昂的士气和强大的战斗力，长驱而入，直抵北京，逼使明廷妥协。然后，捣毁山海关水门而归，以壮军威。要实现这一目标，从雁门关进军最为便利。明军于此防范不严，沿途阻碍不大。且沿途居民较为富裕，对筹措军马粮草十分有利。大汗若顾虑师出无名，可这样晓谕百姓，就说察哈尔汗已经远遁，他的部属皆已归在我的帐下，现打算与明朝议和，苦于路途遥远，难以徒步跋涉。今借你们的马匹让新归附的察哈尔汗部骑用。若议和成功，当偿还你们的马价；如若议和不成，双方兵戎相见，赖天保佑，疆土归我所有，一定免除你们这一带几年赋税，以补偿战争给你们所造成的损失。这样，便可以堂堂正正地出师了。如若不然，则可写信给明守疆大吏，让把我方议和的主张转达给他们的皇上，并限期让他们作出答复。料定明廷文臣钩心斗角，边将互相推诿，必然延误逾期。我们便可以此为借口，出其不意，攻其无备，乘隙直捣北京。因为后者是一条借议和之名以麻痹明方，趁机采取突然行动，以行攻战之实的计谋，故我们称其为“暗”的一手。皇太极虽然未能将此计策付诸实施，但仅从范文程虑事之周到、计划之缜密，并能知己知彼，对明朝内幕了如指掌几项而言，这实在是一条锦囊妙计。

早在天聪五年（1631年）皇太极围困大凌河之际，明登莱巡抚孙元化曾派参军孔有德率军救援。但部队行至吴桥，遭遇大雨雪，没有粮吃，政府也不管，致使部分军士出营抢掠。因贪污惧罪的李九成乘此时机，鼓动叛乱。孔有德也心怀不轨，见机行事。第二年正月，孔有德与驻守登州的另一位参将耿仲明里应外合，占据了登州城，他自号都元帅，铸印置官，封耿仲明等为总兵。他们攻城陷镇，四外抢掠，焚杀甚酷。到这般田地，崇祯帝不得不派大军征剿。天聪七年（1633年）孔有德遣使向后金求援，正中皇太极下怀，当即派范文程等率军前去援救。范文程凭借自己的才干，又一次出色地完成了招降任务。降将孔有德和耿仲明等后来为清朝打天下立了汗马功劳。

5　言听计从

天聪九年（1635年），皇太极宣布废除“女真”称号而改族名为“满洲”。第二年5月，又改“大金”为“大清”，正式建立清朝，登上皇位。皇太极称帝后，对政府文武机构都进行了扩充。把以前的文馆扩编为内三院：即内国史院、内秘书院、内弘文院。各设大学士一人主持。任命范文程为内秘书院大学士，官爵晋升为二等甲喇章京（汉语称为参领）。

为了扩充军事力量，皇太极决定在满八旗与蒙古八旗的基础上，进而扩建汉军八旗。于是，诸大臣便一致推荐范文程担任固山额真（旗主，汉语称为都统）。要了解固山额真究竟属于怎样的一个官职，就有必要将八旗建制简单介绍一下：起初，女真人的生产和军事行动各依族和寨而建，每10人为一基本单位，头目称为牛录额真（箭主，汉语称为佐领）。随着实力的日益发展和壮大，努尔哈赤于万历四十三年（1615年）规定每300人为一牛录，5个牛录置一甲喇额真（参领），5个甲喇额真再组成一个固山（旗），开始只有黄、红、蓝、白四旗，后来增设了镶黄、镶蓝、镶白、镶红四旗，从而形成了历史上有名的兵农合一的八旗制度。努尔哈赤是八旗的最高统帅，他的子侄们则是各旗的首领。各旗主直接听命于大汗，其权限之大和地位之显赫，仅次于大汗。努尔哈赤死后，皇太极即以旗主的身份登上了皇位。随着辖区的迅速扩展和势力的不断发展壮大，皇太极依照满八旗的规制扩充了蒙古八旗和汉军八旗。当诸大臣提议由范文程担任旗主这一不同寻常的要职时，皇太极却认为固山额真“只不过是一个军职而已”，从而否决了大家的意见，要求另议人选。由此看来，皇太极重用范文程是煞费苦心的。

内秘书院大学士的地位虽然相对较低，但所执掌的却都是机密要事。皇帝敕书的草拟，各衙门奏疏的收录，与他国来往书信的撰写，等等，都出自内秘书院大学士之手。范文程实际上充当着皇太极秘书长的角色。他虽不在议政大臣之内，却往往参与着政府内外重大方针政策的制订。而且对朝廷要员的任免，他从中也起着重要的作用。皇太极对范文程的重视，几乎到了无以复加的程度：每次召见，商议政事的时间都特别长，而且常是前次被召才归，未及吃饭休息，复又被召入宫。凡遇军国大事，皇太极总要问范章京是否知道。有时觉得其中有什么不妥当的地方，便说为何不和范章京商议。若回答说范章京的意见也是如此，皇太极便批准同意。各种外交文书，均由范文程批复或草拟，起初皇太极还要亲自过目审查，当每一次都感到十分稳当，后来通常的文书便看也不看了。一次，范文程因病告假，好多事情因一时犹豫不决，皇太极便谕令待范文程病愈后再行裁决。皇太极对范文程言听计从，范文程为了报答皇太极对自己的知遇之恩，也尽心尽力帮助他打天下。

6 洞察人心

皇太极从即位之日起，到崇德六年（1641年）间，历时十五六年之久，他虽曾三次率军突入关内，但却总因没能拿下山海关与锦州而行动不便，难有大的作为。于是，皇太极便把进攻的矛头瞄向了自己入关的最大障碍——山海关与锦州一线。而明朝也千方百计地加强这一线的防务。崇德四年（1639年），明蓟辽总督换上了由于镇压农民起义军有功而成名的洪承畴。崇德六年（1641年），清军开始采取行动，派兵包围了锦州。这年7月，洪承畴便带领吴三桂等八总兵、13万人马驰援。大军云集宁远之后，便分头向杏山、松山缓缓推进，准备步步为营，稳中求胜。但新上任的兵部尚书陈新甲却说旷日久，恐粮草不济，派员临阵监军督战。洪承畴经不住催促，便轻易地将粮草留在宁远、杏山和塔山外的笔架岗，只带领6万兵马贸然前行。命其余兵马随后赶上。洪承畴到达松山、杏山一带后，将骑兵驻扎在松山东、南、西三面，将步兵驻扎在离锦州仅六七里地的孔峰岗，与清军成对垒之势。

皇太极闻知明军大批援军已到，便于8月亲率大军从盛京（今沈阳）赶来，驻于松山、杏山之间，截断了松、杏间明军的联系，截断了洪承畴的归路。随后，又派兵夺了塔山之粮。洪承畴失去战机，困守松山半年之后，被部下出卖，城破做了阶下囚。皇太极很明白洪承畴对自己入主中原将会起到多么大的作用，所以，他一面派人好好招待洪承畴，一面让范文程前去劝降。

范文程来到洪承畴囚室，洪承畴得知其来意，便大骂范文程没有骨气，做清军走狗。并慷慨激昂，立誓要杀身成仁，决不屈膝投降。范文程也不和他争辩，只是随便地与他谈古论今及生死得失。正谈着，只见一小撮尘土落于洪承畴衣服之上，洪轻轻用手拂去。范文程瞧在眼里，心中已有了成算。他辞别了洪承畴，便去告知皇太极："洪承畴必不肯死，面对这样的处境，对衣服尚且如此爱惜，更何况自己的生命。"皇太极听了大喜，便亲自前去看望洪承畴，见洪承畴衣着单薄，马上脱下自己穿的貂皮裘袍，亲手披在洪承畴身上，并关切地问："先生还冷吗？"这样一来，洪承畴为之感动，目瞪口呆之下感叹遇到明主，叩首请降。

关于洪承畴降清一事，还有皇后劝驾的传说。据说洪承畴初到盛京，绝食累日，自誓必死。范文程洞察其并无必死之心后，皇太极便令人百般劝降，但洪承畴却无动于衷。皇太极大费心思，后经多方了解，从明朝降人口中知晓洪承畴好色。于是派了一拨又一拨美女前去勾引，却仍不奏效。最终，皇太极竟派自己美冠一时的爱妃博尔济吉特氏偷偷带一小壶人参汤入侍。博氏见洪承畴闭目面壁，哭泣不止，劝之不成，动了恻隐之心，非常同情地说："将军即使绝食，难道不能喝口水而后就义吗？"话音委婉，情切意真，并承壶于洪唇，洪承畴便轻轻呷了一口。不一会，博氏又如此这般，承壶于其唇，洪承畴终于抵挡不住这般强烈的诱惑，一直喝下去。一连多日，博氏每每相机劝慰，迭进美馔，洪承畴渐渐心回意转，开始进餐，最后归顺了。

姑且不论是何种手法对洪承畴归降生了效，仅就范文程单凭"拂尘"这一小小的举动，便能断定洪承畴必不肯死而言，他真是机敏过人，能够见微知著，实在是一个名副其实的谋略家。

崇德八年（1643年），皇太极病逝，清王室进行了一场争夺皇权的斗争，结果年仅6岁的福临登基，改年号为顺治，由他的两位皇叔——多尔衮和济尔哈朗辅政。

顺治元年（1644年），多尔衮承担起了皇太极的伐明未竟之业，率军与明重开战端。范文程总结了以往历次与明军交战的经验教训称："中原百姓备受苦难，思得明主，以便安居乐业。以前我军虽曾屡次深入，但都烧杀掠抢之后而归，以致伐明大业至今半途而废。老百姓也以为我们不过是贪图财物人畜，并无大志，因而心怀疑虑，对我们没有信任感。如今应当严申纪律，做到秋毫无犯，并录用贤能，体恤疾苦，以使老百姓明白我们进取中原的决心和善待百姓的诚意。如能这样，黄河以北可传檄而定。"范文程还屡次为当朝权要敲警钟："天有好生之德，自古未闻喜好杀戮者能得天下。若只打算统治关东便莫要说起，如果想问鼎中原、一统华夏，则非得爱护百姓不可。"范文程以上的建议，就是要把满洲贵族一贯从事的掠夺性战争转变成为夺取全国最高统治权的统一战争，这一策略对清朝开国起了重大作用。

7 果断决策

李自成攻克明都，消息传来多尔衮急召正在盖州汤泉养病的范文程商议对策。范文程认为形势对进军中原极其有利，天赐良机，不可放弃，宜火速进兵。他分析说："李自成虽然拥有百万之众，但其势却已成强弩之末。犯有三忌已必败：逼死其主崇祯帝自缢煤山，引起天怒人怨；刑辱大小官吏，勒索富商大户，激起了社会中上层的强烈不满；烧房屋、掠财产、奸淫妇女，使老百姓大失所望，非常反感。这三大失策，让他已完全失去人心。加之农民军将领被胜利冲昏头脑，居功自傲，贪图享乐，缺乏远见，一战便可将其击败。我方上下齐心，兵强马壮，如果能优待士人，体恤百姓，行仁义之师，以讨伐闯贼为名，何愁大功不成！"他马上驰赴军中，亲自起草进军文告，晓谕明朝官民："我军特来为你们报君父之仇，绝不滥杀无辜，所要诛灭的只是闯贼。我们是正义之师，凡官吏归顺，皆按原职录用；老百姓投靠，各安本业，军队严守纪律，一定不会加害你们。"为了改变清军以往的陋习，多尔衮也通告全军："今此之行，非同昔日，蒙天眷顾，要当定国安民，以成大业。"并严格下达了"勿杀无辜，勿掠财物，勿焚庐舍"的禁令。

范文程将矛头直接指向农民起义军的策略，很好地将明、清之间的矛盾转化成为以明清为一方，以农民起义军为另一方之间的矛盾。此计甚妙，沿途明军尽皆归降，官吏竞相投诚。清方竟借用其力量击溃了农民起义军，轻而易举地占领了北京城。初入北京，多尔衮以身作则，只带1000人马宿卫，其余骑兵尽屯城外。规定没有九王（多尔衮）的标旗，一概不准出入，防止惊扰百姓。

此时的北京，几经折腾，人心惶惶，动荡不安。面对严峻的局势，范文程辅佐多尔衮推行了一系列行之有效的安抚人心措施。

首先，为崇祯皇帝、皇后发丧三日，晓谕天下，“以昭大义”，并派人保护明陵。同时还宣布：“故明诸王来归者，不夺其爵。”这就促使明王室成员认可和接受了清的统治，那些誓死要向清复仇的王室宗亲也找不到有力的理由去召号他人。

其次，传谕城中各级汉族官吏各司其职，照常办理公务，并给了这些人一定的好处。政治上：不仅规定降附者升级、殉死者立庙、隐逸者征辟录用，而且要求内、外衙门的公章全部要铸有满、汉文字，使汉族官员名义上能与满族官员平起平坐、有职有权。经济上：所有官员、退休官员、举人、贡监生员，都可减免一定的赋税、徭役，而且尽可能地帮助汉族地主恢复旧业。这些举措收买了绝大部分汉族官绅。

再次，范文程建议根据原来簿册征收赋税以收揽人心。明朝末年，赋税不断增加，如辽饷、练饷、新饷、召买等，名目繁多，老百姓不堪重负。农民起义军进城后，烧毁了征收簿册。而万历年间的旧册却得以幸存，但其赋税数额则比现行的要少得多。于是，有人建议责成有关部门另造新册，范文程坚决不同意，他说：“即使以此为额，犹恐老百姓难以承受，岂能有更多的过分要求呢？”清政府采纳了他的意见，从而减轻了老百姓的负担，缓和了政府与百姓间的矛盾。

另外，范文程还格外注意赈济安排那些鳏寡孤独、无依无靠之人。

上述种种措施收到了极佳的效果，使明朝遗民上至王公贵族，下至寻常百姓，都在很大程度上化解了对清廷的敌意，使一触即发的反抗情绪大为化解，从而使大局稳定了下来。这些措施也产生了巨大的影响，就连远在扬州的抗清名将史可法在上书给南明福王时，也不得不万分感慨：“以清之能行仁政若彼，而我之渐失人心如此，臣恐恢复之无期，而偏安未可保也！”

顺治二年（1645年），平定江南之后，范文程为了确保长治久安，他建议开科取士，网罗人才。他说：“治天下在得民心，士为秀民。士心得则民心得矣。请再行乡、会试，广其登进。”清政府接受了该建议，规定每逢子、午、卯、酉年，各直省举行乡试；每逢辰、戌、丑、未年，举行会试。这一举措，使穷首皓首的知识分子们终于有了出人头地的机会，也获得了他们的好感和拥戴，认为清皇帝乃“圣明之主”。出于感恩戴德的心理，这些人为清廷提出了不少治国良策。知识阶层为一个民族的灵魂所在，其态度的转变，必然会对整个民族的心态产生潜移默化作用，从而决定人心的向背。笼络住了知识阶层的心，就意味着得到了整个民心。范文程正是从优待知识分子着手，以获得整个民心。

8 逢凶化吉

清朝统治者在创业之初，都能虚心接受良策，因此范文程的才干得以尽情发挥。然而，随着其统治地位的日益巩固，其统治集团的最高决策者便头脑发热，自以为是，甚至倒行逆施，与范文程所力主的安抚百姓的既定国策背道而驰。

在对“（剃）发令”的态度上，范文程与清廷当时的实际决策者多尔衮意见相左。

清兵入主中原之后，要求各族人民都要按满族的传统发式，男人将前额剃光，把剩下的头发梳成辫子，垂在脑后，而汉族成年男子历来是束发绾结于头顶的。加之士大夫们又囿于“身体发肤，受之父母，不可毁伤”的观念，认为剃发是万万使不得的。其实，发式本是个社会习俗问题，剃与不剃并不是什么至关重要的大事。如能采用适当的方式善加诱导，很可能会相互效仿，逐渐风行，成为时尚。但如将其作为政治标准，且在时机并不成熟的情况下，把剃发视为是否臣服的象征而强迫执行，结果只能适得其反。事实上，早在清初入关时，就曾下过剃发令，导致“人情恐怖，逃去者无数”。鉴于当时立足未稳，多尔衮不得不收回成命，才避免了一场社会动乱。然而到了顺治二年（1645年），清统一全国已成定局，多尔衮便志得意满，认为夺取天下易如反掌，完全可以为所欲为，恣意而行了。加之一些主动剃发以示效忠的汉族官员如冯铨、孙之獬之流，也积极迎合多尔衮的意图，怂恿重颁剃发令。这些汉官如此热心头发，也有其苦衷。据说，清兵入关后，皇帝临朝时，满族大臣与汉族降臣分别作为一班分列于宫殿之下。进士出身的明朝降官孙之獬为了讨好主子，主动剃了发，并穿上满族的窄袖短衣，挤进满班，却被满班请了出来。他只好讪讪转入汉班，结果汉班也不让他入列。他羞愧不堪，便上疏说："陛下……万事鼎新，而衣冠束发之制，独存汉旧，此乃陛下屈从汉人，非汉人服从陛下也！"于是，清廷才决定再次颁布剃发令。消息传出，满朝哗然。御史大夫赵开心责备冯铨、孙之獬等是"贪位固宠之辈"，推行剃发令是"阻人归顺之意"。但是，多尔衮完全不顾众人的反对，竟悍然下令："复有为此事渎进章奏，欲将已定地方人民仍存明制，不随本朝制度者，杀无赦！"

随着剃发令的强制实施，民族矛盾迅速激化，骤然发展到了"留发不留头，留头不留发"的地步，时局发生了出人意料的变化。本已安定了的江南，此时又"人心始摇，纷然四起"，人们"毁弃身家，上灭宗祀，断头碎骨，浩然不顾"，纷纷抗命。清统治者也旧病复发，恢复了其奴隶主阶级出身的残酷本性，穷凶极恶，血腥镇压，烧杀掠抢，无所不为。目睹自己为之苦苦追求了大半生的老百姓安居乐业的局面行将化为泡影，范文程怎能不痛心疾首，心存不满。

剃发令不仅激起广大人民的强烈发抗，而且也阻碍了清朝的一统天下。因此，几个有胆略的御史接连上本，弹劾与剃发令密切相关的人员。但多尔衮权倾幼主，炙手可热，顺我者昌，逆我者亡。反对剃发令的人先后被废黜，奉迎的人非但未被罢官，反而日益得到了重用。冯铨竟然还获得了"赐婚满洲"的殊遇，并逐渐取代了范文程内阁班首的地位。

多尔衮的所作所为与范文程的政治抱负迥然不同，范文程对多尔衮便采取了不合作的态度，进行消极对抗。

顺治三年（1646年）2月，多尔衮命令大学士等"宜时具条奏"。范文程则以"凡有闻见，即面启，无庸具本"为词加以推脱。多尔衮对范文程不秉承自己意志的行为非常不满，遂以"尔素有疾，毋过劳，自后可早出休沐”为借口，削夺了范文程的权力。数月后，甘肃巡抚黄图安上疏申请辞官，以侍奉父母双亲。主管部门认为这是“借端规避，应革职”。范文程不以为然，他将此事报告了另一位辅政王济尔哈朗，并请求说：“奉养父母是人子最高尚的情感，不应革其职。”多尔衮对范文程没有将此事禀告给自己却去请示济尔哈朗耿耿于怀，一怒之下，便以“擅自关白”辅政王济尔哈朗为借口，将范文程下法司问罪。稍后获释。

顺治五年（1648年），多尔衮在清王室内部的争权夺利中再度获胜，他借故削去了济尔哈朗的亲王爵位，将二人共同辅政改为由他一人大权独揽。出于不可告人的目的，多尔衮令大学士刚林等删改《清太祖实录》，并让范文程参与其事。范文程明白事关重大，不敢恣意行事，然而又不好抗旨，因此称病不出。

顺治七年（1650年）12月，多尔衮因病亡故。第二年初，顺治皇帝（福临）开始亲政。此时，有大臣指控多尔衮生前“专权”“僭位”，以及攻讦皇太极“序不当立”，即不应该轮到皇太极做皇帝等言行。经查属实，于是削夺了多尔衮及其母、妻的尊号，并废除庙享，抄没财产，诛戮党羽。曾为之删改《清太祖实录》的刚林等人皆被处死。范文程本应受到株连，但因并非同党，且几乎没有实际参与删改事宜，故从宽革职，但很快又复职。

范文程由于能坚持自己的政治立场，没有随意地投靠多尔衮成为其私党，且在删改《清太祖实录》一事上又具有先见之明，闭门避祸，获得成功，躲过一次灭顶之灾。

9　再次出山

顺治九年（1652年），清廷任命范文程为议政大臣。范文程复出后，便辅佐亲政不久的顺治皇帝将国家的大政方针很快转向以仁德治天下的轨道。对南明政权采取了“招降弭乱”的政策；敕封郑成功为海澄公，允许他有拥兵自保的权力；各种抗清武装，只要投诚，便“悉赦前罪”。并派洪承畴前去管理湖广、云贵等地，告诫他应以“收拾人心为本”，对已归顺的，要多加安抚；未附的，则开诚招徕。这就使一度吃紧的形势渐趋缓和。

此时，清政府经济困难，财政入不敷出。于是，范文程上疏建议实行屯垦。他说：“土地荒芜，赋亏饷绌，对国家极为不利。若推行军屯，便能兴利除弊，使国家受益。明太祖曾炫耀自己养兵百万，不费民间一粒粮食，就是在元末战乱之后，他实行了屯田的结果。如今湖广、江西、河南、山东、陕西五省战乱日久，人口大减，应该在这些地方大兴屯田。可供具体实施的办法是：设两个道员、四个同知专门管理屯田事宜。道员全面负责，同知各自独当一面，一道协助道员做好屯田工作。这些官职由各省督抚选拔廉洁能干的部属来担任，并把人选得当与否作为考察督抚功过的一个标准。驻屯官吏的俸廪，第一年由屯垦专款拨发，第二年从仓库收入中支付，以后每年自负盈亏，从屯垦收成中提取。屯垦所需的耕牛、谷种、农具等，均由各道所在州县提供。屯田应先从土地荒芜面大而又便于灌溉的地方开始，再逐渐向周围扩展。

无主或虽有其主却弃而不耕的土地，都由官屯。百姓意欲耕种而财力不足的，官府贷给耕牛及种子，每年收成的三分之一交公。三年之后，自耕的条件成熟了，所耕之地便可成为私人的田产。老百姓没有任何财物的，可以雇佣，付给工钱。第一年屯田所收粮草，听任各屯自留，用作储备，为第二年屯田打好基础。若富余较多，可将不宜久存的陈粮供给附近驻军，然而不得强取多要。三年以后，收获的粮草充足了，由政府派舟车运往军队作粮饷。不可烦劳和役使屯田官民及耕牛从事运输，以保证屯垦不受干扰。把屯田户编成保甲，让他们相互保护和监督，以根除奸猾不法行为。屯田官称职的，三年进两级，薪俸与边将等同，以酬其劳；若不称职，责成巡抚按察纠举；巡按如若徇私包庇，则连坐同罪。”清政府实施了范文程屯田的主张，并达到了预期的理想效果。

兴办屯田，不但增加了政府的财政收入，减轻了经济危机，增强了国力，而且还吸引了大批流民重新回归于土地，这对恢复和发展农业生产，安定人民生活，起了至关重要的积极作用。

同年11月，范文程认为时机已经成熟，于是，他将那些因反对剃发令而被多尔衮降罪革职的官员们指控冯铨之流的奏折汇集起来，进呈给顺治皇帝御览。顺治帝阅后说：“诸大臣弹劾得完全正确，为什么却因此罢了官？”范文程说：“他们为了忠君报国，才冒死弹劾佞臣，不料却被加上了莫须有的罪名。皇上应该加倍爱惜这些秉公不阿的臣属。”顺治帝立刻谕令吏部把这些人官复原职，从而昭雪了一大批冤案。

10 寿终正寝

顺治十年（1653年），范文程针对朝廷一直以来在用人制度上存在的重满轻汉、任人唯亲、拉帮结派等弊端，与同僚一道上疏，请求皇上敕令各部院三品以上大臣，推荐自己所熟知的人才。不论满人还是汉人，不论久任官职还是新近启用，更不囿于其官阶的高低，也不用避讳亲疏恩怨，只要有才能，就大胆荐举。一官可举数官，数官也可同举一官。将姓名汇至御前，不时召对。察其议论，核其行事，出现官缺就根据各自才能选用。称职者，根据其政绩的大小，推荐者一同受赏；若不称职，视其过失的大小，对举荐者一同惩办。顺治帝“特允所请”。

这条建议，不仅促使了用人制度由任人唯亲向任人唯贤方面的转化，而且还表明了在举荐人才方面对满汉官僚做到了一视同仁，使汉族官员在举荐人才这一重大事项中与满族官员享受了同等的待遇，从而有效地克服了汉族官员素来受歧视的心理障碍和自卑感，使他们有了同样能被朝廷信任和重用的觉受，所以就更加乐于为朝廷效命了。洪承畴就是其中的例证之一。

同年，顺治帝让洪承畴去经略江南时，便明确指示：“抚、镇以下听其节制，兵马钱粮听其调拨，吏、兵二部不得掣肘。”洪承畴随军南下，忍辱负重，攻城劝降，十分卖力。他曾派人迎母于闽，其母见承畴后非常生气，以杖击之。随后买船又南归福建而去。但洪承畴为了报清朝的知遇之恩，依旧义无反顾，一直干到双眼几乎失明，虽然只混了个三等轻车都尉的官衔，但他却毫无不满。

顺治十一年（1654年），顺治皇帝准备派朝官到各省去检查刑狱，范文程劝道："上次欲遣满、汉大臣到各地巡察，因考虑到会骚扰百姓，所以取消了。现在各地水旱灾害严重，百姓苦不堪言，理应停止遣使前往各地。各地关押的重囚，可令各省巡抚对其案详加审查，如有可疑的冤情，让他们上奏皇上裁定。"这条关心民间疾苦的建议也被顺治帝采纳了。

同年8月，皇上加恩于辅政诸臣，特加范文程为少保兼太子太保。9月，再进为太傅兼太子太师。由于范文程是先朝旧臣，有大功于国家，因此顺治帝对他"礼遇甚厚"：范文程病了，皇上曾亲自调好药饵赐送给他治病；并派画工到范文程家里为他画像，将其珍藏于内府；又经常赐给范文程很多的御用衣物，范文程形貌颀伟，为称其体，还专门做特制衣冠赐给他。

汉官对清廷如此忠心耿耿，清统治者也从中得到满汉地主合作的好处。于是在顺治十六年（1659年），清政府进一步规定：不必分别满、汉，谁的官衔在前，就由谁管印。至于奏事，也要求满、汉官员"公同来奏"，不许"只有满臣，不见汉臣"。开始，内阁大学士满人是一品，汉人却是二品，顺治十五年（1658年），全改成为一品。六部尚书原先也是满人一品，汉人二品，顺治十六年（1659年），皆改为二品。这就进一步消除了满、汉官员之间的人为隔阂，有利于他们团结一致，报效朝廷。

顺治十八年（1661年），玄烨继福临登位，改元康熙，依旧例要祭告天地祖宗。特命德高望重的范文程赴盛京（今沈阳）告祭太宗皇太极陵墓。范文程在皇太极陵前伏地痛哭，久不能起。这其中不仅饱含着他对皇太极知遇之恩的由衷感激，同时也是对自己一生历经坎坷，几乎性命不保，幸而全躯至今，能够善终的无限感慨！

康熙五年（1666年），范文程这位三朝元老终于寿终正寝了，享年69。康熙帝亲自作文，遣礼部侍郎黄机前去谕祭。而且御书"元辅高风”四字作为祠额，以表彰范文程的不朽功德。

范文程一生历清四世而佐其三主，为清朝开创江山立下了不朽之功，他的功绩可与汉之张良、明之刘基相提并论。他韬略过人，又能悟移人主，把自己的政治抱负巧妙地转变为现实，从而为人民的安定、社会的进步做出了不可磨灭的贡献。他不愧为一位具有远见卓识的谋略家。